Susanne Mischke

Fürchte dich vor morgen

PIPER

Zu diesem Buch

Der Pfad führt auf eine Lichtung, und dort sieht Völxen seinen Hund Oscar, der tatsächlich etwas anbellt. »Oscar, hierher!« Überraschenderweise gehorcht der Terrier sofort, fast als wäre er froh, die Verantwortung für seinen außergewöhnlichen Fund abgeben zu können. Vorsichtig nähert sich der Hauptkommissar dem, was Oscar angekläfft hat. Es ist eine Frau mit langem braunem Haar, das zu einem Pferdeschwanz zusammengebunden ist. Sie liegt auf dem Rücken. Ein riesiger Speer steckt in ihrer Brust. Ihr Kopf ist zur Seite gedreht, das Gesicht Völxen zugewandt. Ihre Züge sind vom Tod entstellt; der Mund steht offen, die Augen blicken glasig ins Nichts. Sie muss sehr rasch tot gewesen sein. Wer immer das getan hat, war entschlossen, brutal und handelte, ohne zu zögern.
Geschickt verwebt Susanne Mischke in »Fürchte dich vor morgen« das Thema »Prepping« mit einer raffinierten und spannenden Krimihandlung.

Susanne Mischke wurde 1960 in Kempten geboren und lebt heute in Wertach. Sie war mehrere Jahre Präsidentin der »Sisters in Crime« und erschrieb sich mit ihren fesselnden Kriminalromanen eine große Fangemeinde. Für das Buch »Wer nicht hören will, muß fühlen« erhielt sie die »Agathe«, den Frauen-Krimi-Preis der Stadt Wiesbaden. Ihre Hannover-Krimis haben über die Grenzen Niedersachsens hinaus großen Erfolg.

Susanne Mischke

FÜRCHTE DICH VOR MORGEN

Kriminalroman

PIPER

Mehr über unsere Autorinnen, Autoren und Bücher:
www.piper.de

Wenn Ihnen dieser Kriminalroman gefallen hat, schreiben Sie uns unter Nennung des Titels »Fürchte dich vor morgen« an *empfehlungen@piper.de*, und wir empfehlen Ihnen gerne vergleichbare Bücher.

Von Susanne Mischke liegen im Piper Verlag vor:

Hannover-Krimis:
Band 1: Der Tote vom Maschsee
Band 2: Tod an der Leine
Band 3: Totenfeuer
Band 4: Todesspur
Band 5: Einen Tod musst du sterben
Band 6: Warte nur ein Weilchen
Band 7: Alte Sünden
Band 8: Zärtlich ist der Tod
Band 9: Hättest du geschwiegen
Band 10: Fürchte dich vor morgen
Band 11: Eiskalt tanzt der Tod

weitere Kriminalromane:
Töte, wenn du kannst!
Mordskind
Wer nicht hören will, muss fühlen
Wölfe und Lämmer
Die Eisheilige
Liebeslänglich
Die Mörder, die ich rief
Schwarz ist die Nacht
Kalte Fährte
Der Muttertagsmörder

Unser Versprechen für mehr Nachhaltigkeit
• Klimaneutrales Produkt
• FSC®-zertifiziertes Papier
• Hergestellt in Europa

FSC www.fsc.org
MIX
Papier aus verantwortungsvollen Quellen
FSC® C083411

Ungekürzte Taschenbuchausgabe
ISBN 978-3-492-31814-3
Januar 2022

erschienen im Verlagsprogramm Paperback
Umschlaggestaltung: FAVORITBUERO, München
Umschlagabbildung: Sk_Advance studio / Shutterstock.com;
Dennis Fischer Photography / GettyImages; Caras Ionut / Trevillion Images
Satz: Eberl & Koesel Studio GmbH, Krugzell
Gesetzt aus der Goudy Old Style
Druck und Bindung: CPI books GmbH, Leck
Printed in the EU

Kapitel 1 – In die Pilze

Im Morgendunst sieht alles so verwaschen aus. Vielleicht ist aber auch nur Völxens müder Blick noch ein wenig getrübt, denn es ist verdammt früh, besonders wenn man bedenkt, dass heute Sonntag ist. Schweren Schrittes stapft Hauptkommissar Bodo Völxen durch den Wald bergan, seinem Nachbarn Jens Köpcke hinterher. Der Nordhang liegt noch komplett im Schatten, die Temperaturen sind empfindlich kühl und das Gras feucht vom Tau. Man merkt, dass es bis zum Herbst nicht mehr lange hin ist. Im Zeitlupentempo erklimmt die aufgehende Sonne den Kamm des Deisters, jenes dicht bewaldeten und angeblich äußert pilzreichen Mittelgebirgsrückens südlich von Hannover. Immer wieder einmal muss Völxen verstohlen gähnen. Selbst schuld! Was musste er auch gestern so herumjammern? Wie fast jeden Abend standen er und sein Nachbar in der Dämmerung am Zaun der Schafweide, zischten ein lauwarmes Herrenhäuser, und Völxen beschwerte sich bitterlich: Er sei nun bestimmt schon ein Dutzend Mal im Deister Pilze suchen gegangen, aber stets vergeblich, es sei wie verhext.

Dabei kann es doch nicht so schwierig sein. Alle Welt brüstet sich dieser Tage mit Fotos einer reichen Pilzausbeute in den sozialen Medien. Nicht, dass der Hauptkommissar persönlich in diesen Niederungen des Internets verkehren würde. Seine Frau Sabine zeigt ihm ab und an die einschlägigen Posts der Trophäen von Bekannten, und Völxen vernimmt dabei sehr wohl die unterschwellige Botschaft und fühlt sich wie ein Versager.

Irgendwann in dieser Leidenszeit gelangte Völxen zu der Einsicht, dass es überhaupt nichts bringt, stundenlang planlos durch die Wälder zu streifen. Nachdenklich betrachtete er daraufhin seinen Terriermischling Oscar, um schließlich die existenzielle Frage aufzuwerfen: »Wozu füttert man dich eigentlich das ganze Jahr durch?«

Nach Rücksprache mit einem der Trainer der Hundestaffel der Polizeidirektion Hannover besorgte Völxen ein paar Übungsexemplare in der Markthalle der Landeshauptstadt. Zu Hause ließ er Oscar an den Steinpilzen schnüffeln und versteckte diese anschließend im weitläufigen Garten seines ländlichen Anwesens. Nach kurzer Zeit und unter Einsatz etlicher Leberwurstleckerlis kapierte der Hund, was man von ihm verlangte. Und tatsächlich: Oscar erschnüffelt und verbellt seither jeden Steinpilz. Im heimischen Garten. Dort, und nur dort, klappt die Pilzsuche hervorragend. Im Wald dagegen sind die Verlockungen durch andere Gerüche einfach zu groß und zu viel für den wankelmütigen Oscar.

»Du musst früher aufstehen, Kommissar, sonst sind die anderen schneller!«, hat ihm der Hühnerbaron gestern Abend, am Ende von Völxens Jammertirade, geraten.

»Ich *bin* früh aufgestanden.«

»Was so ein Städter halt unter früh versteht.«

Das ist auch so eine Sache. Seit über dreißig Jahren lebt die Familie Völxen nun schon in dem umgebauten alten Bauernhof, dessen Obstwiese und Schafweide an Köpckes Grundstück grenzt. Dennoch gelten er und seine Frau – er noch mehr als Sabine – für den Hühnerbaron und den Rest der Dorfbewohner nach wie vor als Städter, und daran wird sich auch nichts mehr ändern. Also hat Völxen den *Städter*, wieder einmal, unwidersprochen hinuntergeschluckt, denn danach meinte Jens Köpcke gnädig: »Wenn du willst, zeig ich dir morgen mal ein paar Pilzstellen.«

Was wiederum einen Freundschaftsbeweis erster Güte darstellt.

»Morgen früh um fünf Uhr auf meinem Hof, ich fahre«, ordnete Köpcke an.

Um *fünf?* Und das, obwohl Ende August die Sonne erst nach sechs Uhr aufgeht und nicht einmal Köpckes Hühner zu dieser Unzeit aufstehen. Völxen musste schwer schlucken, doch er hat den Mund gehalten und gedacht: *Der frühe Vogel fängt den Wurm, beziehungsweise den Pilz.*

Jetzt freut er sich schon auf Sabines Gesicht, wenn er, der Held der Morgenstunde, zum Frühstück mit einem prall gefüllten Korb prächtiger Steinpilze erscheinen wird. Die kann sie dann seinetwegen ruhig fotografieren und posten, wo immer sie möchte.

Seit einer gefühlten Ewigkeit wandern sie nun schon durchs Dickicht, denn natürlich, so Köpcke, wachsen Pilze nicht rechts und links des Weges, und falls doch, dann hat sie längst einer vor ihnen geerntet.

Ein frischer Wind fährt durch die Baumwipfel und zaust Völxens graublondes Resthaar, sein Magen knurrt, und außerdem beschleicht ihn allmählich der Verdacht, dass die Pilzstellen, die sein Nachbar ihm zeigen will, nicht gerade die besten sind, sondern eher die 2-B-Lagen. Gerade sind sie nämlich an einer solchen angekommen, aber die Pilze dort sind so mickrig und von Schnecken zerfressen, dass sie sie gar nicht erst mitnehmen.

Köpcke murmelt etwas von schlechtem Pilzwetter, und Völxen hat Mühe, seine Enttäuschung zu verbergen. Wie konnte er nur auf den Hühnerbaron, dieses Schlitzohr, hereinfallen, hadert er mit sich selbst. Kein Pilzsammler, der noch ganz bei Trost ist, verrät seine Pilzplätze, zumindest nicht die, die etwas taugen. Er könnte gemütlich im Bett liegen und sich noch mal umdrehen, anstatt hier, von Mücken umschwirrt, durch den Wald zu stolpern. Die Orientierung hat er längst verloren, er ist praktisch davon abhängig, dass Köpcke ihn zu dem Wanderparkplatz hinter Wennigsen zurückführen wird. Dieser Gedanke bereitet ihm Unbehagen. Da hilft auch kein Google Maps, wenn man sich abseits der Pfade der Zivilisation bewegt.

Und nun macht ihm auch noch Oscar Kummer. Während der ganzen Zeit ist er mehr oder weniger brav bei Fuß gegangen, hat sich lediglich einmal in Wildschweinkot gewälzt, an einem Fuchshaufen geknabbert und ansonsten die Aufforderung seines Herrchens – *such die Pilze, Oscar, such, such!* – hartnäckig ignoriert. Jetzt plötzlich, ohne dass er ein Kommando erhalten hätte, stürmt der Terrier davon und bricht durch ein Gebüsch. Ein paar Farnwedel bewegen sich noch und signalisieren, wo er langläuft, dann ist er weg. Das alles, ohne auch nur einen Laut von sich gegeben zu haben.

»Oscar! Hierher! Oscar, verflucht noch eins!«

Völxens Geschrei verhallt ohne Wirkung. Das fehlt ihm noch, dass der Hund wildert. Noch dazu, da Jens Köpcke ihn vorhin extra noch gewarnt hat, Völxen müsse gut auf Oscar achten, denn mit dem hiesigen Revierförster sei nicht zu spaßen.

»Dieser elende Mistköter!«

Köpcke sagt nichts dazu. Beide sind stehen geblieben und horchen. Wind rauscht in den Bäumen, Vögel zwitschern.

»Oscaaaar!«, brüllt Völxen.

»Hast du keine Hundepfeife dabei?«, fragt Köpcke.

»Nein. Der würde sowieso nicht gehorchen. Wenn er erst mal im Jagdmodus ist, hört der auf gar nichts mehr.«

»Dann kannst du dir das Geschrei ja auch sparen«, bemerkt Köpcke.

»Es hilft mir aber, mich abzureagieren.«

»Was machen wir jetzt?«, fragt der Hühnerbaron.

»Gar nichts. An Ort und Stelle stehen bleiben und warten, bis er wiederkommt. Der findet auf seiner eigenen Spur zurück.«

»Klingt, als wäre das nicht das erste Mal, dass er dir ausbüxt.«

»Das steht so in den Hundebüchern«, antwortet Völxen.

»Pst! Ich hör was«, flüstert der Hühnerbaron.

Und wirklich. In einiger Entfernung tönt das für einen Terrier typische schrille Kläffen durch den Wald.

»Er hat Pilze gefunden!«, jubelt Völxen. »Hörst du es? Er verbellt sie. Guter Hund!«

»Pilze verbellen?«, wiederholt sein Gegenüber.

»Hab ich ihm beigebracht. Man nennt das Konditionierung«, lässt Völxen seinen Nachbarn wissen.

»Konditionierung!« Jens Köpcke tippt sich unter seiner Schiebermütze an die Stirn. »Der jagt einen Hasen. Oder er spinnt einfach, wie sonst auch.«

Auf derlei unqualifizierte Kommentare geht der stolze Hundebesitzer erst gar nicht ein. So schnell es seine müden Beine und sein moderates Übergewicht erlauben, setzt er sich ohne Rücksicht auf die Flora des Waldes in Bewegung, schnurstracks in die Richtung, aus der das Gebell ertönt. Köpcke hat Mühe, ihm hinterherzukommen.

Sie stoßen auf einen Weg, eigentlich mehr ein Trampelpfad, dem sie folgen. Das Bellen ist nun ganz nah. Der Pfad führt auf eine Lichtung, und dort sieht Völxen zu seiner großen Erleichterung Oscar, der tatsächlich etwas verbellt.

Aber es ist kein Pilz.

Völxen bleibt so abrupt stehen, dass der Hühnerbaron ihn von hinten anrempelt. »'tschuldigung, Kommissar. Warum hältst du auch so plötzlich ...?« Der Rest des Satzes bleibt Köpcke in seinem kurzen Hals stecken. »Hol mich der Teufel! Ist das ... ist das ...?«

»Ich denke, du bleibst besser mal hier stehen, Jens, und rührst dich nicht vom Fleck.« Völxen merkt, wie brüchig und mürbe seine Stimme auf einmal klingt. Kein Wunder, er ist zutiefst schockiert und kann nicht fassen, was er vor sich sieht.

»Oscar, hierher!« Es hätte energisch klingen sollen, hört sich aber eher panisch an.

Überraschenderweise gehorcht der Terrier sofort, fast als wäre er froh, die Verantwortung für seinen außergewöhnlichen Fund abgeben zu können.

Völxen leint ihn an. »Nimm ihn bitte mal«, sagt er zu seinem Nachbarn.

Köpcke, der leichenblass geworden ist und sich an einem Baumstamm festhält, ergreift wortlos die Leine.

Vorsichtig nähert sich der Hauptkommissar dem, was Oscar angekläfft hat. Es ist eine Frau mit langem braunem Haar, das zu einem Pferdeschwanz zusammengebunden ist. Sie liegt auf dem Rücken. Ein riesiger Speer steckt in ihrer Brust, und zwar so tief, dass Völxen nur wenig von der Klinge sehen kann. Die Tote ist mit einer olivgrünen Hose mit vielen Taschen, einem grauen Sweatshirt und festen, geschnürten Halbstiefeln aus beigefarbenem Leder bekleidet. Es ist eine sehr junge Frau, um die zwanzig, schätzt Völxen. Sie ist zierlich und dürfte höchstens eins siebzig groß sein. Ihr Kopf ist zur Seite gedreht, das Gesicht Völxen zugewandt. Ihre

Züge sind vom Tod entstellt; der Mund steht offen, die Augen blicken glasig ins Nichts.

Das kann nicht sein, ich bin nicht im Dienst, schießt es Völxen durch den Kopf, geradeso, als wäre er durch seinen Beruf davor gefeit, in seiner Freizeit Leichen zu finden. Dabei ist es gar nicht das erste Mal, fällt ihm ein. Da war vor Jahren dieser verbrannte Körper im Osterfeuer ... Damals wie jetzt steht Völxen da wie erstarrt. Ein erster Sonnenstrahl fällt auf die Lichtung, als hätte jemand einen Bühnenscheinwerfer angestellt. Normalerweise ein schönes Schauspiel, doch heute kommt es ihm geradezu zynisch vor, dass die Natur einfach so weitermacht wie immer, eine völlig teilnahmslose Kulisse bildet, als wäre nichts geschehen.

Es gibt Ausnahmen. Eine Krähe stößt einen heiseren Ruf aus und flattert mit lautem Flügelschlag auf. Er zuckt zusammen und verspürt den Drang, sich umzudrehen und von diesem Ort des Grauens zu fliehen. Natürlich bleibt er und besinnt sich darauf, was seine Pflicht ist, nämlich den Tatort – denn von einem solchen darf man wohl getrost sprechen – in Augenschein zu nehmen.

Die Todesursache gibt keine Rätsel auf. Der Spieß steckt mitten in der Brust und bildet mit dem am Boden liegenden Leichnam einen rechten Winkel. An der Einstichstelle ist ein kleiner Rand von angetrocknetem Blut auf ihrem Shirt zu sehen. Nicht gerade viel, wenn man bedenkt, was für eine Wunde so eine Klinge reißen muss, wundert sich Völxen. Sie muss sehr rasch tot gewesen sein. Wer immer das getan hat, war entschlossen, brutal und handelte, ohne zu zögern.

Sie scheint noch nicht lange auf dieser Lichtung zu liegen, Völxen kann keinerlei Anzeichen von Verwesung oder Tierfraß entdecken. Noch nicht. Sein Blick schweift kurz in die Baumwipfel. Die Krähe von eben sitzt auf einem Buchenast und betrachtet ihn mit schief gelegtem Kopf. Wahrscheinlich hat der Hund sie gerade noch rechtzeitig verscheucht.

Nein, ihr Biester, aus dieser Mahlzeit wird nichts!

»He, Kommissar!«, macht sich der Hühnerbaron bemerkbar. »Sollten wir nicht deine Kollegen rufen? Und den Notarzt und ...

was weiß ich. Wen man eben anruft, wenn man eine Leiche findet.«

Völxen wendet sich um. »Ja, natürlich, ich bin gleich so weit.«

Er holt sein Smartphone aus der Westentasche seiner Funktionsjacke und macht Fotos von der Toten. Dabei merkt er, wie ihm zusehends übel wird. Zusammenreißen jetzt! Tief atmen. Bloß nicht vor Köpcke in die Büsche reihern. Das wäre sonst für den Hühnerbaron und sämtliche Dorfbewohner auf Jahre hinaus ein gefundenes Fressen – im übertragenen Sinn, wohlgemerkt. Apropos fressen ... Er kramt vom Grund seines Wanderrucksacks das Etui mit dem Regenponcho hervor und faltet ihn auseinander. Den Umhang hat er noch nie benutzt, denn *das* wüsste er: Der dünne, knittrige Kunststoff ist von so grellem Pink, dass Völxen im Bedarfsfall lieber klatschnass werden würde, als sich damit in der Öffentlichkeit zu zeigen. Bestimmt hat Sabine das unsägliche Teil bei Tchibo gekauft, es dann doch für zu schrill befunden und es kurzerhand ihm untergejubelt. Das sähe ihr jedenfalls ähnlich. Für eine Leiche ist die Farbgebung des Umhangs erst recht vollkommen unpassend, aber angesichts der wachsenden Anzahl von Krähen, die sich gerade in bester Hitchcock-Manier auf den Ästen der umliegenden Bäume formieren, kann auf Pietät keine Rücksicht genommen werden. Völxen breitet den Regenschutz über das Gesicht und den Oberkörper der Toten. Rückwärts, um möglichst wenig Spuren zu hinterlassen, kehrt er dorthin zurück, wo sein Nachbar und sein Hund auf ihn warten. Oscar hat sich längst beruhigt und begrüßt seinen Herrn schwanzwedelnd.

Der Hühnerbaron hockt auf einem Baumstumpf. Er hat die Mütze abgenommen, vielleicht aus Respekt vor der Toten. Sein Teint zeigt inzwischen wieder den gewohnten rötlichen, leicht ins Lila tendierenden Farbton, aber er scheint trotzdem noch recht mitgenommen zu sein. »Mein Gott, wer macht denn so was, wer macht denn so was?«, murmelt er vor sich hin und schüttelt dabei den Kopf.

Völxen legt ihm kurz die Hand auf die Schulter und presst hervor: »Das werde ich rausfinden, verlass dich darauf.«

Köpcke blickt auf. »Kommissar, du bist ja bleich wie ein Bettlaken! Ich dachte, du wärst an so was gewöhnt.«

»Wie kann man sich an so etwas gewöhnen?«, versetzt Völxen barsch und fährt etwas milder fort: »Normalerweise bin ich einer der Letzten am Tatort und weiß schon ungefähr, was mich erwartet. Aber das hier ist … « Ihm fehlen die Worte.

»Das ist wirklich übel«, konstatiert der Hühnerbaron.

Völxen nickt. Ja, *wirklich übel.*

Kapitel 2 – Der Herr des Waldes

Inzwischen ist es neun Uhr, die Sonne hat es über den Grat geschafft, doch die Bäume werfen noch immer lange Schatten auf die Lichtung. Die ist nun belebt wie ein Jahrmarkt. Ein Waldweg, der etwa fünfzig Meter unterhalb der Lichtung verläuft, ist mit Fahrzeugen zugestellt, der Fundort selbst weiträumig mit Flatterband abgesperrt. Völxen bezweifelt, ob an einem Sonntagmorgen mitten im Nirgendwo mit vielen Schaulustigen zu rechnen ist, aber so ist halt die Routine. Wenigstens haben sie auf die Sichtschutzwände verzichtet, die sonst die Gaffer vom Fotografieren abhalten müssen.

Die Leiche liegt nun wieder aufgedeckt da. Rolf Fieder, der Chef der Spurensicherung, hat Völxen, ohne eine Miene zu verziehen, und mit einem trockenen *da hast du es wieder, das gute Stück*, den Regenponcho gereicht, den sein Besitzer rasch in seinen Rucksack gestopft hat.

Die Krähen haben sich inzwischen verzogen. Die Mücken nicht.

Im Augenblick heißt es warten. Die Spurensicherer stellen ihre Schildchen auf, messen, fotografieren. Ein junger Rechtsmediziner untersucht den Leichnam.

»Moin, Völxen!«, dringt eine leicht atemlose Stimme an dessen Ohr.

Der Angesprochene wendet sich um. Oda Kristensens Haarknoten, blond wie Strandhafer, leuchtet in der Morgensonne. Ihr Gesichtsausdruck dagegen ist eher finster. Mit schwarzen Hosen und einem moosgrünen Trenchcoat mit passender Handtasche ist sie ohne Zweifel die am elegantesten gekleidete Person vor Ort. Der Look wird lediglich etwas ruiniert durch die knallroten Gummistiefel, die noch nagelneu aussehen.

»Oda! Na endlich!«

Ihre gletscherblauen Augen blitzen ihn entrüstet an. »Entschuldige mal! Ich war noch im Bett, und es dauert halt, bis man sich in die Wildnis vorgekämpft hat, und deine Wegbeschreibung war auch nicht besonders ... Du lieber Himmel, was ist *das* denn?« Gerade hat Oda einen Blick auf die Leiche erhascht. »Das sieht ja aus, als wäre sie erlegt worden.«

Erlegt trifft es ganz gut, findet Völxen. Wie ein Stück Wild. Niedergestreckt mit einer Waffe, wie man sie vor Erfindung des Schießpulvers benutzte.

»Es hat etwas Demonstratives«, fährt Oda fort. »Die Art, wie dieser ... Speer in ihr steckt, und dann liegt sie genau in der Mitte der Lichtung. Wie eine Opfergabe.«

»Eine Opfergabe? Du meinst, es ist was Religiöses?«

»Oder etwas Rituelles. Jedenfalls nichts Sexuelles, würde ich mal vermuten, zumal sie ja auch voll bekleidet ist. Das da ist eine bewusste Zurschaustellung. Sie soll da so liegen, genau so wollte der Täter der Welt sein Werk präsentieren.«

»Sein Werk«, wiederholt Völxen nachdenklich.

»Sein Kunstwerk, wenn du willst«, hört er Oda sagen. »Gibt es Schleifspuren zu dem Platz, an dem sie liegt?«

»Hab ich noch nicht gefragt.«

»Wer ist sie?« Oda holt ein Päckchen Tabak aus ihrer Umhängetasche und beginnt, sich geschickt eine zu drehen.

»Keine Ahnung. Sie hatte nichts bei sich, keine Papiere, kein Handy. Es ist nirgendwo in der Nähe ein Auto gefunden worden, die Streife hat schon gesucht.«

»Und du hast also die Leiche gefunden?« Oda schickt eine Rauchwolke in die würzige Morgenluft. »Darf ich fragen, was zum Teufel du hier in aller Herrgottsfrühe zu suchen hattest?«

»Pilze.«

»Pilze? Du?« Oda reißt die Augen auf.

»Was ist daran so verwunderlich?«, erwidert Völxen.

»Nichts, gar nichts. Aber ich kenne dich inzwischen seit fünfundzwanzig Jahren, und ich habe dich immer für einen Jäger gehalten, nicht für einen Sammler.«

»Erspar mir dein Psychologengequatsche!«, knurrt Völxen und sagt: »Ich habe ja auch erst damit angefangen. Zusammen mit meinem Nachbarn. Ein begnadeter Pilzsammler«, fügt der Hauptkommissar sarkastisch hinzu und wendet sich um zu Jens Köpcke, der noch immer Oscar an der Leine hält und die Geschehnisse am Tatort aufmerksam verfolgt. Das sei ja eine langwierige Prozedur, im Fernsehen gehe das immer alles viel schneller, hat er vorhin gemeint.

Der Rechtsmediziner scheint fertig zu sein und gesellt sich zu ihnen. »Dr. Schultheiß, Rechtsmedizin.«

»Hauptkommissar Völxen, Polizeidirektion Hannover, das ist meine Kollegin, Hauptkommissarin Oda Kristensen.«

Völxen wäre es lieber gewesen, Dr. Bächle, der Leiter des Rechtsmedizinischen Instituts der Medizinischen Hochschule Hannover, wäre persönlich am Tatort erschienen. Er hat dessen Mobiltelefon angerufen, aber es hat sich nur die Mailbox gemeldet. Kein Wunder, Sonntag früh. Folglich hat man ihm diesen Jungspund geschickt, den Völxen noch nie zuvor gesehen hat. Wobei – gar so jung ist der auch nicht mehr, Ende dreißig, schätzungsweise. Seit Völxen die sechzig überschritten hat, kommen ihm auf einmal sehr viele Leute sehr jung vor.

»So etwas hatte ich wirklich noch nie«, meint Schultheiß.

»Wir auch nicht«, versichert Völxen und erkundigt sich im selben Atemzug nach dem geschätzten Todeszeitpunkt.

»Gestern Abend, grob gesagt zwischen acht Uhr und Mitternacht. Was die Todesursache angeht, gibt es ja kaum Zweifel. Aber wir werden das dennoch sorgfältig prüfen.«

»Herr Doktor! Einen Augenblick noch!« Einer von Fiedlers Leuten nähert sich ihnen und stottert: »Das Dingsda … der Spieß … Der kann nicht drinbleiben, ich meine, im Körper. Wie soll man sie denn sonst in den Transportsarg kriegen? Selbst das Auto ist nicht hoch genug.«

»Sie können ihn vorsichtig extrahieren, ich bin fertig«, meint der Rechtsmediziner. »Die Waffe muss ebenfalls zu uns ins Institut.«

»Schon klar, es ist nur ...« Der Mann im weißen Ganzkörperanzug tritt verlegen von einem Fuß auf den anderen. »Er geht nicht raus.«

»Wie?«

»Die Klinge hat sich wohl im Knochen verhakt oder steckt zu fest drin. Könnten Sie das vielleicht machen? Wir wollen ja auch nichts zerstören.«

Der Gefragte seufzt, nickt und wendet sich an Völxen. »Brauchen Sie mich noch?«

»Nein, tun Sie ruhig, was getan werden muss.«

Der Mediziner nähert sich erneut der Leiche. Völxen kehrt dem Geschehen den Rücken zu. Für heute hat er schon genug gesehen, findet er. »Sagen Sie«, fragt er den Spurensicherer, »gibt es Schleifspuren zu der Stelle, an der die Leiche liegt?«

»Nein, wie es aussieht, nicht. Aber der Boden hier ist auch ordentlich zertrampelt, wir konnten schon mindestens sechs verschiedene Sohlenabdrücke sicherstellen, und wir sind erst am Anfang.«

»Eine Party?«, fragt Völxen.

»Eher nicht. Wir haben weder Flaschen noch Zigarettenstummel oder Grillreste gefunden. Es gibt eine Feuerstelle, aber die sieht schon ein paar Tage älter aus.«

»Die vielen Spuren, von wann sind die?«

»Die sind relativ frisch. Höchstens ein, zwei Tage.«

Oscar fühlt sich vernachlässigt und bringt sich bei seinem Herrn in Erinnerung, indem er ungeduldig kläfft.

»Du kannst ruhig gehen, Jens«, sagt Völxen zu seinem Nachbarn. »Oda fährt mich dann nach Hause. Kannst du den Hund mitnehmen? Der stört hier nur, und er hat noch nicht gefrühstückt, deshalb ist er so unleidlich. Da geht es ihm wie mir«, setzt Völxen resigniert hinzu.

Der Hühnerbaron ist einverstanden. Ehe er geht, fasst er in den Korb, mit dem er wahrscheinlich die geernteten Pilze transportieren wollte, und holt ein in Pergamentpapier gewickeltes Päckchen heraus. »Hier, für dich. Nicht, dass du uns noch umkippst.«

»Du bist ein wahrer Freund«, strahlt Völxen und nimmt die Stulle unter Oscars aufmerksamem Blick entgegen.

»Guten Hunger«, bemerkt Oda.

»Ja, nenn mich ruhig ein gefühlskaltes Monster, aber ich habe wirklich einen Sauhunger«, entgegnet Völxen. »Schließlich bin ich schon seit über vier Stunden auf den Beinen und habe noch keinen Bissen gegessen.«

»Oha! Jetzt kommt der Herr des Waldes höchstpersönlich.« Jens Köpcke deutet mit dem Kinn auf einen untersetzten Mann mit einem grauen Haarkranz um seine Halbglatze. Er trägt eine wattierte Weste in Tarnfleckmuster über einem tannengrünen Pullover und braunen Cordhosen. Um seinen Hals hängt ein ziemlich großes Fernglas.

»Da mach ich mich mal lieber vom Acker, mit dem ist nämlich nicht gut Kirschen essen«, meint der Hühnerbaron und setzt sich, den widerstrebenden Oscar im Schlepptau, in Bewegung.

Köpcke hat den Neuankömmling offenbar richtig eingeschätzt. Ehe er und Oscar sich verdrücken können, werden sie von diesem angeblafft: »Sie da! Dass mir die Fußhupe ja an der Leine bleibt! Da ist ein Terrier, das sehe ich, das sind die Schlimmsten!«

Der Hühnerbaron tippt sich grüßend an die Mütze und antwortet seinem Gegenüber in gleichmütigem Tonfall, dass dieser ihn mal kreuzweise könne.

Schau an, der Hühnerbaron auf Krawall gebürstet, denkt Völxen, und als Köpcke sich noch einmal nach ihm umdreht, hebt er den Daumen.

Der Mann mit der Tarnweste hat derweil schon einen neuen Blitzableiter für seine schlechte Laune gefunden und sich mit einem der Streifenpolizisten angelegt, der ihn am Weitergehen hindert.

»Ich will gefälligst wissen, was hier los ist!«

»Sieht man doch«, erwidert der Uniformierte.

Die kleinen, tief liegenden Augen im fleischigen Gesicht des Försters weiten sich, als er über die Schulter des Polizisten späht und die Leiche auf der Lichtung entdeckt. Er murmelt etwas vor sich hin, das wie ein Fluch klingt, dann greift er nach dem Fernglas und pflanzt es sich mit einer routinierten Bewegung auf die rot geäderte Nase.

»Komm, den Giftzwerg knöpfen wir uns vor«, sagt Völxen zu seiner Kollegin, während er mit Bedauern das Leberwurstbrot wieder einwickelt und es in seinem Rucksack verschwinden lässt. Er und Oda gehen hinüber zu dem Mann. Völxen räuspert sich, woraufhin dieser das Fernglas sinken lässt und die beiden Ermittler grimmig ansieht.

Im grimmigen Schauen macht Völxen allerdings keiner so leicht etwas vor. Unter seinen buschigen grauen Augenbrauen heraus fixiert er sein Gegenüber und fragt barsch: »Und Sie sind?«

»Elmar Schutter. Ich bin der zuständige Revierförster. Und Sie?«

»Erster Kriminalhauptkommissar Völxen von der Polizeidirektion Hannover und Besitzer der *Fußhupe*. Meine Kollegin, Hauptkommissarin Kristensen.«

»Ich habe die vielen Autos bemerkt und wollte nachsehen, was der Aufstand hier soll«, erklärt Schutter etwas gemäßigter.

»Der *Aufstand* bedeutet, dass wir die Leiche einer jungen Frau gefunden haben«, entgegnet Völxen.

»So schlau bin ich inzwischen auch«, versetzt Schutter.

Er dürfte Mitte fünfzig sein und ist wohl eher der cholerische Typ.

»Hätte mir der Armleuchter, der unten am Weg an der Absperrung steht, auch gleich sagen können. Weiß man schon, wer sie ist?«

»Nein, noch nicht.« *Und selbst wenn, würde ich es dir nicht erzählen*, fügt Völxen in Gedanken hinzu.

»Kann ich mal einen Blick auf die Leiche werfen?«

»Nein«, antwortet Völxen. »Es sei denn, Sie hätten einen triftigen Grund dafür.«

»Ich glaube, ich kenne sie. Aber ich will nichts Falsches sagen.«

»Gut«, lenkt der Hauptkommissar ein. »Bleiben Sie hinter mir.« Er macht den Männern von der Spurensicherung, die noch in unmittelbarer Nähe der Toten beschäftigt sind, ein Zeichen. Deren

Chef, Rolf Fiedler, rollt genervt mit den Augen und winkt dann Völxen und den Förster heran. »Wenn's denn sein muss.«

»Es muss, danke, Rolf.«

Elmar Schutter wirft lediglich einen kurzen Blick auf das Gesicht der Toten. Er scheint sich mehr für die Waffe zu interessieren, die der Rechtsmediziner inzwischen entfernen konnte und die er neben den Leichnam gelegt hat. Auch Völxen betrachtet nun das Mordinstrument und kann nicht verhindern, dass ihm ein dabei kalter Schauder über den Rücken läuft. Die eiserne Klinge dürfte an die vierzig Zentimeter lang sein. Vor dem Übergang zum hölzernen Schaft sitzt ein Querstück, die Parierstange, wie er noch lernen wird. Mit Schaft und Klinge ist die Waffe deutlich über zwei Meter lang.

»Genug gesehen?«, erkundigt sich Völxen bei seinem Begleiter.

»Das ist eine Saufeder«, konstatiert der Förster.

»Eine was?«

»Eine Saufeder, auch Sauspieß genannt. Eine Jagdwaffe. Damit haben sie früher die Sauen, also die Wildschweine, erlegt.«

Völxen macht mit seinem Handy Fotos von der Waffe, speziell von der überdimensionalen Klinge, die die Form einer lang gezogenen Raute hat, ehe er sich wieder dem Förster zuwendet. »Und das da ist so eine alte Waffe?«

»Ob die wirklich alt ist, weiß ich nicht, solche Dinger werden haufenweise nachgebaut. Das Blatt – die Klinge – ist ganz typisch für eine Saufeder. Sie scheint mir recht scharf zu sein.« Er deutet auf den Riss im Sweatshirt der Toten, den die Waffe hinterlassen hat. »Musste sie ja wohl auch, sonst hätte das nicht so gut geklappt. Treffer mitten ins Herz, würde ich sagen.« In Schutters Stimme schwingt fast so etwas wie Anerkennung mit.

»Sie sagten, Sie könnten die Frau eventuell identifizieren«, erinnert Völxen den Mann, dessen Stärke offensichtlich nicht gerade in der Empathie liegt.

»Kann ich«, bestätigt er. »Das ist eine von den Kobler-Töchtern. Sie heißt Marlene, glaube ich. Ich kenne sie nur vom Sehen, ich hatte mehr mit ihrem Herrn Vater zu tun. Er heißt Georg Kobler.«

»Georg Kobler«, wiederholt Völxen nachdenklich und bedeutet dem Förster, dass sie nun wieder hinter die Absperrung gehen sollten. »Kobler, Kobler« murmelt Völxen unterwegs erneut vor sich hin. »Irgendwie kommt mir der Name bekannt vor.«

»Der war früher mal bei euch«, hilft ihm der Förster auf die Sprünge, als sie wieder am Rand des Geschehens angekommen sind, wo Oda ihren Vorgesetzten fragend ansieht.

»Stimmt. Ich kenne ihn«, dämmert es Völxen. Er wendet sich Oda zu: »Georg Kobler. War mal beim Rauschgift, später bei der Hundestaffel. Kennst du ihn?«

»Äh, ja, schon. Ich meine ... den kannte ja wohl jeder. Wieso fragst du?«

»Das Opfer ist seine Tochter. Marlene Kobler.«

Odas Augen weiten sich. »Ach, du Scheiße!«

Völxen kann ihre Reaktion verstehen. Es ist immer doppelt schlimm, wenn es einen aus den eigenen Reihen oder dessen Angehörigen trifft. Und die Ermittlungsarbeit erleichtert es auch nur in den wenigsten Fällen.

»Ich habe ihn bestimmt schon seit zehn Jahren nicht mehr gesehen«, überlegt Völxen laut.

Oda schweigt dazu und drückt ihre Zigarette auf dem Boden aus, wird aber sofort von Elmar Schutter angeschnauzt: »Aufheben!«

»Das ist alles Natur, da ist kein Filter dran.«

»Es ist Abfall, und ich dulde keinen Abfall in meinem Wald.« Elmar Schutter deutet gebieterisch auf das *corpus delicti*. »Bitte«, fügt er widerstrebend hinzu.

Oda wirft ihm einen gereizten Blick zu, hebt aber ohne einen weiteren Kommentar den Zigarettenstummel auf und lässt ihn in ihrem Tabaksbeutel verschwinden.

Schutter hält sich lieber wieder an Völxen. »Kobler hat vor ein paar Jahren den Hof gekauft, an dem man vorbeikommt, wenn man dem Waldweg weiter nach unten folgt. Er ist der Anführer dieser Spinner«, erklärt er ungefragt.

»Der Spinner?«

»Die nennen sich *Prepper*. Das ist Englisch und bedeutet ... äh ...«

Oda kann weiterhelfen. »Es kommt von *to be prepared*, also *vorbereitet sein*.«

»Auf was?«, will Völxen wissen.

»Auf den Weltuntergang, die Apokalypse, was weiß denn ich!« Elmar Schutter verzieht verächtlich das Gesicht.

»Jedenfalls veranstalten die noch ein bisschen mehr, als nur Klopapier und Nudeln zu hamstern«, fügt Oda hinzu.

»Diese Spinner – wohnen die alle auf diesem Hof?«, will Völxen vom Förster wissen.

»Nein, nein. Da wohnt nur Kobler mit seinen beiden Töchtern. Die anderen kommen nur tageweise her, vermutlich aus der Stadt. Die gehen mir so was von auf den Sack!«, stößt der Förster hervor.

»Warum denn?«, erkundigt sich Völxen.

»Warum?«, wiederholt Schutter aufgebracht. »Wo soll ich anfangen? Bei ihren Gruppentreffen hier im Wald, ihren albernen Schnitzeljagden und den Survivaltrainings über mehrere Tage, bei denen sie nachts Feuerchen machen, egal wie trocken der Wald und wie hoch die Brandgefahr ist. Sie werfen Äxte in Bäume, keine Ahnung, wieso. Ich kann Ihnen die Schäden zeigen. Außerdem habe ich schon selbst gebaute Fallen gefunden, mit Schlingen, wirklich übles Zeug.«

»Das wäre dann also Wilderei ...«, meint Völxen.

»In der Tat. Neulich hat der Hund von einem befreundeten Jäger wie verrückt an einer frisch aufgegrabenen Stelle angeschlagen. Wir dachten schon an alles Mögliche. Und wissen Sie, was es war?«

»Nein«, sagt Völxen am Rand seiner Geduld.

»Eine Kiste mit Konservendosen von der Bundeswehr. Dosenfleisch und Eintöpfe und so Zeug.«

Völxen überlegt, ob das Vergraben von Dosenfleisch und Eintöpfen aus Bundeswehrbeständen einen Straftatbestand darstellt.

»Wir haben es also definitiv nicht mit Gourmets zu tun«, stellt Oda fest.

»Nur der Neugier halber: Was haben Sie damit gemacht?«, erkundigt sich Völxen.

»Ich hab's zur Tafel gebracht. Die waren auch nicht wirklich begeistert davon. Das mit den Dosen war ja noch harmlos«, fährt der Förster fort. »Im Gegensatz zu seinen Kötern. Ich habe Kobler schon gesagt, wenn ich noch ein einziges Mal einen von denen ohne Leine im Wald sehe, dann fängt er sich eine Kugel ein. Der Köter, nicht Kobler. Obwohl es um den auch nicht schade wäre«, bekennt der Förster offenherzig.

»Von was für *Kötern* reden wir denn da?«, will Oda wissen.

»Schäferhunde. Diese Malinois, die sie auch bei der Polizei und beim Zoll haben. Neulich hat einer der Jagdgenossen hier ein übel zugerichtetes Reh gefunden. Zuerst dachte man, es wäre ein Wolf gewesen. Aber ich habe gleich gesehen, dass das ein Hund gewesen sein muss. Ein Wolf tötet ganz anders: ein Biss durch die Kehle, und Schluss ist. Der richtet nicht so ein Gemetzel an.«

Völxen muss schlucken. Als Besitzer von vier Schafen und einem Schafbock reagiert er sensibel auf das Thema Wölfe.

»Wie dem auch sei«, fährt Schutter fort, »es wurden Speichelproben ins Labor geschickt, und siehe da, es war definitiv ein Hund. Ein Schäferhund, um genau zu sein.«

»Das kann man feststellen?«, fragt Oda.

»Jawohl, Frau Kommissarin, das lässt sich sogar ganz genau feststellen.«

»Was ist aus der Sache geworden?«, will Völxen wissen.

»Eine Streife ist zu seinem Hof gefahren. Kobler hat gemeint, wenn die Herren Speichelproben von seinen Hunden nehmen möchten, bitte schön, dann sollen sie das ruhig tun. Natürlich hat sich das keiner getraut, und die Streife ist wieder weggefahren. Die Sache ist im Sande verlaufen, wie üblich. Ein Ex-Bulle hat eben immer noch Beziehungen, und eine Krähe hackt der anderen bekanntlich kein Auge aus.«

Völxen seufzt innerlich und spart sich eine Entgegnung. Gerade wird der Transportsarg von der Lichtung getragen. Einer der Spurensicherer läuft hinterher, die Tatwaffe in der Hand.

»Man kann also sagen, dass Sie mit Kobler das eine oder andere Hühnchen zu rupfen haben«, fasst Oda zusammen.

»Das kann man sagen, allerdings«, gesteht Schutter freimütig. »Aber das gilt für *ihn*, nicht für seine Tochter.«

»Gehörte die auch zu diesen Spinnern?«

»Klar, was glauben Sie denn?«, erwidert Schutter. »Ach ja, und diese Saufeder … Ich verwette meinen Allerwertesten, dass die auch aus deren Bestand stammt. Jedenfalls habe ich die Bande schon damit hantieren sehen.«

»Tatsächlich?« Völxen ist hellhörig geworden. »Was machen die denn damit?«

»Wie gesagt, sie halten hier regelmäßig ihre Übungen ab. Erst gestern waren sie wieder zugange.«

»Mit der Saufeder?«

»Nein, gestern nicht, soviel ich gesehen habe. Aber neulich, vor ein paar Wochen …« Der Förster hält inne und fängt auf einmal an zu kichern. Er hält sich die Hand vor den Mund, aber es scheint, als könne er gar nicht wieder damit aufhören.

»Herr Schutter! Ich muss doch bitten«, ermahnt ihn Völxen.

»Entschuldigung«, japst der Förster. »Es ist nur … Sie hätten das sehen sollen.« Er hat sich wieder einigermaßen gefasst und berichtet: »Da hockt also so ein Typ im Baum und hat eine Saufeder in der Hand. Und ein anderer von diesen Vollpfosten zieht einen Strohballen an einem Strick unter dem Baum lang. Das sollte wohl die Wildsau sein.« Schutter muss schon wieder kichern. »Und der oben im Baum wirft dann die Saufeder auf den Strohballen. Damit üben sie das Erlegen eines Wildschweins. Falls es mal schlechte Zeiten gibt.«

Sogar Völxen und Oda müssen ein wenig grinsen.

»Als ob das jemals klappen würde!« Der Mann schüttelt den Kopf. »Ganz abgesehen davon, dass eine Saufeder kein Wurfspeer ist.«

»Sondern?«, fragt Völxen.

»Damit fängt man bei einer Drückjagd die Sau ab. Man hat Hunde, meistens Terrier, die die Sau aufstöbern und hetzen, und der Jäger wartet am Wildwechsel, bleibt stehen und lässt die Sau auflaufen. Mir geht jedes Mal das Messer in der Tasche auf, wenn ich diese Dilettanten damit herumfuchteln sehe. Ich wette, wenn einem von denen wirklich mal ein ausgewachsener Keiler begegnet, dann nimmt der die Beine in die Hand und schreit nach seiner Mami!«

»Ist es denn erlaubt, damit auf die Jagd zu gehen?«, will Oda wissen.

»Sagen wir so: Es ist nicht verboten. Aber natürlich macht das heute kaum noch ein Jäger. Das ist nämlich hochgradig gefährlich, das war früher schon eine Mutprobe, die nicht jeder bestanden hat. Ganz selten wird heute eine Saufeder noch anstatt eines Fangschusses verwendet. Das heißt, wenn das Tier schon verletzt ist. Das bringt die Hunde weniger in Gefahr als ein Schuss und schont deren Gehör. Aber das muss man wirklich gut können, sonst ist es eine Tierquälerei und alles andere als waidgerecht. Und wie gesagt, es ist ausgesprochen gefährlich. Die meisten Saufedern hängen heutzutage lediglich als Dekoration über Kaminen und in Jagdhütten herum.«

»Herr Schutter, waren Sie gestern Abend auch im Wald unterwegs?«, fragt Völxen.

»Ja, war ich. Aber nicht in dieser Gegend.«

»Ist Ihnen irgendetwas aufgefallen? Fremde Fahrzeuge vielleicht?«

»Wie gesagt: Ich war nicht hier, ich war weiter westlich unterwegs, Richtung Barsinghausen. Mir ist nichts aufgefallen.«

»Und was haben Sie hinterher gemacht?« Die Frage sollte beiläufig klingen, aber Schutter riecht den Braten und sagt: »Wenn Sie mich damit nach meinem Alibi fragen: Ich war bis halb neun unterwegs, danach wird es ja jetzt schon dunkel. Und dann war ich zu Hause. Abendessen, fernsehen. Ich wohne allein, es gibt also niemanden, der das bezeugen kann.«

»Dann danke ich erst einmal für die Auskünfte«, sagt Völxen.

Schutter lässt als Antwort ein Grunzen hören und macht Anstalten zu gehen. Dann fällt ihm wohl doch noch etwas ein: »Wenn Sie den Hof von Kobler auseinandernehmen, vergessen Sie nicht den Bunker.«

»Den Bunker?«, wiederholt Oda.

»In der Nähe ist ein alter Bunker aus dem Zweiten Weltkrieg. Den hat er auch gleich mitgekauft.«

»Danke für den Hinweis«, sagt Völxen. »Aber zunächst einmal überbringen wir nur eine Todesnachricht.«

Kapitel 3 – My home is my castle

Der dunkelgrüne Lack des Mini Countryman passt exakt zu Odas Trenchcoat. Der Wagen, der innen noch ganz neu riecht, holpert über den Waldweg. Oda Kristensen sitzt am Steuer, sie hat den Mantel inzwischen ausgezogen und die Gummistiefel gegen schwarze Pumps ausgetauscht.

»Wieso lässt du die Fenster runter? Die ganzen Mücken kommen rein«, beschwert sich ihr Chef mit vollem Mund.

»Weil dein Frühstück bestialisch stinkt.«

Völxen nimmt einen weiteren Bissen von dem Brot mit der groben Leberwurst und nuschelt etwas von einem geschenkten Gaul, dem man nicht ins Maul schauen dürfe.

»Krümel mir ja nicht die Sitze voll!«

Nachdem Hauptkommissar Völxen sein Mahl beendet hat, telefoniert er mit Fernando Rodriguez, der sich anhört, als hätte man ihn aus dem Schlaf gerissen. Dabei ist es inzwischen schon fast zehn. Völxen erklärt ihm, was vorgefallen ist, und um Protest vorzubeugen, sagt er: »Ich möchte nur, dass du erreichbar bist, falls ich dich doch noch brauche.«

»Aber Jule und ich wollten heute mit Leo und meiner Mutter in den Zoo!«

»Natürlich könnt ihr in den Zoo«, säuselt Völxen. »Du sollst nur dein Handy anlassen. Und leg vorsichtshalber deinen Laptop in den Kinderwagen.« Damit ist für ihn das Gespräch beendet.

Oda wirft ihm einen Seitenblick zu und beißt sich auf die Lippen.

»Was?«, grunzt er.

»Nichts, gar nichts.«

»Herrgott, ist doch wahr!«, regt Völxen sich auf. »Hätte ich früher zu meinem Chef gesagt, ich müsse mit Wanda in den Zoo, nachdem es einen Mord gegeben hat, hätte ich eine Woche später den Verkehr im Emsland geregelt.«

»Und wie oft hast du Wanda als Kleinkind zu Gesicht bekommen?«

»Schon gut«, wehrt Völxen ab. »Ich weiß, die Zeiten haben sich geändert. Demnächst geht er sogar in Vaterschaftsurlaub.«

»Ist doch in Ordnung«, findet Oda.

»Trotzdem: Was kriegt ein wenige Monate altes Baby schon vom Zoo mit?«

»Schreie exotischer Tiere, die in seinem späteren Leben ausgestorben sein werden.«

»Wetten, wenn ich jetzt Raukel anrufe, bekomme ich zu hören, dass ihm dieser Mordfall gerade ganz ungelegen kommt, weil er zum Pferderennen muss oder zu einer Whiskyverkostung.«

»Was musst du auch am Sonntag früh eine Leiche finden?«, kontert Oda. »Tian und ich hatten heute auch etwas Besseres vor. Und doch bin ich hier.«

»Dafür gebe ich dir ein Fleißbildchen.«

»Was ist mit Rifkin? Warum rufst du sie nicht an? Die würde doch sofort alles stehen und liegen lassen und Gewehr bei Fuß dastehen.«

Da ist etwas dran. Hauptkommissarin Elena Rifkin, seine jüngste und diensteifrigste Mitarbeiterin, würde nicht herumnölen und nach Ausreden suchen, sondern zackig fragen, was für eine Aufgabe Völxen für sie hätte. »Rifkin nützt mir leider nichts, die ist die ganze nächste Woche auf einem Seminar in Duisburg.«

»Was denn für eines?«, erkundigt sich Oda neugierig.

»Techniken für Anhörung und Vernehmung.«

»Die Rolle des *bad cop* beherrscht sie ja schon«, bemerkt Oda. »Man könnte meinen, du hättest sie von der CIA abgeworben und nicht vom Kriminaldauerdienst.«

Der Mini biegt ab und fährt auf ein umzäuntes Grundstück zu. Elmar Schutter, der Förster, hat ihnen den Weg beschrieben, aber es ist ohnehin weit und breit das einzige Haus in der Gegend.

»Nicht besonders weit entfernt vom Tatort«, stellt Oda nach einem Blick auf den Tageskilometerzähler fest. »Gerade mal achthundert Meter und dann noch das kleine Stück Fußweg durch den Wald.«

Sie sind am Ende der Zufahrt zu Georg Koblers Anwesen angekommen. Völxen schält sich aus dem Kleinwagen und sieht sich um, während Oda noch ein paar Brotkrümel vom Beifahrersitz fegt, dann aussteigt und sich eine Zigarette dreht.

Der hohe Zaun, der das Gehöft umgibt, besteht aus versetzt übereinanderliegenden metallenen Lamellen. Darüber spannen sich zwei Reihen Stacheldraht. Über dem Tor der Einfahrt befindet sich eine Kamera, deren Winkel vermutlich auch die Pforte daneben erfasst.

»Da hat aber einer ein großes Sicherheitsbedürfnis«, bemerkt Völxen. »Das ist ja die reinste Festung.«

An der Pforte gibt es eine Klingel ohne Namensschild. Beide verharren für einen Moment davor, um sich innerlich für ihre Aufgabe zu wappnen. Völxen spürt, wie eine wachsende Beklemmung von ihm Besitz ergreift. So oft schon hat er Todesnachrichten überbringen müssen, doch es wird dadurch nicht leichter, ganz im Gegenteil. Unwillkürlich muss er an seine Tochter Wanda denken und wie es wohl wäre, wenn eines Sonntagmorgens zwei Kollegen vor der Tür stünden ... Binnen einer Sekunde wäre sein und Sabines Leben zerstört, oder jedenfalls so unheilbar beschädigt, dass sie nur noch existieren würden, mehr nicht. Er schüttelt sich, denn ihn schaudert vor seinen eigenen Gedanken.

Oda legt ihm die Hand auf die Schulter, und Völxen holt tief Luft. Wie sagt man einem Vater, dass jemand seine Tochter mit einer Saufeder aufgespießt hat?

»Mir graust«, gesteht er. »Es ist noch schlimmer, wenn man jemanden kennt. Wobei kennen zu viel gesagt ist ...«

»Ich weiß, was du meinst«, seufzt Oda. »Sag mal, muss ich unbedingt mit rein? Kann ich nicht im Wagen warten, und du ...?«

»Was? Wieso, was ist denn los mit dir?«

»Nichts, ich meine nur ...«

Völxen ahnt, dass ihr gerade ähnliche Gedanken wie ihm durch den Kopf gehen, denn auch Oda hat eine Tochter in den Zwanzigern, Veronika. »Es geht mir auch nah, aber wir müssen uns zusammenreißen«, ermahnt er seine Mitarbeiterin. »Das ist schließlich unser Job.«

Ihre Ankunft ist nicht unbemerkt geblieben. Wütendes Hundegebell ist hinter dem Zaun zu hören. Kurz darauf ertönt eine tiefe, durchdringende Männerstimme, die den Tieren befiehlt, ruhig zu sein und Sitz zu machen.

Die Pforte wird geöffnet, und Georg Kobler steht vor ihnen, aufrecht wie ein Turm, in olivgrünen Bundeswehrhosen und einem grauen T-Shirt, dessen kurze Ärmel von seinen kräftigen Armmuskeln gedehnt werden. Das Gesicht des Mittfünfzigers ist gebräunt, der Blick aus graugrünen Augen klar und durchdringend. Völxen will gerade den Mund aufmachen, da sagt Kobler: »Völxen. Und Madame Kristensen, na so was! Lange nicht gesehen, aber gleich wiedererkannt.«

Völxen ist dagegen gar nicht sicher, ob er den früheren Kollegen wiedererkannt hätte. Ihre letzten Begegnungen reichen bestimmt schon zehn Jahre zurück, als Kobler noch beim Kommissariat für Drogendelikte war. Damals hatte dieser noch eine schulterlange Matte, einen Fünftagebart und machte gern auf cool und lässig. Heute ist sein ehemals dunkles Haar grau und auf fünf Millimeter abrasiert, und die Züge des glatt rasierten Gesichts mit den markanten Falten sehen aus wie gemeißelt. Trotzdem macht er immer noch etwas her, was unter anderem an seiner athletischen Figur und der selbstbewussten Ausstrahlung liegt.

Wann und aus welchem Grund Georg Kobler den Polizeidienst verlassen hat – oder verlassen musste –, weiß Völxen nicht, und falls es Klatsch oder Gerüchte gab, hat er sie entweder nicht mitbekommen oder inzwischen wieder vergessen.

»Was ist los? Hat sich wieder irgendein Kleingeist über mich oder meine Hunde beschwert?«

»Dürfen wir reinkommen?«, fragt Völxen.

Kobler schaut ihn lauernd an, dann nickt er. Offenbar dämmert ihm gerade, dass es um etwas Ernsteres gehen muss, denn zu Völxens Aufgabenbereich gehören weder streunende Hunde noch Wildereidelikte, das dürfte Kobler noch aus alten Zeiten bekannt sein.

»Ich bring nur rasch die Hunde weg. Sicher ist sicher.« Er nähert sich seinen drei Malinois-Schäferhunden, die in aufrechter Haltung exakt nebeneinandersitzen und die beiden Besucher fixieren. Ein Fingerschnippen und ein leises Kommando, und sie springen auf und folgen ihrem Besitzer zu einem Zwinger aus Stahlgitter, der sich an ein Stallgebäude anschließt.

Nachdem die drei Tiere weggesperrt sind, wagen sich Oda und Völxen auf das Gelände. Das Anwesen ist deutlich größer als das alte Bauernhaus, das Völxen vor langer Zeit gekauft und nach und nach liebevoll und nicht immer perfekt renoviert hat. Auch an Koblers Hof ist einiges gemacht worden, aber offenbar hat der Besitzer mehr Wert auf Zweckmäßigkeit als auf Ästhetik gelegt. Das Wohngebäude besteht aus rotem Backstein, dem die neuen Fensterrahmen aus Kunststoff einiges von seiner strengen Würde nehmen. Solarpanels bedecken die gesamte südliche Hälfte der Dachfläche von Wohnhaus und Stall. Im Gemüsegarten wächst alles in Reih und Glied, auf schmückendes Beiwerk in Form von Blumen wurde verzichtet. Daneben, in einem Gehege, leben Hühner, Enten, Gänse und Stallhasen. Eine alte Badewanne dient dem Geflügel als Teich, ein paar Sträucher spenden Schatten. Die restliche Fläche zwischen dem Wohnhaus und dem Stall ist betoniert. In einem geräumigen Carport parken ein Defender, ein älterer roter VW Polo und ein grauer Mercedes Kombi, ebenfalls ein älteres Baujahr. Vor dem Stall türmt sich ein Misthaufen auf. Schweinemist, eindeutig am Geruch erkennbar. Es gibt weder Blumenkästen noch Pflanzkübel, auch kein Blumenbeet, ganz zu schweigen von Firlefanz wie Türkränzen oder Gartenkunstwerken, wie sie in Völxens Heim im Übermaß vorhanden sind. Hier ist alles auf Zweckmäßigkeit ausgerichtet. Eine Biertischgarnitur mit einem Sonnenschirm steht an der Wand neben der Haustür, immerhin.

Kein Zweifel, erkennt Völxen, Kobler ist nicht auf diesen Hof gezogen, um seine Landlust-Fantasien zu verwirklichen, und er scheint auch kein Ökobauer zu sein, denn solche Höfe sehen ebenfalls anders aus als *das* hier, für das Völxen gerade nicht die passenden Worte findet. Obwohl die Sonne mittlerweile hoch steht und herunterbrennt, fröstelt ihn ein wenig.

Kobler kommt zurück, bittet die Ermittler ins Haus und führt sie in die geräumige, gut ausgestattete Küche. Auch in diesem Raum geht Funktionalität vor Schönheit. Das einzig Dekorative ist ein alter Holz- und Kohleherd, der dem Elektroherd Konkurrenz macht. Kobler weist auf eine Eckbank, aber die beiden Besucher bleiben lieber stehen.

»Herr Kobler …«, beginnt Völxen, wird aber sogleich von diesem unterbrochen.

»*Herr* Kobler? Waren wir nicht mal beim Du? Oder gilt das nicht für Ex-Kollegen?«

Völxen weiß nicht mehr, ob sie beim Du waren, wahrscheinlich schon. Gerade allerdings wäre Völxen das distanziertere Sie lieber, aber er möchte Kobler nicht brüskieren. »Es ist etwas Schreckliches passiert«, platzt er heraus, um es hinter sich zu bringen. »Deine Tochter Marlene wurde tot aufgefunden. Oben im Wald, auf einer Lichtung.«

Koblers Haltung und Blick werden starr. Dann schaut er Oda an, als wolle er sich bei ihr vergewissern, ob das, was Völxen gesagt hat, wahr ist.

Oda nickt kaum merklich und senkt dann den Blick, wobei sie flüstert, dass es ihr schrecklich leidtue.

»Was für ein Blödsinn!«, stößt Kobler hervor, dreht sich um, rennt hinaus auf den Flur und dann mit wenigen Schritten eine Treppe hinauf, wobei er mehrmals »Marlene« brüllt. Völxen und Oda hören, wie oben eine Tür aufgerissen wird. »Marlene?«

Weitere Türen werden geöffnet.

»Marlene!«

Eine weibliche Stimme fragt, was denn los sei.

»Wo ist deine Schwester?«, schreit Kobler.

Die Antwort ist nicht zu verstehen.

Eine Tür knallt zu, danach hört man Kobler die Treppe wieder hinabpoltern.

Verborgen von den Kräutertöpfen auf der Bank des Küchenfensters, beobachten Völxen und Oda, wie Kobler zur Haustür hinausrennt, den Hof überquert, die Stalltür aufreißt und gleich wieder herauskommt. Dabei ruft er immer wieder den Namen seiner Tochter, und je öfter er vergeblich nach ihr ruft, desto mehr schlägt sein Ton um in Verzweiflung. Oda stößt einen tiefen Seufzer aus und lässt sich auf einen Stuhl sinken. Völxen ist auf dem Weg nach draußen, aber da kehrt Kobler mit weit ausgreifenden Schritten wieder ins Haus zurück. Doch anstatt wieder in die Küche zu kommen, öffnet er eine Stahltür am Ende des Flurs. »Marlene?«, ruft er, dann fällt die Tür zu, und man hört nichts mehr.

Völxen öffnet die Stahltür, durch die Kobler gerade gegangen ist. Stufen aus Beton führen abwärts.

»Ich warte lieber mal hier oben«, meint Oda, die hinter ihn getreten ist.

»Was ist nur heute los mit dir?«, entgegnet Völxen. »Ständig versuchst du zu kneifen.«

»Ich mag keine Keller.«

»Wer mag die schon außer Asseln? Los jetzt.« Beide bewegen sich langsam die steinerne Treppe hinab.

»Hallo?«, ruft Völxen. »Dürfen wir runterkommen?«

Keine Antwort.

Kobler sitzt mit hängenden Schultern auf einem von mehreren Plastikfässern und starrt den Betonboden an.

Völxen schaut sich fasziniert um. Der Raum hat normale Zimmerhöhe und dürfte gute hundert Quadratmeter groß sein. Deckenhohe Regale und Stahlschränke sind so angeordnet, dass sie den Raum dreiteilen. Auch an den Wänden stehen Regale und Spinde. Stählerne Tonnen tragen Aufschriften wie *Weizen, Roggen, Reis, Linsen.* Es gibt paketweise Kerzen, Fackeln, Feuerzeuge, Batterien, Flaschen mit Petroleum, Toilettenpapier und Tabletten zur Desinfektion von Trinkwasser. Ein Regal beherbergt Werkzeuge und Baumaterialien, ein anderes ist gefüllt mit Gläsern mit Marmelade, Honig und Erdnussbutter, aber auch Kaffee, Tee, Gewürze, Kekse und Schokolade sind im Übermaß vorhanden. Einige Lebensmittel stammen definitiv nicht aus dem Supermarkt. *Bundeswehr Einmannpackung*, steht auf den Vakuumtüten, und es gibt ähnliche Packungen mit englischen und französischen Aufschriften. Gleich daneben befindet sich die medizinische Abteilung: Verbände aller Art, Krücken, Schienen, ein Defibrillator. Sogar ein Sauerstoffgerät kann Völxen auf die Schnelle erkennen. Ein Spind mit einer Glasscheibe beherbergt Medikamente; Schmerzmittel, Antibiotika, Narkosemittel. In einer Ecke lagern mindestens ein Dutzend zusammengeklappte Feldbetten. Es gibt zwei Stromgeneratoren, etliche Kanister mit Diesel und Benzin und solche mit Trinkwasser. In einem Gestell lehnen diverse Äxte, und an einem Magnethalter haften Messer unterschiedlicher Größe. Ein Tresor wurde in die Wand eingelassen, daneben steht ein Waffenschrank. Völxen wüsste gerne, ob Kobler die Waffen, die sich vermutlich darin befinden, auch tatsächlich besitzen darf, aber dies ist nicht der Zeitpunkt, um das zu klären.

Endlich hebt Kobler den Kopf und blickt die beiden Ermittler hilflos an. »Hier ist sie auch nicht.«

»Ich weiß«, sagt Völxen sanft.

»Aber ... aber ihr Auto ist doch da. Der rote Polo!«

»Können wir raufgehen und dort reden?« Denn Völxen vernimmt nur ungern einen Zeugen, wenn überall Äxte und Messer zur Hand sind.

Kapitel 4 – Des Hasen Tod

Kurz darauf sitzen sie wieder zu dritt in der Küche. Oda hat vorsorglich ein Glas mit Wasser gefüllt und es vor Kobler hingestellt.

»Also ist es wahr«, flüstert er. Sämtliche Farbe ist aus seinem Gesicht gewichen.

»Um sicherzugehen, würde ich dir gerne ein Foto zeigen«, sagt Völxen. »Geht das?«

Kobler nickt und trinkt einen Schluck aus dem Wasserglas. Völxen sucht derweil eine Aufnahme heraus, auf der nur das Gesicht des Opfers zu sehen ist, und hält es dem Vater der Ermordeten hin. Der zieht scharf die Luft ein und nickt dann. »Ja, das ist meine Tochter Marlene.« Seine Stimme klingt zittrig, und er wischt sich mit beiden Handrücken über die Augen.

Völxen lässt ihm etwas Zeit.

»Was ist passiert?«, fragt Kobler schließlich.

»Wie es aussieht, wurde sie mit einer sogenannten Saufeder erstochen. Nach ersten Schätzungen zwischen acht Uhr abends und Mitternacht. Die Tat geschah vermutlich auf einer Lichtung, knapp einen Kilometer entfernt von hier. Sie war vollkommen bekleidet, und die Waffe ... also ... es muss sehr schnell gegangen sein, wir haben kaum Blut gefunden.«

Kobler presst die rechte Hand auf seinen Mund. Er atmet schwer, als kämpfe er gegen eine aufkommende Übelkeit an.

»Ich kenne diese Lichtung. Dort halten wir manchmal unser Wildnistraining ab, es ist der Treff- und Sammelpunkt.«

»Wir hörten davon«, sagt Völxen. »Erzähl uns bitte etwas über Marlene«, fordert er Kobler auf.

»Sie ist ... sie war ... mein Gott ...« Er steht auf, läuft zur Spüle und schnäuzt in ein Tuch von der Küchenrolle. Dann setzt er sich wieder an den Tisch. »Sie war einundzwanzig«, sagt er mit festerer Stimme und fragt: »Wer hat sie gefunden?«

»Ich«, antwortet Völxen. »Und mein Nachbar. Wir wollten Pilze sammeln. Mein Hund hat plötzlich gebellt, und da haben wir sie gesehen.«

Oda, die bisher recht still war, meldet sich zu Wort und fragt ihn nach Marlenes Beruf oder Ausbildung.

»Sie hat noch studiert. Tiermedizin an der Tierärztlichen Hochschule Hannover. Das war ihr Traum, seit sie klein war.«

»Wer könnte ihr das angetan haben? Hast du irgendeinen Verdacht?«, will Völxen wissen.

Kobler starrt ins Leere. Er scheint abwesend, aber vielleicht denkt er auch nach. Schließlich sagt er: »Ich kann mir das nicht erklären. Sie war ein liebes, freundliches Mädchen, sie ist mit allen gut ausgekommen.«

»Hatte sie einen Freund?«, frag Völxen.

»Ja, seit ungefähr zwei Jahren. Bastian Raimann. Guter Typ, für den lege ich meine Hand ins Feuer.«

»Was ist mit der Mutter der beiden?«, will Oda wissen.

»Wir sind seit zwölf Jahren geschieden. Meine Töchter sind von Anfang an bei mir geblieben.«

»Das ist ungewöhnlich«, meint Völxen.

Kobler zuckt nur mit den Achseln.

»Wie war das Verhältnis zu ihrer Mutter jetzt?«, will Oda wissen.

»Sie hatten nicht viel Kontakt, glaube ich. Ich habe mich nicht eingemischt. Sie sind beide erwachsen und können treffen, wen sie wollen.«

»Wann hast du Marlene zuletzt gesehen?«, fragt Völxen.

»Vorgestern, am Freitagabend«, antwortet Kobler, ohne zu zögern. »Gestern war ich den ganzen Tag weg, ich bin schon um halb sieben losgefahren, da lagen die beiden natürlich noch im Bett, besonders Marlene war keine Frühaufsteherin.«

»Wo warst du?«, fragt Völxen.

»Ich habe ein Teambuilding-Seminar in Hessen geleitet, mit einer Gruppe von Bankern aus dem mittleren Management der LZB. Ich bin Hunde- und Survivaltrainer, wobei ich es lieber Wildnistraining nenne. Ihr könnt euch meine Webseite anschauen.

Etwa gegen elf Uhr abends bin ich zurückgekommen. Da habe ich keine der beiden mehr angetroffen, also habe ich angenommen, dass sie schon schlafen. Ich wollte eben Frühstück machen und sie dann wecken.« Er ringt ein Schluchzen nieder.

»Waren die Hunde dabei, bei diesem Seminar?«, will Oda wissen.

»Nein.«

»Wo waren die Hunde gestern Abend?«

»Die laufen nachts frei auf dem Grundstück herum. Als ich nach Hause gekommen bin, waren sie jedenfalls nicht im Zwinger. Sie sind da ohnehin nicht oft. Nur wenn jemand kommt, den sie nicht kennen.«

»Ich nehme an, die würden keinen Fremden auf das Grundstück lassen«, vergewissert sich Völxen.

»Garantiert nicht.«

Die Tür geht auf, und eine junge Frau in kakifarbenen Cargohosen, einem olivgrünen Sweatshirt und einer Weste mit vielerlei Taschen betritt die Küche. Am Gürtel der Hose hängt ein Halfter, aus dem der Horngriff eines Messers herausschaut. Ihr Blick huscht zwischen Kobler und den Besuchern hin und her. »Was ist denn los?«

»Marlene ist tot«, antwortet Kobler ohne Umschweife. »Sie wurde ermordet, letzte Nacht auf der Lichtung.«

Nele blickt ihren Vater stumm an. Schwer zu sagen, was in ihr vorgeht, denn das längliche Gesicht mit den dunklen Kirschaugen ist ausdruckslos wie ein leeres Blatt Papier.

»Mit einer Saufeder«, fügt Kobler hinzu. Sein Tonfall hat etwas Anklagendes.

»Oh.« Sie geht zum Küchenschrank und holt eine Blechdose heraus, der sie einen Teebeutel entnimmt. Dann füllt sie den Wasserkocher auf.

Oda und Völxen wechseln einen Blick.

»Kannst du das bitte lassen?«, fährt Georg Kobler seine Tochter an.

»Okay, schon gut.« Nele hebt die Hände, als würde er sie mit einer Waffe bedrohen. Dann dreht sie sich um und macht Anstalten, den Raum zu verlassen.

»Warten Sie«, hält Völxen sie zurück. »Wir hätten an Sie auch noch einige Fragen.«

Nele Kobler bleibt stehen, mit verschränkten Armen gegen den Kühlschrank gelehnt. Sie ist knapp eins achtzig groß und schlank auf eine Art, die man wohl *drahtig* nennt. Sie hat schmale Lippen und ein kräftiges Kinn, das Haar ist von einem fahlen Blond und auf Streichholzlänge stufig geschnitten.

»Fragen Sie«, sagt Nele.

Völxen nickt Oda auffordernd zu, denn er selbst hat gerade den Faden verloren. Nele Kobler hat ihn verwirrt, vielmehr die stoische Art, mit der sie den Tod ihrer Schwester hingenommen hat. Ist das wirklich Gleichgültigkeit oder nur eine zur Schau gestellte Coolness? Kann es sein, dass sie so schockiert ist, dass sie den Inhalt der Worte ihres Vaters noch gar nicht wirklich begriffen hat? Oder stimmt etwas nicht mit ihr, ist sie geistig nicht ganz auf der Höhe?

»Wissen Sie, wo Ihre Schwester gestern Abend war?«, beginnt Oda.

»Zu Hause. Zumindest habe ich das angenommen.«

»Ab wann war sie zu Hause?«

»Wir hatten eine Gruppenübung im Wald. Die fing um elf Uhr an und ging bis siebzehn Uhr. Wir haben unser Übungszeug aufgeräumt, und danach waren wir hier und haben die vier Schweine und die Hunde gefüttert, den Garten gegossen und den Hühnerstall sauber gemacht. Alles, was eben tagsüber liegen geblieben ist. Danach hat Marlene sich ein paar Brote geschmiert und ist in ihr Zimmer gegangen. Sie meinte, sie müsse noch lernen. Danach habe ich sie nicht mehr gesehen.«

»Den ganzen Abend nicht mehr?«

»Wie ich schon sagte.«

»Wo im Wald fand diese Übung statt?«, will Oda wissen.

Nele macht eine kreisförmige Handbewegung: »Na, überall.«

»Auch auf der Lichtung, die einen knappen Kilometer von hier entfernt liegt?«

Sie nickt. »Dort haben wir uns gesammelt, das war unser Ausgangspunkt, so wie immer.«

»Was macht man denn sechs Stunden im Wald?«, wundert sich Oda.

»Wir haben, unter anderem, Spurenlesen geübt und später Armbrustschießen«, gibt Nele Auskunft. »Außerdem haben wir Beeren, Kräuter und Pilze gesammelt und bestimmt.«

»Ich verstehe«, knurrt der Hauptkommissar, der sich damit wieder in das Gespräch einbringt.

»Wurden bei diesen Übungen Saufedern benutzt?«, fragt Oda.

»Nicht gestern, nein. Aber wir haben welche.«

»Wo befinden sich die?«, erkundigt sich Völxen, denn er hat im Keller nichts dergleichen gesehen.

»Drüben, im Bunker.«

»Wir werden nachsehen, ob eine fehlt«, entscheidet Völxen, den dieser Bunker sehr interessiert. Wenn schon der Keller aussieht wie ein Endzeitlager, was findet man dann wohl erst dort?

»Könnte Ihre Schwester das Grundstück im Lauf des Abends noch einmal verlassen haben, ohne dass Sie es bemerkt haben?«, mischt sich Oda wieder ein.

»Das ist schon möglich, ja. Ich war in meinem Zimmer und habe am Rechner mit meinem Freund Luka gespielt, extra mit Kopfhörer, damit ich Marlene nicht beim Lernen störe.«

»Hätten Sie es trotz der Kopfhörer mitbekommen, wenn die Hunde angeschlagen hätten?«

»Möglicherweise«, antwortet Nele. »Aber ich habe nichts gehört, ich war auf das Spiel konzentriert.«

»Welches Spiel?«, fragt Oda.

Zum ersten Mal zeigt Nele eine Regung. Sie hebt die Augenbrauen, als würde sie sich über die Frage wundern, und Völxen wundert sich, wenn er ganz ehrlich ist, auch ein wenig über Oda.

»Age of Empires«, antwortet Nele. »Die neue Version, Version IV.«

Georg Kobler hat die Befragung seiner Tochter stumm verfolgt. Jetzt springt er plötzlich auf. »Die Kameras! Auf dem Rechner müssten die Aufzeichnungen der letzten vierundzwanzig Stunden drauf sein. Ich hole ihn her.«

Völxen nickt ihm zu. »Ja bitte.«

Kaum ist ihr Vater verschwunden, kommt Leben in Nele Kobler. Sie setzt sich auf die Bank, beugt sich über den Tisch und sagt mit leiser, eindringlicher Stimme: »Sie sollten sich Marlenes Freund vornehmen, Bastian Raimann, er wohnt in Barsinghausen.«

»Wir werden uns mit jedem beschäftigen, der in letzter Zeit Kontakt zu Ihrer Schwester hatte«, antwortet Völxen.

Besonders mit dir.

»Ihr Vater hat uns bereits von Bastian erzählt. Er scheint große Stücke auf ihn zu halten«, verrät Oda mit einem scheinheiligen Lächeln.

Nele verzieht den Mund. »Bastian ist hier sozusagen der Kronprinz.«

»Demnach war Ihre Schwester also die Prinzessin?«, schlussfolgert Oda.

Nele runzelt die Stirn, geht aber nicht darauf ein, sondern sagt: »Bastian und Marlene hatten gestern Streit.«

»Weswegen?«

»Er und ich leiten das Training, wenn mein Vater nicht da ist. Gestern wollte er, dass wir einen Hasen schlachten. Marlene hat sich aufgeregt, sie kann es nicht ertragen, wenn einem Tier was zustößt. Aber sie konnte sich nicht durchsetzen.«

»Der Hase wurde also getötet?«, fragt Völxen.

Sie nickt.

»Von wem?«, fragt Oda.

»Das Los fiel zuerst auf Luka, meinen Freund. Der hat sich aber strikt geweigert. Da war Bastian schon sauer. Dann wurde noch mal gelost, und es traf Ariane Koch. Die ist Veganerin und wollte das ebenfalls nicht tun.«

»Also ein Zwergenaufstand«, bemerkt Völxen.

»So ähnlich. Ich wette, wenn mein Vater da gewesen wäre, hätte sich das keiner getraut.«

»Warum haben Sie kein Machtwort gesprochen?«, fragt Völxen.

»Warum sollte ich? Das mit dem Hasen war nicht mit mir abgesprochen, das war seine dämliche Idee.«

»Der Kronprinz hat also ein Autoritätsproblem«, stellt Oda fest.

Etwas wie ein Lächeln zuckt um Neles Mundwinkel. »Jedenfalls ist er ausgeflippt, er hat alle eine verweichlichte Gurkentruppe genannt, sich den Hasen – wobei es eigentlich ein Stallkarnickel war – geschnappt und uns gezeigt, wie es geht.«

»Na, großartig«, murmelt Oda angewidert.

»Es war kurz und schmerzlos, mit einem Stich in den Nacken«, erklärt Nele. »Aber Marlene war trotzdem wütend, sie hat für den Rest des Tages kein Wort mehr mit ihm geredet.«

»Wie viele Teilnehmer waren denn gestern bei diesem Treffen dabei?«, will Völxen wissen.

Nele überlegt. »Wir waren zwölf. Außer Marlene, mir und Bastian waren es neun Rekruten.«

»Ich brauche die Namen und Kontaktdaten dieser *Rekruten.*« Odas Stimme trieft vor Sarkasmus.

Nele Kobler ist das nicht entgangen. »Ich weiß, viele machen sich über Leute wie uns lustig«, entgegnet sie. »Aber wir werden Zeiten erleben, da werden diese Ignoranten noch an uns denken und einsehen, dass sie sich besser auch vorbereitet hätten.«

»Worauf?«, fragt Völxen.

»Ich spreche von weltumspannenden Katastrophen. Die Corona-Pandemie ist nur ein Vorbote, ein laues Lüftchen, verglichen mit dem, was uns noch bevorsteht.« Ihre Miene hat sich deutlich aufgehellt. Sie scheint sich auf den wie auch immer gearteten Katastrophenfall zu freuen wie ein Kind auf Weihnachten. »Allein der Klimawandel wird uns noch …«

»Lass es sein, Nele«, unterbricht Koblers Stimme den Vortrag seiner Tochter. »Missionieren haben wir nicht nötig.« Er legt einen Laptop auf den Tisch und klappt ihn auf.

»Oda, schau du dir die Aufzeichnung an, ich muss mal eben telefonieren«, sagt Völxen, ehe er sich rasch nach draußen begibt.

Völxen achtet darauf, weit genug entfernt vom Küchenfenster zu sein, dann ruft er Fernando an. Während er auf die Verbindung wartet, schaut er hinüber zum Zwinger. Die drei Schäferhunde mit dem hellen Fell und den schwarzen Schnauzen sitzen regungslos da und starren ihn ununterbrochen an. *Robo-dogs*, denkt Völxen. Da ist ihm sein aufsässiger Oscar dann doch lieber.

»Chef, was gibt's?«, meldet sich Fernando. Im Hintergrund hört man undefinierbare Laute.

»Wo bist du denn?«

»Bei den Seelöwen. Und ich schwöre dir, einer davon sieht Raukel zum Verwechseln ähnlich.«

»Du machst Folgendes«, beginnt Völxen. »Du überprüfst einen gewissen Bastian Raimann, wohnhaft in Barsinghausen. Danach schnappst du dir den werten Kollegen Raukel, und zusammen fahrt ihr zu ihm und fragt ihn nach seinem Alibi für gestern Abend.«

»O Mann, muss das sein?«

»Nein, ich mach nur Spaß«, erwidert Völxen mit einer gewissen Schärfe. »Raimann weiß möglicherweise noch nicht, dass seine Freundin tot ist, also ist ein wenig Fingerspitzengefühl gefragt.«

»Und da schickst du ausgerechnet Raukel?«

»Ich schicke ja Raukel und dich!«

»Stimmt. Fingerspitzengefühl ist eine meiner Superkräfte. Aber was, wenn ich Raukel nicht erreiche? Oder wenn er schon besoffen ist, oder immer noch? Kann ich das nicht alleine erledigen?«

»Herrgott noch mal!«, schimpft Völxen. »Du kennst doch die Vorschriften, also stell dich bitte nicht so an, als wäre das dein allererster Tag im Dienst.«

»Ich bin eigentlich gar nicht im Dienst, weil heute nämlich Sonntag ist, der siebte Tag, an dem ein braver Katholik wie ich normalerweise spirituell auftankt, indem er den Mühen des Alltags entsagt und sich regeneriert.«

Am besten, man ignoriert den Blödsinn. »Auf keinen Fall fährst du da alleine hin, Rodriguez, hörst du?«, mahnt Völxen. »Falls der Kollege Raukel ... ähm ... unpässlich ist, dann lässt du diesen Raimann von einer Streife zur PD schaffen. Der Typ gehört zu einer

Prepper-Truppe, die gerne mit Waffen herumspielt. Falls er Zicken macht, ruft ihr Verstärkung.«

»Ist klar«, seufzt Fernando. »Sonst noch was?«

»Grüß mir Jule und deine Mutter!«

Völxen legt auf, wobei er nicht sicher ist, ob er unmittelbar vor dem Tastendruck noch ein leise gemurmeltes *Du mich auch* gehört hat. Es kann aber auch nur Einbildung gewesen sein.

Danach macht er sich daran, Hauptkommissar Erwin Raukel aus dem Bett zu klingeln.

»Nando! Sag nicht, dass du jetzt gehen musst!« Pedra Rodriguez blickt ihren Sohn über das Verdeck des Kinderwagens hinweg drohend an. Ein Eisbär röchelt. Die Familie hat etwa die Hälfte des Rundgangs hinter sich und befindet sich im *Yukon Bay* genannten Teil des Zoos. Der kleine Leo hat seinen ersten Zoobesuch allerdings größtenteils verschlafen.

»Tut mir leid.« Fernando zieht bekümmert die Stirn in Falten. »Das war Völxen, er braucht mich.«

»Am heiligen Sonntag! Du bist jetzt ein Familienvater, gibt es niemand anderen, den er anrufen kann?«

»Es handelt sich um einen Mordfall, da ruft er natürlich seinen besten Mann an«, versetzt Fernando.

»Bester Mann!« Pedra Rodriguez winkt erbost ab. »Chule, sag doch auch mal was dazu!«, fordert Pedra ihre Schwiegertochter auf.

Doch Jule reagiert nicht wie erhofft, im Gegenteil. Ihre Augen leuchten auf wie Bernsteine, die ein Sonnenstrahl trifft. »Ein Mord? Was ist passiert?«

»Es geht um die Tochter eines früheren Kollegen, Georg Kobler. Ausgerechnet der Alte selbst hat sie gefunden. Er wollte Pilze suchen.« Fernando rollt mit den Augen, dann senkt er seine Stimme, aus Rücksicht auf seine Mutter, die vorgibt, ganz darauf konzentriert zu sein, Leo in seinem Wagen zu schaukeln, dabei aber zu ihrem Sohn hinüberschielt und die Ohren spitzt. »Man fand sie auf einer Waldlichtung mit einem über zwei Meter langen Speer in der Brust, mit dem man normalerweise Wildschweine jagt.«

»Wer jagt denn heute noch Wildschweine mit einem Speer?«

»Keine Ahnung«, erwidert Fernando ungeduldig. »Jedenfalls ist wohl klar, dass das kein Selbstmord war.«

»Was ist mit Wildschweinen?«, erkundigt sich Pedra.

»Nichts, Mama!«

»Und? Musst du jetzt zum Tatort?« Etwas Wehmut schwingt in Jules Stimme mit. Fernando weiß, dass sie ihn am liebsten begleiten würde. Sie war immer gern in Völxens Kommissariat für Todesermittlungen und Delikte am Menschen, und sie wäre wohl heute noch dort, wenn er und Jule nicht geheiratet hätten. Ein Ehepaar in ein und derselben Abteilung erlaubt die Dienstvorschrift leider nicht, und so ist Jule zum Landeskriminalamt gewechselt, zum Dezernat für das Organisierte Verbrechen, was aufregender klingt, als es ist. Laut ihrer Klage sitzt sie die meiste Zeit am Rechner und beschäftigt sich mit Statistiken. Das, oder sie verbringt Stunden in langweiligen Meetings. Im Moment ist sie wegen der Geburt Leos beurlaubt, und zwar noch weitere fünf Wochen. Dann ist Fernando dran. Er freut sich schon auf seinen Vaterschaftsurlaub und zählt die Tage. Drei ganze Monate dienstfrei! Wunderbare Monate, in denen er nur den kleinen Leo versorgen muss – eine Aufgabe, die Fernando und Jule jetzt schon hin und wieder Fernandos Mutter Pedra Rodriguez überlassen, denn die ist ganz vernarrt in ihren Enkel. Fernando selbst ist natürlich ebenfalls verrückt nach seinem Sprössling, aber dennoch hat er nichts gegen eine gewisse Arbeitsteilung. Zumindest, solange man mit dem Jungen noch nicht Fußball spielen kann.

»Ich soll einen Zeugen vernehmen. Zusammen mit Erwin Fettsack Raukel«, stöhnt Fernando, auf Mitgefühl hoffend.

»Rifkin wäre dir wohl lieber?«, fragt Jule augenzwinkernd.

Eine Zeit lang hatte es den Anschein, als wäre Jule etwas eifersüchtig auf die junge Kollegin, die ihre Stelle eingenommen hat. Immerhin verbringt Rifkin manchmal mehr Zeit mit Fernando als seine Ehefrau. Aber nachdem Jule Rifkin etwas besser kennengelernt hat, hat sich das gelegt.

»Rifkin wäre eindeutig das kleinere Übel«, bekennt Fernando.

»Aber du könntest etwas für mich tun. Beziehungsweise für deinen hochgeschätzten Mentor Völxen. Hier, ich lasse dir meinen Laptop da …« Fernando erklärt ihr kurz, was Völxen von ihm will.

Jule kennt seinen Zugangscode zum System und lässt sich nicht lange bitten. »Okay, ich setze mich ins nächstbeste Café, überprüfe den Knaben und ruf dich dann an.«

»Was geht da vor?«, fragt Pedra argwöhnisch. »Arbeitet ihr jetzt *beide?*«

»Ich nur ganz kurz«, versucht Jule Fernandos Mutter zu beschwichtigen. »Danach gehen wir ein Eis essen, versprochen.«

»Ein Eis? Bin ich denn ein kleines Kind?«, ruft Pedra erbost. Sie legt die Hände auf den Griff des Kinderwagens. »Komm, Leo, wir gehen zu den Elefanten. Deine Eltern lassen uns im Stich, die arbeiten lieber, und das heute, am Tag des Herrn!«

Kapitel 5 – Alte Geschichten und neue Affären

»Duzen oder siezen wir uns nun, Hauptkommissarin Kristensen?«, fragt Georg Kobler, nachdem Nele wieder nach oben gegangen ist.

Oda, die es bisher vermieden hat, ihn direkt anzusprechen, seufzt. Während ihrer Laufbahn als Polizistin hat sie höchstens drei-, viermal – okay, vielleicht auch ein bisschen öfter – mit ihrem Grundsatz *nichts mit Kollegen anfangen* gebrochen. Einmal zu oft, wie es aussieht. *Mon dieu*, wie peinlich!

»Es tut mir so furchtbar leid, Georg«, platzt Oda heraus. »Ich wusste nicht, um wen es geht, sonst wäre ich gar nicht gekommen, als Völxen mich heute früh angerufen hat.«

»Für mich ist das kein Problem«, meint Kobler. »Im Gegenteil. Man hört, dass eure Truppe recht erfolgreich ist. Deshalb schlage ich vor, dass wir beide den Mund halten. Ich will, dass die Besten ermitteln. Es ist keinem gedient, wenn sie dich wegen Befangenheit von dem Fall abziehen.«

»Gut, in Ordnung«, sagt Oda, nach kurzem Zögern. »Du hast recht, es wäre albern. Ich bin nicht befangen, ich bin nur ... etwas verlegen. Aber es ist ewig her und tut nichts zur Sache.«

»Dreizehn Jahre«, sagt Kobler. »Du warst die schärfste Kommissarin der ganzen PD. Genau betrachtet, bist du das immer noch. Du hast dich kaum verändert.«

Oda lächelt etwas schief. »Danke, aber doch, das habe ich. Zumindest ist mein Lebenswandel solider als früher. Seit Kurzem bin ich sogar verheiratet.«

»Du, verheiratet? Wer hätte das je für möglich gehalten?«

»Wir sollten uns das Video vornehmen«, mahnt Oda.

»Ja, das sollten wir«, nickt Kobler.

Elena Rifkin schlüpft in ihre Jogginghosen und will sich gerade die Laufschuhe anziehen, als ihr Mobiltelefon klingelt. *Unbekannter Teilnehmer,* steht auf dem Display. Wie ich das hasse, denkt sie und meldet sich daher mit einem mürrischen: »Ja?«

»Guten Morgen, Elena!«

Die Männerstimme ist durchaus wohlklingend, dennoch ist Rifkins erster Impuls, sofort wieder aufzulegen. Sie weiß selbst nicht, warum sie es nicht tut und stattdessen sagt: »Igor Baranow.«

»Du erkennst meine Stimme, wie schön.«

»Es gibt nicht viele, die mich anrufen und russisch sprechen. Was wollen Sie?«

»Waren wir nicht längst beim Du? Wenn ich mich recht erinnere, haben wir sogar mit Champagner darauf angestoßen.«

Ja, Rifkin erinnert sich noch gut an diesen Abend im Club ihres Bruders Sascha, an dem sie besser gleich gegangen wäre, als Igor Baranow und seine Gefolgsleute dort auftauchten. Nicht, dass an diesem Abend irgendetwas Schlimmes passiert wäre. Doch allein die Tatsache, dass sie mit einem Typen wie Baranow Champagner getrunken hat, hat etwas Anrüchiges und ist für eine Polizistin vollkommen unangebracht. Seither meldet sich der Mafiaboss – ein Titel, den er jedes Mal strikt von sich weist – in regelmäßigen Abständen bei Elena Rifkin, und genauso regelmäßig lässt sie ihn abblitzen.

»Was willst du?«

»Ich hatte gehofft, wir könnten zusammen frühstücken.«

»Ich frühstücke nie.«

»Schade. Denn wie es der Zufall will, stehe ich unten vor deiner Haustür und habe Croissants dabei.«

Rifkin muss beinahe lachen, denn die Vorstellung, wie Igor Baranow mit einer Bäckertüte vor ihrer Tür steht, hat etwas. Doch gleichzeitig fühlt sie, wie Wut in ihr hochkocht. Dass er sich überhaupt hierherwagt!

»Außerdem wollte ich gerade laufen gehen.«

»Mit deinem Freund vom SEK?«

Ihr Zögern dauert einen winzigen Tick zu lange. Wahrscheinlich weiß er längst, dass sie und Bronski gerade eine Beziehungspause einlegen, wobei das nicht Bronskis Idee war. Er ist Rifkin einfach zu sehr auf die Pelle gerückt und hat damit das bei ihr latent vorhandene Gefühl, dass es vielleicht doch nicht so ganz passt, an die Oberfläche befördert. Auf einmal störten sie Dinge an ihm, über die sie im Rausch der ersten Leidenschaft großzügig hinweggesehen hat. Vielleicht stimmt aber auch mit ihr etwas nicht.

»Ich brauche weder eine Begleitung noch einen Stalker!«

Igor Baranow lacht. Er hat ein mitreißendes Lachen, ein sehr russisches Lachen, und Rifkin ertappt sich dabei, wie sie ebenfalls schmunzelt. »Elena, ich bin wahrlich kein Stalker. Ich habe mich nach deiner letzten Abfuhr monatelang nicht gemeldet …«

»Dabei hättest du es lassen sollen. Glaubst du, ich habe vergessen, dass mich deine Schlägertypen im Hausflur mit einer Waffe bedroht und mit einem Sack über dem Kopf durch die halbe Stadt gefahren haben?«

Und das war erst der Anfang …

»Es waren besondere Umstände, und ich entschuldige mich dafür. Es tut mir leid. Gib mir eine Chance, es wiedergutzumachen.«

»Du glaubst, ein paar Croissants reichen da?«, schnaubt Rifkin.

»Sag mir, was ich tun kann, und ich werde es tun.«

»Da wüsste ich etwas: Lass mich in Ruhe!« Rifkin hat jedes Wort einzeln betont.

Er seufzt. »Na gut, Elena. Ich füge mich, aber ich finde es schade, ich glaube nämlich, du und ich, wir haben viel gemeinsam.«

»Was sollten eine kleine Polizistin und der große Boss eines weitverzweigten kriminellen Imperiums gemeinsam haben?«

Rifkin rechnet damit, dass er sich gegen den Begriff *kriminelles Imperium* verwahren wird, indem er sie – zum wiederholten Mal – darauf hinweist, dass ihm noch nie ein Verbrechen nachgewiesen worden ist und er sich so oder so zu einem seriösen Unternehmer gemausert hat. Doch er verzichtet auf die Rechtfertigung und sagt nur: »Wir könnten es herausfinden.«

»Ich wüsste nicht, wozu das gut sein sollte. Und ich wäre dankbar, wenn du mir nicht vor meinem Haus oder in irgendeinem Gebüsch auflauern würdest.«

»Wofür hältst du mich? Ich lauere niemandem auf, schon gar nicht in einem Gebüsch!«

»Stimmt, dafür hast du ja deine Leute. Adieu, Igor Baranow.« Rifkin drückt ihn weg. Ihre Wangen glühen. Sie geht ins Bad und schaufelt sich so lange kaltes Wasser ins Gesicht, bis ihr Teint wieder seine normale Farbe angenommen hat. Falls Baranow noch da draußen herumlungert oder in seinem Jaguar sitzt und sie mit seinen kühlen grauen Augen beobachtet, will sie nicht, dass er etwas von ihrem inneren Aufruhr mitbekommt.

Vom Küchenfenster aus kann sie die Straße überblicken. Er scheint fort zu sein. Mit einem seltsam kribbeligen Gefühl im Magen bindet sie ihre Schuhe, steckt den Schlüssel und ihr Handy ein und geht nach unten. Unbehelligt erreicht sie die Eilenriede, Hannovers großen Stadtwald. Sie füllt ihre Lungen mit der würzigen Luft und fällt langsam in ihren Laufrhythmus.

Wieso nur habe ich überhaupt mit ihm geredet?

»Marlene hat das Gelände um 20:25 Uhr verlassen, allein und zu Fuß«, sprudelt Oda in ungewohntem Übereifer hervor, kaum dass Völxen wieder die Küche betreten hat, in der Georg Kobler und Oda noch immer vor dem Laptop sitzen.

»Kann ich das mal sehen?«, bittet der Hauptkommissar, denn er möchte gerne einen Blick auf Marlene Kobler werfen, als diese noch am Leben war.

Kobler macht sich an der Tastatur zu schaffen. »Das ist die Kamera vom Hof.«

Die Schwarz-Weiß-Aufnahme ist grobkörnig, aber man sieht die junge Frau, wie sie eilig den Hof überquert und sich dabei noch einmal umschaut. Sie hat nichts bei sich, weder eine Handtasche noch einen Rucksack, und ihre Kleidung ist dieselbe wie die, in der man sie gefunden hat. Die Art, wie sie sich noch einmal umwendet, hat etwas Heimliches, Verstohlenes, findet Völxen. Als befürchtete sie, verfolgt zu werden. Nicht zu viel hineininterpretieren, ruft er sich selbst zur Ordnung.

»Was ist mit der Kamera am Tor?«

Die Torkamera zeigt nur eine kurze Sequenz, in der Marlene zügig und zielstrebig die Pforte passiert, weitergeht und verschwindet.

»Wo kann sie hingegangen sein?«, fragt Völxen an Kobler gewandt.

»Ich habe nicht die leiseste Ahnung.«

»Spazieren vielleicht?«

»Dazu hätte sie die Hunde mitgenommen. Außerdem war sie den ganzen Tag im Gelände, wieso sollte sie da abends noch spazieren gehen, noch dazu, wo es sehr bald dunkel wird?«

»Und wenn ihr Freund Bastian sie doch noch abgeholt hat und den Wagen nur ein Stück weiter weg geparkt hat?«, spekuliert Völxen.

»Warum sollte er das tun?«, erwidert Kobler. »Er hat einen Sender für die Fernbedienung des Tors, er wäre aufs Grundstück gefahren. Die Hunde kennen ihn schließlich.«

Weil er, aus welchem Grund auch immer, nicht gesehen werden wollte, antwortet Völxen im Stillen. »War das alles?«, fragt er und deutet auf den Bildschirm.

»Alles von Marlene«, antwortet Oda. »Später sieht man noch, wie Georg nach Hause kommt.«

Kobler lässt die Sequenz laufen. Um 22:48 Uhr fährt der Mercedes Kombi durch das Tor, man sieht ihn im Lichtschein der Außenbeleuchtung deutlich am Steuer sitzen.

»Das ist alles. Die Nächsten sind dann wir«, sagt Oda.

Völxen überlegt, dann fragt er: »Angenommen, eine fremde Person hätte vor dem Tor, aber außerhalb der Reichweite der Kamera, auf Marlene gewartet, hätten die Hunde dann angeschlagen?«

»Sicher, ja«, meint Kobler. »Die bellen schon, wenn eine Katze oder ein Wildschwein am Zaun entlangschleicht. Aber was nützt das, wenn man Kopfhörer aufgesetzt hat und sich dämliches Zeug reinzieht?«, stößt Kobler hervor und schaut dabei Nele wütend an.

»Was ist mit den … äh … *Rekruten*. Sind die Hunde an die gewöhnt?«, will Völxen wissen.

»Nein. Von denen kommen nur eine Handvoll altgedienter Leute hierher auf den Hof, aber auch die niemals ohne mich.«

»Niemals?«

Kobler schüttelt den Kopf. »Die Übungen sind im Grunde offen für jeden, der sich dafür interessiert. Da schauen auch mal Neugierige vorbei. Wir hatten sogar schon einen Reporter da, *undercover*, der hat dann einen boshaften, ironischen Artikel über uns geschrieben. Aber wen juckt das? Mich nicht, ich weiß, was ich tue und warum.«

»Und *warum* tust du das alles, wenn ich fragen darf?« Völxen vollführt dabei eine umfassende Handbewegung.

»Die Welt ist chaotisch geworden, das lässt sich nicht leugnen, oder?«

Völxen beantwortet die Suggestivfrage, indem er nickt.

»Nur ein Beispiel: Glaubst du, dass die Politiker dieser Welt die katastrophalen Folgen des Klimawandels noch rechtzeitig in den Griff bekommen werden?«

»Es würde mich jedenfalls wundern«, räumt Völxen ein.

»Mich ebenso«, antwortet Kobler. »Zumal das ja kein nationales Problem ist. Erst wird das Klima kippen und in der logischen Folge die soziale Ordnung. Das wird schneller gehen, als wir glauben, das werden sogar du und ich noch erleben. Nur dauert es halt, bis die Masse etwas begreift, und noch länger, bis sie handelt, und dann ist es meistens zu spät. Die Avantgarde wurde von der Gesellschaft schon immer bespöttelt oder bekämpft.«

»Ja, da ist was Wahres dran«, sagt Völxen, der daran denken muss, dass sich seinerzeit auch die Nazis für die Avantgarde hielten.

»Was die Rekruten angeht: Früher oder später trennt sich die Spreu vom Weizen, und bis dahin will ich nicht Hinz und Kunz bei mir auf dem Hof haben. Das hier ist unsere Privatsphäre. Wir leben seit acht Jahren hier, und wir sind praktisch autark. Wir besitzen einen eigenen Brunnen, wir verfügen über Solarenergie, wir bauen Gemüse an, wir haben nebenan ein Grundstück mit Obstbäumen, und wir halten uns unsere eigenen Tiere. Wir können eine Weile ausharren, wenn das System zusammenbricht.«

Völxen wechselt das Thema und fragt: »Wer war öfter hier und kennt sich aus, mit den Hunden und den Kameras?«

»Nun, Bastian natürlich, außerdem Niklas Stöger und seine Freundin Ariane Koch. Die sind seit vier Jahren dabei und kommen manchmal nach den Übungen auf ein Glas Bier vorbei. Ebenso Hannes Wienecke und Peter Gräger. Das ist im Großen und Ganzen der harte Kern. Und neuerdings dieser Luka Vollmer, der Kerl, mit dem Nele seit ein paar Wochen zusammen ist«, erklärt Kobler. »Bei dem schlagen die Hunde aber noch an. Man muss sich ihr Vertrauen nämlich erst verdienen.«

Das gilt anscheinend nicht nur für die Hunde.

»Es gefällt dir nicht, dass Nele mit diesem Luka zusammen ist«, schlussfolgert Völxen.

»Das kann man so nicht sagen«, widerspricht Kobler. »Er ist ein netter Kerl, höflich und klug, mehr der Typ Nerd. Ich finde es nur eigenartig, dass meine Tochter, die als Hundetrainerin arbeitet, sich mit einem einlässt, der Angst vor Hunden hat. Er lässt es sich zwar nicht anmerken, aber ich merke es sofort, wenn einer Schiss hat, und die Hunde natürlich auch. Na ja, wie heißt es so schön? Wo die Liebe hinfällt.« Kobler seufzt. »Außerdem muss man ja froh sein, wenn sie überhaupt mal einen abkriegt.«

Völxen hört, wie Oda bei Koblers letztem Satz geräuschvoll den Atem einzieht. Gleich wird sie auf ihn losgehen, sorgt er sich, doch Oda hat ein Einsehen und fragt lediglich vorsichtig: »Kann es sein, dass Marlene deine Lieblingstochter war?«

»Das kann nicht nur sein, das war so«, antwortet Kobler entschieden.

»Mir scheint, dass Nele das ebenfalls weiß«, fährt Oda fort.

»Natürlich weiß sie das«, erwidert Kobler. »Jeder muss seinen Platz im Rudel kennen, sonst funktioniert gar nichts.«

Oda registriert diese Aussage mit hochgezogenen Augenbrauen, während Völxen beschließt, sich diesen Spruch für künftige Aufmüpfigkeiten innerhalb seines Teams zu merken. Er wendet sich mit einem etwas banaleren Thema an Kobler: »Besaß Marlene ein Handy?«

Kobler nickt. »Wenn sie es nicht bei sich hatte, müsste es oben sein. Ihr Zimmer wollt ihr sicher auch sehen, nehme ich an.«

»Moin, Rodriguez.«

Erwin Raukel plumpst auf den Beifahrersitz wie Fallobst. Er ist im Freizeitlook, was bedeutet, dass er eines seiner unsäglichen Hawaiihemden trägt, das um seine Körpermitte herum ordentlich spannt. Wenigstens hat er lange Hosen an und geschlossene Schuhe. Man muss auch für kleine Dinge dankbar sein, denkt Fernando.

»Moin, Erwin.« Fernando gibt Gas, noch während sich der Kollege anschnallt. Eine ganze Weile ist es still im Dienstwagen. Fernando bläht die Nüstern und versucht zu erkunden, ob Raukel eine Fahne hat. Es wäre nicht das erste Mal. Er kann nichts feststellen, nur den üblichen Schweißgeruch hinter einer Wolke Rasierwasser.

»Ich wollte das alleine machen und dir deinen freien Sonntag gönnen, aber Völxen hat darauf bestanden, dass ich dich mitnehme«, erklärt Fernando. »Bist du informiert, worum es geht?«

»Jawohl. Ihro Gnaden hat mich angerufen. Wir sollen einen Zeugen befragen?«

»Bastian Raimann. Er ist ein Prepper. Das sind die, die Raviolidosen im Keller horten und Klopapier«, grinst Fernando. »Das Opfer ist seine Freundin, Marlene Kobler.«

Raukel schüttelt den Kopf mit dem schütteren Haar, das er regelmäßig braun nachfärbt. »Furchtbare Sache. Das hat Kobler wirklich nicht verdient. Guter Mann.«

»Kennst du ihn?«

»Klar. Den kannte seinerzeit jeder, das war der reinste Tausendsassa. Du nicht?«, wundert sich Raukel. »Wart ihr nicht mal zusammen beim Rauschgift?«

»Nein. Zu meiner Zeit dort war er gerade weg. Zur Hundestaffel. Steiler Aufstieg, wow!« Er verzieht den Mund. »Die Meinungen über ihn waren geteilt. Für die einen war er ein Held, andere waren froh, ihn los zu sein. Er soll recht eigenwillige politische Ansichten gepflegt und außerdem Probleme mit Polizistinnen gehabt haben.«

»Übertreibungen!«, echauffiert sich Raukel. »Er war einfach nur einer vom alten Schlag, der offen seine Meinung gesagt hat und nicht sklavisch an den Dienstvorschriften klebte wie diese gleichgeschalteten Zombies heutzutage. Okay, bestimmt hat er mal über die Stränge geschlagen, aber was soll's? Du kennst das doch, Rodriguez, oder etwa nicht?« Raukel haut seinem jüngeren Kollegen klatschend auf die Schulter und grinst dabei anzüglich.

»Vorsicht, Raukel. Wer im Glashaus sitzt ...«

Fernando muss zugeben, dass Raukel nicht ganz unrecht hat. Es gab Zeiten, da hat auch Fernando, was Dienstvorschriften anging, gerne mal fünfe gerade sein lassen, und wenn man seiner Ex-Kollegin und inzwischen Ehefrau Jule Wedekin glauben darf, dann eilte ihm seinerzeit ein veritabler Ruf als Dienststellen-Macho voraus. Wobei Jule sicherlich übertreibt. So oder so, er hat dazugelernt. Seit er verheiratet ist und der kleine Leo das Licht der Welt erblickt hat, ist er beinahe lammfromm geworden. Außerdem waren seine marginalen Ausrutscher allesamt nichts verglichen mit dem, was Erwin Raukel sich schon geleistet hat. Jedenfalls hat Fernando noch nie im Suff mit dem Dienstwagen einen Kiosk umgefahren.

»Sitzen wir nicht alle im Glashaus?«, lamentiert Raukel gerade. »Du weißt doch selbst, was aus unserer Polizei geworden ist, seit nur noch schwanzlose Arschkriecher und Weicheier das Sagen haben. Ganz zu schweigen von diesem ganzen Gender-Unfug.«

Fernando, der diese Leier zur Genüge kennt, fragt den Kollegen: »Warum ist Kobler dann gegangen worden?«

»Zufällig weiß ich, dass er selbst gekündigt hat. Wenn auch möglicherweise nicht ganz aus freien Stücken.«

»Woher hast du das?«

»Nun, im Lauf der Jahre bin ich in unserem Verein schon reichlich herumgekommen und konnte viele Erfahrungen sammeln ...«

»Du meinst deine diversen Strafversetzungen.«

Erwin Raukel dreht den Kopf zur Seite und antwortet mit gekränktem Schweigen.

»Jetzt spuck es schon aus, Erwin!«

Raukel seufzt. »Vor zehn Jahren war ich – und ich gebe zu, das war der Tiefpunkt meiner bewegten Karriere – in der Personalabteilung beschäftigt. Daher weiß ich das.«

»Und was steckte wirklich hinter Koblers *freiwilliger* Kündigung?«

Raukel winkt ab. »Irgendein Ärger mit einem überempfindlichen Frauenzimmer, das ein paar Bemerkungen in den falschen Hals gekriegt hat.«

Vor zehn Jahren, überlegt Fernando, war die MeToo-Bewegung noch in weiter Ferne. Demnach muss Kobler sich schon ein handfestes Dienstvergehen geleistet haben, wenn nicht sogar eine Straftat. Andererseits wurde ja nicht Kobler umgebracht, sondern dessen Tochter.

»Eines noch«, sagt Fernando, als sie die kleine Stadt Barsinghausen erreichen. »Wir gehen kein Risiko ein. Wenn der Knabe unangenehm werden sollte, rufen wir das SEK.«

»Scheißt du dich gerade ein, Rodriguez?«, kichert Raukel.

»Ich habe den Kerl überprüft. Der Typ war bei einer Sondereinheit der Bundeswehr, und außerdem ist er vorbestraft. Zweimal schwere Körperverletzung.«

Man muss es Raukel ja nicht auf die Nase binden, dass es eigentlich Jule war, die diese Details herausgefunden und ihm mitgeteilt hat, während Fernando vor Raukels Haus gewartet hat, bis der seine Morgentoilette beendet hatte.

Raukels kleine Schweinsäuglein weiten sich. »Oha.«

Fernando fährt fort: »Beim ersten Mal war er noch ein Jugendlicher. Schlägerei zweier verfeindeter Cliquen, da haben sie ihm Sozialstunden aufgebrummt. Das andere Mal war vor gut drei Jahren, da hat er seine damalige Freundin krankenhausreif geprügelt. Das hat ihm zwei Jahre auf Bewährung eingebracht und seine Entlassung beim Bund.«

»Rodriguez, ich muss zugeben, du hast mich restlos überzeugt«, lenkt Raukel ein. »Ich war sowieso noch nie auf Raufereien aus. Ich bin eher ein Mann des angewandten Scharfsinns und der Raffinesse.«

Georg Kobler ist vor dem Zimmer seiner Tochter stehen geblieben. »Bitte«, sagt er mit einer knappen Geste.

Völxen und Oda treten ein.

Es sind zwei hintereinanderliegende Räume, verbunden durch einen breiten, türlosen Durchlass. Der hintere, kleinere Bereich ist das Schlafzimmer, Klamotten liegen über einem Stuhl und auf dem Bett, vor dem Fenster stehen eine Staffelei und ein kleiner Tisch mit Malutensilien. Auf dem Kopfkissen wartet ein Krokodil aus abgewetztem Plüsch vergeblich auf die Rückkehr seiner Besitzerin, und bei diesem Anblick treibt es Völxen fast die Tränen in die Augen, da kann er sich noch so oft sagen, dass das Ding nur aus Stoff ist, tote Materie.

Er wendet sich ab. Im vorderen Raum befinden sich ein Sofa, ein Fernseher und in einer Ecke ein Arbeitsplatz mit einem Bücherregal. Das Handy liegt auf dem Schreibtisch, und dort findet sich auch ein Laptop. An den Wänden hängen Landschaftsaquarelle; Wald, Wiesen, ein See, immer mit Tieren. Neben dem blauen Sofa mit der bunten Häkeldecke darüber spreizt eine riesige Zimmerpflanze ihre Zweige in alle Richtungen.

»Ihre Malerei war etwas dilettantisch, wie man sieht, aber es hat ihr Freude gemacht«, erklärt Georg Kobler, der im Türrahmen lehnt, ungefragt.

Kleidungsstücke, Zeitschriften und Bücher liegen herum und ein wenig Krimskrams hier und dort. Die meisten Bücher im Regal sind Lehrbücher, aber es gibt auch zwei Regalreihen mit Fantasy-Literatur. An einer Korktafel über dem Schreibtisch sind Notizen angepinnt, eingerissene Karten von Musikfestivals und etliche Fotos. Auf einem ist sie mit einem blonden jungen Mann zu sehen. Er ist sehr breitschultrig und einen Kopf größer als sie. Sein Outfit hat denselben militärischen Touch wie das von Kobler und seiner Tochter Nele.

»Das ist Bastian«, lässt sich Kobler vernehmen, der offenbar genau beobachtet, worauf die Ermittler ihr Augenmerk richten.

Beide strahlen in die Kamera. Marlene besaß regelmäßige, zarte Gesichtszüge und dieselben graugrünen Augen wie ihr Vater, jedoch ohne dessen stechenden Blick. Auf den anderen Fotos sind eine Vielzahl junger Leute in verschiedenen Situationen zu sehen, vermutlich die *Rekruten*, der Kleidung nach zu urteilen.

»Hatte Marlene auch Freunde außerhalb dieser Gruppe?«, will Völxen wissen.

»Ja, sicher. Die meisten waren Studienkollegen.«

»Hast du Namen?«

»Nein. Das wechselte auch öfter.«

Völxen nimmt ihm das nicht ganz ab, außerdem fragt er sich, warum keine Fotos von diesen Freunden an der Pinnwand hängen, die Oda gerade fotografiert.

»Gab es vor Bastian einen anderen festen Freund?«, will sie wissen.

»Ja, als sie noch in der Schule war. Er ist nach dem Abi mit seinen Eltern nach Australien gezogen. Großes Drama, am liebsten wäre sie hinterher, aber nach wenigen Wochen ist die Sache dann zum Glück eingeschlafen.«

»Das Telefon und den Rechner würden wir gerne mitnehmen.«

»Sicher, nur zu.«

Oda schnappt sich die Geräte, und sie verlassen das Zimmer.

Neles Zimmer liegt am anderen Ende des Flurs. Die Tür steht halb offen. Völxen bleibt davor stehen und wirft ungeniert einen Blick hinein.

Nele sitzt vor einem Laptop und schreibt etwas auf einen Notizblock. Als sie bemerkt, dass sie beobachtet wird, wendet sie den Kopf und sagt. »Ich notiere gerade die Namen der Kameraden für Sie.«

»Danke, das ist sehr freundlich«, antwortet Völxen. »Darf ich reinkommen?«

Sie nickt, Völxen tritt ein. Die Aufteilung der zwei Räume ist wie bei Marlene, nur spiegelverkehrt, und die Einrichtung ist ähnlich, dieselben hellen Holzmöbel, aber das ist auch schon die einzige Gemeinsamkeit. Marlenes Zimmer wirkte lebendig, bei ihrer Schwester hingegen sieht es aus wie in der Stube eines, ja, Rekruten. Nichts liegt herum, keine Kleidung, keine Ziergegenstände, keinerlei Krimskrams. Nur zwei große Poster schmücken die Wände, es sind Fotografien von Wölfen. Das Sofa, grau, steht an der Wand, mit je einem gelben Kissen in jeder Ecke. Der Maltisch fehlt, auch gibt es keine Pflanzen und keine Fotos. Die Fernbedienung liegt im rechten Winkel zur Tischkante auf der Marmorplatte des Couchtisches. Im Bücherregal herrscht peinliche Ordnung, nicht wie bei Marlene, wo die Bücher kreuz und quer stehen und übereinanderliegen. Bei Neles Büchern handelt es sich hauptsächlich um Bände über Geografie, Natur und Pflanzen sowie Ratgeber für die Erziehung von Hunden, wie Völxen auf die Schnelle erkennen kann. An einer Garderobe hinter der Tür hängen Jacken, ordentlich auf Bügeln, darunter stehen in einem Ständer zwei Reihen von Schuhen; Stiefel, Wanderschuhe, Gummistiefel, Sneakers.

Sein Blick begegnet kurz dem von Oda. Sie ist auf der Türschwelle stehen geblieben, doch ihre Blicke huschen aufmerksam hin und her. Sie wird ihm bei nächster Gelegenheit einen Vortrag halten über Leute, die in allzu aufgeräumter Umgebung leben.

Nele, überlegt Völxen, hat Zugang zu dieser Saufeder und kann vermutlich auch damit umgehen. Aber die Kamera hätte sie erfassen müssen, wenn sie vor oder nach Marlene das Grundstück verlassen hätte. Womöglich gibt es einen Hinterausgang. Ein Fuchsbau hat viele Schlupflöcher – und diese Festung bestimmt auch. Völxen beschließt, dies zu einem späteren Zeitpunkt zu klären. Genug damit, Georg Kobler über den Tod seiner Lieblingstochter informieren zu müssen. Wenn er und Oda jetzt auch noch die andere Tochter des Mordes verdächtigen, verspielen sie womöglich seine Bereitschaft zu kooperieren. Außerdem wird Kobler wahrscheinlich dieselben Überlegungen anstellen wie Völxen selbst, schließlich war er lange genug Polizist. Irgendetwas sagt dem Hauptkommissar, dass Kobler seine jüngere Tochter nicht schonen würde, falls er zu dem Schluss käme, sie hätte etwas mit dem Tod ihrer Schwester zu tun. Doch wäre Nele imstande, ihrer Schwester einen Spieß mit einer Klinge, so lang wie sein Unterarm, in die Brust zu jagen? Körperlich ja. Sie ist gut trainiert und besitzt durchaus die Konstitution dazu. Dennoch sträubt sich alles in Völxen gegen diese Vorstellung.

Nele klappt den Rechner zu und reißt das Blatt von ihrem Notizblock.

»Könnten Sie noch die Adresse Ihrer Mutter dazuschreiben?«, bittet Völxen sie. Er denkt mit Grausen daran, dass er und Oda heute ja noch ein zweites Mal eine Todesbotschaft überbringen müssen.

Nele nickt und schreibt die Angaben auf das Blatt.

»Wenn ihr wollt, zeige ich euch jetzt noch den Bunker«, sagt Kobler. Seine Stimme klingt müde und drängend zugleich, so als wolle er das alles möglichst rasch hinter sich bringen. Was man ihm nicht verdenken kann.

»Das kann ich doch machen, Papa«, schlägt Nele vor. Ihr Ton und ihr Blick haben etwas Unterwürfiges, Beschwichtigendes, als sei sie geübt in Tyrannenbesänftigung.

»Du kannst mitkommen«, antwortet Kobler gnädig.

Kapitel 6 – Die Saufeder

»So schweigsam?«, erkundigt sich Völxen bei seiner Chauffeurin.

»Hm.«

Sie sitzen in Odas englischem Kleinwagen, den sie von ihrem chinesischen Wunderheiler und Ehemann zur Hochzeit geschenkt bekommen hat, und folgen dem Defender von Georg Kobler auf dem Weg zu diesem ominösen Bunker.

»War was zwischen dir und Kobler?«

Odas Kopf schnellt herum. »Was meinst du?«

»Vorhin, als ich vom Telefonieren zurückgekommen bin, da hatte ich den Eindruck, dass zwischen euch eine seltsame Stimmung herrschte.«

»Wir haben dem Mann ein paar Minuten vorher mitgeteilt, dass seine Tochter aufgespießt auf einer Waldlichtung gefunden wurde, was für eine Stimmung hast du denn erwartet?«, versetzt Oda. »Dass wir auf der Eckbank sitzen und schunkeln?«

»Woher kennt ihr euch eigentlich, du und Kobler?«

»Keine Ahnung. Vom Sehen. Wie man sich halt so kennt in unserem Laden. Die Welt ist klein«, meint Oda.

»Ich dachte nur …«

»Was dachtest du?«

Völxen hebt abwehrend die Hände. »Nichts, gar nichts! Vielleicht hat er dich mal angebaggert, das wollte ich sagen.«

»Heute hat er das jedenfalls nicht getan. Es mag am Tod seiner Tochter liegen. Oder daran, dass ich so verdammt alt geworden bin.«

»Jetzt werd nicht gleich sarkastisch«, geht Völxen in die Defensive. »Ich wollte dir nicht zu nahe treten. Und im Übrigen siehst du noch immer sehr gut aus für …«

Oda fällt ihm ins Wort. »Wehe, wenn du jetzt sagst: *für eine Fünfzigjährige!*«

»Wollte ich gar nicht«, verteidigt sich Völxen und grinst. »Ich wollte sagen: *für dein Alter.*«

Oda stöhnt gequält auf.

»Seit wann bist du so empfindlich? Ich dachte immer, wenn jemand drübersteht, über dem *Alter*, meine ich, dann bist du das.«

»Können wir vielleicht von was anderem reden?«

»Gern. Sag mal, Oda, was hast du denn so in deinem Keller lagern?«

»Männerleichen.«

»Und sonst?«

»Rotwein.«

»Das ist alles?«

»Bisschen Weißwein, Calvados und Champagner.«

»Dann kann der Weltuntergang ja ruhig kommen.«

»Wenigstens erleben wir ihn gut gelaunt«, entgegnet Oda. Ihr Hang zu französischen Getränken – überhaupt zu allem Französischen, inklusive einer gewissen lockeren Moral – kommt nicht von ungefähr. Odas Vater ist Franzose, er lebt in der Gegend von Montpellier. »Aber mein Tian hat bestimmt Vorräte im Keller, so wie ich ihn kenne.«

»Du weißt nicht, was dein Mann im Keller hat?«, wundert sich Völxen.

»Ich kenne sein Schlafzimmer sehr gut, aber was hätte ich in seinem Keller verloren? Außerdem mag ich keine Keller.«

»Wann zieht ihr denn jetzt endlich mal zusammen?«

»Warum sollten wir?«, erwidert Oda.

Völxen schüttelt den Kopf. »Wozu habt ihr dann geheiratet?«

»Wegen des Ehegattensplittings.«

»Schon klar.«

Soweit Völxen informiert ist, ist Odas Ehemann Tian Tang stinkreich. Oder zumindest seine Familie in Peking, was bei Chinesen vermutlich auf dasselbe hinausläuft. Darüber hinaus führt Tian Tang eine gut gehende Praxis für Naturheilkunde und Traditionelle Chinesische Medizin.

Oda hingegen war lange Zeit nicht auf Rosen gebettet. Sie hat

Psychologie studiert und wollte diesen Beruf ursprünglich auch ausüben, aber dann scheiterte ihre Ehe, und als alleinerziehende Mutter ihrer damals erst zweijährigen Tochter Veronika erschien es ihr letztendlich opportuner, zur Polizei zu gehen und Beamtin zu werden. Völxen kennt Oda schon aus den längst vergangenen Zeiten, als sie zusammen beim Kriminaldauerdienst waren. Als er die Leitung des Kommissariats für Tötungsdelikte übernommen hat, war Oda die Erste, die er als Mitarbeiterin gewonnen hat. Er schätzt ihre Fähigkeiten, mit Zeugen und Verdächtigen umzugehen. Sie schafft es fast immer, ihnen mehr zu entlocken, als sie ursprünglich preisgeben wollten.

»Das mit den zwei Wohnungen hat sich jahrelang bewährt«, erklärt Oda. »Es ist gut, wenn man sich aus dem Weg gehen kann.«

»Da ist was dran«, meint Völxen. »Wenn Sabine übt oder ihre privaten Klarinettenschüler dahat, wünschte ich mir manchmal auch eine eigene Wohnung. Ich gehe dann halt raus zu meinen Schafen. Schafsbeobachtung beruhigt nämlich ungemein.«

»Siehst du, so hat jeder seine kleinen Fluchten.«

»Genau. Dann kommt der Hühnerbaron vorbei, nötigt mir ein schales Herrenhäuser auf, und schon ist die Welt wieder in Ordnung.«

»Was hast *du* denn im Keller liegen?«, will Oda nun wissen.

»Paar Kästen Bier, Winterreifen, Werkzeug, altes Spielzeug von Wanda und Hundefutter.«

»Ihr Landbewohner seid im Vorteil, ihr habt einen Garten, von dem ihr euch zur Not ernähren könnt.«

»Aber nur, wenn uns die Apokalypse nicht im Winter ereilt.«

»Du könntest immer noch die Schafe schlachten.«

Völxen, der seinen Tieren innig zugetan ist und deshalb auch kein Lammfleisch isst, weder von seinen Schafen noch von anderen, wirft ihr einen vernichtenden Blick zu, ehe er laut nachdenkt: »Mit manchen Dingen hat Kobler gar nicht mal so unrecht. Ich meine, wer weiß, was uns die Zukunft noch bringen wird.«

»Das wusste man noch nie. Zum Glück.«

»Aber die Welt war auch noch nie so chaotisch. Ich meine,

nimm nur dieses Jahr, diese Corona-Geschichte. Das hätte doch ein paar Monate zuvor auch niemand für möglich gehalten, was das nach sich gezogen hat.«

»Mag sein«, meint Oda. »Aber ist es wirklich eine Lösung, sich hinter einem meterhohen Zaun zu verschanzen und im Keller ein Endzeitlager anzulegen? Es sei denn, das alles gehört zu seinem Geschäftsmodell. Vielleicht zieht er nur eine Show ab, damit seine Survivaltrainings authentisch wirken.«

Völxen bezweifelt dies. »Dafür hat er zu viel investiert. Allein dieser Keller, die Solaranlage und dieser Zaun ... So etwas geht ganz schön ins Geld.«

»Dann frage ich mich, woher er so viel Geld hat«, überlegt Oda. »Ich meine, als ehemaliger Polizist und jetzt Hunde- und *Wildnistrainer* ... Das scheint mir nicht ganz koscher. Es sei denn, er hätte geerbt.«

»Wir werden es rausfinden«, sagt Völxen. »Jetzt geht's erst mal in den Bunker.«

Der Defender von Kobler hat an einer von Reifenspuren zerfurchten Ausbuchtung neben dem Waldweg angehalten. Oda steuert ihren Mini ebenfalls in den Matsch. »Na, super! Gestern war ich zum ersten Mal, seit ich ihn habe, in der Waschanlage«, schimpft sie beim Aussteigen vor sich hin. »Und das alles nur, weil ihr in die Pilze gehen musstet, du und dein Kumpel ... wie heißt er noch gleich, der Mann ohne Hals?«

Sabine Völxen ist damit beschäftigt, mit dem Schneebesen Eier schaumig zu schlagen. Sie hat ihren Göttergatten eigentlich zum Frühstück zurückerwartet. Zumal er ja noch im Dunkeln aus dem Haus gegangen ist. *In die Pilze*, wie er großspurig verkündet hat. Man wird sehen.

Der Hunger, so ihr Kalkül, würde ihn beizeiten nach Hause treiben. Hoffentlich mit Pilzen. Nicht nur, weil Sabine selbst gerne Pilze isst, sondern hauptsächlich, damit dieser Jammer endlich aufhört, alle Welt würde im Deister Pilze finden, nur er nicht. Als hätten sich sämtliche Götter des Waldes gegen ihn verschworen. Ganz zu schweigen von diesen Übungen mit Oscar, bei denen sein Herr im Garten Pilze versteckt, die der Hund dann finden soll. Das hat der Terrier zwar rasch begriffen, und für seine Nase stellt ein Steinpilz wohl auch keine sonderliche Herausforderung dar, doch entsteht dabei jedes Mal ein beträchtlicher Flurschaden in den Beeten. Männer! Wenn die sich etwas in den Kopf gesetzt haben.

Jetzt ist es schon Viertel nach zehn, und sie selbst bekommt auch langsam Hunger. Sabine gehört nicht zu den Frauen, die ihrem Mann hinterhertelefonieren, aber wenn er in der nächsten Viertelstunde nicht erscheinen sollte, wird sie es wohl doch tun.

Vielleicht ein bisschen frischer Schnittlauch zum Rührei? Mit dem Küchenmesser bewaffnet geht sie hinaus zum Hochbeet, wo wenigstens die Kräuter davor sicher sind, von Oscar angepinkelt oder ausgegraben zu werden.

Ah, da sind sie ja! Gerade biegt mit rasselndem Motor der hochbetagte Mercedes von Jens Köpcke in die Einfahrt. Der Fahrer steigt aus und öffnet die hintere Tür. Oscar springt heraus und läuft erwartungsvoll schnurstracks in die Küche zu seinem Napf, wo schon sein Trockenfutter auf ihn wartet. Es sitzt niemand sonst im Wagen, das kann Sabine jetzt erkennen. Wieso kommt Jens Köpcke allein mit dem Hund zurück? Und warum macht er ein so ernstes Gesicht?

Sabine merkt, wie die Angst mit spitzen Klauen nach ihr greift. Als Frau eines Polizisten hat sie immer wieder einmal dieses bestimmte Szenario vor Augen: Jemand kommt mit betretener Miene auf die Haustür zu. *Frau Völxen, wir müssen Ihnen leider mitteilen …*

Nein! Stopp! Das sind keine Polizisten, das ist der Hühnerbaron, und Bodo war Pilze suchen und nicht im Dienst. Was ist geschehen? Ein Unfall? Ein Herzinfarkt?

»Jens! Wo ist er?« Sie kann nicht verhindern, dass ihre Stimme leicht panisch klingt.

Der Nachbar kommt mit unerträglicher Langsamkeit auf sie zu, wobei er murmelt: »Mann, Mann, Mann, wenn der Tag schon so anfängt!«

Als er schließlich auf der Türschwelle steht, ist Sabine kurz davor, ihn bei den Schultern zu packen und die Information aus ihm herauszuschütteln.

»Dein Kommissar hat im Wald bleiben müssen. Wir sind nämlich praktisch über eine Leiche gestolpert. Also, eigentlich hat der Köter sie gefunden. Jetzt ist da oben ein Mordsauftrieb: Streifenwagen, Gerichtsmedizin, Spurensicherung und hast du nicht gesehen …«

»Gott sei Dank!«, stöhnt Sabine.

»Wie man's nimmt«, meint der Hühnerbaron. »Ich bin jedenfalls fix und fertig. So ein Anblick schlägt einem ganz schön auf den Magen.«

Sabine kennt den Hühnerbaron lange genug, um den Wink mit dem Zaunpfahl sofort zu verstehen.

»Wie wär's mit einem Kurzen?«

»Da sag ich nicht Nein.«

»Willst du was essen? Ich wollte gerade Rühreier machen. Sind ja eh Eier von deinen Hühnern.«

»Da sag ich auch nicht Nein. Vielleicht einen vorher und eventuell noch einen hinterher?«

Völxen und Oda folgen Kobler und seiner Tochter Nele auf einem Trampelpfad, der in den Wald führt. Den Bunker sehen sie erst, als sie unmittelbar vor einer grün gestrichenen Metalltür stehen, die in eine bemooste Wand eingelassen wurde. Der Betonklotz reicht tief in den Boden. An den Wänden hat sich Erde angesammelt – oder wurde extra aufgeschüttet –, die im Lauf der Jahre von dichtem Gestrüpp und Bäumen überwuchert wurde. Auf dem Pultdach wachsen sogar Fichtenschösslinge und Eschen, sodass man das Bauwerk leicht für einen kleinen Hügel halten kann.

Nele zieht einen Schlüssel aus ihrer Hosentasche, mit dem sie ein Bügelschloss öffnet und dann den schweren Riegel zurückschiebt. Die Tür öffnet sich lautlos. Kobler hält eine Taschenlampe in der Hand und geht voran.

»Da drin gibt es keinen Strom«, erklärt er.

Die anderen folgen ihm.

Kaum im Inneren des Bunkers angekommen, verspürt Völxen sofort eine durchdringende Kälte.

Verglichen mit Koblers Keller ist der Bunker ansonsten eher enttäuschend. Der Raum, der schätzungsweise vierzig Quadratmeter groß und gerade mal zwei Meter hoch ist, scheint lediglich als Lager für diverse Übungsmaterialien zu dienen, unter anderem besagte Strohballen, die, laut der anschaulichen Schilderung von Elmar Schutter, als Wildschweinersatz herhalten mussten. Der Lichtkegel von Koblers Lampe streift über drei Armbrüste und die dazugehörigen Zielscheiben. Am Boden glänzt etwas Metallisches. »Sind das Fallen?«, fragt Völxen.

»Ja«, antwortet Kobler. »Ich habe einen Jagdschein.«

»Gilt der auch in diesem Revier?«

»Nein«, gesteht Kobler. »Das hat der hiesige Förster verhindert, sein Einfluss auf die Jagdgenossenschaft ist enorm. Er hält sich für den kleinen Sonnenkönig.«

»Wir haben bereits seine Bekanntschaft gemacht«, erklärt Oda.

»Die Fallen benutzen wir nicht. Das wäre sonst Wilderei, darauf wartet der Kerl nur. Die sind nur für den Ernstfall gedacht«, erläutert Nele.

Wie auch immer der aussehen mag, denkt Völxen und fragt: »Wo sind nun die Saufedern?«

»Hier.« Nele hat ebenfalls eine Lampe mitgebracht und leuchtet an die hintere Wand, vor der die Strohballen stehen. Vier der langen Spieße liegen mit einer Unterarmlänge Abstand untereinander auf je zwei in die Wand eingelassenen eisernen Haken. Die Klingen zeigen alle in eine Richtung und stecken in ledernen Futteralen.

»Darf ich mal die Lampe haben?«, bittet Völxen.

Nele gibt sie ihm. Völxen tritt näher heran und leuchtet hinter die Strohballen. »Die untersten zwei Haken sind leer.«

»Was?« Nele ist neben ihn getreten.

»Das sind nur vier«, sagt Kobler, der nun ebenfalls hinter die Ballen leuchtet. Sein Ton ist messerscharf und lässt Völxen aufhorchen.

»Äh … ich weiß nicht …«, stottert Nele. »Ich kann mir das nicht erklären.«

»Seit wann fehlt diese Waffe?«, wendet sich Völxen an Nele.

»Ich weiß es doch nicht!« Sie blickt sich verzweifelt um. »Vielleicht hat man sie nur woanders hingestellt.«

»Blödsinn!«, faucht Kobler. »Siehst du sie denn irgendwo?«

Der Lichtstrahl verstärkt das Zittern ihrer Hand, als Nele hektisch im Bunker umherleuchtet.

»Wie kann so ein riesiges Ding wegkommen? Sage ich nicht immer, ihr sollt nach den Übungen alles ganz genau nachzählen?«, giftet derweil ihr Vater.

»Das habe ich!«, beteuert Nele.

»Wer hat gestern Abend die Sachen aufgeräumt?«, will Kobler wissen.

»Alle zusammen, wie immer. Aber wir haben die Saufedern gestern gar nicht rausgenommen, nur die Armbrüste, die Pfeile und die Scheiben, und die haben wir auch wieder zurückgebracht.«

»Könnten wir dieses Gespräch vielleicht draußen fortsetzen?«, fragt Oda mit klappernden Zähnen und reibt sich die Oberarme.

Die vier verlassen den Bunker. Nele schließt die Tür wieder ab.

»Wann sind diese Saufedern zum letzten Mal benutzt worden?«, fragt Oda und lächelt der jungen Frau, die inzwischen einen sehr nervösen Eindruck macht, aufmunternd zu.

»Ich weiß nicht genau …« Nele wirft ihrem Vater einen herzerweichenden Hundeblick zu. »Es ist bestimmt schon drei, vier Wochen her.«

»Unmöglich«, widerspricht ihr Vater, zwischen dessen Brauen zwei Zornesfalten stehen. »Seitdem war ich einige Male hier, und ich denke, mir wäre es aufgefallen, wenn eine gefehlt hätte.«

»Sicher?«, bezweifelt Oda. »Die unterste Waffe – beziehungsweise die Leerstelle – war von den Strohballen verdeckt, wir haben es ja auch erst bemerkt, als wir hinter die Ballen geleuchtet haben.«

»Wann wurden die Strohballen zuletzt dort wegbewegt?«, fragt Völxen.

Nele und ihr Vater wechseln einen Blick. »Schon länger nicht mehr«, antwortet schließlich Nele.

»Wer hat einen Schlüssel zum Bunker?«, will Völxen wissen.

»Es gibt nur zwei. Einer hängt bei uns im Flur im Schlüsselkasten«, antwortet Kobler. »Der ist nicht verschlossen. Falls das wichtig ist.«

»Ist es«, bestätigt Völxen.

»Den anderen hat Bastian«, erklärt Nele.

»Wäre es möglich, dass die Saufeder während einer Übung unbemerkt abhandengekommen ist?«, fragt Völxen.

»Du meinst: geklaut?«, präzisiert Kobler.

»Oder vergessen, verschlampt ...«

»Ich kann mir das nur schwer vorstellen. Wir sind eigentlich alle sehr gewissenhaft, was die Waffen angeht.«

»Aber vollkommen ausgeschlossen ist es nicht«, hält Völxen fest.

»Nein. Jeder macht mal einen Fehler«, räumt Kobler zähneknirschend ein.

Völxen wendet sich an Nele. »Frau Kobler, ich möchte Sie für heute Nachmittag auf unsere Dienstelle bitten, um ein Protokoll Ihrer Aussagen aufzunehmen.«

Nele schüttelt den Kopf. »Das geht nicht. Ich habe heute Nachmittag noch zwei Einzelunterrichtsstunden für Hunde und Halter. Die sind gut bezahlt, ich kann es mir nicht leisten, sie ausfallen zu lassen.«

Nicht mal, wenn die eigene Schwester ermordet wird.

»Dann eben morgen früh«, sagt Völxen, und es ist keine Frage.

»Gut. Ich kann um neun da sein«, antwortet Nele gnädig.

Kapitel 7 – Der Kronprinz

»Allmächtiger, hier möchte man ja nicht tot überm Zaun hängen!« Raukel schaudert, während Fernando Rodriguez langsam die Straße entlangfährt, durch eine ehemalige Bergarbeitersiedlung.

»Ist doch putzig«, widerspricht Fernando – mehr aus Prinzip denn aus Überzeugung. »Lauter kleine Häuschen und so nah am Busen der Natur.« Er deutet auf die Hänge des Deisters, die gleich hinter den letzten Häusern des Ortes ansteigen.

»Mag sein, aber ich bin ein Stadtmensch durch und durch«, bekennt Raukel.

»In Linden gefällt es dir aber auch nicht«, gibt Fernando zu bedenken. Allzu oft hat sich Raukel über den angesagten Multikulti-Stadtteil, in dem Fernando aufgewachsen ist und noch heute lebt, despektierlich geäußert.

»Ich habe eben einen ausgefallenen Geschmack.«

»Stimmt«, bestätigt Fernando mit einem Seitenblick auf die Palmen, die Raukels Hemd zieren. Er parkt den Audi vor dem Grundstück am Straßenrand.

Die meisten der Häuschen sind schmuck renoviert worden und verbreiten mit ihren eingewachsenen und liebevoll gepflegten Gärten einen gewissen kleinbürgerlichen Charme. Klettergerüste und Trampoline zeugen von einem Wechsel der Generationen. Das Wohnhaus von Bastian Raimann ist hellgelb verputzt, hat neue Kunststofffenster, und auf dem steilen Dach blinken Solarzellen. Auch ein paar Stilmittel der Fünfzigerjahre sind noch erhalten; die Haustür ist aus Riffelglas, das Treppenhaus aus Glasbausteinen. Der Garten sieht aus, als wäre er einmal sorgfältig angelegt worden, aber inzwischen ist er verwildert.

»Und Parkplatzsorgen kennt man hier auch nicht!«, bemerkt Fernando in einem schwärmerischen Ton.

»Trotzdem, nein danke«, beharrt Raukel.

Bastian Raimann weiß offenbar schon Bescheid über das tragische Geschehen. Mit ernstem Gesicht öffnet er ihnen die Tür, kaum dass der Türgong verhallt ist. Er trägt helle Leinenhosen und ein hellblaues Hemd, das so frisch gebügelt aussieht, als hätte er es gerade eben aus dem Schrank gezogen. Offenbar ist er darauf aus, einen guten Eindruck zu machen, registriert Fernando.

Nachdem die beiden Besucher ihre Dienstausweise gezeigt und sich vorgestellt haben, führt er sie in das Wohnzimmer, das mit modernen Nullachtfünfzehn-Möbeln eingerichtet ist, und bietet ihnen artig Kaffee an – was beide ablehnen. Danach lässt sich der blonde, blauäugige Hüne kraftlos in einen Sessel sinken und klagt mit weinerlicher Stimme: »Ich verstehe das alles nicht. Wer macht denn so was?«

»Herr Raimann, Ihr Verlust tut uns sehr leid.« Im Blick Raukels liegt routiniertes Mitgefühl. Da es keinen zweiten Sessel gibt, haben er und Fernando auf dem Sofa Platz genommen.

»Wohnen Sie allein hier?«, fragt Raukel gleich anschließend.

»Ja. Meine Mutter ist vor zwei Jahren gestorben, sie hat mir das Haus vererbt.«

»Und wo ist Ihr Vater?«, fragt Fernando.

»Meinen Erzeuger meinen Sie? Hat sich davongemacht, als ich drei war.«

Gegenüber vom Sofa, auf einem Lowboard, steht ein riesiger Fernseher, und an der Wand rechts davon hängt ein Foto. Es zeigt eine junge Frau mit langen braunen Haaren, die verhalten lächelt, und neben ihr einen Mann in den Fünfzigern, beide lehnen an einem Defender. »Das ist Georg Kobler, ich erkenne ihn«, bemerkt Raukel. »Ich nehme an, die junge Dame ist Marlene?«

Der Gefragte nickt, er wirkt geistesabwesend.

Ein Foto an der Wand, das Freundin und Vater zeigt, wie krass, denkt derweil Fernando, ehe er ohne Umschweife zum Punkt kommt: »Herr Raimann, erzählen Sie uns doch, wo Sie gestern nach zwanzig Uhr waren.«

»Hier. Allein. Ich habe also kein Alibi, falls Sie darauf hinauswollen.«

»Haben Sie mit jemandem gesprochen? Aus der Nachbarschaft vielleicht?«, fragt Raukel.

»Nein.«

»Telefoniert?«

»Nur mit dem Handy. Ich wollte Marlene erreichen, aber sie hat mich immer weggedrückt.«

»Warum hat sie das gemacht?«, will Fernando wissen.

Der Gefragte streicht sich verlegen über den muskulösen Nacken. »Sie erfahren es ja doch. Wir hatten gestern Streit. Ich habe tagsüber ein Training geleitet. Dabei habe ich von den Teilnehmern verlangt, ein Karnickel zu töten.«

»Wieso das denn?«, fragt Fernando und versucht erst gar nicht, seine Abscheu zu verbergen.

»Es dient der Abhärtung. Wer Fleisch essen will, muss auch töten können. Finde ich jedenfalls.«

»Lassen Sie mich raten«, meldet sich Raukel zu Wort. »Ihrer Freundin hat es nicht gefallen, dass das niedliche Häschen dran glauben musste.«

»Genau«, nickt er. »Sie hat mich für den Rest des Tages wie Luft behandelt. Ich war ein Idiot, ich hätte das nicht tun sollen. Ich weiß ja, wie sie auf so etwas reagiert, schließlich will sie Tierärztin werden. Aber das hätte sich alles wieder eingerenkt!« Er dreht den Kopf zur Seite und wischt sich über die Wange.

»Ich kannte Georg Kobler, er war ein prima Kollege«, schleimt sich Raukel ein. »Er muss Ihnen vertrauen, wenn er Sie das Training leiten lässt.«

»Ja, das tut er.«

»Wie lange waren Sie und Marlene zusammen?«

»Knapp zwei Jahre.«

»Haben Sie sich bei einem dieser Trainings kennengelernt?«, forscht Raukel nach.

Bastian Raimann lächelt und schüttelt den Kopf. »Nein. Ich war aus beruflichen Gründen auf dem Hof. Ich verkaufe Fotovoltaikanlagen und betreue unsere Bestandskunden, wenn es ein Problem gibt. Der Hof hat eine große Anlage, so kam ich mit Marlenes

Vater ins Gespräch, und wir merkten schnell, dass wir auf einer Wellenlänge liegen. Marlene habe ich erst später kennengelernt – also, ich meine näher.«

»Sie wollten Marlene also gestern Abend anrufen und sich entschuldigen, doch sie hat Sie immer weggedrückt. Sind Sie da nicht tierisch wütend geworden?« Fernando bemüht sich um einen harmlosen Gesichtsausdruck, aber Raimann hat begriffen, worauf er hinauswill.

»Ich war sauer, das stimmt. Aber hauptsächlich auf mich selbst. Und nein, ich bin nicht noch mal hingefahren, um meine Freundin umzubringen, ich war hier! Erstellen Sie von mir aus ein Bewegungsprofil aus meinen Handydaten.«

»Guter Vorschlag«, meint Fernando. »Das heißt dann aber auch nur, dass Ihr Handy gestern hier war.«

»Ich habe ihr nichts getan, das könnte ich niemals!«

Raukel macht ein trauriges Gesicht und sagt mit treuherzigem Augenaufschlag: »Herr Raimann, helfen Sie uns. Haben Sie denn eine Idee, wer dieses scheußliche Verbrechen begangen haben könnte?«

»Nein. Alle mochten Marlene. Bis auf ihre Schwester Nele. Die war immer schon neidisch auf sie, weil ihr Vater Marlene lieber mochte.«

»Trauen Sie Nele Kobler zu, ihrer Schwester eine Saufeder in die Brust zu rammen?«, fragt Fernando und wählt ganz bewusst drastische Worte.

Sein Gegenüber zuckt leicht zusammen, dann sagt er: »Wer weiß? Bei Nele kann man nie sicher sein.«

»Wie meinen Sie das?«, fragt Raukel.

»Vielleicht ging es ja auch um Luka. Das ist Neles neuer Freund. So ein Software-Fuzzi. Den habe ich ein paarmal um Marlene rumschwänzeln sehen. Vielleicht hat Nele das mitgekriegt.«

»Dieser Luka hat Marlene angemacht, wollen Sie das sagen?«, vergewissert sich Fernando.

Raimann druckst herum und rudert zurück. »Na ja ... was heißt angemacht? Ich habe die zwei halt öfter mal quatschen sehen.«

»Quatschen. Wann? Bei welchen Gelegenheiten?«, fragt Fernando.

»Bei den Übungen und auf dem Hof. Vielleicht ist es mir auch nur aufgefallen, weil ich den Kerl nicht besonders leiden kann.«

»Was genau können Sie denn an ihm nicht leiden?«

»Einfach alles. Seine Fresse, seine ganze Art ... Ich trau dem einfach nicht übern Weg.«

»Ja, manchmal stimmt einfach die Chemie nicht, das gibt es«, gibt ihm Raukel leutselig recht.

»Also waren Sie eifersüchtig«, stellt Fernando fest.

»Ich war nicht eifersüchtig! Nicht auf diese Witzfigur!« Bastian Raimann ist ein klein wenig laut geworden.

»Es wäre nicht das erste Mal, dass Sie die Kontrolle verlieren«, stichelt Fernando.

Der Angeschuldigte verzieht die Mundwinkel und meint höhnisch: »Das war ja klar, dass das kommen musste! Das macht ihr euch jetzt ganz einfach, was? Der eifersüchtige Freund, der vorbestraft ist und kein Alibi hat, der muss es gewesen sein.«

»Tja, bisweilen ist es eben so einfach«, nickt Fernando. »Und Sie hatten außerdem Streit. Ich will nicht vorgreifen, aber das sieht nicht besonders gut für Sie aus.«

»Ich war's aber nicht!«, brüllt Bastian Raimann. Er ist aufgesprungen und deutet auf die Tür. »Schert euch raus, alle beide!«

»Und Sie werden ziemlich leicht wütend, das kommt noch dazu«, stellt Fernando fest, während er sich mit provozierender Langsamkeit vom Sofa erhebt. Raukel folgt seinem Beispiel, allerdings in einer Geschwindigkeit, die Fernando dem Kollegen mit der Seelöwenfigur gar nicht zugetraut hätte.

»Beweist es mir doch!«, schreit Raimann, der die Rolle des Schwiegermutterschwarms nun endgültig an den Haken gehängt hat. »Noch gilt in diesem Scheißkanakenstaat schließlich die Unschuldsvermutung!«

»Sie haben vollkommen recht, Herr Raimann, kein Grund zur Aufregung«, beschwichtigt Raukel den Aufgebrachten, während er sich wieselflink in Richtung Haustür bewegt.

»Wiedersehen«, sagt Fernando in der Tür. »Halten Sie sich bitte für weitere Fragen zu unserer Verfügung, und kommen Sie nicht auf die Idee, den Scheißkanakenstaat in den nächsten Tagen zu verlassen.«

»Sag mal, geht's noch, Rodriguez?«, ereifert sich Raukel, als sie wieder im Wagen sitzen.

»Alles bestens, danke der Nachfrage«, grinst Fernando. »Und selbst?«

Raukel ist gerade nicht zum Scherzen aufgelegt. »Kannst du mir mal sagen, warum du da drin eine dermaßen dicke Lippe riskiert hast? Du hast es regelrecht darauf angelegt, von diesem Gorilla eine auf die Nuss zu kriegen!«

Nicht, dass es Raukel das Herz gebrochen hätte, wenn sich der kleine Spanier mit der großen Klappe eine eingefangen hätte. Der nimmt das Maul ohnehin immer ganz schön voll. Doch Raukel hätte schließlich nicht tatenlos danebenstehen und zusehen können, wie dieser Hüne dem Winzling die Fresse poliert. Jedenfalls nicht, ohne seinem Ruf mächtig zu schaden. Er hätte wohl oder übel eingreifen müssen und dabei womöglich auch noch ein Veilchen oder eine aufgeplatzte Lippe kassiert. Das hätte ihm momentan überhaupt nicht in den Kram gepasst.

»Und du?«, kontert Fernando nun. »Fast hätte ich dir eine Lampe geholt, damit du dem Kerl noch tiefer in den Arsch kriechen kannst.«

»Ich wollte sein Vertrauen gewinnen«, erklärt Raukel. »Mit Honig fängt man Fliegen.«

»Nicht bei so einem«, widerspricht Fernando angewidert. »Ich erkenne einen Nazi, wenn ich einen vor mir habe. Ein bisschen am Lack gekratzt, und siehe da, schon lässt er die Hosen runter.«

»Nur, dass es nicht um seinen Födel geht, sondern um Mord«, versetzt Raukel. Er ist noch immer stinksauer, und das nicht nur auf Fernando.

Völxens Anruf hat ihm den ganzen Sonntag versaut, von dem er sich einiges versprochen hat. Vor allen Dingen wollte er den seit

Tagen schwelenden heißen Flirt mit der noch heißeren Irina, die vor zwei Wochen in die Wohnung gegenüber eingezogen ist, vertiefen. Sie hat ihm zugewinkt, wann immer sie ihre Balkonblümchen gegossen hat, und dabei klaffte ihr seidenes Nichts von einem Morgenmantel ziemlich weit auf, sodass die Welt sehen konnte, dass man es mit einem echten Prachtweib zu tun hat. Und das, obwohl Irina sicher schon um die vierzig ist, vielleicht sogar ein Quäntchen älter. Aber ein Fahrgestell, meine Herren!

Raukel war gestern extra noch in der Feinkostabteilung von Kaufhof und hatte schon alles für das Sektfrühstück vorbereitet, inklusive einer Großpackung Kondome im Nachttisch. Und dann, eine Viertelstunde vor dem Rendezvous, ruft der Schafstrottel an und schickt ihn mit Rodriguez in die Pampa. Hinterher hätte er sich in den Hintern beißen können, dass er überhaupt ans Telefon gegangen ist.

Jetzt muss er das Sushi und die Lachsbrötchen wohl selbst essen, denn die Schöne klang ziemlich angesäuert, als er das intime Treffen quasi in letzter Minute abgesagt hat. Apropos essen. Ihm ist schon ganz zweierlei vor Hunger. Höchste Zeit, dass er etwas in den Magen kriegt.

Völxen und Oda sind auf dem Weg in die Polizeidirektion. Sie sind vergeblich in die Wedemark, nach Mellendorf, gefahren, um der Mutter von Nele und Marlene die schlechte Nachricht persönlich zu überbringen. Von einer Nachbarin haben sie erfahren, dass Koblers Ex-Frau erst am Montagabend zusammen mit ihrem Lebensgefährten wieder von einem Städtetrip nach Rom zurückkommen soll.

Oda fährt, Völxen telefoniert. Zumindest versucht er das. »Und wieder nur die Mailbox, verdammt noch mal!« Völxen lässt entnervt sein Telefon sinken. Sämtliche Mitglieder der Prepper-Gruppe auf Neles Liste sind nicht erreichbar. »Das ist doch nie und nimmer ein Zufall!«

»Bestimmt sind sie vom Oberguru gewarnt worden, um zu verhindern, dass jemand noch heute mit uns redet. Er wird seine

Truppe erst instruieren wollen, was sie uns sagen dürfen und was nicht«, vermutet Oda.

»Na gut«, knurrt Völxen. »So haben wir wenigstens genug Zeit, sie auf Vorstrafen zu überprüfen.«

»Ich nehme an, mit *wir* meinst du mich?«, fragt Oda lauernd.

»Klar. Ich bin schließlich der Chef«, bestätigt Völxen und grinst: »Jeder muss seinen Platz im Rudel kennen.«

»Ich wusste, dass dir der Spruch gefällt«, seufzt Oda.

»Diesen Bastian Raimann hat sich Fernando schon vorgenommen. Der scheint mir momentan unser aussichtsreichster Kandidat zu sein, mit seinen einschlägigen Vorstrafen und ohne Alibi.«

»Und das Motiv?«, entgegnet Oda.

»Ist mir egal«, brummt Völxen missgelaunt.

»Da würde ich noch eher Nele verdächtigen«, meint Oda. »Jahrelange Eifersucht auf die schöne große Schwester. Vielleicht wollte sie ihren Papa endlich mal für sich alleine haben.«

Völxen hüllt sich in nachdenkliches Schweigen. Auch Oda grübelt eine Weile vor sich hin, dann sagt sie: »Es ist mir überhaupt ein Rätsel, wie das funktionieren kann.«

»Was meinst du?«

»Jemanden von vorne mit einem so langen, sperrigen Dingsda zu erstechen, ohne dass derjenige sich wehrt«, erklärt Oda. »Sie hatte doch keine Abwehrverletzungen, oder?«

»Nein. Ich weiß, was du meinst«, nickt Völxen.

»Wenn die Klinge sie im Rücken getroffen hätte, okay. Dann würde ich davon ausgehen, dass sie verfolgt wurde. Aber von vorn?« Oda schüttelt den Kopf. »Wie ist das zugegangen? Woher kam diese Saufeder? Einen über zwei Meter langen Speer trägt man ja nicht einfach mal unauffällig mit sich herum.«

»Es sei denn, die Saufeder wurde vorher auf der Lichtung deponiert oder in der Nähe, im Gebüsch, hinter einem Baum, was weiß ich.«

»Okay, wer immer es war, holt also die Saufeder aus dem Versteck«, spinnt Oda den Faden weiter. »Dieses Trumm in Stellung zu bringen braucht seine Zeit. Was hat Marlene solange gemacht?

Hat sie dagestanden und darauf gewartet, aufgespießt zu werden?«

»Sie hat sicherlich nicht mit einem Angriff gerechnet«, erwidert Völxen. »Vielleicht dachte sie, es wird eine Übung oder ein Scherz ...«

»Das heißt, dass sie den Täter gekannt und ihm vertraut hat.«

»Sonst hätte sie die Festung wohl nicht verlassen«, antwortet Völxen.

»Gut für uns. Das schränkt den Täterkreis erheblich ein«, stellt Oda fest. »Bis morgen haben die von der Technik hoffentlich ihre Handy-PIN geknackt, dann können wir die Daten darauf checken. Mit etwas Glück hat der Täter sie angerufen, damit sie rauskommt. Vielleicht wird das ein ganz einfacher Fall.«

Kapitel 8 – Wo die Liebe hinfällt

Es ist Montagmorgen. Angetan mit Gummistiefeln und seinem gestreiften Bademantel, dessen Taschen mit Zwieback gefüllt sind, schlappt Hauptkommissar Bodo Völxen durch den Garten in Richtung Schafweide. Seit sich in Niedersachsen die Wölfe wie die Karnickel vermehren, verspürt er jeden Morgen dieses unsichere Gefühl, wenn er sich seiner Weide nähert. Manchmal gehen ihm dabei grausige Bilder von gerissenen Schafen durch den Kopf, ganz besonders wenn er, so wie gestern Abend, vergessen hat, sie über Nacht in den Stall einzuschließen. Aber bis jetzt ist noch nie etwas passiert.

Auf halber Strecke legt er einen kleinen Pinkelstopp hinter dem Holzschuppen ein, wo Sabine ihn vom Haus aus nicht sehen kann, denn die würde sein Tun sehr missbilligen. Oscar eifert seinem Herrn nach und hebt sein Bein an der Regentonne. Solchermaßen erleichtert, gehen Herr und Hund weiter. Ein Glück, es ist alles in Ordnung. Die Schafe stehen unter dem Apfelbaum und betrachten den neuen Tag. Es dauert etwas, bis sie ihren Besitzer registrieren, der nun schon seit zwei Minuten am Zaun steht, die ersten Sonnenstrahlen im Rücken. Nach einer Weile kommt der Schafbock Amadeus durch das taufeuchte Gras auf ihn zugetrabt. Schlecht gelaunt wie immer reißt er Völxen den dargebotenen Zwieback aus der Hand, um gleich danach sein Gehörn am Zaunpfosten zu wetzen. Eine klare Drohgeste an die Adresse seines Halters. Die Damen, namentlich Mathilde, Salomé, Doris und Angelina, sind sanfter und mümmeln genüsslich das Gebäck.

»Ich weiß, alter Knabe, ich weiß«, sagt Völxen in einem Anflug von Melancholie zu seinem Schafbock. »Du hast es nicht leicht.«

Auch Völxen beobachtet an sich zuweilen eine gewisse Erdenschwere, und das ist nicht nur etwas, das sich in Kilogramm ausdrückt, von denen er ein paar zu viel mit sich herumschleppt. Nein, was ihn niederdrückt, ist das Gewicht der vielen Jahre, die er nun schon auf diesem Planeten weilt; es ist diese lebenssatte Trägheit, die er in Brust, Bauch und Beinen spürt, eine gewisse Bräsigkeit und Langsamkeit in seinen Bewegungen. Manchmal hat er den Verdacht, dass auch sein Verstand an Frische eingebüßt hat, sein Denken ebenfalls ungelenkiger und schwerfälliger geworden ist. Wann hat er zum letzten Mal eine wirklich brillante Idee gehabt? Und wie lange lässt sich dieser Mangel an Frische noch mit Erfahrung und Altersweisheit wettmachen? Wäre es nicht an der Zeit, seinen Platz zu räumen? Nicht auf Erden, Gott bewahre, aber zumindest im Dienst? Um dann was zu tun? Seiner Frau auf die Nerven gehen, die Schafe den ganzen Tag lang beobachten, den Hund vergeblich versuchen zu erziehen? Dem örtlichen Männergesangverein beitreten? Eine blaue Latzhose kaufen?

Wie auf sein Stichwort kommt drüben, auf dem Nachbarhof, der Hühnerbaron in seinem gewohnten Outfit aus dem Stall. Ihr Mann besitze vier identische Latzhosen, hat Hanne Köpcke kürzlich Sabine anvertraut, woraufhin diese geantwortet hat: »Meiner hat zum Glück nur einen gestreiften Bademantel.«

Jens Köpcke sieht Völxen und winkt ihm auf eine Weise zu, die so viel heißt wie: *Warte, ich habe dir was zu sagen.* Nach so vielen Jahren versteht man sich wortlos.

»Moin, Kommissar.«

»Moin, Jens.«

»Gibt's was Neues?«

Klar, dass Köpcke den Mordfall meint und nicht den Dorfklatsch, über den er ohnehin stets viel besser informiert ist als Völxen, weil er in viel mehr Vereinen aktiv ist als sein Nachbar. Was in dem Fall keine Kunst ist, denn Völxen hat das Vereinsleben des Dorfes stets nur aus der Distanz oder als Gast bei diversen Festlichkeiten mitgetragen.

»Nein, nichts Neues, Jens.« *Und selbst wenn, dann dürfte ich es dir nicht sagen.*

»Ich habe gestern noch ein bisschen recherchiert«, verkündet der Hühnerbaron und schiebt sich seine Mütze aus der Stirn.

»Was du nicht sagst.« Das war ja klar. Wahrscheinlich sind im Dorf die Drähte heiß gelaufen. »Und? Hat es sich gelohnt?«

»Du solltest Elmar Schutter, den Förster, bei Gelegenheit nach seiner Frau fragen. Man nennt sie die flotte Hedwig.«

»Die flotte Hedwig, soso.«

»Es gab angeblich mal ein Techtelmechtel zwischen ihr und diesem Georg Kobler.«

»Oha.« Schlagartig ist Völxens Interesse geweckt. »Wann war das?«

»Dürfte ungefähr drei Jahre her sein. Der Schutter hat den Kobler und seine Bande schon immer mit Argusaugen beobachtet, und als dann das mit seiner Frau rausgekommen ist ...« Der Hühnerbaron wiegt bedeutungsvoll seinen Quadratschädel hin und her.

Elmar Schutter konnte, nach seinem Alibi befragt, keines vorweisen, weil er allein lebt, erinnert sich Völxen an das Gespräch mit dem Förster am Tatort. »Wo ist die flotte Hedwig denn jetzt?«, erkundigt er sich beim Hühnerbaron.

»Hat einen Zahnarzt geheiratet.«

»Hat sie ihren Mann wegen Kobler oder wegen des Zahnarztes verlassen?«

»Keine Ahnung«, antwortet Köpcke. »Ich interessiere mich nicht für die Bettgeschichten anderer Leute.«

»Schon klar.«

»Die Hedwig war immer ein bisschen ein lockerer Vogel, wenn du weißt, was ich meine. Aber natürlich ist der Schutter seither nicht gut auf den Kobler zu sprechen.«

»Was du nicht sagst«, grinst Völxen.

Der Hühnerbaron fährt fort: »Der Kobler hat extra die Jägerprüfung gemacht, nachdem er vor ungefähr acht Jahren auf diesen Hof gezogen ist. Er hat wohl darauf spekuliert, dass er bei nächster Gelegenheit dort die Jagd pachten kann. Die Pacht ist vor zwei Jahren neu vergeben worden, und natürlich ist nichts daraus geworden, nach seiner Eskapade mit der flotten Hedwig. Nicht mal ein Begehungsrecht vom jetzigen Jagdpächter hat er gekriegt, dafür hat der Schutter schon gesorgt. Der kennt ja Gott und die Welt und besonders die Jagdgenossenschaft. Die hören alle auf ihn.«

»Ganz schön dämlich von Kobler, das hätte ich gar nicht gedacht«, bemerkt Völxen.

»So was passiert halt, wenn einem der Verstand in die Hose rutscht«, doziert der Hühnerbaron. »In dem Revier wird der Kobler jedenfalls jagdmäßig keinen Fuß mehr auf den Boden kriegen. Der Schutter wollte ihm sogar verbieten, *seinen Wald* zu betreten, aber das kann er dann doch nicht. Noch ist der Wald für alle da, nicht nur für die Jäger, auch wenn sie das manchmal gerne hätten«, beendet Köpcke seine ungewöhnlich lange Rede.

»Also haben wir da eine ganz gepflegte Männerfeindschaft«, stellt Völxen fest. »Danke, Jens. Gute Arbeit!«

Köpcke tippt sich an seine Mütze. »Da nich für«, murmelt er.

So schnell ihn die Gummistiefel tragen, macht sich Völxen auf den Rückweg. Noch ehe er seinen ersten Kaffee trinkt, greift er nach seinem Telefon und ruft Oda an.

»Kobler hatte vor drei Jahren eine Affäre mit Schutters Frau.«

»Dir auch einen guten Morgen, Völxen«, kommt es müde.

»Du kannst ja mal Nele Kobler fragen, was sie davon hält.«

»Sind die etwa immer noch zusammen?«

»Nein. Die flotte Hedwig hat sich danach einen Zahnarzt angelacht.«

»Und deshalb weckst du mich?«

»Es ist halb acht«, bemerkt Völxen.

»Soll das etwa eine Entschuldigung sein?«

Völxen will ihr gerade sagen, wohin sie sich ihre Entschuldigung stecken kann, als Oda fragt: »Könnte nicht jemand anderes Nele Kobler vernehmen?«

»Wieso das denn?«, wundert sich der Hauptkommissar. Normalerweise beharrt Oda auf ihrem Privileg, wichtige Zeugen und potenzielle Verdächtige persönlich in die Mangel zu nehmen. Und

Nele Kobler, da herrscht wohl Konsens, gehört in mindestens eine der Kategorien, wenn nicht in beide.

»Ich dachte nur, es sollten sich vielleicht auch andere Kollegen ein Bild von ihr machen, damit kein einseitiger Eindruck entsteht.«

Was für einen Unsinn faselt sie da nur, fragt sich Völxen und erwidert: »Du legst also Wert auf ein psychologisches Profil der Zeugin durch Raukel oder Rodriguez?«

»Nun ja ...«

»Denkst du, die kriegen mehr aus ihr raus als du?«

»Ich wollte bloß ...«

»Nein, nein, Oda. Du wirst Nele befragen, das halte ich für das Beste. Jetzt muss ich auflegen und frühstücken. Bis gleich.«

Hauptkommissarin Oda Kristensen hat sich im Büro von Frau Cebulla zum Dienstbeginn einen Kaffee geholt und bei dieser Gelegenheit die Sekretärin des Kommissariats über die gestrigen Ereignisse informiert. »Es werden demnach heute noch etliche Leute hier zur Befragung aufkreuzen«, kündigt Oda an. »Das hoffe ich zumindest.« Denn einige aus der Prepper-Gruppe waren immer noch nicht zu erreichen.

»Die Erste ist sogar schon unterwegs, sagt der Pförtner«, antwortet die Sekretärin, ohne den Blick von ihrem Bildschirm abzuwenden. »Eine gewisse Nele Kobler.«

»Überpünktlich, ich hätte es mir denken können«, seufzt Oda, die eigentlich gerne noch in Ruhe eine geraucht hätte.

Nele Kobler hat – wen wundert das? – auf den Aufzug verzichtet und die Treppe genommen. Sie biegt gerade um die Ecke, als Oda aus Frau Cebullas Büro kommt. Mit Jeans und einer sandfarbenen Bluse ist sie heute sehr zivil gekleidet. Oda bittet sie in ihr Büro, wo Nele prompt angewidert die Nase rümpft. Zugegeben, das Büro riecht etwas eigenwillig, denn Oda hat den Rauchmelder abgeklebt und ignoriert seit Jahren das Rauchverbot in den Räumen der Polizeidirektion.

Die junge Frau setzt sich auf die Kante des Besucherstuhls, als wolle sie jeden Moment wieder aufspringen, und passend zu ihrer Körpersprache fragt sie auch: »Warum bin ich hier? Ich habe Ihnen doch gestern schon alles gesagt.«

»Alles worüber?«, fragt Oda zurück.

»Über den Abend und den Tag davor.«

»Das haben Sie«, bestätigt Oda. »Aber ich würde gerne ein wenig über Sie sprechen, Frau Kobler.«

»Über mich?«, wiederholt sie erstaunt.

»Finden Sie, dass Sie es nicht wert sind, dass man sich für Sie interessiert?«

»Ja. Ich meine ... nein«, antwortet sie verwirrt.

»Sie sind von Beruf ... Hundetrainerin?«

»Und Waldpädagogin.«

»Was macht man denn als Waldpädagogin?«, fragt Oda ehrlich interessiert.

»Grob gesagt: Ich gehe mit Leuten den Wald. Das nennt sich auch Waldbaden.«

»Waldbaden«, wiederholt Oda. »Was es nicht alles gibt.«

»Ich lehre die Menschen, zu sehen, zu hören, zu atmen. Die Natur und sich selbst zu spüren. Sie glauben gar nicht, wie viele das verlernt haben.«

»Doch, das glaube ich gern«, versichert Oda. Sie wundert sich. Dieses eher esoterische Gebaren passt so gar nicht zu der Nele, die sie bisher kennengelernt hat. Aber der Mensch hat ja bekanntlich viele Facetten.

»Oft wissen Kinder nicht einmal, wie man sich im Wald bewegt, und sie kennen die einfachsten Tiere und Pflanzen nicht. Es ist erschreckend, wie weit sich der zivilisierte Mensch von der Natur entfernt hat. Die meisten Leute würden ohne Supermarkt keine Woche überleben.«

»Zu diesen Aufgeschmissenen gehöre ich wahrscheinlich auch«, bekennt Oda.

»Sie sollten Vorsorge treffen«, meint Nele. »Lebensmittel und Wasser für zwei Wochen, das ist das Allermindeste.«

»Danke für den Tipp.« Oda nimmt einen Schluck aus ihrer Tasse. »Nele – darf ich Nele sagen?«

Sie nickt.

»Sie schienen mir gestern nicht allzu betrübt über den Tod Ihrer Schwester zu sein.«

»Nur weil ich nicht rumgeheult habe? Was wissen Sie schon.«

»Wenig«, gibt Oda zu. »Das möchte ich gerne ändern, denn ich habe einen Mord aufzuklären.«

»In Ordnung. Was wollen Sie wissen?«

»Ihr Vater hat Marlene bevorzugt.«

»War das eine Frage?«

»Eher eine Feststellung. Er hat es uns gegenüber klar zugegeben.«

»Wollen Sie mir noch mehr Fragen stellen, deren Antwort Sie schon kennen?«

Oda würde Nele gerne fragen, warum sie so aggressiv ist, aber stattdessen erkundigt sie sich: »Hat Ihnen das nichts ausgemacht?«

»Sie sind auf dem falschen Dampfer. Ihr Tod ändert für mich gar nichts. Im Gegenteil, jetzt wird er sie erst recht vergöttern«, stößt sie bitter hervor und ergänzt: »Mir wäre lieber, sie wäre am Leben geblieben. Erstens hatte ich sie trotz allem gern, ob Sie es glauben oder nicht. Zweitens hätte mein Vater irgendwann gesehen, dass er sich in ihr getäuscht hat.«

»Was meinen Sie mit *getäuscht?*«

»Marlene war nicht loyal.«

»Inwiefern?«

»Sie hat nur so getan, als ob sie sich für unsere Sache begeistert. Die meiste Zeit war sie lediglich dabei, weil Bastian sie mitgeschleppt hat und um Papa bei Laune zu halten. Solange sie studiert hat, war sie auf sein Geld angewiesen, aber ich wette, mit dem ersten Gehalt wäre sie weg gewesen.«

»Hat sie das gesagt?«

»Natürlich nicht. Aber sie hat sich ständig mit unserer Mutter getroffen.«

»Was ist falsch daran?«, fragt Oda.

»Diese Frau hat meinen Vater betrogen und uns Kinder im Stich gelassen. Was für eine Mutter macht denn so etwas?«

Oda hätte gern erwidert, dass ihr Vater wahrlich auch kein Heiliger ist, aber aus gegebenem Anlass hält sie lieber den Mund.

»Wie alt waren Sie damals, bei der Trennung Ihrer Eltern?«

»Es ist zwölf Jahre her, ich war acht, Marlene neun.«

»Weiß Ihre Mutter inzwischen Bescheid über Marlenes Tod?«

»Wollten Sie ihr das nicht sagen?«, entgegnet Nele. »Ich habe nichts unternommen. Ob mein Vater sie angerufen hat, weiß ich nicht.«

Oda begibt sich nun auf ein heikles Terrain, aber was sein muss, muss sein: »Ich nehme an, Ihr Vater hatte seit der Trennung von Ihrer Mutter Beziehungen zu Frauen ...«

»Falls das eine Frage war: Ja.«

»Gab es da etwas Ernstes?«

»Es ist noch keine bei uns eingezogen, falls Sie das meinen.«

»Hätten Sie denn etwas dagegen?«

Nele zuckt nur mit den Schultern.

»Haben Sie Namen für uns?«, forscht Oda.

»Ich kannte immer nur ihre Vornamen, und bis ich mir den gemerkt habe, war es auch schon wieder vorbei. Meistens waren es welche vom Hundetraining. Für manche dieser Tussen ist mein Vater ein Halbgott, nur weil er es schafft, ihre verkorksten Köter einigermaßen einzunorden. Da hat ein Typ wie er dann leichtes Spiel.«

»Ich verstehe.«

»Eine war dummerweise die Frau vom Förster, diesem Schutter«, verrät Nele und kichert plötzlich. Es klingt ein wenig künstlich, aber vielleicht ist sie aus der Übung, denkt Oda, denn es ist offensichtlich, dass die junge Frau nicht gerade eine Frohnatur ist. Vermutlich hatte sie in ihrem neunzehnjährigen Leben noch nicht allzu viel zu lachen.

»Tatsächlich? Von Elmar Schutter?«, spielt Oda die Ahnungslose. »Wie ungeschickt.«

»Ungeschickt? Das war saumäßig dämlich von ihm und hat ihm viel Ärger eingebracht.«

»Was für Ärger?«, fragt Oda.

»Schutter kennt sehr viele Leute in der Gegend, und die hat er alle gegen meinen Vater aufgehetzt.«

»Glauben Sie, dieser Schutter hasst Ihren Vater so sehr, dass er seiner Tochter etwas antun könnte?«

»Das haben *Sie* gesagt«, antwortet Nele.

»Also sollten wir Ihrer Meinung nach nicht nach Feinden von Marlene suchen, sondern eher nach welchen von Ihrem Vater?«

»Was weiß ich? Es ist doch Ihr Job, das rauszukriegen, oder?«

»Kennen Sie noch andere Leute, die Ihren Vater hassen, außer dem Förster?«

»Keine Ahnung.« Neles Blick schweift aus dem Fenster, hinüber zur Respekt einflößenden steinernen Fassade des alten Polizeipräsidiums mit den vergitterten Fenstern der alten Gefängniszellen. »Es gibt sicher ein paar. Von früher, meine ich. Er hat ja immerhin einige hinter Gitter gebracht. Ein guter Polizist hat doch immer Feinde, oder?«

Ein schlechter sogar noch mehr, denkt Oda und wechselt das Thema: »Mit wem war Marlene befreundet?«

»Hauptsächlich mit Leuten von ihrem Studium, aber die kenne ich nicht, die hat sie immer woanders getroffen, nicht bei uns zu Hause.«

»Warum nicht?«

»Keine Ahnung. Vielleicht waren wir ihr peinlich.«

»Hatte sie Freunde innerhalb der Prepper-Gruppe?«

»Eher nicht. Sie hat öfter mit Ariane Koch geredet, aber sonst ...«

Ariane Koch. Ist für heute einbestellt worden. Oda macht sich eine Notiz.

»Ihr Vater erwähnte Ihren Freund, Luka, der auch bei der Prepper-Gruppe ist.«

»Ja. Was ist mit ihm?«

»Seit wann sind Sie und Luka zusammen?«

»Seit einem halben Jahr.« Ihre strengen Züge bekommen eine

milde Note, wenn sie von ihm spricht. Gleichzeitig wirkt sie plötzlich sehr wachsam.

»Wie kam Marlene mit Luka aus?«

»Gut.«

»Verstanden sich die zwei möglicherweise ein bisschen zu gut?«

Neles Augen verengen sich. »Was soll das denn heißen?«

»Bastian Raimann hat eine Andeutung in diese Richtung gemacht.«

»Der! War ja klar, so ein Idiot!«, stößt Nele entrüstet aus. »Der ist eifersüchtig auf *jeden*. Außerdem kann er Luka nicht leiden. Nicht wegen Marlene, sondern weil Luka etwas in der Birne hat, im Gegensatz zu ihm selbst.«

»Hatte Ihre Schwester denn *was in der Birne?*«, erkundigt sich Oda.

»In mancher Hinsicht schon, ja. In der Schule war sie immer besser als ich, und das Studium hat sie auch ganz gut hingekriegt. Aber sonst ...«

»Sonst was?«

»Sie war zu gutgläubig. Ich habe sie immer vor Bastian gewarnt. Dass der irgendwann mal austickt.«

»Wie kommen Sie zu der Vermutung?«

Nele widmet ihren sehr kurzen Fingernägeln übermäßig viel Aufmerksamkeit, ehe sie zugibt: »Ich war zuerst mit Bastian zusammen. Nur ein paar Wochen. Bis ich gemerkt habe, wie der drauf ist.«

Das ist ja interessant, findet Oda, und fragt: »Wie ist er denn so drauf?«

Nele steht mit einem Ruck auf, dreht sich um, zerrt ihre Bluse aus dem Hosenbund und hebt sie hoch. »Das hat er mir angetan.«

Auf ihrem Rücken sind etliche Narben zu sehen – wie von Schnitten.

»Was ist passiert?«, fragt Oda entsetzt.

»Es war ein *Versehen*«, erklärt Nele und malt dabei Gänsefüßchen in die Luft.

»Wusste Marlene davon?«

»Ja.«

»Und trotzdem hat Ihre Schwester Ihnen den Freund ausgespannt?«, wundert sich Oda.

»Nein!«, widerspricht Nele heftig. »Das hat sie nicht. *Er* ist ihr nachgestiegen. Da war aber mit uns schon Schluss.«

Das alles passt trotzdem nicht zusammen. Es sei denn, Marlene wäre wirklich ausgesprochen naiv. Was nicht auszuschließen ist. Auch intelligente Frauen fallen zuweilen auf Idioten oder brutale Typen herein, diesem Phänomen ist Oda leider schon häufiger begegnet. Sogar sie selbst war vor langer Zeit mit einem Mann verheiratet, der eines Tages handgreiflich wurde. Allerdings hat sie ihm keine Gelegenheit für ein zweites Mal gegeben. Sie ist sofort gegangen, zusammen mit der damals zweijährigen Veronika und taub für seine Schwüre und Entschuldigungen. Dennoch will es Oda gerade nur schwer in den Kopf, dass Marlene sich mit einem Kerl eingelassen hat, der ihre Schwester massiv misshandelt hat.

»Weiß Ihr Vater das?«, fragt sie gespannt.

»Er denkt auch, es war ein Versehen«, erklärt Nele.

Oda ist verwirrt. Der Georg Kobler, den sie kennengelernt hat, hätte sich den Kerl vorgeknöpft, Versehen hin oder her, und keinesfalls hätte er geduldet, dass er sich auch noch an seine Lieblingstochter ranmacht.

»Wieso denkt er das? Was genau ist da geschehen?«

»Ich will nicht darüber sprechen.« Nele verschränkt die Arme wie ein trotziges Kind. »Was hat das denn mit Marlene zu tun?«

»Einiges, würde ich sagen.« Man wird sich mit Georg Kobler und Bastian Raimann darüber unterhalten müssen, beschließt Oda und fragt: »Wie sind Sie damit klargekommen, dass Bastian und Marlene ein Paar waren?«

»Bastian ist ... war Marlenes Problem. Ich habe eigentlich jeden Tag darauf gewartet, dass sie mit ihm Schluss macht.«

»Wünschten Sie sich das?«

»Es war mir egal. Ich war nur froh, ihn los zu sein. Erst recht, seit ich mit Luka zusammen bin.« Sie lächelt bei der Erwähnung seines Namens.

»Sie und Bastian haben also diese Übungen im Wald zusammen geleitet, wenn Ihr Vater nicht dabei sein konnte.«

»Ja.«

»Wie lief das ab? Ich meine, bei all den Spannungen zwischen Ihnen.«

»Diszipliniert«, versetzt Nele hoheitsvoll. »Es gab keine Spannungen, jedenfalls nicht von meiner Seite. Ich kann meine privaten Empfindungen zurückstellen und von meinen Pflichten trennen, wenn es nötig ist.«

»Stimmt, das muss man wohl bisweilen«, seufzt Oda, die dabei einen ganz bestimmten Kollegen im Sinn hat. »Nele, gibt es einen Weg, das Grundstück zu verlassen, ohne von der Kamera am Tor erfasst zu werden? Einen Hinterausgang oder Ähnliches?«

»Da ist eine Pforte auf der anderen Seite des Hofs. Aber die ist immer verschlossen.«

»Und wo ist der Schlüssel?«

»Den gibt es nicht. Die Tür hat einen Code. Den kennt aber nur mein Vater.«

»Sie nicht?«

Sie schüttelt den Kopf.

»Oder Bastian?«

»Nur mein Vater, das sagte ich doch gerade.«

Wieder fällt es Oda schwer, Nele zu glauben. Irgendwie wird sie aus dieser Person nicht schlau. Ist sie sehr naiv oder sehr raffiniert?

»Ich danke Ihnen fürs Erste«, sagt Oda zu ihr. »Wir müssen Sie allerdings noch erkennungsdienstlich behandeln. Wir brauchen Ihre Fingerabdrücke und die DNA. Das machen wir bei allen, das dient nur dem Abgleich der Spuren am Tatort.«

»Ja, toll! Und ich bin dann für alle Zeiten in Ihrem verdammten System gespeichert!«, regt sich Nele auf.

Stimmt ja, das große, böse System, grinst Oda in sich hinein.

»Was passiert, wenn ich mich weigere?«, fragt Nele aufsässig.

Langsam wird es Zeit, andere Saiten aufzuziehen, findet Oda.

»Dann holen wir uns einen richterlichen Beschluss«, erwidert sie lapidar. »Sie haben kein wirklich stichfestes Alibi für die Tatzeit.

Zocken mit Ihrem Freund übers Netz – da haben wir schon Besseres gehört. Sie haben ein Motiv, und Sie hatten vor allen Dingen die Gelegenheit. Wir haben schon Beschlüsse für deutlich weniger bekommen.«

Der Blick der dunklen Kirschaugen flackert.

»Ich würde Ihnen von einer Weigerung grundsätzlich abraten«, meint Oda, nun wieder in vertraulichem Ton. »Es macht nämlich immer einen schlechten Eindruck, und der Staatsanwalt bekommt von solchen Scherereien ganz miese Laune. So mies, dass er vielleicht sogar U-Haft beantragt.«

»Gut, wenn es denn sein muss«, gibt Nele widerstrebend nach.

Oda nickt zufrieden. »Melden Sie sich bei Frau Cebulla. Das ist die freundliche ältere Dame in dem gläsernen Büro mit den vielen Topfpflanzen. Die hilft Ihnen gerne weiter.«

Kapitel 9 – Rifkin!

Frau Cebulla stellt eine Kanne Kaffee und eine Schale mit Butterkeksen auf den Tisch vor dem Sofa in Hauptkommissar Völxens Büro. »Brauchen die Herrschaften sonst noch etwas?«

»Nein danke, Frau Cebulla«, antwortet Völxen, woraufhin sie in ihren Gesundheitssandalen wieder hinausschlappt.

Erwin Raukel sichert sich vorsichtshalber schon mal einen Stapel Butterkekse.

Die morgendliche Lagebesprechung findet in sehr kleiner Runde statt. Fernando Rodriguez und Erwin Raukel haben das Sofa belegt, wobei sich jeder so weit entfernt wie möglich vom anderen in eine Ecke quetscht, Völxen thront hinter seinem Schreibtisch, und Oda hat den Besucherstuhl gewählt. Der Hundekorb unter dem Gummibaum ist verwaist. Sabine Völxen, die an der Musikhochschule Hannover Klarinette unterrichtet, hat heute ihren freien Tag und kann deshalb den Terrier beaufsichtigen, den man besser nicht für längere Zeit allein im Haus lässt, sofern man Wert auf eine unversehrte Einrichtung legt.

Das Treffen dient mehr der Routine, denn weder von der Kriminaltechnik noch von der Rechtsmedizin liegen bislang Berichte vor. Nur die Spurensicherung hat vermeldet, dass auf der Saufeder acht verschiedene Fingerabdrücke gesichert werden konnten.

Völxen ertappt sich dabei, dass er Elena Rifkin vermisst. Diese hätte bestimmt längst die Tatortfotos und die Fotos der wichtigsten Zeugen und Verdächtigen samt deren Lebenslauf, Bezug zum Opfer und Alibi an die Wand im Konferenzraum gepinnt und obendrein den Fall in einer schicken PowerPoint-Präsentation zusammengefasst.

So ist es an Völxen, seinem Team einen Überblick zu verschaffen. Er beginnt, indem er erzählt, was er heute Morgen am Schafzaun vom Hühnerbaron erfahren hat.

»Soso, die flotte Hedwig«, feixt Raukel am Ende von Völxens Bericht.

Danach gibt Oda ihr Gespräch mit Nele Kobler in groben Zügen wieder, und wie erwartet bewegt die Anschuldigung gegen Marlenes Freund Bastian auch ihre Kollegen.

»Der Arsch war mir von vornherein suspekt«, lässt Fernando die anderen wissen.

»Moment mal«, meldet sich Völxen zu Wort. »Soll das heißen, Marlene Kobler war mit einem Kerl zusammen, der ihre Schwester misshandelt hat? Und Georg Kobler weiß das, glaubt aber an ein *Versehen?*«, fasst er das eben Gehörte zusammen.

»So hat sie das dargestellt«, bestätigt Oda.

»Das stinkt zum Himmel, wenn ihr mich fragt«, findet nun auch Erwin Raukel. »Was Marlene angeht – na ja, Frauen halt, da ist es mit Verstand und Zurechnungsfähigkeit oft nicht allzu weit her. Anwesende selbstverständlich ausgenommen.« Er zwinkert Oda zu, aber die hat sich längst angewöhnt, derlei Gerede zu ignorieren. »Aber einer wie Georg Kobler hätte doch Kleinholz aus dem Typen gemacht, *Versehen* hin oder her«, meint Raukel inbrünstig.

Völxen nickt dazu nachdenklich.

»Mit einer Sache hat Nele aber wohl recht«, fährt Oda fort. »Nämlich, dass ihr Vater wahrscheinlich deutlich mehr Feinde hat als Marlene. Abgesehen von seinen Weibergeschichten sind bestimmt auch noch aus seiner Zeit im aktiven Dienst ein paar Rechnungen offen.«

»Ihr werdet lachen, auf den Gedanken bin ich auch schon gekommen«, verrät Völxen nicht ohne einen gewissen Sarkasmus.

Oda lässt sich davon nicht beeinflussen. »Es würde auch besser zur Tatwaffe passen. Ich meine, eine *Saufeder!* Das ist keine Gelegenheitswaffe, das ist martialisch, das ist ein Statement. So etwas spricht für Rache oder einen abgrundtiefen Hass. *Ich töte, was du am meisten liebst, und das auf eine möglichst brutale* Art. Und dazu diese theatralische Zurschaustellung mitten auf der Lichtung …«

»Können wir denn ausschließen, dass ein dummer Scherz danebengegangen ist?«, stellt Völxen in den Raum.

»Nicht völlig, nein«, antwortet Oda.

»Was ist mit Nele Kobler selbst?«, erkundigt sich Fernando. »Leute, die mit Verdächtigungen um sich werfen, haben meistens selber Dreck am Stecken.«

»Die steht natürlich ganz weit oben auf der Liste«, versichert Völxen.

»Zumal sie kein besonders gutes Alibi hat und möglicherweise einen Weg kennt, wie man das Grundstück verlassen kann, ohne von der Kamera erfasst zu werden«, ergänzt Oda. »Ihre Behauptung, dass angeblich nur ihr Vater den Türcode kennt, halte ich für ein Märchen.«

»Ich werde das mit Kobler noch heute klären«, meint Völxen. »Ich treffe ihn in der Rechtsmedizin, er muss Marlene offiziell identifizieren. Davon abgesehen müssen wir Georg Kobler auf jeden Fall gründlich durchleuchten. Fernando, du besorgst mir bitte einen Überblick, wann er in welcher Dienststelle gearbeitet hat.«

»Ich könnte ja mal meine alten Verbindungen spielen lassen und mich unter der Hand ein wenig umhören«, bietet Erwin Raukel an.

»Tu das«, antwortet Völxen. »Aber für Kneipenbesuche werden keine Überstunden aufgeschrieben.«

»Sicher doch«, knirscht Raukel. »Was ist mit Spesen?«

»Im Rahmen, Raukel, im Rahmen. Keine Völlerei auf Kosten des Steuerzahlers.«

»Jawohl, Herr Hauptkommissar«, imitiert Raukel den Tonfall der abwesenden Kollegin Rifkin.

»Doch zunächst sind einmal diese Prepper an der Reihe ...«

»Bei zweien gibt es eine Akte«, berichtet Oda. »Niklas Stöger und Hannes Wienecke sind vor Kurzem erst wegen Landfriedensbruchs angeklagt worden, weil sie sich vor drei Jahren bei den Krawallen um den G20-Gipfel in Hamburg besonders hervorgetan haben. Die Mühlen der Justiz mahlen mal wieder sehr langsam. Jedenfalls sind sie mit Geldstrafen und ein paar Monaten Bewährung davongekommen. Die anderen sind so weit sauber, ich checke aber noch die sozialen Medien.«

»Die treten da doch sicher nicht mit ihren Klarnamen auf«, gibt Fernando zu bedenken.

»Nein, aber einer der Techniker hat mir auf dem kleinen Dienstweg eine Gesichtserkennungssoftware geschickt. Vielleicht werde ich damit fündig.«

»Gut, mach das.« Völxen nickt ihr zu und fährt fort: »Denkt bitte daran, das sind momentan alles Zeugen, keine Verdächtigen. Wir wollen von diesen Leuten möglichst viel erfahren über das Opfer und seine Beziehungen, über die Familie Kobler und das Gruppenleben insgesamt. Es gilt, ihr Vertrauen zu gewinnen, damit sie reden. Beherrscht euch, und macht euch nicht über ihre Weltanschauungen lustig, auch wenn sie noch so ... eigenartig sein sollten.«

»Wir sollen nicht lachen und keinem an die Gurgel gehen«, bringt es Fernando auf den Punkt.

»Besser hätte selbst ich es nicht ausdrücken können«, bestätigt sein Vorgesetzter.

»Mir musst du das nicht sagen, ich bin grundsätzlich für alles offen«, meint Raukel und nimmt sich einen weiteren Keks aus der Schale. »Man muss tolerant sein und fähig, über den Tellerrand zu schauen.«

Oda muss ein Lachen unterdrücken. Raukel und *tolerant!*

Es klopft an die Tür, als die Runde sich gerade auflösen will. Frau Cebulla streckt ihren blond gesträhnten Kopf herein. »Hier ist die Auswertung der Handydaten des Opfers.« Sie will den dicken Packen Papiere auf Völxens Schreibtisch legen, aber der wehrt ab. »Geben Sie ihn Rodriguez.«

Sie legt den Packen auf den Tisch vor Fernando hin und schlappt hinaus.

»Dies zum papierlosen Büro«, murmelt Fernando, der sich bereits durch den Stapel arbeitet. Schließlich lässt er verlauten: »Es stimmt, was Bastian Raimann uns erzählt hat. Er hat Marlene am Samstagabend zwischen 19:00 Uhr und 21:30 Uhr sechsmal vergeblich angerufen.«

»Das spricht eher gegen ihn als Täter«, wirft Erwin Raukel ein.

»Oder er ist sehr raffiniert und will, dass wir genau das glauben«, meint Oda.

Raukel stößt ein schnaubendes Lachen aus, wobei ein paar feuchte Kekskrümel auf Hemd, Hose und Sofa landen. »Der und raffiniert? Warte, bis du ihn siehst.«

»Sonst gibt es am Samstagabend keine SMS, keine Chatnachricht und auch keinen Anruf von jemand anderem, soweit ich das auf die Schnelle überblicke«, verkündet Fernando.

»Das heißt, wer immer sie veranlasst hat, das Haus noch einmal zu verlassen, hat dies auf anderem Weg getan«, schlussfolgert Völxen und seufzt. »Wäre ja auch zu schön gewesen.«

»Oder die Nachricht wurde von Marlene gelöscht«, meint Fernando. »Das kriegen wir raus, sobald wir die Daten des Providers haben.«

»Hat die schon jemand angefordert?« Völxen wirft einen fragenden Blick in die Runde. Raukel mümmelt einen weiteren Keks, Oda scheint die Zukunft in ihrer Kaffeetasse lesen zu wollen, und Fernando übt sich in Wolkenbeobachtung.

»Herrgott noch mal«, flucht Völxen. »Erwin, du kümmerst dich darum.«

»Was denn noch alles?«, stöhnt Raukel.

»Wie bitte?«

»Geht in Ordnung«, versichert dieser nach einem Blick ins mürrische Gesicht seines Vorgesetzten und sagt dann: »Vielleicht war das kleine Stelldichein schon lange vorher verabredet, ich meine, mündlich, Auge in Auge, *face to face*, sozusagen. Ich weiß, so etwas ist heutzutage der reinste Anachronismus, aber man kann es nicht ganz ausschließen.«

»Stimmt, so was soll es tatsächlich noch geben«, räumt Völxen ein. »Gut, an die Arbeit. Um 17:00 Uhr trifft sich zum ersten Mal die Soko Wildschwein. Der Staatsanwalt wird dabei sein, und die Presse hat auch schon angefragt. Irgendetwas sollten wir bis dahin vorweisen können.«

»Soko *Wildschwein?* Welcher Spaßvogel war das?«, will Oda wissen.

»Ich jedenfalls nicht«, versichert Völxen. »Fernando, du schaust dir die Mails und die Chatverläufe an, und was es da sonst noch gibt, vielleicht findest du was Interessantes.«

»Ich denke, ich soll Prepper vernehmen?«

»Das wird ja wohl nicht den ganzen Tag dauern!«

Zeit, dass der sommerliche Schlendrian, der sich hier eingeschlichen hat, wieder beendet wird, findet der Hauptkommissar.

»Dann bin ich ja beruhigt«, ätzt Fernando.

»Das nennt man *Multitasking*, das wird heutzutage verlangt!«, weist Raukel den Kollegen im Hinausgehen zurecht.

»Vorsicht, Raukel«, ruft Völxen ihm nach.

Nachdem alle gegangen sind, lehnt sich Völxen in seinem Sessel zurück, atmet einmal tief durch und denkt dabei: Rifkin!!!

Edeltraud Cebulla, die langjährige Sekretärin des Kommissariats für Tötungsdelikte, will gerade den Förster Elmar Schutter anrufen und vorladen, als Erwin Raukel ihr Büro betritt und ihr einen wunderschönen guten Morgen wünscht.

»Wir haben uns eben erst gesehen, erinnern Sie sich?«, erwidert Frau Cebulla.

»Wie könnte ich eine Begegnung mit Ihnen jemals vergessen, werteste Frau Cebulla?«, säuselt Raukel. »Und da ich schon einmal hier bin, könnte ich vielleicht noch einen kleinen Cappuccino bekommen?«

»Mittlere Taste. Aber nicht die Schafstasse nehmen.«

»Ich dachte, Sie mögen es nicht, wenn sich blutige Laien wie ich an dem Apparat zu schaffen machen.«

»Richtig. Aber ich bin ja da und habe ein scharfes Auge auf Sie.«

»Ich kann mir nichts Aufregenderes vorstellen.« Raukel grinst und zwinkert ihr zu. »Und ich fühle mich geehrt, dass Sie mich an Ihr Allerheiligstes lassen.«

Während die Maschine ihr Werk verrichtet, wirft Frau Cebulla einen Blick gen Zimmerdecke. Höchste Zeit, diesen Schleimbeutel wieder loszuwerden. »Was wollen Sie, Herr Raukel? Bitte ohne großes Drumherumgerede, ich habe zu tun.«

Raukel zieht einen beleidigten Flunsch und meint dann: »Könnten Sie die Verbindungsdaten vom Handy des Opfers beim Provider anfordern? Ich weiß heute nämlich gar nicht, wo mir der Kopf steht.«

Auf deinem dicken Hals, versetzt sie im Stillen und sagt: »Ja, mache ich.«

»Heißen Dank. Übrigens, diese hellen Strähnchen stehen Ihnen ausgezeichnet. Sie wirken damit so frisch und jugendlich.«

»Ja, ja«, nickt Frau Cebulla, muss aber dennoch ein bisschen lächeln.

Kaum ist Raukel draußen – Frau Cebulla hat das Fenster aufgerissen und durchgelüftet, was der Vertreibung möglicherweise virenbelasteter Aerosole, aber noch viel mehr gewisser Raukel-typischer Geruchsmoleküle dient –, betritt Fernando Rodriguez das Büro.

»Der Nächste bitte! Was wollen Sie, raus damit!«

Was immer für ein Gesülze Rodriguez gerade vorbringen wollte, er schluckt es hinunter und sagt: »Den Bericht der Technik, die Handydaten – können Sie die E-Mail an mich weiterleiten? Ich hab's nicht so mit Papier.«

»Aber sicher«, meint Frau Cebulla und bearbeitet ihre Tastatur. »Schon passiert.«

Das war ja zur Abwechslung mal kurz und schmerzlos. Warum steht er dann immer noch da? »Ist noch etwas?«

»Äh, ja. Ich hätte gerne Unterlagen aus der Personalabteilung. Ich müsste wissen, wann Georg Kobler in welcher Abteilung gearbeitet hat und in welcher Funktion genau.«

»Während seiner gesamten Dienstzeit?«, fragt Frau Cebulla.

»Nun ja, wenn ich den Al… den Herrn Hauptkommissar richtig verstanden habe, schon. Wenn das möglich ist. Vielleicht kann man die Anfangsjahre weglassen …«

Dieser treuherzige Blick! Wie der Hund ihres Chefs, wenn er um Kekse bettelt. »Ich versuche es. Kann etwas dauern.«

»Danke, Frau Cebulla. Übrigens, das Kleid, das Sie da anhaben, ist das neu?«

»Raus mit Ihnen!«

Fernando Rodriguez verlässt das Büro, nicht ohne Frau Cebulla eine Kusshand zuzuwerfen. Mit ihr muss man sich grundsätzlich gutstellen, sonst ist man aufgeschmissen. Sein nächster Gang führt ihn auf die Herrentoilette. Er vergewissert sich, dass niemand in den Kabinen ist, ehe er zu seinem Telefon greift.

»Fernando?« Jule klingt verwundert. Im Hintergrund hört man den kleinen Leo glucksende Laute von sich geben.

»Ich wollte nur wissen, was ihr beiden Süßen so macht.«

»Komm schon, sag mir, was los ist. Hast du was angestellt?«

»Also wirklich!«, entrüstet sich Fernando. »Ich ertrinke in Arbeit und denke dennoch an euch, und dann kommt zum Dank eine solche Unterstellung.«

»Der Fall mit der Saufeder. Kommt ihr voran?«, fragt Jule.

»Bis jetzt nicht. Ich muss heute einen ganzen Haufen Spinner vernehmen und quasi ganz nebenbei die Handydaten des Opfers auswerten. Das allein schon ist eine Mammutaufgabe. Und dann soll ich noch Georg Kobler überprüfen und rausfinden, wer einen Hass auf ihn haben könnte. Als ob das so einfach wäre.«

»Du Ärmster!«

»Ich werde bestimmt erst sehr spät nach Hause kommen.«

»Tja, Dienst ist Dienst, da habe ich vollstes Verständnis.«

»Äh … aber …«

»Fernando, ich weiß doch genau, wie es ist, wenn man einen neuen Fall hat. Also jammere nicht herum und gib Gas.«

»Ich dachte, du hilfst mir vielleicht ein bisschen.«

»Wie bitte?«

»Du könntest die Handydaten des Opfers mal durchgehen. Du hast doch ein Auge für so was, du findest immer die Nadel im Heuhaufen.«

»Fernando! Das kannst du nicht ernst meinen, das wäre ein Dienstvergehen.«

»Es würde ja niemand erfahren.«

»Rifkin würde es mitkriegen. Die kriegt grundsätzlich alles mit, die hört das Gras wachsen, sagst du selber immer. Und dann hängt sie dich bei Völxen hin, du kennst sie doch!«

»Rifkin ist auf Lehrgang.«

»Oh.«

Ein paar Sekunden vergehen in gegenseitigem Schweigen. Auf dem Flur sind Schritte zu hören.

»Ich muss Schluss machen. Ich mail dir alles. Küsschen!«

Hauptkommissar Völxen denkt über das nach, was Oda Kristensen am Beginn der Besprechung über einen möglichen Racheakt gesagt hat. Er ist, was diese Hypothese angeht, ganz auf ihrer Linie. Aber es ist vorerst eben nur eine Hypothese. Wir tappen noch im Dunkeln, wie es so schön heißt, denkt er verdrossen. Sein Handy läutet.

»Herr Hauptkommissar? Rifkin hier. Ich habe gerade in meinem Newsfeed von einem Mord an einer jungen Frau im Deister gelesen.«

War ja klar. Rifkin, die bekanntlich das Gras wachsen hört, entgeht so etwas nicht. Wobei es nicht viel sein kann, was im Internet steht. Da der Leichenfundort ziemlich abgelegen ist, hat die Presse relativ spät Wind von der Sache bekommen. Kein Journalist war vor Ort, und es gibt auch keine reißerischen Fotos irgendwelcher Passanten von der Leiche in den sozialen Medien. Darum ist in diesem Fall ausnahmsweise einmal nur das durchgedrungen, was Völxen heute früh an den Pressesprecher der Polizeidirektion Hannover weitergegeben hat, und das ist nicht viel. Der Hauptkommissar hat wohlweislich den Begriff *Saufeder* vermieden und nur von einem Tötungsdelikt an einer jungen Frau gesprochen …

»Wurde sie wirklich mit einer *Saufeder* erstochen?«, dringt Rifkins Stimme zu ihm durch.

»Wie bitte? Das steht da? *Saufeder?*«, vergewissert sich Völxen.

»Allerdings. Ich musste erst mal googeln, was das ist«, gesteht Rifkin. »Das ist ja ganz schön übel.«

»Himmelherrgott! Ich möchte bloß wissen, wer schon wieder seine Klappe nicht halten konnte«, wettert Völxen. Er hat da auch schon einen ganz konkreten Verdacht. Wäre nicht das erste Mal, dass ein bestimmter für Naturalien in flüssiger Form empfänglicher Kollege …

»Das kann ich Ihnen ganz genau sagen, Herr Hauptkommissar. Ein gewisser Elmar Schutter, achtundfünfzig Jahre alt. Der Förster des Reviers, in dem man sie gefunden hat. Das steht da.«

»Oh, dieser aufgeblasene Wichtigtuer!«

»Also ist das unser Fall, nehme ich an«, erkundigt sich Rifkin.

»Selbstverständlich. Zumal ich selbst die Leiche gefunden habe.«

»Was, wirklich? Krass. Zufälle gibt's.«

Rifkin kommt zum Grund ihres Anrufs: »Herr Hauptkommissar, ich wollte fragen, ob ich unter diesen Umständen vielleicht lieber zurückkommen soll. Das Seminar kann ich ein andermal nachholen.«

Das würde dir so passen!

»Danke für Ihr aufopferungsvolles Angebot, Rifkin, ich weiß es sehr zu schätzen. Aber wir kommen hier schon klar, so recht und schlecht.«

»Das glaube ich, Herr Hauptkommissar, aber ehrlich gesagt habe ich bis jetzt noch nicht viel Neues gehört, und ich könnte mich zu Hause – also, ich meine, auf der Dienststelle – sicher nützlicher machen.«

»Wann hat der Kurs denn angefangen?«, erkundigt sich Völxen.

»Vor gut zwei Stunden. Gerade ist Pause.«

Völxen muss schmunzeln. »Das ist wie in einem Film, Rifkin, das Spannende kommt zum Schluss. Bleiben Sie am Ball.«

»Jawohl, Herr Hauptkommissar.«

Sollte sie enttäuscht sein, so lässt sie es sich nicht anmerken.

»Falls Sie Ihre Meinung doch noch ändern sollten, Herr Hauptkommissar, dann wissen Sie ja, wo Sie mich finden.«

Frau Cebulla hat gerade einen Diskurs mit einer Sachbearbeiterin in der Personalstelle siegreich beendet, da kommt Hauptkommissar Völxen durch die Tür.

»Ich bin bis zum Nachmittag außer Haus, Frau Cebulla.«

»Ist in Ordnung, Herr Hauptkommissar«, meint Frau Cebulla. »Aber Dr. Bächle erwartet Sie doch erst um 14:00 Uhr in der Rechtsmedizin.«

»Richtig. Vorher gehe ich noch ein bisschen waldbaden«, lässt Völxen seine Sekretärin wissen.

»Sie gehen *was?*«

»Waldbaden«, wiederholt Völxen. »Soll sehr gesund sein.«

»Luka Vollmer, Sie sind fünfundzwanzig Jahre alt und von Beruf Softwareentwickler, ist das richtig?«, vergewissert sich Oda Kristensen bei ihrem Gegenüber.

Der junge Mann nickt.

Wie doch Klischees immer wieder zutreffen, stellt Oda fest. Ein nerdiger Großstadthipster mit Laptoprucksack, Retrosneakers, Designerjeans und einem schwarzen Rollkragenpullover trotz der sommerlichen Temperaturen. Sein dunkelbraunes Haar ist asymmetrisch geschnitten, und der Bart wirkt, als wär er in einem dieser Barbershops getrimmt worden.

»Wo arbeiten Sie?«

»Ich bin selbstständig, eine Einmannfirma. Aber ich habe meine Stammkunden, dort arbeite ich auch oft vor Ort.«

»Wie lange sind Sie schon bei dieser Gruppe von Preppern, die Georg Kobler ins Leben gerufen hat?«

»Seit einem Dreivierteljahr.«

»Wie sind Sie dazu gekommen?«

»Ich bin im Netz über einen Bericht über Koblers Wildnistraining gestolpert und habe aus Interesse ein Training gebucht. Es hat mir gefallen, und so kam ich zu der Gruppe.«

»Sie wirken auf mich gar nicht wie einer, der sich vor dem Weltuntergang fürchtet.«

»Tu ich auch nicht«, antwortet Luka, ohne eine Miene zu verziehen.

»Was reizt Sie dann an der Sache?«

»Es verleiht einem einen gewissen Kick, nachts im Wald ohne Handy, nur mit Kompass, Karte und einer Taschenlampe seinen Weg zu finden und ein bestimmtes Ziel zu erreichen. Oder drei Tage ohne mitgebrachtes Essen nur von dem zu leben, was der Wald hergibt. Das ist für jemanden wie mich ein toller Ausgleich, eine Herausforderung. Man wird dadurch wieder sensibilisiert für die Natur und lernt seine Grenzen kennen.«

Für Oda klingt er, als sitze er in einem Bewerbungsgespräch, auf das ihn Nele Kobler vorbereitet hat.

»Sie horten also keine Raviolidosen im Keller?«

Ein Lächeln huscht über sein schmales Gesicht. »Nein, nicht wirklich. Aber verraten Sie mich nicht.«

Er mag ein bisschen eitel und von sich eingenommen sein, urteilt Oda, aber er scheint noch alle Tassen im Schrank zu haben.

»Und falls doch mal irgendetwas passiert, bin ich nicht völlig hilflos. Das ist ein beruhigendes Gefühl«, setzt er hinzu.

»Was könnte denn Ihrer Meinung nach passieren?«, forscht Oda.

»Wir leben in unsicheren Zeiten. Viele ahnen nicht, was beispielsweise Cyberkriminalität alles anrichten kann.«

»Was denn?«

»Da ist alles denkbar. Stellen Sie sich nur mal einen landesweiten Stromausfall vor, womöglich über mehrere Tage hinweg, verursacht durch einen gezielten Hackerangriff«, erklärt Luka. »Es funktioniert in einem normalen Haushalt nichts ohne Strom, nicht mal die Toilette und der Wasserhahn. Ganz normale Leute würden sehr bald durchdrehen, und spätestens nach zwei Tagen bräche Anarchie aus: Plünderungen, Einbrüche, und auf den Straßen gilt dann das Recht des Stärkeren. Was Verzweiflung und Angst anrichten können, wissen Sie bestimmt besser als ich.«

»Das ist wahr«, räumt Oda ein.

»Fliehen können Sie davor auch nicht, jedenfalls nicht besonders weit. Alle Zapfsäulen an den Tankstellen werden mit Strom betrieben.«

»Also würden Sie sich in die Wälder flüchten, bis der Spuk vorbei ist.«

»Dort wäre es auf jeden Fall sicherer, als in der Stadt zu bleiben.«

Nach dieser kleinen Aufwärmrunde beschließt Oda, sich dem Kern der Sache zu nähern. »Herr Vollmer, wie haben Sie sich mit den anderen Gruppenmitgliedern verstanden?«

»Gut.«

»Sie sind relativ neu dabei. Hat man Sie gleich integriert?«

»Mehr oder weniger. Die Kameraden sind alle ziemlich in Ordnung.«

»Es gibt also keine Querelen, Eifersüchteleien, Antipathien? Das Übliche halt, wenn man eine Gruppe näher betrachtet?«

»Nichts Ernstes. Es gibt Frotzeleien, wenn man Mist baut, und ich baue öfter Mist. Aber das ist okay. Sonst würde ich nicht mitmachen, es zwingt mich ja keiner dazu.«

»Auch nicht Ihre Freundin Nele?«

»Lieber Himmel, nein!«

»Wie haben Sie Nele kennengelernt?«

»Durch den Kurs *Überleben in der Wildnis*, den ihr Vater gegeben hat. Sie war auch dabei. Wir sind seit einem halben Jahr zusammen.«

»Wie oft sind Sie auf Georg Koblers Hof bei Ihrer Freundin?«

»Ein-, zweimal die Woche. Ich arbeite viel, und Nele hat auch ihre Termine: die Hundeschule und die Waldpädagogik.«

»Wie kommen Sie mit Georg Kobler klar?«

»Gut.«

»Sie scheinen ja mit jedem *gut* klarzukommen.«

»Ich gebe mir Mühe. Ich weiß, dass Georg von mir keine besonders hohe Meinung hat. Für ihn bin ich ein dekadenter Nerd, und noch dazu fürchte ich mich ein bisschen vor Hunden. Aber ich arbeite daran. Ich respektiere Georg. Man kann viel von ihm lernen.«

»Wie verstanden Sie sich mit Marlene?«

»Gut.« Er bemerkt seinen Lapsus und lächelt schief. »Sorry. Aber so war es.«

»Marlenes Freund Bastian behauptet, Sie seien in Marlene verknallt und hätten absichtlich ihre Nähe gesucht.«

»Das ist *bullshit*«, meint Luka Vollmer betont ruhig. »Aber es wundert mich nicht, dass er das sagt.«

»Warum nicht?«

»Er schien sich der Gefühle von Marlene nicht allzu sicher zu sein. Er hat immer eifersüchtig reagiert, sobald sie nur mal mit einem der Kameraden mehr als drei Sätze geredet hat.«

»Was haben Sie denn so mit Marlene geredet?«, will Oda wissen.

»Meistens nur etwas, das sich auf die Aufgabe bezog, die wir zu lösen hatten«, antwortet er.

»Mehr nicht? Nichts Privates?«

»Ich habe ihren Rechner auf den neuesten Stand gebracht. Sie wollte einen neuen kaufen, aber ich habe ihr gesagt, wenn wir ein aktuelles Betriebssystem aufspielen und den Akku austauschen, kann sie sich die Ausgabe sparen. Das habe ich dann für sie erledigt und dabei gleich ein bisschen die Festplatte aufgeräumt. Es war ein Gefallen, um den sie mich gebeten hat, und über die Details haben wir uns bisweilen ausgetauscht. Möglicherweise hat Bastian das in den falschen Hals gekriegt. Oder es hat ihm gestunken, dass er ihr dabei nicht helfen konnte.«

»Hat er etwas zu Ihnen gesagt?«

»Nicht direkt. Er hat versucht, mich ein bisschen zu schikanieren, vor allen Dingen, wenn Georg nicht da war. Und ich habe seine misstrauischen und abschätzigen Blicke bemerkt. Bastian ist hinter seiner Zerberus-Fassade ein sehr unsicherer Mensch.«

»Sie waren am Samstag, also vorgestern, ebenfalls bei diesen Übungen im Wald dabei.«

»Ja.«

»Wie lief das ab?«

Luka ahnt offenbar, worauf Oda hinauswill. »Meinen Sie die Sache mit dem Hasen? Das ging mir wirklich gewaltig gegen den Strich. Aber anderen auch, allen voran Marlene.«

»Sie sollen sich geweigert haben, den Hasen zu töten, als das Los auf Sie fiel.«

»Ja, und das würde ich immer wieder tun. Außerdem glaube ich, dass das Los nicht zufällig auf mich fiel.«

»Also haben Sie sich zumindest mit Bastian nicht *so* gut verstanden«, hält Oda fest.

»Das stimmt, ja. Aber es lief mehr unterschwellig ab.«

»Na ja …«, meint Oda zweifelnd, » … durch Ihre Weigerung, den

Hasen zu töten, haben Sie vor der gesamten Gruppe seine Autorität untergraben.«

»Welche Autorität?«, erwidert er spöttisch, und das leicht arrogante Lächeln verrät, dass er, der eloquent und intelligent ist, Bastian Raimann für einen Neandertaler hält. Möglicherweise sogar zu Recht.

»Hätten Sie den Hasen getötet, wenn Georg Kobler es befohlen hätte?«

»Nein. Ich denke, nicht. Es muss Grenzen geben, finde ich.«

»Also sind Sie mehr ein Hobby-Prepper«, fasst Oda zusammen.

»Ich bin jedenfalls kein Fanatiker.«

»Und wer sind die Fanatiker?«

»Außer Bastian Raimann, meinen Sie?«

Oda antwortet nicht.

»Fanatiker ist das falsche Wort«, meint Luka. »Es gibt einige, die meisten eigentlich, die die Sache etwas ernster nehmen als ich.«

»Wie haben sich Nele und ihre Schwester verstanden? Und sagen Sie jetzt bitte nicht *gut*.«

»Sie waren sehr verschieden.«

Oda muss an die komplett unterschiedlichen Zimmer der beiden Schwestern denken. »Was hat sie unterschieden?«, fragt sie Luka.

»Nele ist ernsthaft und eher introvertiert. Marlene war eher der spontane, flatterhafte Typ, eine, die mit Leichtigkeit durchs Leben geht. Leute wie sie denken oft, ihnen gehört die Welt und alle müssen nach ihrer Pfeife tanzen. Nele hat sich oft zurückgesetzt gefühlt.«

»Inwiefern?«

»Von ihrem Vater, Georg«, präzisiert Luka. »Marlene hat ihn um den Finger gewickelt, und er ist ihr auf den Leim gegangen. Dabei tut Nele wirklich alles, um ihn zu beeindrucken.«

»Das ist bitter«, pflichtet Oda ihm bei.

»Nele hatte sich damit abgefunden, es war wohl schon immer so. Dafür bewundere ich sie. Auf gar keinen Fall hätte sie ihrer Schwester deswegen etwas angetan«, fügt Luka, der klug genug ist, um den

Braten zu riechen, hinzu, und seine braunen Augen blicken Oda dabei eindringlich an.

Aber du vielleicht, überlegt Oda. Weil du nicht mehr mit ansehen wolltest, wie deine Freundin unter der Bevorzugung Marlenes leidet. – Dafür ein Mord? Bisschen arg weit hergeholt, widerspricht Oda sich selbst.

»Hatten Sie mal so eine Saufeder in der Hand?«, fragt sie den Zeugen.

Luka Vollmer nickt und lächelt etwas verlegen. »Wir sind damit auf Strohballen losgegangen«, sagt er in einem Ton, als gestehe er etwas sehr Peinliches. »Es war ziemlich albern, ehrlich gesagt. Aber irgendwie dann doch wieder reizvoll. Allein, so ein Ding mal in der Hand zu halten. Es hat etwas Archaisches. Wenn man sich vorstellt, dass Leute sich damit früher einem heranrasenden Wildschwein entgegengestellt haben …«

»Und was so eine Klinge dann erst bei einem Menschen anrichtet«, ergänzt Oda in ironisch-schwärmerischem Ton.

»Stimmt. Entschuldigung.« Luka blickt verlegen auf seine Hände, die während der gesamten Unterhaltung ruhig in seinem Schoß gelegen haben.

»Wann hat diese Übung mit den Strohballen stattgefunden?«, will Oda wissen.

»Juni, Juli? An den genauen Tag erinnere ich mich nicht mehr.«

»Herr Vollmer, haben Sie einen Verdacht, wer Marlene das angetan haben könnte?«

»Nein, absolut nicht.«

»Sie erwähnten Bastians Eifersucht …«

»Er ist ein cholerischer Typ, aber so etwas – nein. Er war sehr verliebt in sie.«

»Georg Kobler ist zuweilen auch recht aufbrausend, nicht wahr?«

»Was? Ja, mag sein. Aber ich bitte Sie! Sie war seine Tochter, seine Lieblingstochter noch dazu!«

»Kennen Sie Elmar Schutter, den Förster des Reviers?«

»Den kennt jeder. Er ist sozusagen Georgs Intimfeind.«

»Noch so ein Choleriker«, stellt Oda fest. »Da muss wohl ein Nest sein.«

Er zuckt mit den Schultern.

Oda wartet ab, aber mehr hat Luka Vollmer offenbar nicht zu sagen. Im Gegensatz zu Nele, die mit Verdächtigungen nicht spart, scheint ihr Freund niemanden in Misskredit bringen zu wollen.

»Dann möchte ich vorerst nur noch von Ihnen wissen, wie Sie den Samstagabend zugebracht haben.«

»Falls das eine Frage nach meinem Alibi sein soll – da muss ich passen. Ich war zu Hause am Rechner, allein. Ich habe an einem Projekt gearbeitet, ich hatte eine *deadline* im Nacken.«

»Schade.«

»Ich habe kurz zusammen mit Nele gezockt. Also, natürlich nicht physisch zusammen. Im Netz.«

»Schon klar. Wann etwa?«

»Neun, zehn, keine Ahnung. Ich habe nicht darauf geachtet.«

»Welches Spiel?«, will Oda wissen.

»Age of Empires, Version IV.«

Dann ist er draußen. Oda lässt sich das Gespräch noch einmal durch den Kopf gehen. Da ist ein Missklang, irgendetwas, das sie stört. Was ist es, was hat er gesagt, getan, nicht getan?

Während sie sich mit Sorgfalt eine Zigarette dreht, wird ihr klar, was es ist: Da ist auf der einen Seite dieser gut aussehende Mann, der das Preppern nur als Abenteuersportart betrachtet, und auf der anderen Seite die ernsthafte, rustikale, eher durchschnittlich aussehende Nele, die mit Leib und Seele bei der Sache ist, und sei es nur, um die Achtung ihres Vaters zu erlangen. Es ergeht Oda ähnlich wie Georg Kobler. Wo, fragt sie sich, ist bei diesem Paar der gemeinsame Nenner? Wieso hat es gerade zwischen diesen beiden gefunkt? Die Liebe, resümiert die Hauptkommissarin am Ende ihrer Zigarette, geht tatsächlich oft sehr seltsame Wege.

Die Lichtung liegt leer und verlassen da wie eine Bühne lange nach der Aufführung. Mücken tanzen über dem Gras, dünne Schleierwolken filtern das Licht, Vögel zwitschern, als wäre nichts gewesen. Nur an einem Ast ist noch ein Stück abgerissenes Flatterband zu sehen. Hauptkommissar Völxen ist so weit wie möglich an die Lichtung herangefahren. Dennoch blieben noch etwa fünfzig Meter Fußweg, die er zurücklegen musste, um hierherzugelangen.

Und damit auch der Täter. Entweder in Begleitung der noch lebendigen Marlene oder mit ihrer Leiche. Völxen schätzt Marlenes Gewicht auf etwa sechzig Kilo. Ein kräftiger, durchtrainierter Mann – und mit solchen hat man es hier im Übermaß zu tun – dürfte kein allzu großes Problem damit gehabt haben, Marlenes Leiche das letzte Stück hierherzutragen. Nele eventuell schon, aber auch sie ist muskulös und sicher gut in Form. Außerdem spielt in solchen Situationen der erhöhte Adrenalinspiegel stets eine Rolle, der bisweilen ungeahnte Kräfte mobilisiert.

Marlene muss der Person, mit der sie hier war, vertraut haben, denn sonst wäre sie um diese Zeit wohl erst gar nicht aus dem Haus gegangen, noch dazu nach einem anstrengenden Tag im Wald. Auf der Aufzeichnung der Kamera geht sie jedenfalls ohne Zögern durch das Tor. Als wüsste sie genau, wer sie dahinter erwartete. Sie hat vielmehr etwas verstohlen *zurück*geblickt. Als ob sie sich vergewissern wollte, dass niemand – wobei nur Nele infrage kommt – ihr Gehen bemerkt. Sie ist der Person, die sie getroffen hat, höchstwahrscheinlich freiwillig bis zur Lichtung gefolgt. Was passierte dann? Wo befand sich die Saufeder? Warum hat Marlene sich kampflos erstechen lassen? Und wo? An der Stelle, an der sie lag, war wenig Blut. Zu wenig für eine so große Wunde.

Es passt nicht, denkt Völxen. Die Saufeder passt buchstäblich nicht ins Bild: zu groß, zu schwer, zu umständlich zu handhaben.

Völxen stellt diese ungeklärten Fragen erst einmal zurück.

Warum hat Marlene das Haus verlassen und kam hierher?

Ein Rendezvous, schießt es ihm durch den Kopf. Die Kulisse schreit förmlich danach. Eine noch halbwegs laue Sommernacht, die Mondsichel scheint auf die Lichtung, ein nächtliches Picknick, eine kleine Feier … Moment mal! Eine Feier? Doch kein Tête-à-

Tête, vielleicht waren es mehrere. Ein nächtlicher Umtrunk unter wenigen Eingeweihten, eine heimliche Party auf der Lichtung, da man ja weiß, dass der Boss an dem Abend erst spät zurückkommen wird. Wenn die Katze aus dem Haus ist ... Das alles natürlich ohne die pflichtbewusste Nele, die sämtliche Eigenschaften einer Petze besitzt, und auch ohne Georgs ergebenen Stellvertreter Bastian. Aber mit Marlene, einer unkomplizierten, hübschen jungen Frau, die ihrem Vater gegenüber auch mal ein Geheimnis bewahren kann.

Was dann? Ein betrunkenes Gefuchtel mit einer Saufeder, die irgendwann einmal verschlampt und dann wiedergefunden worden ist, und da passiert das Unglück ...

Wenn es ein nächtliches Gelage auf der Lichtung gegeben hat, dann müssten entsprechende Spuren da sein, überlegt Völxen. Denn es ist nicht sehr wahrscheinlich, dass eine vermutlich alkoholisierte Clique es nach einem solch schrecklichen Ereignis hinbekommen würde, nur die Leiche liegen zu lassen und sämtliche anderen Spuren zu tilgen. Aber vielleicht gibt es die ja. Womöglich hat er selbst gestern nicht genau genug hingesehen, schockiert, wie er war. Gut möglich, dass die Spurensicherung in der Zwischenzeit etwas gefunden hat, das diese Theorie untermauert.

»Da sind Sie ja. Ich dachte, wir treffen uns bei den Autos«, dringt Elmar Schutters Stimme an sein Ohr. Der Förster hat eine doppelläufige Flinte über der Schulter hängen und führt einen stattlichen Deutsch-Drahthaar-Rüden an einer kurzen Leine, welcher Völxen aufmerksam und misstrauisch mustert. Sein Besitzer hingegen scheint heute Kreide gefressen zu haben und gibt sich deutlich freundlicher als gestern früh. »Entschuldigen Sie, Herr Kommissar, ich bin ein bisschen zu spät dran.«

»Das macht nichts. Ich habe in der Zwischenzeit noch einmal in Ruhe den Tatort auf mich wirken lassen.«

»Furchtbar, das Ganze. Wirklich furchtbar.«

»So furchtbar, dass Sie es der Presse in allen Einzelheiten erzählen mussten«, bemerkt Völxen barsch.

»Das habe ich doch gar nicht!«

»Ich bitte Sie! Sie wurden sogar zitiert, mit Name, Alter und Beruf.«

Schutter blickt verlegen auf seine derben Schuhe. »Ja, okay, aber das war erst, nachdem mich diese Reporterin angerufen hat. Dabei hatte ich es nur ein paar Jagdgenossen erzählt, die ich am Nachmittag getroffen habe. Und einer Nachbarin. Sie müssen verstehen, ich war ganz schön mitgenommen, so etwas geschieht ja nicht alle Tage …«

So arg mitgenommen hat der Förster auf Völxen am Sonntagmorgen gar nicht gewirkt. Aber er lässt es dabei bewenden, zumal man es ohnehin nicht mehr ändern kann. »Herr Schutter, ich will nicht lange drum herumreden. Ich habe die Geschichte von Ihrer Frau und Kobler erfahren.«

Schutters Miene verdüstert sich. »Dann haben Sie sicher auch gehört, dass ich den Kerl damals bedroht habe. Und ja, mir war wirklich manchmal danach, ihn zu erschießen, das gebe ich zu. Ich hatte ihn sogar schon im Zielfernrohr, mit dem Finger am Abzug, wenn Sie es genau wissen wollen. Nicht nur wegen Hedwig war ich wütend auf ihn, sondern hauptsächlich wegen seiner unverschämten Auftritte hier im Wald. Aber ich habe mich zusammengerissen, wie man sieht. Und schließlich ist ja nicht er ermordet worden, also was soll das?«

Völxen hat Schutters Rede aufmerksam verfolgt und sich dabei dasselbe gedacht. Der Mann mag ein aufbrausender Griesgram sein, aber er ist nicht hinterhältig. Sich an Kobler zu rächen, indem er seine Tochter mit einer Saufeder ersticht – nein, das ist zu perfide, das ist nicht sein Stil. Außerdem hat der Förster dem Eindringling in *seinen* Wald ja schon das Leben auf andere Weise schwer gemacht. Dennoch interessieren den Hauptkommissar die näheren Umstände der *causa flotte Hedwig*.

»Hat Ihre Frau Sie wegen Georg Kobler verlassen?«

»Sie hat mich gar nicht verlassen, *ich* hatte genug von ihren Eskapaden. Das mit Kobler ist drei Jahre her, es ging nur ein Vierteljahr. Danach kam ein Küchenvertreter und dann einer meiner Waldarbeiter. Da hat es mir gereicht, ich habe sie rausgeworfen.

Jetzt hat sie einen Zahnarzt aus Nienburg geheiratet. Vielleicht hat der mehr Glück mit ihr als ich. Aber ich glaube es nicht. Einmal Schlampe, immer Schlampe. Ist sonst noch etwas?«

»Ja. Ich möchte sämtliche Leute sprechen, die öfter in diesem Wald verkehren. Sie können mir sicherlich ein paar Namen nennen. Die Jäger, die Bauern, denen die umliegenden Felder gehören, Spaziergänger, die in der Nähe wohnen ...«

»Geht klar, ich maile Ihnen heute noch eine Liste«, nickt der Förster.

Völxen reicht ihm seine Karte.

»Herr Schutter, Sie haben mir gestern erzählt, dass Sie mal eine vergrabene Kiste mit Konservendosen gefunden haben.«

»Und? Will er die jetzt wiederhaben?«

»Haben Sie vielleicht sonst noch etwas gefunden?«

»Meinen Sie die Fallen, Herr Kommissar? Oder die Reste der Lagerfeuer, die liegen gelassenen Zeltplanen, die illegal errichteten Baumhäuser und die Kletterhaken an den Stämmen, meinen Sie das?« Schutter hat sich schon wieder in Rage geredet, sein Gesicht ist ganz rot.

»Was ist mit einer Saufeder?«

Elmar Schutter tritt näher an Völxen heran, der Hund ebenso, was dem Hauptkommissar gar nicht gefällt. Er macht dem Förster ein Zeichen, auf Abstand zu gehen. Schutter bleibt stehen, der Hund macht Sitz. Der Förster hat die Augen zusammengekniffen und fragt in giftigem Tonfall: »Was wollen Sie mir unterstellen? Dass ich ein unschuldiges junges Mädchen auf bestialische Weise umbringe, weil ich mit ihrem Vater ein paar Rechnungen offen habe? Glauben Sie das im Ernst?«

»Würden Sie meine Frage beantworten?«

»Nein, ich habe keine Saufeder gefunden. So ein Trumm lässt man ja wohl auch nicht einfach irgendwo herumliegen oder verliert es. Das ist schließlich kein Taschenmesser.«

Auch da muss Völxen dem Mann zustimmen.

»Kannten Sie Marlene Kobler?«

»Flüchtig. Ein paarmal habe ich sie mit den Hunden getroffen.

Sie hat die Biester wenigstens immer an der Leine geführt. Viel geredet haben wir allerdings nicht miteinander. Was sollte ich also gegen sie haben?«

»Sie gehörte zu der Prepper-Gruppe. Und die können Sie doch alle miteinander nicht leiden, oder irre ich mich da?«

»Stimmt, die gehen mir tierisch auf den Sack. Aber das Mädel ... Die konnte wahrscheinlich gar nichts dafür.«

»Was meinen Sie? Wofür konnte sie nichts?«

»Ich nehme an, die musste den Quatsch mitmachen, ob sie wollte oder nicht. Die andere, die mit den kurzen Haaren und dem Pferdegesicht, das ist eine Hundertprozentige, das sag ich Ihnen. Die führt sich auf wie ein Flintenweib. Die Marlene, die war eigentlich ganz umgänglich. Ich glaube, die war die einzig Vernünftige in dem ganzen Irrenhaufen.«

Kapitel 10 – Der Tag X

Ariane Koch erinnert Fernando rein äußerlich an seine Kollegin Elena Rifkin. Sie sind beide dreißig Jahre alt, die Zeugin ist laut ihren Papieren eins achtzig und überragt ihn damit um – nun ja, ein Stück eben –, und sie ist ähnlich durchtrainiert wie seine Kollegin. Damit hören die Gemeinsamkeiten aber auch schon auf. Braun gebrannt, das aschblonde Haar zu einem strengen Pferdeschwanz zusammengebunden, sitzt Ariane Koch auf dem unbequemen Stuhl des Verhörraums. Fernando musste dorthin ausweichen, denn das Büro, das er sich mit Rifkin und Raukel teilen muss, hat Letzterer für sich und seine Befragungen beansprucht.

Ariane Koch ist von Beruf Physiotherapeutin und gekleidet, als hätte sie vor, heute Nachmittag noch den K2 zu bezwingen. Hoffentlich falle ich ihr niemals als Patient in ihre riesigen Hände, denkt Fernando, während sein Gegenüber die tätowierten Unterarme verschränkt und doziert: »Fluchtwege. Fluchtwege sind das A und O. Wenn der Tag X erst einmal da ist und das System zusammenbricht, wird man besonders in den Städten seines Lebens nicht mehr sicher sein. Was da dann abgeht, das will ich nicht erleben. Und glauben Sie bloß nicht, dass Sie mit Ihrem Auto noch davonkommen. Sie werden sämtliche Ausfallstraßen sperren, und auch zu Fuß wird es schwierig.«

»Da mögen Sie recht haben«, nickt Fernando.

»Ich werde schwimmen«, verkündet Ariane Koch. »Nachts durch die Ihme und die Leine, durch den Stichkanal zum Mittellandkanal und dann raus aus der Stadt.«

»Das ist ... ein ganzes Stück«, stellt Fernando fest.

»Ich trainiere regelmäßig.«

»Was, wenn es Winter ist? Schwimmen Sie dann auch aus der Stadt raus?«

Sie blickt ihn mitleidig an. »Schon mal was von Neoprenanzügen gehört?«

Fernando schaudert. Allein die Vorstellung, nachts ins kalte Wasser eines Flusses zu springen, Anzug hin oder her ...

»Schwimmen ist das Sicherste. Es müsste schon mit dem Teufel zugehen, wenn die Flüsse zugefroren wären. Plan B ist: zu Fuß gehen. Ist aber nicht so sicher wie schwimmen.«

»Und dann? Ich meine, irgendwann müssen Sie ja mal wieder ans Ufer.«

»Ich habe vorgesorgt. Alles vergraben, im Wald: Lebensmittel, Bundeswehrdosen, dreißig Jahre haltbar. Dazu Zelt, Kocher, Brennstoff ...«

»Sie müssen die Stelle nur wiederfinden«, meint Fernando und kann sich dabei ein Grinsen nicht verkneifen.

Sein Gegenüber blickt ihn streng an und hebt den Zeigefinger. »Das ist kein Witz. Das klingt einfacher, als es ist. Ich habe natürlich mehrere Plätze.«

»Wie ein Eichhörnchen«, entschlüpft es Fernando.

»Ich sehe, Sie haben das Prinzip verstanden«, lobt sie ihn. »Ich jedenfalls bin vorbereitet auf den Tag X. Ich werde nicht krepieren oder im Kampf um die letzten Lebensmittel von plündernden Horden erschossen werden, wie ihr armen Schlafschafe, die ihr der Regierung und den Medien vertraut.«

»Wollen wir hoffen, dass dieser Tag noch nicht so bald kommt«, seufzt Fernando, der jedoch anfängt, die *Stunde null* herbeizusehnen, und zwar möglichst noch im Laufe dieses Vormittags.

»Oh, doch, das wird er«, verkündet Ariane Koch düster. »Möglicherweise schon am 13. April 2036.«

Fernando kann nicht widerstehen. »Wieso gerade dann?«

»Es kann durchaus sein, dass der Asteroid Apophis an diesem Tag die Erde treffen wird. Und das Baby hat einen Durchmesser von dreihundert Metern.«

»Das wird sicher ein ordentlicher Rums.«

»Ungefähr wie ein Erdbeben der Stärke acht«, bestätigt die junge Frau.

»Weiß man auch schon, wo er einschlagen wird?«

»Leider nicht.«

Fernando findet, dass er nun genug guten Willen gezeigt und Vertrauen aufgebaut hat, und sagt: »Okay, da das aber doch noch ein Weilchen hin ist, sollten wir zum Grund Ihres Hierseins kommen: dem Mord an Marlene Kobler.«

Sie schließt kurz die Augen und sagt dann leise: »Das ist so grausig, ich kann es noch immer gar nicht fassen.«

»Waren Sie mit Marlene befreundet?«

»Befreundet würde ich nicht sagen.«

»Sie war, außer Nele Kobler und Ihnen, die einzige Frau in Koblers Gruppe. Oder stimmen meine Informationen nicht?«

»Doch, derzeit ist das so. Aber müssen wir uns deshalb gegenseitig die Haare flechten?«

»Steht Ihnen Nele Kobler näher?«

»Die hat jedenfalls mehr drauf als Marlene.«

»Das klingt ein bisschen abfällig«, bemerkt Fernando.

»Ich kam gut klar mit der Kameradin Marlene, alles okay.«

»Sie sagten, *derzeit* wären Sie die einzige Frau in der Gruppe außer Nele. Gab es mal mehr?«

»Julia Seidler. Mit der war Marlene befreundet. Sie wohnt in der List. Mehr weiß ich leider nicht über die frühere Kameradin.«

»Wann hat Julia Seidler die Gruppe verlassen?«, will Fernando wissen, während er den Namen aufschreibt.

»Um Pfingsten herum. Sie war nicht sehr lange dabei. Drei Monate höchstens.«

»Und warum ist sie gegangen?«

Achselzucken.

»Gab es Streit? Irgendetwas muss doch vorgefallen sein.«

»Ich weiß von nichts. Manche finden eben nach einer Weile heraus, dass es doch nichts für sie ist. Ich meine, Georg kann manchmal recht streng sein, wenn jemand sich dumm anstellt.«

»Aus Ihrer Bemerkung von vorhin schließe ich, dass auch Marlene nicht zu den musterhaften Rekrutinnen gehörte.«

Ariane Koch stößt ein kurzes Lachen aus. »Nein, das kann man wirklich nicht sagen. Aber sie war die Tochter von Georg, also hat jeder seinen Mund gehalten. Ich vermute, die Kameraden fanden sie trotzdem gut.«

»Sie fanden die Kameradin Marlene also nicht so gut.«

»Legen Sie mir gefälligst keine Worte in den Mund, die ich nicht gesagt habe«, braust Ariane Koch auf.

»Irgendein Rekrut, der Marlene besonders gut fand? Ich meine, außer ihrem Freund Bastian?«

»Nein, das war mehr so allgemein«, erklärt sie leicht verlegen.

»Wie sind Sie eigentlich zu dieser Gruppe gekommen?«

»Durch meinen Freund, Niklas Stöger.«

»Fand er Marlene auch so toll?«

Sie stöhnt genervt. »Sie kamen gut miteinander aus, aber er fand sie nicht *toll!* Und selbst wenn. Denken Sie wirklich, ich würde eine Kameradin mit einer Saufeder abstechen, nur weil mein Freund ihr mal hinterhergeschaut hat?«

»Hat er das?«

»Keine Ahnung. Ich denke, nicht.«

»Gab es unter den Rekruten Animositäten, Feindschaften?«

»Es gab gelegentlich Reibereien, so wie überall. Aber mehr nicht. Sie sind auf dem Holzweg, Kommissar Rodriguez. Niemand von uns würde Georg so etwas Furchtbares antun.«

»Es tut Ihnen also leid für Georg Kobler, aber nicht für Marlene?«

»Die hat es ja hinter sich. Georg ist der, der leidet.«

»Am Samstag gab es eine solche *Reiberei*, nicht wahr?«, fährt Fernando fort.

»Ich weiß nicht, was Sie meinen.«

»Stichwort: Kaninchen.«

»Ach das. Stimmt, ja. Wissen Sie, ich lebe vegan. Ich würde vielleicht ein Tier töten, wenn es absolut notwendig ist, um zu überleben. Aber keinesfalls zum Spaß oder nur zur *Übung*«, erklärt sie und runzelt verärgert die Stirn.

»Und wenn Georg Kobler es Ihnen befehlen würde?«, fragt Fernando.

»Er würde das nicht tun, er respektiert meine Art zu leben. Aber was in aller Welt hat das tote Kaninchen mit Marlene zu tun?«, fragt sie und blickt Fernando dabei finster an.

Der hat das Gefühl, dass er nicht mehr über das Gruppenleben aus ihr herausbekommen wird, also erkundigt er sich nach ihrem Alibi für den Samstagabend.

»Ich war bei Niklas, wir haben zusammen eine Serie geschaut, und ich habe bei ihm übernachtet. Fragen Sie ihn ruhig.«

»Das werde ich. Er steht auch auf meiner Liste.«

Hauptkommissar Erwin Raukel stärkt sich für die Anforderungen dieses Montagmorgens, indem er seinen Cappuccino ein wenig verfeinert. Im selben Moment klingelt das Telefon auf seinem Schreibtisch, und Frau Cebulla kündigt den ersten Zeugen an.

»Herein mit ihm.« Raukel lässt den Flachmann in seinem Schreibtisch verschwinden. Da klopft es auch schon an die Tür.

Peter Gräger ist vierunddreißig und arbeitet bei einer Spedition als Disponent. Darüber hinaus ist er ein geradezu beängstigend muskulöser Mensch mit nass rasiertem Schädel, stechend blauen Augen und einem Kinn wie ein Schaufellader. Er trägt Hosen in Tarnfleck und ein schwarzes T-Shirt, dessen Ärmel von seinen Bizepsen fast gesprengt werden. War ja klar, denkt Raukel verdrossen, dass sie ausgerechnet mir diesen Meister Proper schicken müssen. Ob das wohl Absicht ist?

Er nimmt einen Schluck aus seiner Tasse und deutet auf den Stuhl vor seinem Schreibtisch. »Nehmen Sie Platz, Herr Gräger.«

»Sie wissen, dass ich gar nicht mit Ihnen reden muss«, piepst der Hüne.

Hoppla, was ist denn mit dem los?

»Gewiss doch. Umso mehr freue ich mich, dass Sie hier sind«, antwortet Raukel.

»Ich tue das nur, weil es Georgs Wunsch ist. Und natürlich wegen Marlene.«

Damit hat der Piepser gerade unabsichtlich zugegeben, dass Kobler seine Jüngerschaft gebrieft hat, erkennt Raukel, der es nur seiner übermenschlichen Fähigkeit zur Selbstbeherrschung verdankt, dass er nicht losprustet. *Himmel, der Kerl könnte glatt bei den Bee Gees mitsingen. Ist er vielleicht mal an einem Stacheldraht hängen geblieben? Hat er womöglich nicht nur ein Konfirmandenstimmchen, sondern auch ein Konfirmandenschwänzchen? Oder gar keinen, weil Peter ursprünglich eine Petra war? Heutzutage weiß man ja nie ...*

Allerdings spricht Peter Grägers Körpergröße von über eins neunzig eher gegen letztere Theorie. Raukel fokussiert sich unter großen Anstrengungen wieder auf seine Aufgabe und fragt: »Herr Gräger, wie haben Sie sich mit Marlene Kobler verstanden?«

»Prima«, girrt der Gefragte. »Sie war ein nettes Mädchen. Es ist so grausam.«

»Sie war auch ein sehr hübsches Mädchen«, bemerkt Raukel hinterhältig.

»Sicher, ich habe ja Augen im Kopf«, fiepst Gräger. »Aber sie war die Freundin des Kameraden Bastian und damit tabu – falls Sie mir irgendetwas in dieser Richtung unterstellen wollen.«

»Gibt es vielleicht Kameraden, die das nicht so eng gesehen haben?«

»Nein, die gibt es nicht«, ereifert sich Gräger im schönsten Falsett.

Raukel hat noch immer Mühe, sich zu beherrschen. »Und sonst?«, fragt er. »Wie lief es bei diesen Übungen? Gab es wen, der Knatsch mit Georg Kobler hatte?«

Der Hüne blickt Raukel an, als wäre der nicht ganz bei Sinnen. »*Knatsch mit Georg?*« Vor lauter Entrüstung schraubt sich seine Stimme in Höhenlagen, die der Königin der Nacht Konkurrenz machen.

»Oder Krach, Unstimmigkeiten ...«, präzisiert Raukel.

»Georg ist unser aller Idol. Wir tun, was er sagt, und halten alle zu ihm. Keiner von uns würde seiner Tochter so etwas antun. Nie im Leben!«, flötet Gräger.

Da schwärmt ja einer in den höchsten Tönen ... Dieser Gedanke ist zu viel für Raukels Selbstbeherrschung. Rasch nimmt er einen Schluck Kaffee und gibt vor, sich verschluckt zu haben, um damit seinen Lachanfall zu tarnen.

»Sie müssen den Mörder von Marlene schon woanders suchen«, hört er Gräger kreischen, während er in ein Papiertaschentuch prustet.

»Hätten Sie da eventuell einen Vorschlag?«, erwidert Raukel, nachdem er sich wieder einigermaßen eingekriegt hat.

»Nein«, quiekt sein Gegenüber aufgebracht. »Das ist ja wohl Ihr Job.«

Raukel ringt um eine strenge Miene und sagt: »Wo waren Sie am Samstagabend?«

»Bowlen. In Wülfel, an der Hildesheimer.«

»Ich nehme an, nicht allein.«

»Nein. Mit Hannes Wienecke, auch ein Kamerad. Und noch zwei Kumpels von ihm. Von acht bis elf, Sie können es nachprüfen.«

»Werden wir.«

»War's das?«, fiepst der Zeuge.

An sich schon, denkt Raukel, aber wir können uns ja noch ein bisschen amüsieren. Er lehnt sich gemütlich zurück und verschränkt die Hände über seiner Bauchkugel. »Herr Gräger, ich muss zugeben, Sie sind der erste Prepper, der mir begegnet. Klären Sie mich doch ein bisschen auf über das Thema ...«

»Ich bin nicht hier, um zu missionieren. Wenn Sie keine Fragen mehr zur Sache haben, hau ich wieder ab.«

»Nicht doch. Ich bin aufrichtig interessiert«, beteuert Raukel. »Ich finde, es kann nie schaden, seinen Horizont zu erweitern. Und in letzter Zeit ...«, er beugt sich ein wenig nach vorn und flüstert, »... habe ich oft so ein ungutes Gefühl. Ich kann es gar nicht richtig beschreiben.«

»Als ob manche Menschen gar nicht echt wären? Meinen Sie das?«, tiriliert Gräger.

Raukel reißt die Augen auf. »Woher wissen Sie das?«

»Weil es so ist«, kiekst der Prepper. »Ich sage nur: KI. Künstliche Intelligenz. Roboter ...«

Hauptkommissar Völxen hat an diesem Montag vergleichsweise wenig zu lachen. Er ist auf dem Weg in die Medizinische Hochschule Hannover, um Georg Kobler zu begleiten, der dort, im Rechtsmedizinischen Institut, seine Tochter identifizieren muss. Ein Termin, vor dem ihm beinahe so sehr graut wie vor dem Überbringen der Todesnachricht. Bis zur Identifikation eines Toten besteht bei manchen Angehörigen immer noch die leise Hoffnung auf einen Irrtum oder eine Verwechslung – was allerdings in Völxens vielen Dienstjahren noch niemals vorgekommen ist. Liegt der Leichnam erst einmal auf dem Stahltisch und wird das Tuch vom wachsbleichen Gesicht genommen, herrscht endgültige Gewissheit, und das letzte Fünkchen Hoffnung erlischt. Für die meisten Leute ist zudem der Anblick des geliebten Menschen in dieser ungewohnten, sterilen Umgebung ein Schock, auch wenn sie solche Szenen schon zigmal im Fernsehen gesehen haben.

Kobler ist allerdings vom Fach, sozusagen. Der weiß, was auf ihn zukommt, und dass der Tod seiner Tochter Marlene schon jetzt endgültig ist. Nein, er wird bestimmt nicht zusammenbrechen, aber dennoch ... Völxen empfindet ein tiefes Mitleid mit dem Mann.

Er ist ein bisschen zu früh dran, aber Dr. Bächle bittet ihn in sein Büro. »Sie kommed mer grad recht«, bekennt der kleine weißhaarige Schwabe mit der Einstein-Frisur und strahlt über sein ganzes Gesicht, was Völxen angesichts der Situation etwas befremdlich findet. Aber ein paar Hundert Sektionen hinterlassen vermutlich ihre Spuren im Gemüt eines Menschen, da darf man nicht zu empfindlich sein.

»Diese Obduktion war eine Schternschtunde meiner Karriere«, verkündet Dr. Bächle.

»Es war auch mein erster Mordfall mit einer Saufeder«, antwortet Völxen etwas pikiert. »Von einer *Sternstunde* würde ich allerdings nicht gerade sprechen.«

»Ihre kommt ja erscht, wenn Sie den Täter ermittelt haben«, versetzt Dr. Bächle.

Offenbar noch immer beflügelt von seinem Erfolgserlebnis, feuert der Mediziner eine Salve schwäbisch durchsetztes Fachchinesisch auf den Hauptkommissar ab, der davon nur einzelne Wörter versteht, darunter »Herzbeutel«, »Schtichwunde« und »scharfe Klinge von zwei Komma fünf Zentimetern Breite«.

»Moment mal«, unterbricht Völxen an dieser Stelle. »Irgendetwas stimmt da nicht. Wir reden von einer Saufeder mit einer Klinge so breit wie meine Hand.«

»Ebe ned! Des verzähl i Ihne doch scho die ganz Zeit!«, widerspricht Dr. Bächle mit Vehemenz. Um ein möglichst klares Hochdeutsch bemüht, erklärt der Rechtsmediziner daraufhin, dass er sich dieselben Gedanken gemacht habe wie zuvor schon die Ermittler: Wie kann jemand von vorn von einer Saufeder erstochen werden, ohne Abwehrverletzungen davonzutragen?

»Die Saufeder war nicht die Mordwaffe. Es sollte bloß so aussehen. In Wirklichkeit wurde des arme Mädle von einem Messer mit schmaler Klinge erschtochen. Obwohl die Saufeder im Bruschtkorb üble Verheerungen angerichtet hat, haben wir den Einschtich des Messers im Herzbeutel entdecken und klar unterscheiden können von dem *poscht mortem* beigebrachten Schaden an Gewäbe und Knochen durch die Speerklinge.«

»Sie meinen, der Täter wollte den tödlichen Messerstich mit der Saufeder ... tarnen?«, dämmert es Völxen.

»Wäre möglich. Wenn ich das demonschtrieren darf ...« Bächle nimmt einen Bleistift zur Hand und zielt damit auf Völxens Oberkörper. »Der Messerschtich erfolgte schräg von unten nach oben, genau zwischen die Rippen und direkt ins Herz. Sie war sofort tot. Dann liegt sie am Boden ...« Er legt seine Hand flach auf den Seziertisch. »Dort erscht hat man ihr den Spieß in den Körper gerammt, genau im rechten Winkel zum Körper.« Bächle holt aus, als beabsichtige er, mit dem Bleistift seine Hand zu durchbohren. »Die Klinge hat mit Wucht das Bruschtbein durchstoßen.«

Diese Neuigkeit muss der Hauptkommissar erst einmal verdauen. Bächles Erkenntnis erklärt manches. Sie wirft aber auch neue Fragen auf, unter anderem die: Wozu noch die Saufeder, wenn die Frau doch schon an dem Messerstich gestorben ist?

»Wie viel Zeit ist zwischen dem Tod durch den Messerstich und dem Stich mit der Saufeder vergangen?«, will er wissen.

Der Gefragte wiegt sein weißes Haupt hin und her. »Schwär zu sagen, ganz schwär.«

»Minuten, Stunden?«, bohrt Völxen nach.

»Gab es denn viel Blut am Tatort?«, fragt Bächle zurück.

»Nein, sehr wenig sogar. Das hat uns noch gewundert.«

Bächle nickt wissend. »Sie starb durch den Messerschtich, und zwar recht schnell. Sobald das Herz nicht mehr pumpt, zirkuliert das Blut nicht mehr. Dann blutet auch eine so große, nachträglich zugefügte Wunde wie die von der Klinge einer Saufeder nicht mehr sehr stark. Es können nur wänige Minuten vergangen sein zwischen den beiden Attacken, aber auch eine halbe Schtunde oder eine Schtunde, ich mag mich da wirklich nicht feschtlägen.«

»Was für ein Messer war das?«, fragt Völxen.

»Ein schmales, langes. Die Klinge war, wie gesagt, zweieinhalb Zentimeter breit, die Länge betrug mindeschtens siebzehn Zentimeter.«

»Ein Jagdmesser?«

»Möglich. Es kann aber auch ein Küchenmesser gewesen sein.«

Es klopft. Ein junger Mann meldet, dass Georg Kobler eingetroffen sei.

»Danke, wir sind gleich so weit«, sagt Dr. Bächle.

»Eine Bitte, Dr. Bächle«, sagt Völxen. »Noch kein Wort über das Messer zum Vater der Toten.«

»Ich schweige wie ein Grab«, versichert der Rechtsmediziner.

»Wir sollten das Leben nach Kräften genießen, denn bald wird es vorbei sein.« Raukel sticht seinen Apfelkuchen an.

Der verbliebene Rest des Kommissariats sitzt in der Kantine und tauscht sich informell über die Ergebnisse ihrer Befragungen aus.

»Das kannst du laut sagen. Ich bin in den letzten paar Stunden Experte in Sachen Weltuntergang geworden«, stöhnt Fernando.

»Na, na«, zweifelt Raukel. »Das musst du uns erst beweisen.«

Fernando zieht einen Zettel aus der Hosentasche und liest ab: »Flächendeckender Stromausfall, Hackerangriff auf Atomkraftwerke, Terroristen bringen Biowaffen oder Nervengas unters Volk, Zusammenbruch des Weltwirtschaftssystems und natürlich die nächste Pandemie, aber dieses Mal ein *richtig knackiges Virus*, nicht dieses lausige Covid-19, das ja bekanntlich Bill Gates in die Welt gesetzt hat.«

»Das stimmt nicht, das wurde über die 5G-Masten verbreitet«, widerspricht Oda und fügt mit Grabesstimme hinzu: »So oder so – der *Tag X* naht.«

»Und manche von denen können es anscheinend kaum erwarten«, ergänzt Raukel.

»Ich hatte zum Schluss Hannes Wienecke«, fährt Oda fort. »Sieht aus wie ein Wikinger, ist angeklagt wegen Landfriedensbruchs beim G20-Gipfel und trägt einen Q-Anhänger um den Hals.«

»Vielleicht mag er Kühe«, meint Fernando. »Frau Cebulla hat eine Eulensammlung auf dem Fensterbrett, und der Alte fährt auf Schafe ab. Wo ist das Problem?«

»Du ahnungsloses Schäfchen!« Oda lächelt den Kollegen Rodriguez herablassend mitleidig an. »Ich will euch mal aufklären, denn ich blicke jetzt voll durch.«

»Wir hören, *Kameradin*«, grinst Fernando.

»Also: Nicht die offiziellen Regierungen, nein, eine geheime Elite lenkt die Geschicke unserer Welt ...«

»Kalter Kaffee«, fällt ihr Raukel ins Wort. »Das ist das ABC der Verschwörungstheorien. Erzähl uns was Neues.«

»Gemach, gemach, Kamerad Raukel, das ist noch längst nicht alles.« Odas Gletscheraugen blicken ernst in die Runde. »Kinder werden entführt und in unterirdischen Lagern gehalten, um aus ihnen durch Folterprozesse ein Stoffwechselprodukt namens Adrenochrom zu gewinnen. Damit verlangsamen Hollywoodstars oder wohlhabende Prominente, zum Beispiel Hillary Clinton, ihren Alterungsprozess. Dass sich ein solches Wunderelixier nur die weltweite Finanzelite leisten kann, versteht sich von selbst. Womit wir dann ganz rasch beim Weltjudentum angelangt wären, mit den Rockefellers und George Soros und so weiter …«

»Ach, du Scheiße!« Fernando verzieht das Gesicht. »Die alte braune Soße kocht doch immer wieder hoch.«

»Adrenochrom gibt es übrigens wirklich. Es ist ein Stoffwechselprodukt des Adrenalins«, fügt Oda hinzu.

»Der Rest der Theorie ist zumindest in Teilen gewagt«, meint Raukel.

»QAnon ist ein aus den USA importierter Verschwörungsmythos, der sich dank Corona auch bei uns verbreitet hat. Sie halten für jede Sorte von Spinnern eine maßgeschneiderte Story parat. Gift im Wasser, Gift und Mikrochips im Impfstoff …« Oda winkt ab und schüttelt den Kopf.

»Man weiß wirklich nicht, ob man darüber lachen oder weinen soll«, findet Fernando.

»Nicht zu vergessen die Horden von schwarzen Wirtschafts- und Klimaflüchtlingen, die sich organisieren und das alte Europa gezielt überrennen und uns aus Rache für jahrhundertelang erlittenes Unrecht versklaven«, fährt Oda fort und fügt hinzu, dass man es den Leuten nicht mal verdenken könne.

»Wobei …«, überlegt Raukel, »… wenn ich mich in Linden so umschaue … Ich glaube, es hat schon angefangen.«

»Einen habe ich noch«, verkündet Fernando, der es aufgegeben hat, Raukels Gesinnung zu hinterfragen oder sich durch dessen Bemerkungen über seinen geliebten Stadtteil provozieren zu lassen. »Der Asteroid Apophis.«

Er blickt in ratlose Mienen.

»Ein Brocken von dreihundert Metern Durchmesser wird die Erde am 13. April 2036 treffen. Wo genau, wissen sie noch nicht.«

»Wow. Das ist mal was anderes«, bemerkt Oda. »Dafür gibt's Dreifachpunkte.«

»Ehre, wem Ehre gebührt.« Raukel hebt den Daumen. »Ich hätte allerdings noch die Killerroboter, die die Weltherrschaft anstreben und die längst mitten unter uns sind. Sie sehen aus wie Menschen, man erkennt sie aber nicht.«

»Das hast du dir jetzt ausgedacht«, verdächtigt Oda den Kollegen.

»Nein, beim Barte des Propheten, ich schwöre es! Das hat dieser Peter Gräger von sich gegeben, ein Kerl wie ein Holzfäller mit einer Fistelstimme und einem Spatzenhirn. Dass der keinen Aluhut aufgehabt hat, hat mich echt gewundert.«

»Vielleicht hat er recht, wer weiß?«, raunt Oda. »Ich habe ja schon lange den Verdacht, dass Frau Cebulla in Wirklichkeit ein Killerroboter ist. Und der Kaffeeautomat ist ihr Gehilfe.«

»Rifkin sowieso«, meint Fernando.

»Ja, wer, wenn nicht Rifkin?«, bestätigt Oda.

»Die foltert zur Not auch kleine Kinder«, ergänzt Raukel.

Alle drei grinsen.

»Das Schlimme ist ja, in manchen Szenarien steckt sogar ein Körnchen Wahrheit drin«, klagt Oda. »Natürlich kann es Stromausfälle, Cyberangriffe und Terroranschläge geben. Aber was nützt es, wenn ich mich zeit meines Lebens davon verrückt machen lasse? Und muss ich hinter einem Virus gleich die geheime Weltverschwörung vermuten?«

»Ich werde jedenfalls meinen Vorrat an Malt Whisky aufstocken«, beschließt Raukel. »Sicher ist sicher.«

»Sie nennen Ignoranten wie uns übrigens *Schlafschafe*«, berichtet Fernando. »Aber sagt das nicht dem Alten, sonst denkt er wieder, wir machen Schafswitze.«

»Jetzt mal im Ernst«, beginnt Oda. »War bei euren Befragungen einer dabei, der ein Motiv hätte oder bei dem ihr das Gefühl hattet, dass es sich lohnen könnte, zweimal hinzuschauen?«

»Nicht wirklich«, bekennt Fernando. »Ariane Koch war offenbar ein bisschen stutenbissig, was Marlene anging, aber sonst …«

»Friede, Freude, Eierkuchen, wohin man schaut«, knurrt Raukel, und Fernando bestätigt: »Die sind zwar ziemlich durchgeknallt, aber sie haben sich alle ganz doll lieb.«

»Mich dünkt eher, Kobler hat den Befehl ausgegeben: *Mund halten und keine Interna ausplaudern*«, schlussfolgert Oda.

»Definitiv. Fistelstimme hat es quasi zugegeben, unfreiwillig«, nickt Raukel.

»Wisst ihr, was ich glaube? Die haben uns verarscht«, sagt Oda.

»Wie meinst du das?«, fragt Fernando.

»Wir haben uns jetzt den ganzen Tag lang einen repräsentativen Querschnitt durch sämtliche gängigen Verschwörungstheorien und Weltuntergangsszenarien anhören dürfen. Das war lehrreich und sehr skurril, aber wirklich weitergebracht, was den Fall angeht, hat uns das nicht, oder?«

»Nicht wirklich«, räumt Fernando ein.

»Ich denke nicht, dass die alle an diesen Humbug glauben«, wendet Oda ein. »Allenfalls in Ansätzen.«

»Na ja«, zweifelt Raukel. »Da wäre ich nicht so sicher. Wenn nicht die Prepper, wer dann?«

Oda fährt unbeirrt fort: »Gruppen sind doch meistens mehr oder weniger homogen, nicht wahr? Das ist ja der Sinn der Sache. Und den Tenor gibt im Allgemeinen der Anführer vor. Das kann man schon bei den Cliquen in der Schule beobachten. Einer oder ein paar Handverlesene bestimmen, was angesagt ist, woran geglaubt wird, wodurch man sich definiert.«

»So weit kann ich dir folgen«, meint Raukel.

Oda fasst weiterhin zusammen: »Georg Kobler will vorbereitet sein auf Dinge, die mehr oder weniger im Rahmen des Möglichen liegen, wie Cyberangriffe, Stromausfälle, Pandemien, Naturkatastrophen und die sozialen Folgen des Klimawandels. Kobler ist auf seine Art sicherlich ein Freak, aber er ist kein esoterischer Spinner. Ich kann mir nicht vorstellen, dass er was mit QAnon am Hut hat oder an Killerroboter glaubt. Deshalb drängt sich mir der Verdacht auf, dass uns seine Jüngerschaft nach allen Regeln der Kunst an der Nase herumgeführt hat.«

»Die haben sich mit uns ein Späßchen erlaubt?«, empört sich Raukel.

»Das, oder sie wollten uns ablenken.«

»Wovon denn ablenken?«, fragt Fernando.

»Das weiß ich nicht«, gesteht Oda. »Aber wer Ablenkungsmanöver veranstaltet, hat logischerweise etwas zu verbergen. Wir müssen eben rauskriegen, was es ist.«

»Der Alte wird nicht begeistert sein«, prophezeit Raukel. »So vergnüglich das war, aber es stimmt schon: Irgendwie sind wir nicht einen winzigen Schritt weitergekommen.«

Fernando ist auf dem Weg zurück ins Büro, als sein Handy klingelt. »Jule, was gibt's?«

»Also, ich habe mir mal die Handydaten angeschaut. Für eine – wie alt war Marlene noch gleich?«

»Einundzwanzig.«

»Für eine Einundzwanzigjährige hat sie ihr Handy relativ sparsam benutzt. An manchen Tagen so gut wie gar nicht, wo gibt's denn so was?«

»Ich glaube, diese Prepper haben es alle nicht so mit Handys, was mich nicht wundert, die sind ja gern ein bisschen paranoid. Ist das alles, was du rausgefunden hast?«

»Nein! Nur Geduld. Ich glaube, sie wollte mit ihrem Freund Schluss machen. Es gibt entsprechende Chats.«

»Was heißt, wollte?«

»Sie hat es nicht direkt geschrieben. Mehr so: *Ich muss gerade so viel lernen, ich habe wenig Zeit, ich muss mal nachdenken, ich brauche eine Pause …*« Der Anfang vom Ende, wenn du mich fragst.«

»Wann war das?«, fragt Fernando.

»Während der letzten paar Wochen. Vor zwei Wochen hat sie geschrieben, es sei unmöglich, wie er sich benommen hätte, und seine Eifersucht gehe ihr langsam gründlich auf die Nerven.«

»Steht da, wie er sich benommen hat und auf wen er eifersüchtig war?«

»Nein. Er hat Besserung gelobt, offenbar hat sie sich davon einlullen lassen, aber alles in allem war es wohl keine besonders harmonische Beziehung mehr in der letzten Zeit. Ich vermute, sie hatte die Nase voll von ihm und sich nur noch nicht überwunden, es ihm zu sagen. Zumindest nicht per Chatnachricht. Vielleicht hat sie ganz altmodisch und analog mit ihm Schluss gemacht.«

»Irgendwelche Chats mit anderen Leuten?«

»Ja, mit anderen Studenten, das schließe ich aus dem Inhalt.

Aber da ist nichts Auffälliges. Keine Flirts oder dergleichen. Sie hatte öfter Kontakt mit einer Julia, eine Studentin der Tiermedizin aus ihrem Semester. Sie haben sich anscheinend öfter getroffen und im Chat nur verabredet. Inhaltlich geben die Chats mit ihr nicht besonders viel her.«

»Hatte sie Kontakt mit einem Luka Vollmer?«

»Warte ... Ja. Es gibt Nachrichten zwischen den beiden. Dabei ging um ihren Laptop, er sollte ihr bei einem Update helfen. Alles ganz sachlich im Tonfall.«

»Danke, du bist die Beste!«

»War ja nicht so schwer. Wie war's denn mit den Preppern?«

»Gleich morgen kaufen wir uns Neoprenanzüge. Und Kisten, die wir im Wald vergraben.«

»Ah ja. Was tun wir da rein?«

»Wein und Serranoschinken. Am besten den halben Laden meiner Mutter.«

»Wozu die Neoprenanzüge? Wird das ein Rollenspiel?«

»Das erkläre ich dir heute Abend«, verkündet er geheimnisvoll.

»Ich bin so was von gespannt. Du, ich muss jetzt los, Leo hat einen Termin beim Kinderarzt.«

»Pass bloß auf, wenn sie ihn impfen, dass sie ihm nicht heimlich einen Chip einsetzen!«

»Dich haben sie aber gründlich gehirngewaschen, Mannomann«, lacht Jule.

»Aber nein, im Gegenteil!«, protestiert Fernando. »Ich blicke jetzt voll durch, ich weiß, was läuft. Bis später, mein kleines Schlafschaf!«

Kapitel 11 – Bellende Hunde

Hauptkommissar Völxen und Georg Kobler gehen über den Parkplatz der Medizinischen Hochschule. Kobler ist mit seinem Mercedes Kombi hergefahren und hat angeboten, Völxen, der mit der Stadtbahn hier ist, bis zur Polizeidirektion mitzunehmen. Die Identifikation seiner Tochter hat er wortkarg und beherrscht hinter sich gebracht.

»Kommt ihr voran?«, fragt Kobler, als sie im Wagen sitzen.

Dass Völxen nicht mit ihm über den Fall sprechen darf, weiß auch Kobler. Daher schenkt Völxen sich den Hinweis und sagt nur: »Meine Leute vernehmen gerade ein paar von deinen Rekruten.«

»Aha.«

»An die Saufeder kommt ja schließlich nicht jeder ran«, fügt Völxen hinzu.

»Falls sie tatsächlich verschlampt wurde, könnte auch jemand anderes sie gefunden haben.«

»Und wer, meinst du, findet so ein Ding und bewahrt es auf, um damit einen Mord zu begehen?«, fragt Völxen.

»Das weiß ich doch nicht, Herrgott noch mal!«, stößt Kobler hervor.

»Mir ist zu Ohren gekommen, dass Elmar Schutter, der Förster, einen ziemlichen Hass auf dich hat. Nicht nur wegen eurer Umtriebe in seinem Revier, sondern auch wegen der Affäre, die du mit seiner Frau hattest.«

»Das ging ja schnell. Ihr seid gut, bravo.«

»Er könnte die Saufeder gefunden haben, theoretisch. Er ist ja ständig im Wald unterwegs.«

Georg Kobler atmet schwer. »Völxen, du weißt, ich kann den

Kerl echt nicht ausstehen und er mich noch weniger, und wenn *ich* mit einer Saufeder in der Brust da oben auf der Lichtung gelegen hätte, dann wäre die Sache sonnenklar. Aber dass er Marlene so etwas antut, das kann ich mir beim besten Willen nicht vorstellen. Also vergeudet besser eure Zeit nicht mit diesem Trottel.«

Völxen nimmt dies kommentarlos zur Kenntnis und fährt fort: »Du hast gesagt, Bastian Raimann hätte einen Schlüssel zum Bunker.«

»Ja. Und?«

»Er ist vorbestraft wegen schwerer Körperverletzung an seiner früheren Freundin, das weißt du, oder?«

»Ja.«

»Hat dir das nichts ausgemacht? Wenn meine Tochter mit einem Kerl ginge, von dem ich so etwas wüsste, wäre ich sehr, sehr misstrauisch.«

»Bastian hat seine Lektion gelernt, da bin ich sicher. Und er hat Marlene vergöttert.«

»Nele behauptet, er hätte sie misshandelt, als sie noch mit ihm zusammen war.«

Kobler wirft Völxen einen überraschten Seitenblick zu. »Was? Wie kommt sie denn darauf?«

»Sag du es mir«, entgegnet Völxen.

»Nele war weder mit Bastian *zusammen*, noch hat er sie jemals misshandelt.«

»Warum sagt sie dann so etwas?«

»Sie kann ihn nicht leiden, die zwei sind wie Hund und Katz.«

»Aber das ist eine handfeste Anschuldigung, um nicht zu sagen, Verleumdung«, gibt Völxen zu bedenken. »Vielleicht hat sie es dir verschwiegen, weil sie sich geschämt hat. Das kommt bei Opfern von Misshandlungen öfter vor, als man glaubt.«

»Nele lebt bei mir! Denkst du, ich hätte das nicht gemerkt?«

Kobler hält an einer roten Ampel und scheint nachzudenken. Schließlich, als es wieder weitergeht, sagt er: »Nele ist manchmal ... Sie ist etwas schwierig. Eigenbrötlerisch. Sie lebt in ihrer eigenen Welt, zu der andere keinen Zugang haben. Es stimmt, sie hatte vor zwei Jahren ein Auge auf Bastian geworfen, ich glaube, sie waren sogar ein paarmal miteinander aus. Dann kam Marlene von ihrem Praktikum in Bayern zurück ...« Er zuckt mit den Achseln. »Wie das Leben so spielt ...«

»Verstehe«, nickt Völxen, obwohl das im Grunde nicht wahr ist.

Ein Schweigen tritt ein, dann meint Völxen: »Sag mal, Georg, warum bist du eigentlich aus dem Polizeidienst ausgeschieden?«

»Hat deine Frage etwas mit dem Mord an meiner Tochter zu tun?«

»Nein«, gesteht Völxen. »Es hat mich nur interessiert, aber wenn du nicht darüber reden möchtest ...«

Ein bitteres Lächeln überzieht Koblers Gesicht, dann sagt er: »Ich weiß, es gibt ein paar Gerüchte und auch die eine oder andere Beschwerde. Aber Tatsache ist: Ich hatte einfach die Schnauze voll. Immer mehr Vorschriften und Einschränkungen und dann diese politisch korrekten Sesselfurzer, die einem das Leben schwer machen und keine Ahnung haben, was wir da draußen leisten, damit sie abends gemütlich die Beine hochlegen können. Bei uns haben die Verbrecher doch inzwischen viel mehr Rechte als wir. Das hing mir einfach zum Hals raus.«

»Ich weiß, was du meinst«, nickt Völxen. »Und dann bist du also in den Wald gezogen ...«

»Nicht sofort«, sagt Kobler. »Als Erstes habe ich mir nach meinem Ausscheiden aus dem Dienst einen Hund angeschafft, und mit dem bin ich sehr viel rausgegangen, in die Natur, und habe gemerkt, dass ich nur dort entspannt bin. Wenn ich draußen war, vermisste ich weder den Fernseher noch Alkohol oder Zigaretten. Nicht mal Frauen.« Er lächelt etwas schief. »Eines Tages habe ich einen Survivalkurs mitgemacht, bei dem man lernte, wie man in der Natur überlebt. Danach habe ich es ausprobiert, zusammen mit den Mädchen. Drei Wochen lang waren wir im Wald, nur mit einem Zelt. Das hat uns so gut gefallen, dass ich beschloss, selbst ein Wildnistraining zu konzipieren und es zu meinem Beruf zu machen. Die Arbeit mit den Hunden hatte ich ja schon in meinen letzten Jahren bei der Polizei praktiziert, und schon damals hatte ich den Gedanken, das Training mit den Hunden zu einem beruflichen Standbein auszubauen. So kam eins zum anderen, und irgendwann war klar, dass ich nicht mehr in der Stadt oder in unmittelbarer Nachbarschaft von Menschen leben und mich auch nicht länger nur aus dem Supermarkt ernähren möchte. Also habe ich nach einem passenden Objekt gesucht und den Hof im Deister gefunden.«

»Das mit dem einfachen Leben verstehe ich gut«, nickt Völxen. »Aber der Rest … Ich meine, diesen Keller voller Vorräte, die Kameras, der Zaun … wovor hast du solche Angst?«

»Schau dich doch um in der Welt!«, ruft Kobler und macht eine umfassende Geste. »Die hemmungslose Gier der Menschen zerstört den Planeten. Die Menschheit scheint nicht zu kapieren, dass sie den Ast absägt, auf dem wir alle sitzen. Klimawandel, Artensterben, die Meere vermüllt, wir werden an unserem eigenen Dreck ersticken. Und was glaubst du, wie lange die Jugend Afrikas es sich noch gefallen lassen wird, von uns und ihren korrupten Regierungen ausgebeutet zu werden und im Gegenzug ein paar Brunnen gebohrt zu bekommen? Sie werden zu uns kommen, zu Millionen, spätestens dann, wenn ihnen Nahrung und Wasser ausgehen. Und das ist nur *eine* der vielen Bedrohungen, vor denen wir permanent die Augen verschließen.«

»Waren deine Töchter damit einverstanden, in den Wald zu ziehen?«, fragt Völxen, um die Unterhaltung wieder langsam in Richtung des Falles zu lenken.

»Nele sofort, Marlene hat eine Weile gebraucht, aber dann hat sie auch eingesehen, dass das ein gutes, ehrliches Leben ist. Ein *nachhaltiges*, wenn du so willst.«

»Und? Läuft es gut?«

»Worauf willst du hinaus?«, fragt Kobler lauernd.

»Ich will aufrichtig sein: Wir haben uns gefragt, wie du dir das leisten konntest. Den Hof kaufen und ihn entsprechend ausstatten. Die Solaranlage, der Zaun, die Kameras …«

»Ich hatte Ersparnisse«, antwortet Kobler. »Der Rest kam über Kredite, die ich immer noch abzahle. Der Hof war nicht teuer, weil er in keinem guten Zustand war. Ich habe vieles selbst gemacht. Sonst noch Fragen?«

»Ich wollte dir nicht zu nahe treten«, entgegnet Völxen. »Aber eine Frage hätte ich trotzdem noch. Gibt es eine Möglichkeit, das Grundstück zu verlassen, ohne von der Kamera erfasst zu werden?«

»Es gibt eine Pforte auf der Rückseite, aber den Türcode kenne nur ich.«

»Nur du?«

»Sag ich doch. Nur ich. Falls du Nele verdächtigst, das kannst du vergessen. Die ist zwar etwas schräg drauf, aber zu so etwas ist sie nicht fähig, glaub mir.«

»Oda Kristensen meint, dass es ein Hassverbrechen war. Ein Racheakt. Wir sollten deshalb erwägen, dass sich möglicherweise mit dieser Tat jemand an *dir* rächen wollte.«

»Der Gedanke ist mir auch schon gekommen«, bekennt Kobler.

»An wen denkst du dabei?«

Kobler zuckt mit den Achseln. »Du kennst das doch. Du hast sicher auch schon Leute festgenommen, die dir Gott weiß was angedroht haben.«

»Es hält sich in Grenzen«, erwidert Völxen aufrichtig. »Vielleicht sind Mörder reuiger und einsichtiger. Hast du Namen für uns? Jemand, der dich bedroht hat?«

»Enver Novak. Kopf einer Drogenbande. Eine Übergabe, die wir beobachtet haben, lief total aus dem Ruder. Es gab eine Schießerei, bei der Novak einen anderen Dealer erschossen hat. Dafür ist er eingefahren.«

»Warum kommst du gerade auf ihn?«

»Er hat behauptet, er sei unschuldig, ich hätte Beweise gefälscht, ihm die Waffe untergeschoben. Während und nach der Verhandlung – er bekam zwölf Jahre – und sogar noch in der Haft hat er rumgetönt, er würde sich an mir rächen.«

»Wir gehen dem nach«, meint Völxen.

»Tut das«, nickt Kobler. »Andererseits heißt es ja immer, Hunde, die bellen, beißen nicht.«

»Es gibt Ausnahmen. Meiner bellt und beißt«, gesteht Völxen.

»Rasse?«

»Terriermischling. Jagd- und Foxterrier.«

Kobler lacht kurz auf. »Schlimmer geht's kaum. Terrier sind durchgeknallt.«

Auch der Hauptkommissar hatte bisweilen schon diesen Verdacht, aber es aus berufenem Mund zu hören schmerzt dennoch.

»Du glaubst, Novak bellt nur, aber beißt nicht?«, vergewissert er sich.

»Das kann ich nicht sagen. Das ist alles schon lange her, ich habe seit Jahren nichts von ihm gehört. Außerdem musste er nicht die ganze Strafe absitzen, er ist seit sieben Jahren wieder draußen. Wenn er sich an mir rächen wollte, warum hat er dann so lange damit gewartet?«

Hauptkommissar Völxen hat sein Team vor dem offiziellen Treffen der Soko Wildschwein in seinem Büro versammelt, um sicher zu sein, dass alle auf dem Laufenden sind, vor allen Dingen er selbst. Dass bei den Befragungen der Prepper kein vernünftiger Hinweis herausgekommen ist, wundert ihn nicht besonders, aber es ärgert ihn trotzdem. Gerade hat er seinen Mitarbeitern von Dr. Bächles neuesten Erkenntnissen und von seinem anschließenden Gespräch mit Kobler berichtet.

»Ein Messer als Mordwaffe? Das ändert so manches«, findet Fernando Rodriguez.

Oda Kristensen stimmt ihm zu. »Es erweitert auf jeden Fall den Täterkreis. Um einen mit einer Saufeder an sich heranzulassen, muss man demjenigen schon sehr vertrauen, aber ein Messer ist schnell gezogen. Es kann ein Überraschungsangriff gewesen sein. Sogar eine Affekthandlung kommt infrage.«

»Und die Tat kann weiß Gott wo geschehen sein«, ergänzt Erwin Raukel.

Völxen ist sich nicht so sicher, was Raukels Einwand betrifft. »Die Lichtung ist nicht mit einem Fahrzeug erreichbar. Die letzten fünfzig Meter sind ein Trampelpfad. Der Täter hätte die Tote wohl oder übel dorthin schleppen müssen, und unsere Erfahrung sagt uns, dass Mörder ihre Leichen nicht gern länger als notwendig durch die Gegend schleifen. Daher vermute ich eher, dass sie ihm freiwillig bis dorthin gefolgt ist.«

Oda ist anderer Meinung. »Dem Täter ging es nicht darum, die Leiche zu beseitigen, für ihn war die Inszenierung wichtig. Dass der Körper mit der Saufeder mitten auf der Lichtung liegt. Deshalb würde ich nicht ausschließen, dass er sie trotz der Mühe dorthin gebracht hat.«

Fernando meint: »Für einen Schrank wie Bastian Raimann, nur so als Beispiel, wäre das kein allzu großes Problem. Der wiegt wahrscheinlich doppelt so viel wie sie. Und wer so irre ist, sein Opfer erst mit einem Messer zu erstechen und ihm dann noch eine Saufeder in die Brust zu rammen, für den gilt keine Kategorie der Logik, würde ich sagen.«

»So oder so, die Sache mit dem Messer bleibt vorerst unter uns«, mahnt Völxen. »Das ist Täterwissen, damit lassen sich falsche Geständnisse von irgendwelchen Spinnern entlarven. Das erfährt nur noch der Staatsanwalt, sonst niemand. Insbesondere darf es nicht zur Presse durchdringen. Ist das klar?«

»Warum schaust du mich dabei so an?«, erkundigt sich Erwin Raukel mit betroffener Miene.

»Aus gutem Grund«, versetzt Völxen.

»Deine Unterstellung kränkt mich.« Der Journalist seines Vertrauens ist letztes Jahr ermordet worden, und damit versiegte leider auch eine sprudelnde Quelle für exzellenten Malt Whisky im Tausch gegen kleine, unbedeutende Hinweise. »Es könnten sogar zwei verschiedene Personen gewesen sein«, lenkt Raukel vom heiklen Thema ab. »Ein Messerstecher und ein Leichenfledderer.«

»Wie wahrscheinlich ist das denn?«, zweifelt Fernando.

»Klingt abenteuerlich, aber ausschließen können wir auch das nicht«, räumt Völxen ein. »Zumal unser verehrter Dr. Bächle nicht sagen kann, wie viel Zeit zwischen den beiden Aktionen vergangen ist. Außerdem wissen wir nach wie vor nicht, ob die Saufeder aus dem Bunker entwendet oder bei einer Übung verschlampt wurde. Im letzteren Fall könnte ein Außenstehender sie gefunden haben ...«

»Zum Beispiel ein Pilzsucher«, wirft Oda ein.

»Ich dachte eher an den Förster, Elmar Schutter. Obwohl ich ihm die Tat nicht wirklich zutraue, auch nicht mit einem Messer. Nicht mal Kobler tut das. Dennoch dürfen wir ihn nicht von der Liste streichen. Ich möchte, dass ihr in den nächsten Tagen mit allen Leuten redet, die sich regelmäßig in diesem Wald aufhalten. Die Jagdberechtigten, die Besitzer der umliegenden Felder, regelmäßige Spaziergänger, Leute aus der Nachbarschaft ... Schutter wollte uns die Namen schicken.«

»Welche Nachbarschaft?«, fragt Oda. »Außer Kobler wohnt da doch weit und breit kein Mensch.«

»Könnte es tatsächlich dieser Novak gewesen sein, der mit Kobler noch eine Rechnung offen hat?«, fragt Fernando.

»Das Motiv mag vorhanden sein, ich sehe da nur ein Problem«, antwortet Völxen. »Wie soll Novak an die Saufeder gelangt sein? Und wie ist es Novak gelungen, Marlene vom Gelände zu locken? Ich glaube kaum, dass Marlene Novak kannte, und falls doch, dann hätte sie sich erst recht nicht am Abend mit ihm außerhalb ihres Hauses getroffen.«

Darauf weiß niemand eine Antwort.

Völxen fällt noch etwas ein: »Ich habe Kobler außerdem auf die angebliche Misshandlung von Nele durch Bastian Raimann angesprochen. Er meint, das sei Blödsinn, den sie sich aus den Fingern gesogen hätte. Sie lebe zuweilen *in ihrer eigenen Welt*. Seine Worte.«

»Die ganze Bande lebt in ihrem eigenen Universum«, wirft Fernando ein.

»Außerdem kann Nele Kobler Bastian nicht leiden. Sie war wohl vor zwei Jahren ein paarmal mit ihm aus, dann kam die hübsche Marlene, und um den Jungen war's geschehen«, gibt Völxen das Gespräch mit Kobler wieder.

»Auweia«, lässt sich Raukel vernehmen. »Da werden Weiber zu Hyänen. Bisher war ja der Lulatsch, dieser Bastian, mein Favorit, aber diese Nele erscheint mir langsam immer verdächtiger.«

»Aber was ist denn dann mit den Narben?«, wundert sich Oda.

»Welche Narben?«, entgegnet Völxen.

»Nele Kobler hat mir Narben an ihrem Rücken gezeigt und gesagt, das hätte Bastian ihr angetan. Habe ich das heute Morgen nicht erwähnt?«

»Nein, von *Narben* hast du nichts gesagt«, stellt der Hauptkommissar gereizt fest. »Himmelherrgott noch mal!«

Völxen ist in keiner guten Stimmung, denn alles, was sie bisher herausgefunden haben, trägt eher zur Verwirrung als zur Klärung der Sachlage bei.

»Tut mir leid«, meint Oda ungewohnt kleinlaut.

»Vielleicht kann uns diese Freundin von Marlene, Julia Seidler, mehr erzählen«, versucht Fernando seinen Chef zu besänftigen. »Und Bastian Raimann kommt morgen Nachmittag, er ist angeblich heute geschäftlich unterwegs. Was vermutlich sogar stimmt, er verkauft ja Solaranlagen«, fügt er hinzu.

»Rom wurde auch nicht an einem Tag erbaut«, bemerkt Raukel gelassen.

Frau Cebulla klopft an und meldet das Eintreffen des Staatsanwaltes und des Chefs der Spurensicherung, Rolf Fiedler. »Die Herren warten im Besprechungsraum.«

»Dann wollen wir mal«, meint Völxen. »Auch wenn wir denen nicht viel Neues zu erzählen haben. Aber vielleicht die uns.«

Fernando macht vor dem Meeting noch einen kleinen Umweg über Frau Cebullas Büro und die Kaffeemaschine, denn er hat heute Mittag zu viel gegessen und ist gerade an einem toten Punkt. Sein Handy klingelt, es ist Rifkin.

»Was willst du?«, fragt er rundheraus, denn aus Langeweile ruft Rifkin garantiert nicht an.

»Wie sieht es aus?«, fragt sie.

»Wie sieht was aus?«

»Der Fall. Wie weit seid ihr damit?«

»Es läuft. Gleich tagt die Soko Wildschwein.«

»Soko Wildschwein? Echt jetzt?«

»Ich muss los, Rifkin.«

»Dann ruf mich später an.«

»Wozu denn?«

»Weil ich bald wieder da bin und auf dem Laufenden sein will.«

»Streberin. Vielleicht haben wir den Fall bis dahin längst gelöst.«

»Ja, Wunder passieren ...«

»Der Laden bricht ohne dich nicht zusammen, was bildest du dir bloß ein?«

»Versprich, dass du mich anrufst, wenn das Meeting vorbei ist.«

»Okay, meinetwegen«, murmelt Fernando, nur damit sie Ruhe gibt. Er legt auf, betritt das Büro und säuselt: »Frau Cebulla, könnte ich vielleicht noch einen Cappuccino bekommen, einen großen?«

»Es stehen zwei Kannen Kaffee im Besprechungsraum.«

»Wer weiß, ob die reichen. Die saufen ja manchmal den Kaffee weg wie die Kamele.«

Kapitel 12 – Ein Mordermittler ist immer im Dienst

Fernando Rodriguez steht gähnend an der Haltestelle der Stadtbahnlinie 10, die ihn in seinen geliebten Stadtteil Linden bringen soll, dem verdienten Feierabend entgegen.

Leider hat sich Völxens Hoffnung, was das Meeting anging, nicht erfüllt. Auf dem Rechner von Marlene Kobler sind nur Dateien, die mit ihrem Studium zusammenhängen, und weder ihre E-Mails noch ihr Browserverlauf geben etwas her, das Licht ins Dunkel dieses Falls bringen könnte.

»Es wurde erst kürzlich ein neues Betriebssystem aufgespielt. Der Browser ist so eingestellt, dass der Verlauf bei jedem Runterfahren komplett gelöscht wird, ebenso sämtliche Cookies«, berichtete der Datenanalyst von der Kriminaltechnik und fügte hinzu: »So was machen sonst nur Ehemänner, die mit dem Familienrechner Pornos gucken.«

Marlene Koblers E-Mails sind zwar noch da, aber an denen ist nichts Auffälliges oder Ungewöhnliches, wenn man von der Tatsache absieht, dass die meisten davon mit ihrem Studium zu tun hatten und sich kaum Privates fand. Zwischen ihr und den anderen Preppern gab es bis auf ein paar wenige empfangene Rundmails von Nele oder ihrem Vater, die die Organisation ihrer Zusammenkünfte betrafen, keinerlei Mailkontakt. Was entweder darauf schließen lässt, dass Marlene außerhalb der Treffen im Wald mit den anderen Preppern gar nicht kommunizierte oder dies auf anderem Wege getan hat.

Wenig Neues kam auch von Rolf Fiedler, dem Leiter der Spurensicherung. Die acht Fingerabdrücke auf dem Stiel der Saufeder lassen sich alle den Preppern zuordnen, die Namen waren aufgeführt. An der Stelle, an der die Leiche gelegen hatte, konnte nur eine geringe Menge Blut im Boden sichergestellt werden. Eine größere Blutlache gab es dafür an einer anderen Stelle, aber es stammt, laut dem Laborbericht, von einem *oryctolagus cuniculus forma domestica*, einem Hauskaninchen.

Es fanden sich eine Menge *Vegetationsverletzungen*, wie Fiedler das niedergedrückte Gras nannte, und Sohlenabdrücke auf der Lichtung, aber da diese den Preppern als Treffpunkt und Spielwiese dient, ist das nicht weiter verwunderlich. Ein frischer Sohlenabdruck, der in der Nähe der Leiche gefunden wurde, stammt von Völxens Wanderschuhen. Die Einsatzfahrzeuge und der Jeep des Försters haben Reifenspuren von einem möglicherweise vorhandenen Täterfahrzeug auf dem Waldweg zerstört, ein Umstand, der beim Staatsanwalt für verärgertes Stirnrunzeln sorgte. Für Fernando, der den Fundort noch nicht gesehen hat, waren die Fotos der Spurensicherung dennoch recht hilfreich. Jetzt kann er sich den Ort des Geschehens etwas besser vorstellen.

Sein Telefon klingelt, ausgerechnet jetzt, wo die Stadtbahn heranrattert. Es ist Julia Seidler, die gerade ihre Mailbox abgehört hat und ihn zurückruft. Fernando stellt sich noch einmal vor und erklärt: »Ich würde Sie gerne morgen zu uns bitten, es geht um eine Aussage im Mordfall Marlene Kobler.«

»Morgen geht es nicht, da bin ich den ganzen Tag im OP. Ich mache gerade ein Praktikum in der Chirurgie, bei den Großtieren. Ich bin fest eingeteilt, das kann ich nicht einfach sausen lassen. Ich hätte jetzt Zeit. Aber nur kurz, in einer Stunde fängt mein Job im *Mezzo* an.«

Adieu, pünktlicher Feierabend, seufzt Fernando in Gedanken. Dann tritt er ein paar Schritte zurück und lässt die Bahn ohne ihn abfahren.

Das Café *Mezzo* befindet sich im selben Gebäude wie das Veranstaltungszentrum *Pavillon*, und dieses wiederum liegt gleich hinter dem Bahnhof, in dessen Nähe sich Fernando gerade befindet.

Noch vier Wochen und vier Tage, denkt er, während er den Hauptbahnhof durchquert, in dem, wie immer, eine Menge los ist. Und dann: drei Monate frei! Nur Klein Leo wird zu beschäftigen sein, aber das schafft er gewiss mit links. Seine Mutter ist ja zum Glück in greifbarer Nähe ...

Am Ende hat es sich doch gelohnt, dass er nie von zu Hause weggezogen ist, auch wenn ihm das nur allzu oft Hohn und Spott und den Ruf eines unverbesserlichen Muttersöhnchens eingetragen hat. Nach ihrer Heirat hat er Jule überreden können, eine frei gewordene Wohnung im ersten Stock desselben Hauses zu beziehen, in dem er und seine Mutter seit Jahrzehnten leben. Genau genommen gehört ihnen – und teilweise der Bank – sogar das ganze Mietshaus samt dem Laden. Das ist nur Jules Erbe zu verdanken. Nachdem ihre Mutter vor einigen Jahren ermordet wurde, wollte Jule ihr Elternhaus, in dem die Tat geschehen war, nicht behalten, und so ist aus dem grausigen Geschehen von damals wenigstens etwas Gutes erwachsen.

Im Erdgeschoss des Hauses befindet sich der spanische Lebensmittelladen und Tapas-Imbiss von Pedra Rodriguez. Der Laden hat Fernando, seine ältere Schwester und seine Mutter nach dem allzu frühen Tod seines Vaters über dreißig Jahre lang ernährt, und auch wenn seine Mutter längst die siebzig überschritten hat und die Konkurrenz im zwischenzeitlich hip gewordenen Stadtteil Linden von Jahr zu Jahr wächst, ist Pedra noch immer nicht bereit, ihr Geschäft aufzugeben. Immerhin hat sie inzwischen eine Aushilfe eingestellt, sodass sie sich häufiger um ihren Enkel kümmern kann, was Leos Eltern durchaus zu schätzen wissen. Alles in allem ist Fernando Rodriguez also gerade hochzufrieden mit seinem Leben. Es hätte kaum besser laufen können, sagt er sich. Und vielleicht, wer weiß, wird er eines Tages sogar Völxens Nachfolge antreten.

Wäre da nur nicht dieses Gefühl der Unsicherheit, das plötzlich an ihm nagt. Um nicht zu sagen: Angst. Ist das nicht alles viel zu schön, um wahr zu sein? Verschließt er, eingesponnen in sein privates Glück, einfach nur die Augen vor den Bedrohungen, die überall lauern? Schwebt nicht bereits eine dunkle Schicksalswolke über der Menschheit? Diese Prepper haben zwar viel wirres Zeug von sich gegeben, aber im Kern haben sie nicht ganz unrecht, das hat sogar Oda, die eher fatalistisch eingestellt ist, zugeben müssen. Nein, es ist nicht alles eitel Sonnenschein. Mit dem Planeten geht es rasant abwärts, und ist nicht schon das Römische Reich an seiner eigenen Dekadenz zugrunde gegangen? Was wird Leo für eine Welt vorfinden, wenn er erwachsen ist? Und was kann er, sein Vater, tun, um für ihn die Welt zu retten? Reicht Fahrrad fahren, Müll trennen und weniger Fleisch essen wirklich aus? Aber was kann er sonst tun? Ein Wildnistraining absolvieren und mit Frau und Kind in eine Blockhütte ziehen?

Seine Stimmung ist an einem düsteren Punkt angelangt, als er das *Mezzo* betritt. Eine junge Frau mit einem blonden Pferdeschwanz blickt ihm über den Bildschirm eines Laptops hinweg aus großen braunen Augen fragend entgegen. Sie ist die einzige Frau im passenden Alter, die allein an einem Tisch sitzt. Das muss Julia Seidler sein.

So ist es auch, wie sie bestätigt.

Wenigstens opfert er seinen Feierabend einer hübschen Zeugin, registriert Fernando. Man muss auch für kleine Geschenke des Schicksals dankbar sein.

Julia Seidler hat die Wartezeit genutzt, um sich im Netz über den Mord an Marlene zu informieren, wie Fernando durch einen Seitenblick auf den Bildschirm ihres Laptops bemerkt. Zum Glück gibt es keine Fotos von der Leiche und auch sonst keine blutigen Details, bis auf die Saufeder. Der Kollege Raukel scheint seit der Ermordung seines Lieblingsreporters von der *Bild* Hannover im letzten Jahr noch keine neuen Kontakte zu spendablen Medienvertretern geknüpft zu haben.

Fernando zeigt ihr seine Dienstmarke und setzt sich zu ihr.

Julia Seidler klappt den Laptop zu. Ihre Wimperntusche ist etwas verschmiert.

»Wer hat das getan?«, fragt sie Fernando, nachdem dieser bei der Bedienung einen Espresso bestellt hat. »Mit einer Saufeder erstochen, steht im Netz. Das kann doch nur einer dieser Verrückten gewesen sein.«

»Wir stehen noch am Beginn der Ermittlungen«, erklärt Fernando. »Sie und Marlene waren befreundet, stimmt das?«

»Wir haben uns zwar erst im Studium kennengelernt, aber wir haben uns gleich gut verstanden.« Sie wischt sich eine Träne weg. »So eine Scheiße!«, stößt sie hervor. »Endlich hätte sie es geschafft, von ihm wegzukommen, und dann wird sie ermordet.«

»Von wem wegzukommen?«, fragt Fernando. »Von Bastian?«

Julia Seidler runzelt verwirrt die Stirn. »Was? Nein. Oder ja, doch.«

»Was denn jetzt?«, fragt Fernando.

Sie wedelt mit den Händen. »Das mit Bastian war schon länger geplant. Ich meine, dass sie sich von ihm trennt. Sie hatte bloß noch nicht endgültig mit diesem Idioten Schluss gemacht, weil ihr Vater sonst vielleicht Verdacht geschöpft hätte.«

Fernando kann ihr nicht ganz folgen. »Verdacht? Wovon sprechen Sie?«

»Sie wollte weg. Sie hatte die Nase voll von dem ganzen albernen Prepper-Getue und davon, dass ihr Vater sich aufführt wie ein kleiner Sonnenkönig. Sie wollte in die Stadt ziehen, aber sie wollte es ihm erst sagen, wenn sie etwas Festes hätte. Letzte Woche war sie ganz aufgeregt. Sie meinte, sie hätte was in Aussicht, ein WG-Zimmer in der Nordstadt. Sie wollte nur noch auf das Okay des Vermieters warten, um ganz sicher zu sein, und dann wäre sie wahrscheinlich zum ersten September ausgezogen.«

»Warum die Heimlichtuerei? Es ist doch nicht ungewöhnlich, dass man in diesem Alter von zu Hause ausziehen möchte«, meint Fernando, der Nesthocker.

Die Bedienung bringt den Espresso.

Julia Seidler blickt verlegen auf die Tischplatte.

»Was, glauben Sie, wäre passiert, wenn Marlenes Vater davon erfahren hätte?«, will Fernando wissen.

»Ich weiß es nicht.«

»Marlene hatte also Angst vor ihm«, hält er fest.

Sie knetet ihre Hände.

»Was ist?«, fragt Fernando, der merkt, dass sie etwas verbirgt.

»Na ja, sie hat genau genommen gesagt: *Mein Vater bringt mich um*. Aber das hat sie bestimmt nicht wörtlich gemeint. Sie war schließlich sein Ein und Alles, ich kann mir nicht vorstellen, dass er ihr etwas angetan hat.«

»Wovor hatte sie dann Angst? Dass er sie daran hindert, eine Szene macht?«

»Keine Ahnung. Jedenfalls hatte sie einen Mordsbammel davor, es ihm zu sagen.«

»Sie waren eine Zeit lang – wie nennen Sie es noch gleich – eine *Rekrutin*, nicht wahr?«

Sie schnaubt sich eine Haarsträhne, die sich aus ihrer Frisur gelöst hat, aus dem Gesicht, das nun eine sanfte Röte überzieht, so als wäre ihr die Sache im Nachhinein peinlich. Sie nickt.

»Frau Seidler, es tut mir leid, aber irgendwie kann ich mir Sie dabei nicht besonders gut vorstellen.«

»Marlene hatte mich bekniet mitzumachen. Damit sie nicht so allein sei, hat sie gesagt.«

»Allein?«, wiederholt Fernando. »Sie hatte doch Vater, Schwester und ihren Freund dort.«

»Tja, so hat sie es aber gesagt«, beharrt Julia. »Vielleicht brauchte sie eine Vertraute, jemanden, mit dem sie ein bisschen ablästern konnte. Also habe ich mich breitschlagen lassen. Anfangs fand ich es noch irgendwie witzig und skurril, aber irgendwann, nach einem Vierteljahr oder so, habe ich es nicht mehr ertragen, bei aller Freundschaft, aber das war zu viel.«

»Was genau war zu viel?«, will Fernando wissen.

»Einfach alles! Die durchgeknallte Nele und diese Dumpfbacke Bastian hatten diesen Kasernenton am Leib und haben sich benommen, als wären sie unsere Kommandanten und wir die kleinen Ärsche, die nach ihrer Pfeife tanzen müssen.« Sie schüttelt sich. »Ich meine, das war meine kostbare Freizeit! Da muss ich doch nicht durch den Dreck robben, als wären wir in einem Manöver, und mich von diesen Typen anschreien lassen.«

»Also sind Sie nicht mehr hingegangen.« Fernando schenkt ihr ein verständnisvolles Lächeln. »Wie hat Marlene das aufgenommen?«

»Sie hat es verstanden. Zu dem Zeitpunkt hing ihr das alles ja auch schon gründlich zum Hals heraus.«

»Warum hat sie es dann jahrelang mitgemacht?«

»Das habe ich erst auch nicht verstanden. Bis ich Georg Kobler kennengelernt habe. Er hat eine Art an sich, dass man ihm sofort vertraut, und gleichzeitig strahlt er eine Autorität aus, der man sich nur schwer entziehen kann. Irgendwie hat man Angst, ihn wütend zu machen, selbst wenn man ihn noch nie wütend erlebt hat. Verstehen Sie, was ich meine?«

»Doch, ja«, versichert Fernando, der solche Beschreibungen schon gehört hat. Meistens, wenn von Psychopathen die Rede war.

»Es war nicht so, dass Marlene ihren Vater nicht geliebt hätte. Ich glaube, sie war hin- und hergerissen. Einerseits wollte sie weg, andererseits hatte sie davor zurückgescheut, ihn zu enttäuschen. Selbst ich habe mich nicht getraut, ihm ins Gesicht zu sagen, dass ich nicht mehr mitmachen will. Ich bin einfach nicht mehr gekommen und habe es nur Marlene gesagt. Das war feige, ich weiß.«

»Georg Kobler ist also sehr Respekt einflößend«, hält Fernando fest.

»Ja, das kann man so sagen. Außerdem dachte Marlene, sie müsste ihren Vater wenigstens noch bis zum Ende ihres Studiums bei Laune halten, damit er ihr nicht den Geldhahn zudreht. Mit der Zeit hat sie aber gesehen, dass ich auch einigermaßen klarkomme, obwohl ich kein Geld von zu Hause kriege. Mit BAföG und Nebenjobs halt. Letztendlich hat wohl ihre Mutter den Ausschlag gegeben. Die hat ihr versprochen, ihr finanziell zu helfen. Marlene hat so was angedeutet.«

»Hat Marlene ihre Mutter regelmäßig getroffen?«

»Regelmäßig nicht, nur ab und zu. Das war auch wieder so eine Sache: Ihr Vater durfte davon nichts wissen. Ich meine, die Frau war *einundzwanzig* und lässt sich von ihrem Vater vorschreiben, ob sie ihre Mutter sehen darf oder nicht.« Julia schüttelt den Kopf.

»Hätte sie nicht zu ihrer Mutter ziehen können?«

»Notfalls ja, aber die wohnt irgendwo in der Wedemark, und Marlene hatte genug vom Land, sie wollte in der Stadt leben.«

»Sie sprachen vorhin von der *durchgeknallten* Nele. Wie haben Sie das gemeint?«

»Sie ist praktisch der vierte Schäferhund von Kobler. Gehorcht aufs Wort, widerspricht nicht ... Aber wehe, wenn sie das Kommando über die Gruppe hat, dann lässt sie die Sau raus und brüllt und kommandiert die Leute rum.«

»Ganz der Papa«, bemerkt Fernando.

»Nein, nein«, widerspricht Julia Seidler. »Georg brüllt nicht rum. Oder nur sehr selten. Das hat der gar nicht nötig.«

»Und doch war Marlene die Lieblingstochter von Georg Kobler«, wirft Fernando ein.

»Ja. Muss bitter sein für Nele«, meint Julia Seidler, allerdings schwingt in ihrer Stimme eher Spott als Bedauern mit.

»Wie kam Marlene mit Nele aus?«

»Ging so. Ich glaube, die hatten sich nicht viel zu sagen. Aber Marlene hat nie schlecht über Nele gesprochen.«

»Haben Sie Neles Freund auch noch kennengelernt?«

»Luka? Ja. Ein echtes Leckerchen, der Typ. Marlene und ich haben ehrlich gesagt nie verstanden, was der ausgerechnet an Nele findet.«

»Dieses WG-Zimmer, das Marlene anmieten wollte, wo ist das genau?«, will Fernando wissen.

Sie denkt nach, aber schließlich zuckt sie mit den Achseln. »Die Straße hatte irgendeinen Blumennamen. Tulpen, Nelken ...«

»Es gibt ein paar Straßen mit Blumennamen in der Nordstadt«, bestätigt Fernando. »Astern vielleicht? Lilien?«

»Ich weiß es wirklich nicht mehr, tut mir leid«, gesteht die junge Frau zerknirscht.

»Wie ist sie da rangekommen?«

»Sie hat nur gesagt, sie kenne jemanden, der jemanden kennt ... Es hat sich ein bisschen konspirativ angehört. Ich habe nicht groß nachgefragt, ich war froh, dass sie endlich in die Gänge kommt.«

»Wir haben weder auf ihrem Rechner noch auf dem Handy etwas gefunden, das nach Wohnungssuche aussieht.«

»Das wundert mich nicht. Marlene hat gewusst, dass Nele bei jeder Gelegenheit in ihren Sachen herumschnüffelt, es war ihr zu riskant, trotz PIN und Passwort und so weiter. Nele hätte es sofort brühwarm ihrem Vater erzählt. Außerdem konnte sie den Rechner im Institut oder in der Bibliothek benutzen.«

»Kann es sein, dass ein anderer Mann im Spiel war? Vielleicht deshalb die Heimlichkeiten?«

»Nein.« Sie schüttelt den Kopf, ihr Pferdeschwanz gerät in Schwingung. »Nein, das hätte sie mir gesagt. Und ich hätte es auch gemerkt.«

»Woran?«

»Man merkt doch, wenn sich jemand verknallt hat.«

»Bastian schien jedenfalls auf irgendjemanden eifersüchtig zu sein.«

Sie winkt ab. »Der! Der war noch auf ihren Schatten eifersüchtig. Wenn Sie mich fragen, die haben alle einen Knall. Georg, Nele, Bastian und die ganze Gefolgschaft sowieso. Allein diese Begriffe! *Rekruten, Kameraden, Einsätze.* Man könnte meinen, wir wären im Krieg. Na ja, manche von denen sind das wohl auch, zumindest im Kopf. Die leben alle in ihrer eigenen Matrix.«

Was du nicht sagst, denkt Fernando und fragt: »Sie fürchten sich also nicht vor Cyberkriegen, Stromausfällen, herabstürzenden Asteroiden und der geheimen Verschwörung der Mächtigen dieser Welt?«

Sie verdreht die Augen. »Nein, nicht wirklich. Auch nicht vor Handystrahlen oder davor, von geheimen Organisationen abgehört und ausspioniert zu werden. Ich meine, ich würde mir jetzt nicht gerade Siri oder Alexa ins Haus holen, und was mit unserem Planeten geschieht, macht mir schon ziemlich Angst, ehrlich gesagt. Aber die übertreiben es, die haben echt Paranoia. Bei den Übungen und Orientierungsmärschen durften wir nicht mal ein Handy dabeihaben, um uns im Notfall zu orientieren. Im Ernstfall, hat Georg immer gepredigt, würden die Mobilfunknetze sowieso zusammenbrechen, also sollten wir lernen, uns auf unseren Orientierungssinn und den Kompass zu verlassen.«

Wahrscheinlich, vermutet Fernando, wollte Kobler in erster Linie vermeiden, dass Videos von ihrem Treiben in den sozialen Netzwerken landeten.

»Wie haben Sie sich dann verständigt?«, fragt er. »Durch Rauchzeichen?«

Sie lächelt ein wenig. »Entweder gar nicht oder mit Funkgeräten. Aber ich hatte keins, und ich habe mich einmal böse verirrt und musste die Nacht allein im Wald verbringen, ohne Zelt, das war echt übel.«

»Funkgeräte«, wiederholt Fernando elektrisiert. »Mein Gott, wie blöd kann man sein!« Er schlägt sich mit der Hand vor die Stirn.

»Äh … wie bitte?«

»Verzeihung, ich meinte mich selbst. Sie haben mich da gerade auf etwas gebracht. Besaß denn Marlene ein Funkgerät?«

»Ja, die schon. Fast alle von denen haben Funkgeräte.«

»Ehe ich es vergesse: Ich muss Sie fragen, wo Sie am Samstagabend waren.«

»Hier.« Sie macht eine umfassende Handbewegung. »Ich hatte Dienst von achtzehn bis zweiundzwanzig Uhr. Danach habe ich mir noch einen Absacker gegönnt, und dann bin ich nach Hause und ins Bett gefallen. Apropos Dienst … Ich denke, ich sollte so langsam …« Sie wirft einen Blick in Richtung Theke.

»Klar.« Fernando steht auf, bedankt sich für die Hilfe und legt seine Visitenkarte auf den Tisch. »Wir müssen Ihre Aussage noch protokollieren, bitte melden Sie sich in den nächsten Tagen.«

Sie steckt die Karte ein und schaut ihn flehend an. »Kriegen Sie das Schwein, das das getan hat.«

Hauptkommissar Erwin Raukel muss aufstoßen. Das Rib-Eye-Steak mit Zwiebeln, Bratkartoffeln und grünen Bohnen und obendrauf noch ein Tiramisu liegen ihm nun doch ein wenig schwer im Magen. Die Mahlzeit hat er in Gesellschaft von Helmut Brimmer genossen. Brimmer war vor über zwanzig Jahren Erwin Raukels

Dienstgruppenleiter bei der Polizeiinspektion Süd und für ihn eine Art Mentor, ehe sich ihre Wege getrennt haben. Für Brimmer ging es langsam, aber stetig nach oben, während Raukels Karriere eher in Wellenlinien verlief, mit mehr und tieferen Wellentälern als Höhen, bei aufrichtiger Betrachtung.

Privat begegnet Erwin Raukel seinem Ex-Chef Helmut Brimmer zuweilen auf der Pferderennbahn in Langenhagen, wo beide ihrem Hobby, dem Wetten, frönen und das ein oder andere Bierchen zusammen trinken oder auch zwei. Wenn es sich für einen der beiden besonders gelohnt hat, wird auch mal eine Flasche Schampus geköpft.

Brimmer ist zehn Jahre älter als Raukel und inzwischen pensioniert. Abgesehen von den Pferdewetten haben die beiden eine weitere Gemeinsamkeit: Helmut Brimmer ist leiblichen Genüssen jedweder Art ebenso zugetan wie Erwin Raukel, und somit sind alle Voraussetzungen für einen gelungenen Abend unter Gleichgesinnten im Steakhaus gegeben. Das i-Tüpfelchen dabei ist, dass das Ganze als Spesen abgerechnet werden kann.

»Ich fürchte, ich brauche einen Verdauer.« Raukel klopft sich auf die ausgeprägte Wölbung seines Leibes.

»Du hast mir praktisch die Worte aus dem Mund genommen«, meint Brimmer und winkt dem Kellner.

Sie nehmen zwei Grappa, und Raukel ordert noch eine Flasche Montepulciano. Zwei Flaschen Wein für zwei honorige Herren, da kann man bei Gott nicht von Sauferei oder Völlerei sprechen, wie der Schafstrottel ihn ermahnt hat. Das ist alles im zivilisierten Rahmen. Zumal Helmut Brimmer ein Brocken von einem Mannsbild ist, fast zwei Meter groß und nicht gerade der Schlankste. In so einen geht ordentlich was hinein, da muss man zusehen, dass man nicht zu kurz kommt.

Nachdem der Grappa getrunken, die Weinflasche geöffnet, der Wein von Raukel probiert und für gut befunden und vom Kellner eingeschenkt wurde, kommt Raukel wohl oder übel zum dienstlichen Teil der Unterhaltung: »Erzähl mir was über Georg Kobler.«

»Was willst du denn wissen?«

»Wie lange warst du sein Boss?«

»Acht Jahre lang. Er kam im Jahr 2000 zu uns, davor war er bei der Wirtschaftskriminalität. Er war damals Mitte dreißig und hat sich nach Jahren des Aktenwälzens nach mehr *action* gesehnt. Na ja, die bekam er bei uns dann auch, und das nicht zu knapp.«

»Wie war er so?«

Brimmer kratzt sich seinen kahlen Schädel. »Du weiß doch, beim Rauschgift tummeln sich immer ein paar schräge Vögel. Und Kobler ... Es war nicht einfach mit ihm. Dauernd hinterfragte er meine Entscheidungen und wollte auch längst nicht mit jedem kooperieren. Dienstvorschriften hat er großzügig ausgelegt und bei Festnahmen oder Zeugenvernehmungen häufig eine übertriebene Härte an den Tag gelegt.«

»Klingt nach einem rundum guten Polizisten«, findet Raukel.

»Aber anstrengend, wenn du sein Vorgesetzter bist«, gibt Brimmer zu bedenken. »Es war eine Kunst, für ihn die Schichten einzuteilen. Wenn seine Partner zu jung waren, hat er sie bloß verarscht, wenn sie zu alt waren, hat er sie nicht ernst genommen, und Frauen ...« Brimmer nimmt einen gehörigen Schluck Rotwein, wischt sich mit dem Handrücken über seinen vergilbten Schnäuzer und winkt ab, »... das war ganz unmöglich. Er war nämlich der Auffassung, dass Frauen bei der Polizei nichts verloren hätten, zumindest nicht *an der Front*, wie er zu sagen pflegte.«

»Ein Mann nach meinem Geschmack.«

»Wenn man sein Vertrauen einmal hatte, dann war es in Ordnung«, erzählt Brimmer. »Ich bin mit ihm gut klargekommen, bei mir wusste er, dass ich keine Sperenzchen dulde. Außerdem hatte er ein großes Plus, das vieles andere wettmachte. Er war effektiv und wusste, Prioritäten zu setzen. Anstatt einen Kleindealer zu kassieren, den wir sowieso am nächsten Tag wieder laufen lassen müssen, hat er versucht, ihn als Informanten zu gewinnen, um die zu kriegen, die in der Hierarchie weiter oben stehen.«

»Macht ja auch Sinn. Wozu sich mit dem Gesocks herumschlagen?«, murmelt Raukel zustimmend.

»Versteh mich nicht falsch, er war kein Idealist. Es war ihm scheißegal, ob Leute Drogen nahmen, und er hatte auch nicht den Anspruch, das böse Übel aus der Welt zu schaffen. Das Ganze war für ihn eine Art Sport, es hatte was mit Ehrgeiz zu tun. Er verfügte über eine Reihe von Informanten, die alle gespurt haben, und im Einsatz kannte er keine Skrupel. Auf die Art sind uns ein paar größere Fische ins Netz gegangen.«

»Warum ist er dann vom Rauschgift weg?«

Brimmer seufzt und legt die Stirn in Falten. »Es ging nicht anders, nach acht Jahren wurde er zusehends untragbar. Weil er sich ein paar Lorbeeren verdient hatte, hielt er sich für unantastbar und führte sich entsprechend auf. Das war, wie wenn du in einer Fußballmannschaft einen Superstar mit Allüren hast. Klar schließt er Tore, aber der Rest der Mannschaft ist stinkig, die Harmonie leidet, und am Ende bist du als Trainer trotz allem froh, ihn los zu sein.«

Raukel, dem das Leben als Star eines Teams nicht fremd ist, nickt. Zum Glück ist *er* ja bescheiden und umgänglich geblieben, denkt er und konzentriert sich wieder auf Brimmers Schilderung.

»In Georgs Ehe kriselte es schon länger, und im Jahr 2008 wurde er schließlich geschieden. Es ging dabei wohl ziemlich zur Sache, und das hat ihn auch nicht gerade freundlicher werden lassen. Die Beschwerden über ihn häuften sich, bald wollte keiner mehr mit ihm arbeiten. Ich habe ihm ins Gewissen geredet und ihm zu verstehen gegeben, dass er sich zusammenreißen muss, wenn er bleiben will. Das hat er offenbar als Majestätsbeleidigung aufgefasst. Er hat um Versetzung gebeten und ist bei der Hundestaffel gelandet. Soviel ich weiß, ist er jetzt Hundetrainer, stimmt das?«

»Ja, unter anderem«, bestätigt Raukel und fragt: »Weißt du, warum er zwei Jahre später endgültig aus dem Polizeidienst ausgeschieden ist?«

»Ganz dumme Geschichte«, meint Brimmer. »Aus einem nichtigen Anlass ist plötzlich eine Riesensache geworden. Letztendlich ist das auch wieder mit seinem aufbrausenden Charakter zu erklären.« Brimmer nimmt noch einen gehörigen Schluck und schenkt dann sich und Raukel nach. »Kurz und gut, er hat sich mit einer Kollegin über die Methoden der Hundeerziehung gestritten. Macho, der er war, konnte er es natürlich nicht verknusen, von einer Frau kritisiert zu werden, und das auch noch vor anderen. Er hat die Betreffende in der Folge nach allen Regeln der Kunst gemobbt, sie hat sich darüber bei ihrem Vorgesetzten beschwert, Kobler wurde gerügt und ist bei der Gelegenheit seinem Chef gegenüber ausfällig geworden. Der war recht humorlos und hat glatt ein Disziplinarverfahren gegen Kobler eingeleitet. Da hat es ihm wohl gereicht, und er hat hingeworfen. Außerdem musste er ohne sein Beamtengehalt seiner Frau keinen Unterhalt zahlen, vielleicht hat das auch eine Rolle gespielt. Er hatte nämlich einen ziemlichen Hass auf sie.«

»Nur der Neugier halber: Was ist aus dem Frauenzimmer geworden, das sich über ihn beschwert hat?«, erkundigt sich Raukel.

Brimmer stößt einen bitteren Lacher aus. »Was wohl? Die hat seinen Job gekriegt und leitet inzwischen irgendein Bullshit-Dezernat beim LKA. Integration-Trallala, ich hab's vergessen.«

»Was ist nur aus unserer guten alten Polizei geworden?«, seufzt Raukel, der durchaus noch einen Grappa vertragen könnte. Während er Ausschau nach dem Kellner hält, kommt ihm ein Gedanke, den er nur auszusprechen wagt, weil er schon ein wenig intus hat: »Sag mal, Helmut, hatte Kobler vielleicht generell ein Problem mit dem weiblichen Geschlecht?«

»Wie meinst du das?«

Er senkt Blick und Stimme und wird deutlicher: »Wir haben es doch nicht etwa mit einer verkappten Schwuchtel zu tun?«

»Nein, weit gefehlt«, lacht Brimmer. »Außerhalb des Dienstes hatte Georg Kobler gar kein Problem mit Frauen. Im Gegenteil. Alles musste dran glauben, was nicht bei drei auf den Bäumen war.« Er grinst und fügt hinzu: »Unser Georg hat aber auch wirklich gut ausgesehen damals. Eine Matte wie ein Rockstar und diese lässige, machohafte Art. Darauf sind sie reihenweise abgefahren.«

»Ich weiß, wie er aussah, ich kannte ihn vom Sehen.« Raukel winkt dem Kellner, um noch einmal zwei Grappa zu bestellen.

»Wir könnten uns auch ein paar Häuser weiter einen ordentlichen Schotten genehmigen«, schlägt Brimmer vor. »Der geht dann auf mich.«

»Mein Freund«, strahlt Raukel gerührt. »Kein Wunder, dass wir uns so gut verstehen.«

Raukel zahlt die Rechnung, die, wie er findet, dem deutschen Steuerzahler durchaus zuzumuten ist. Schließlich reißen sie sich hier ja gerade im Namen von Recht und Gesetz und der Sicherheit der Bürger den Allerwertesten auf.

Sie verlassen das Steakhaus, atmen tief die frische Luft ein, die ihnen auf der Georgstraße entgegenweht und ihre erhitzten Gesichter kühlt. Schon nach wenigen Metern lenken sie ihre Schritte ins *Oscar's*, das für Erwin Raukel nach wie vor die angenehmste Bar der ganzen Stadt ist, nicht zuletzt wegen der ansehnlichen Sammlung an Malt Whiskys, die sie dort haben.

Das kann ja noch ein netter Abend werden.

Sabine Völxen ordnet den Strauß, bestehend aus rosa Rosen, blauen Schwertlilien und etwas Grünzeug, den ihr Gatte ihr heute mitgebracht hat und den sie in der Mitte des Küchentisches platziert hat. Immerhin stammt er vom Floristen und nicht von der Tankstelle. Die Entschuldigungsgeste war auch nötig, findet sie, nachdem er sie gestern Morgen in Angst und Schrecken versetzt hat und sie obendrein allein mit dem Hühnerbaron frühstücken musste.

»Bodo! Essen ist fertig!«, ruft sie nun schon zum dritten Mal. Wieder erhält sie keine Antwort. Er wird doch nicht noch einmal raus zu den Schafen gegangen sein? Nein, Oscar, den er dorthin stets mitnimmt, ist noch in der Küche und schmachtet die Käseplatte an, wobei dem Hund zwei dünne Speichelfäden aus dem Maul hängen wie Glasnudeln. Vielleicht ist er im Badezimmer? Sabine bringt ihr Abendessen vor dem Raubtier in Sicherheit, indem sie die Platte auf den Kühlschrank stellt, dann geht sie zur Treppe, die ins Obergeschoss führt, und mahnt noch einmal mit kräftiger Stimme und mit Nachdruck: »Es ist angerichtet!«

»Ich komme gleich«, tönt es zu ihrer Verwunderung aus einer

unerwarteten Richtung, nämlich von unten. Jetzt bemerkt sie auch, dass die Tür zum Keller offen steht.

»Bring mir auch ein Bier mit«, ruft Sabine und geht noch einmal kurz in den Garten, um ein paar Tomaten und Rucola zu pflücken. Sie liebt es, ihr eigenes Gemüse zu ernten, und ein paar Vitamine können nicht schaden. Als sie zurückkommt, ist der Herr des Hauses immer noch nicht in der Küche eingetroffen.

Sabine ist hungrig, denn sie war fast den ganzen Tag im Garten zugange, und inzwischen ist es schon gleich acht. Sie hat keine Lust mehr, im Haus herumzubrüllen, deshalb steigt sie hinab in den Keller und findet ihren Göttergatten im größten der drei Räume, wo er zwischen Bierkisten und alten Fahrrädern mit einem Zollstock hantiert.

»Was treibst du denn da?«

»Ich möchte ein Regal an diese freie Wand stellen.«

»Was für ein Regal denn?«

»Ein Regal halt. Eins, wo man Sachen reinstellen kann«, antwortet er so betont harmlos, dass Sabines Misstrauen sofort geweckt wird.

»Damit wir noch mehr Krempel horten?«, ereifert sie sich. »Wir sollten lieber mal wieder mit dem Hänger zum Wertstoffhof fahren. Dann ist auch wieder Platz in den Regalen, die wir schon haben.«

»Es geht nicht um Krempel. Und das meiste ist sowieso von dir.«

»Ha!«

»Es geht um Vorräte«, erklärt er mit ernster Miene.

»Die Speisekammer ist voll von Vorräten«, meint Sabine.

»Ich finde nur, wir sollten nicht länger einfach so sorglos in den Tag hineinleben.«

Sabine runzelt die Stirn. »Ist was passiert?«

Er klappt den Zollstock zusammen und deutet damit auf sie wie ein Lehrer auf eine uneinsichtige, begriffsstutzige Schülerin. »Nichts ist passiert. Noch nicht. Wenn man mal vom Klimawandel absieht, der andauernd passiert.«

»Was hat der Klimawandel mit dem Regal zu tun?«

»Es schadet nicht, sich vorzubereiten, damit wir im Ernstfall eine Weile lang hier ausharren können.«

»Hier unten, im Keller?«

»Nein!«, kommt es ungehalten. »Schon im Haus natürlich.«

»Und an welchen *Ernstfall* denkst du da, wenn ich fragen darf?«

»Da gibt es viele Möglichkeiten, da sind der Fantasie kaum Grenzen gesetzt.«

Sabine blickt ihren Gatten forschend an und sagt dann: »Ich fürchte fast, der Ernstfall ist bereits eingetreten.«

Helmut Brimmer hebt sein Glas. Sie haben sich auf einen zwölf Jahre alten Balvenie Triple Wood geeinigt. »Zum Wohle, Erwin. Freut mich, dass wir wieder mal zusammenkommen.«

»Ebenfalls, Helmut.«

Der Whisky brennt sich wohlig die Speiseröhre hinab, und Raukel spürt, wie sich ein Wohlgefühl in seinem Körper ausbreitet.

»Wo waren wir stehen geblieben?«, fragt Brimmer.

»Du hast vorhin etwas von Lorbeeren gesagt«, erinnert Raukel seinen Seelenverwandten. »Was hast du damit gemeint?«

»Nun, Kobler hat einige Herrschaften hinter Gitter gebracht, die es schon längst verdient hatten einzufahren.«

»Sagt dir der Name Novak etwas? Den hat der Schafs ... äh, Völxen vorhin im Meeting genannt.«

»Novak, ja klar. Das war ein ziemlich spektakulärer Fall«, bestätigt Helmut Brimmer, allerdings sieht er dabei nicht sonderlich zufrieden aus.

»Erhelle mich«, fordert Raukel ihn auf.

»Enver Novak stammt aus dem Kosovo, kam Mitte der Achtziger hierher, weil er in Hannover Verwandtschaft hatte und angeblich zu Hause politisch verfolgt wurde. Er übernahm den Import-Export-Laden eines betagten Onkels, der dann auch bald ganz ausgestiegen ist und Novak das Geschäft überlassen hat. Es war ein lausiger kleiner Laden in der Nordstadt mit Haushaltskrimskrams und Kitschmöbeln, zugeschnitten auf die Kundschaft aus Südosteuropa. Ein bescheidenes Auskommen, möchte man glauben, aber

Novak kurvte bald schon mit teuren Autos durch die Gegend und hat es auch sonst ordentlich krachen lassen. Das hat in Ermittlerkreisen natürlich gewisse Fragen aufgeworfen.«

»Das kann ich sehr gut nachvollziehen«, nickt Raukel.

»Also fingen wir an, Novak und diesen Laden zu beobachten. Nicht ständig natürlich, das wäre zu viel Aufwand gewesen, unsere Personaldecke war damals schon recht dünn, aber immer mal wieder. Kobler war felsenfest davon überzeugt, dass Novak nicht nur Samoware und Teegläser importiert und verkauft. Das Ganze zog sich hin wie Kaugummi, fast zwei Jahre, ein ewiges Katz-und-Maus-Spiel. Es wurde gemunkelt, dass Novak als Zwischenhändler für Kokain und Heroin fungierte, aber uns fehlten die Beweise, und der Kerl war raffiniert und vorsichtig. Einmal bekamen wir einen Tipp und dachten schon, wir hätten ihn am Arsch, aber als wir den Laden auseinandergenommen haben, war der blitzsauber, und Novak hat uns nur frech angegrinst. Das hat Kobler mächtig gestunken. Der war überhaupt wie der Teufel hinter Novak her, er hatte sich in diesen Kerl regelrecht verbissen wie ein Terrier. Keine Ahnung, warum und was da lief zwischen den beiden. Kobler nahm die Niederlage jedenfalls ziemlich persönlich. Schließlich gelang es uns, einen jungen Türken, Cem Turan, als V-Mann in die Szene einzuschleusen. Im März 2005, nach Monaten, hieß es praktisch von jetzt auf gleich, dass noch am selben Abend ein größeres Geschäft über die Bühne gehen sollte. Die Übergabe des Stoffs sollte in einem Lagerhaus in Vahrenwald stattfinden. Es war zu kurzfristig, um die örtlichen Gegebenheiten genau zu überprüfen, wir hatten ja schon Mühe, auf die Schnelle genug Leute für den Einsatz herbeizuschaffen. Am Ende waren wir mit sechs Mann und zwei Zivilfahrzeugen vor Ort, und das SEK wartete sozusagen in zweiter Reihe. Wir konnten nicht nah ran, wir mussten vorsichtig sein, um Novak nicht zu vergraulen. Cem Turan, unser V-Mann, war verkabelt, er war mittlerweile so etwas wie Novaks rechte Hand und sollte ihn begleiten. Wir warteten nur auf das Codewort, um loszuschlagen. Dann muss irgendetwas schiefgelaufen sein. Turan hat hinterher berichtet, die drei Albaner, die den Stoff lieferten, wollten mehr Geld, als verabredet war, vielleicht wollte Novak sie auch über den Tisch ziehen, jedenfalls brach plötzlich die Hölle los, es gab Geschrei, natürlich alles auf Albanisch, wir konnten kein Wort verstehen, und dann fielen Schüsse.

Kobler war einer der Ersten, der die Halle stürmte, weil er ausgestiegen war und sich bis zur Tür vorangetastet hatte. Er war eine, höchstens zwei Minuten vor uns am Ort. Er fand einen toten Albaner vor, außerdem Novak, der angeschossen und schwer verletzt war, und Cem Turan, der ebenfalls angeschossen worden war, zum Glück nur an der Schulter, aber der Junge war ziemlich durch den Wind. Die anderen zwei Albaner konnten durch einen Zugang zum Nachbargebäude und durch dessen Hinterausgang fliehen, wie sich später herausstellte. Novak war in den Hals getroffen worden. Er war bewusstlos und blutete wie ein Schwein, und wir dachten alle, das war's mit ihm. Der Albaner war, wie gesagt, mausetot. Neben Novak lag eine Pistole, eine Glock 17, nicht registriert. Der Stoff war noch da, oder wenigstens ein Teil davon, ganz genau weiß man das bis heute nicht.«

Brimmer stockt mit seiner Rede, nimmt noch einen Schluck von seinem Whisky und fährt dann fort: »Novak hat wider Erwarten überlebt und ist nicht nur wegen der Drogen, sondern auch wegen Totschlags verknackt worden. Er hat zwölf Jahre gekriegt und acht davon abgesessen. Aber ganz ehrlich: Ich habe bis heute ein ungutes Gefühl bei der Sache.«

»Wieso?«

Der ehemalige Drogenfahnder bewegt seinen massigen Schädel hin und her und meint dann: »Ich will dir schildern, was wir vorfanden, die Vermutungen kannst du selbst anstellen.«

Der alte Fuchs, denkt Raukel und sagt: »Erzähl.«

»Es konnten Schmauchspuren an Novaks rechter Hand nachgewiesen werden. Gegenüber von Novaks Position fand man zwei Einschüsse in der Wand, die Projektile waren vom Kaliber 7,65 mm. Die Glock verschießt bekanntlich 9 mm, und Projektile dieses Kalibers wurden auch in der Leiche des Albaners sichergestellt. Die Kugeln in der Wand wurden also definitiv aus einer anderen Waffe abgefeuert, die nur leider spurlos verschwunden war. Es hieß später, diese Schüsse stammten von den geflohenen Albanern und deren Waffe. Die Frage, aus welchem Grund die Albaner *hinter* sich in die Wand schießen sollten, konnte nie zufriedenstellend geklärt werden. Die Fingerabdrücke auf der Glock waren von Novak. Es waren insgesamt vier verwertbare, mehr nicht.«

»Recht wenig für einen, der die Waffe schon länger besitzt«, wirft Raukel ein.

»Die zwei flüchtigen Drogenhändler hat man bis heute nicht gefunden.«

»Dumm gelaufen. Für Novak«, konstatiert Raukel.

»Das war die eine Sache«, fährt Brimmer fort. »Cem Turan hat, während wir auf den Notarzt warteten, gefaselt: *Ich wollte das nicht, es tut mir leid.* Das habe ich selbst gehört. Aber da mich später niemand danach gefragt hat, habe ich auch bei keiner Gelegenheit was dazu gesagt. Ich meine, wer hätte was davon gehabt, wozu den armen Jungen reinreißen? Er war erst sechsundzwanzig, noch ein bisschen grün hinter den Ohren, aber ein prima Typ. Und egal, ob Novak nun geschossen hat oder nicht, er hatte allemal genug auf dem Kerbholz, um sich die acht Jahre zu verdienen, die er letztendlich gesessen hat.«

Raukel tut seine Meinung dazu durch beifälliges Nicken kund.

»Novak hat, wie gesagt, zwölf Jahre bekommen. Dass er Cem Turan vertraut hat und uns damit auf den Leim gegangen ist, ist ihm übel aufgestoßen, aber seine Wut richtete sich hauptsächlich gegen Kobler, weil der ihm angeblich die nicht registrierte Waffe des V-Manns unterschoben hat. Bei mehreren Gelegenheiten hat er ihm Rache geschworen. Seine Frau hat versucht, die Presse mobilzumachen, aber das Echo war relativ gering, sie hatte keine Beweise, und die Sympathie der Leserschaft für Drogenhändler hält sich meist in Grenzen.«

Raukel, der gerade das richtige Quantum an Alkohol konsumiert hat, bei dem sein messerscharfer Verstand auf Hochtouren arbeitet, hat sich den Tathergang bereits ausgemalt. »Ich denke, es lief so ab: Es kam zum Streit zwischen Novak und den Albanern. Novak schießt, möglicherweise als Warnung, absichtlich über die Köpfe der Albaner hinweg in die Wand. Daraufhin eskaliert die Situation. Die Albaner schießen zurück, Novak wird in den Hals getroffen, der kleine Türke in die Schulter, aber vorher schießt er noch zurück und trifft einen der Albaner tödlich. Die zwei anderen türmen. Kobler kommt reingestürmt, schaltet blitzschnell, säubert Turans Glock von dessen Fingerabdrücken und drückt sie stattdessen dem bewusstlosen Novak in die Hand. Gleichzeitig lässt er dessen Waffe verschwinden, denn es würde unbequeme Fragen aufwerfen, wenn man Novak mit zwei Pistolen vorfindet.«

»Dein Gedankengang ist durchaus nachvollziehbar«, schmunzelt Brimmer.

Raukel schlägt bescheiden die Augen nieder und meint: »Es ist eine Gabe, mein Freund. Fluch und Segen gleichermaßen.«

Brimmer bricht in ein dröhnendes Lachen aus. Als er sich wieder beruhigt hat, fragt Raukel: »Wer immer auch geschossen hat, Novak oder Turan – hätte derjenige denn nicht Notwehr geltend machen können?«

»Nicht unbedingt«, meint Brimmer und streicht sich über seinen Schnäuzer. »Der Albaner wurde von zwei Kugeln getroffen. Die eine ging in den vorderen Oberschenkel, das hätte er überlebt, aber die zweite traf ihn im Rücken und verletzte die Lunge.«

»Demnach war er schon auf der Flucht«, kombiniert Raukel, und nach einem weiteren Schluck vom köstlichen Getränk sagt er: »Wir sprachen vorhin vom Stoff, der noch da war. Aber was war mit dem Geld?«

Brimmer nickt bedeutungsvoll. »Das Geld. Es wurde gefunden, ja.«

»Du klingst, als gebe es ein Aber«, stellt Raukel fest.

»Nun, ich mag mich irren, aber normalerweise wird bei solchen Deals mit runden Summen gearbeitet, sowohl beim Geld als auch beim Stoff. Turan hatte ursprünglich von drei Kilo Kokain gesprochen. Gefunden wurden ein Kilo und 780 Gramm. In Novaks Koffer befanden sich 72 000 Euro. Der damalige Großhandelspreis lag für einen Stoff dieser Güte bei rund 40 000 das Kilo. Wenn es also um drei Kilo ging, dann hätte man 120 000 Euro finden müssen. Fehlen 48 000. Andersherum gerechnet: Die fehlenden 1220 Gramm wären 48 800 Euro wert gewesen. Die Rechnung geht also bis auf 800 Euro einigermaßen auf.«

»Du denkst, Kobler hat Stoff *und* Geld mitgehen lassen?«, dämmert es Raukel. »Sehr schlau, auf beiden Seiten etwas abzuzwacken. So weiß niemand außer Novak, dem ohnehin keiner glaubt, um wie viel es ursprünglich gegangen ist. Andererseits hatte Kobler, wie du sagst, sehr wenig Zeit, bis der Rest von euch dazukam. In den ein, zwei Minuten muss er schwer beschäftigt gewesen sein.«

Raukel geht im Geist das Szenario durch: die Waffen austauschen, Stoff klauen, Geld aus dem Koffer nehmen, und zwar nach Möglichkeit eine Summe, die in etwa dem entwendeten Stoff entspricht. So weit, so gut, aber wohin dann damit? Diese schusssicheren Westen sind recht plump und unförmig, damit sieht man ohnehin aus wie ein Michelin-Männchen. Ein paar Bündel Geldscheine zwischen Weste und Körper würden wahrscheinlich nicht auffallen. Aber dazu noch über ein Kilo Koks? Bisschen viel für Raukels Geschmack. Oder Kobler musste auf die Schnelle und an einem Ort, den er nicht kannte, ein Versteck finden, und zwar eines, das so gut war, dass die Spurensicherung es nicht entdeckt hat. Ist so etwas möglich? Es ist zumindest nicht unmöglich, aber es verlangt Geschick, schnelles Handeln und Kaltblütigkeit. Nicht, dass es Kobler daran mangeln würde ...

»Wie gesagt, es ist nur eine Theorie«, meint Brimmer. »Ich vergaß noch zu erwähnen, dass Kobler, nachdem wir eingetroffen waren, sofort rausgerannt ist, um nach den geflohenen Albanern zu suchen.«

»Was du nicht sagst ...«

»Er kam erst zusammen mit dem Notarzt wieder herein. Angeblich war er draußen geblieben, um den Rettungskräften den Weg zu zeigen.«

»Wie fürsorglich«, meint Raukel.

Ein Schweigen tritt ein, jeder hängt seinen Gedanken nach.

»Seit wann ist Novak wieder draußen?«, fragt schließlich Raukel.

»Seit 2013. Die Verhandlung war 2005, die einjährige Untersuchungshaft wurde ihm auf die Haftzeit angerechnet. Gute Führung, gute Sozialprognose und so weiter, man kennt das ja.«

»2013. Das ist sieben Jahre her«, gibt Raukel zu bedenken.

»Heißt es nicht immer, Rache ist ein Gericht, das man kalt verspeist?«, erwidert Brimmer.

»Auch wieder wahr.« Raukel leert sein Glas.

»Nur so aus Neugier: Gibt es den Laden noch? Import-Export?«

»Nein«, antwortet Brimmer. »An der Ecke ist jetzt ein Sonnenstudio, mit dem vermutlich die Russenmafia ihr Geld wäscht. Aber das ist eine andere Geschichte.«

»Die Welt ist schlecht«, konstatiert Raukel.

»Hast du ein neues Hobby?« Tian Tang wirft einen interessierten Blick über Odas Schulter auf das Display ihres Laptops.

»Was weißt du über Asteroiden?« Oda blickt ihn über ihre Lesebrille hinweg forschend an. Sie hat sich nach diesem anstrengenden Montag in seiner Wohnung von ihm bekochen lassen, und nun sitzt sie in ihrer angestammten Ecke des Sofas.

»Einer hat die Saurier ausgerottet. Ist aber schon ein Weilchen her«, antwortet Tian und stellt zwei Rotweingläser auf den Tisch.

»Genau sechsundsechzig Millionen Jahre«, antwortet Oda. »Und vor vierzehn Millionen Jahren entstand das Nördlinger Ries, das hat immerhin fünfundzwanzig Kilometer Durchmesser.«

»Solange bloß alle paar Millionen Jahre einer runterkommt ...«

»Weit gefehlt! Das waren nur die großen Brocken«, belehrt Oda den Ahnungslosen. Sie hat den Blick wieder auf den Artikel geheftet. »In Sibirien schlug 1908 einer ein, der zwar beim Eintritt in die Atmosphäre verglühte, aber allein die Schallwellen haben sechzig Millionen Bäume umgeknickt. Nicht auszudenken, wenn es eine Stadt getroffen hätte. Und 2013 kam ein Brocken im Ural runter, die Druckwelle ließ Fensterscheiben zerbersten und tausendfünfhundert Menschen wurden verletzt. Komisch«, murmelt Oda. »Immer trifft es die Russen.«

»Schon die Gallier haben sich bekanntlich vor nichts gefürchtet, außer dass ihnen der Himmel auf den Kopf fällt«, bemerkt Tian und hebt sein Glas. »Auf Asterix und Konsorten.«

»Nicht nur die Gallier«, entgegnet Oda. »Auch Stephen Hawking hielt eine Kollision mit einem Asteroiden für die größte Bedrohung für unseren Planeten.«

»Der gute Hawking hat ständig vor irgendwas gewarnt: vor einer unkontrollierbaren künstlichen Intelligenz, vor den Folgen des Klimawandels und vor neuartigen Epidemien. Wobei mir die zwei Letzteren eine konkretere Bedrohung für die Menschheit zu sein scheinen als die Gefahr durch Asteroiden.«

»Aber lies doch mal!« Oda hält ihm den Laptop hin. »Das ist unheimlich. Es schwirren ungefähr hunderttausend solcher Objekte in Erdnähe herum, und höchstens ein Drittel von ihnen wird von den Astronomen überhaupt bemerkt und beobachtet! Das Ding im Ural hatte keiner auf dem Schirm. Je kleiner sie sind, desto schwieriger wird es.«

»Desto geringer ist aber auch der Schaden«, wendet Tian lapidar ein.

Oda genehmigt sich einen großen Schluck Wein und klagt: »Du nimmst uns einfach nicht ernst, Hawking, die Gallier und mich.«

»Ich gebe zu, ich bin ein bisschen endzeitmüde«, gesteht Tian. »Du glaubst ja nicht, mit wie vielen Weltuntergangsängsten ich es täglich in der Praxis zu tun bekomme. Seit der Corona-Krise ist es geradezu inflationär. Da stumpft man ein bisschen ab.«

»Und jetzt fange ich auch noch damit an, tut mir leid«, meint Oda. »Das kommt nur vom Umgang mit diesen verdammten Preppern. Die machen einen ganz kirre.«

Tian sieht sie lächelnd an. »Da ja nun praktisch jede Sekunde ein Asteroid auf uns runterfallen kann, sollten wir die Zeit sinnvoll nutzen.« Er nimmt ihre Hand und platziert einen federleichten Kuss auf die Innenseite ihres Handgelenks.

Sie schaut ihn an, seine schräg geschnittene Wange, sein glattes Haar, schwarz glänzend wie Krähenfedern mit einigen grauen

Fäden dazwischen. Ein zärtliches Gefühl wallt in ihr auf und vertreibt das Unbehagen – das nicht nur mit den Asteroiden zu tun hat …

»Wo du recht hast, hast du recht«, antwortet Oda und klappt ihren Laptop zu.

»Was meinst du, Erwin, lassen wir uns noch mal die Karte kommen?«

»Sehr gerne. Ich überlasse dir die Auswahl.«

Brimmer entscheidet sich für einen zweiundzwanzig Jahre alten Bladnoch. Raukel läuft schon beim Bestellen das Wasser im Mund zusammen.

»Weil du es bist, Erwin, habe ich noch ein besonderes Zuckerl für dich«, verkündet sein alter Freund, nachdem der alte Schotte serviert worden ist und sie den ersten Schluck mit dem nötigen Respekt, den der edle Tropfen verlangt, zelebriert haben.

Raukel blickt Brimmer erwartungsvoll ins rot angelaufene Gesicht.

»Wo wir es doch vorhin von Koblers Weibergeschichten hatten …«

»Du meinst, die, die nicht bei drei auf den Bäumen waren«, grinst Raukel.

»Unter ihnen war eine, die du recht gut kennst.«

»Ich bin ganz Ohr.«

»Sehr blond, sehr blaue Augen, scharfes Mundwerk, raucht wie ein Schlot … Klingelt da was?«

Raukel reißt die Augen auf. »Nein!«

»Doch.«

»Der Abend wird immer besser«, stellt Raukel fest.

Hab ich dich, du liederliches Weibsstück! Dass Oda sich – vermutlich aufgrund ihrer französischen Gene – immer wieder zu moralisch verwerflichen Handlungen hinreißen lässt, ist eine Sache, aber ihr muss doch klar sein, dass das Verschweigen ihres früheren Techtelmechtels mit dem Vater des Opfers diese ganze Ermittlung gefährdet. Falls es je zu einer Anklage gegen Kobler oder seine

Tochter kommen sollte, wäre das ein gefundenes Fressen für den Verteidiger.

Eitelkeit, diagnostiziert Erwin Raukel, dem persönlich solch niedrige Instinkte fremd sind. Wahrscheinlich ist die Kristensen davon überzeugt, dass es partout nicht ohne sie und ihre Küchenpsychologie geht.

»Das hast du nicht von mir, ja?«, mahnt Brimmer.

»Ich weiß gar nicht, wovon du redest«, antwortet Raukel und grinst über beide Backen. »Ich bin stumm wie ein Fisch.«

Solche Informationen sind dicke Trümpfe, um nicht zu sagen: scharfe Waffen. Die gibt man nicht leichtfertig aus der Hand, nur für einen Lacher oder ein flüchtiges Gefühl der Überlegenheit. Die setzt man gezielt ein, wenn die Zeit gekommen ist. Beispielsweise, wenn der Schafstrottel endlich einmal geruht, in Pension zu gehen, und die Nachfolgefrage ansteht.

Kapitel 13 – An manchen Tagen wäre man besser zu Hause geblieben

Oda Kristensens Ängste vor einschlagenden Asteroiden hat Tian zwischenzeitlich zerstreuen können. Dennoch verspürt Oda an diesem Dienstagmorgen ein äußerst ungutes Gefühl, als sie ihr Büro betritt.

Ich sollte nicht hier sein. Überall, nur nicht hier.

Das hätte sie sich früher überlegen sollen, erkennt sie. Zumindest bevor sie gestern den ganzen Tag lang Zeugen befragt hat, darunter auch Nele Kobler. Warum hat sie nicht bereits am Sonntag das Handtuch geworfen und Völxen eingeweiht, oder, alternativ, sich am Montag dezent krankschreiben lassen? Dies alles fragt sich Oda, während sie ihre erste Bürozigarette raucht. Hat sie sich von Georg Kobler einwickeln lassen, weil er ihr geschmeichelt hat?

Tatsächlich widerstrebt es ihr nach wie vor, sich aus dem Rennen zu nehmen wegen einer Affäre, die, wie so oft in ihren wilden Jahren – streng genommen waren es eher wilde Jahrzehnte – nur ein paar Monate dauerte und außerdem schon ewig lange zurückliegt. Andererseits weiß sie genau, dass Zeitpunkt und Dauer der Beziehung keine Rolle spielen, wenn es hart auf hart kommt. Durch solche Sachen sind schon Anklagen wie Kartenhäuser in sich zusammengefallen, und sollte Kobler oder jemand aus seinem Clan in Verdacht geraten oder gar unter Anklage stehen, dann fliegt ihnen der Fall um die Ohren, dafür würde Kobler schon sorgen. Hat er sie am Ende deshalb gebeten, nichts zu sagen und an der Ermittlung festzuhalten, um sich einen Notausgang frei zu halten? Das wäre ganz schön raffiniert und berechnend. Allerdings auch typisch für Kobler, der nicht auf den Kopf gefallen ist.

Abgesehen davon wäre es das Ende ihrer Laufbahn, zumindest hier, in Völxens Team. Und da sie anderswo nicht arbeiten will und es zum Glück, dank Tian, auch nicht müsste, wäre es das Ende ihres Berufslebens als Polizeibeamtin.

Und? Wäre das so schlimm? Kann sie sich wirklich keine andere erfüllende Beschäftigung vorstellen, als Verbrechern hinterherzuspüren?

Schlimm wäre vor allen Dingen, wenn ein überführter Täter wegen ihrer Verfehlungen davonkäme, erkennt Oda.

Doch jetzt umzukehren macht auch nicht viel Sinn. Ab sofort gilt: Augen zu und durch und hoffen, dass der Fall bald gelöst ist und dass der Täter niemand ist, der Kobler nahesteht, so wie Nele, zum Beispiel, oder Bastian. Dummerweise stehen beide momentan im Verdächtigen-Ranking ziemlich weit oben.

Vielleicht gibt es einen Mittelweg, überlegt Oda. Vielleicht kann sie ab sofort nur noch im Hintergrund agieren. Keine Vernehmungen durchführen, nur die Laufarbeit erledigen: Alibis überprüfen, mit Marlenes Studienkollegen und den Waldarbeitern sprechen …

Sie fährt zusammen, als es an ihre Tür klopft. Es ist Frau Cebulla, die den Kopf hereinstreckt, demonstrativ den Rauch wegwedelt und dann hervorpresst: »Der Herr Hauptkommissar bittet alle Mitarbeiter in sein Büro.« Ohne Odas Antwort abzuwarten, schließt sie sofort wieder die Tür, als befürchte sie, als Folge des Passivrauchens im nächsten Moment tot umzufallen.

Die Cebulla würde mir keine Träne nachweinen, denkt Oda, während sie die Zigarette ausdrückt und sich müde von ihrem Stuhl erhebt.

In Völxens Allerheiligstem erwarten sie der Boss *himself*, auf seinem orthopädischen Schreibtischsessel thronend, Terrier Oscar, der angespannt in seinem Korb sitzt und den Keksteller auf dem Couchtisch fixiert, sowie Fernando Rodriguez und Erwin Raukel.

Letzterer hat die Hände über seinem Buddhabauch gefaltet und strahlt heute noch mehr Selbstgefälligkeit aus als sonst.

»Moin zusammen«, grüßt Oda.

»Moin. Schön, dass wir nun endlich alle da sind«, sagt Völxen. »Die Kollegen Raukel und Rodriguez haben offenbar gestern nach Feierabend neue Erkenntnisse gewonnen und wollen ihr Herrschaftswissen mit uns teilen. Also, wir hören.«

»Alter vor Schönheit«, sagt Fernando zu Raukel, was dieser mit einem verkniffenen Lächeln zur Kenntnis nimmt. Es folgt die ausführliche Schilderung eines vermutlich feuchtfröhlichen Abends mit einem Ex-Kollegen von Raukel namens Helmut Brimmer. Und es geht um diesen ehemaligen Straftäter Enver Novak, dessen Name schon gestern gefallen ist, da Kobler selbst ihn ins Spiel gebracht hat. Oda kennt die Geschichte und ihre Varianten. Im Sommer 2007, während ihrer kleinen *Amour fou* mit Georg Kobler, hat er ihr davon erzählt. Damals lag die Verurteilung Novaks schon zwei Jahre zurück. Natürlich hat sich Koblers Version der Ereignisse in jenem Lagerhaus anders angehört als das, was Raukel nun zum Besten gibt, allerdings hat Oda auch schon das eine oder andere Gerücht darüber vernommen. Dies alles war ihr jedoch zum Zeitpunkt ihrer Affäre ziemlich egal gewesen.

»Natürlich wissen wir, dass die Knäste voll mit Unschuldigen sind«, hört sie Raukel nun sagen, »aber es könnte immerhin was an der Geschichte dran sein.«

Es nervt Oda, wie Raukel sich aufplustert, deshalb sagt sie: »Für unsere Ermittlung ist es unbedeutend, was damals wirklich abgelaufen ist. Ob Kobler die Waffen vertauscht und etwas von Stoff und vom Geld abgezweigt hat oder eben nicht, ist nicht relevant.«

»Na ja, ich weiß nicht recht«, protestiert Raukel.

Oda lässt sich nicht beirren. »Wichtig ist nur, was dieser Novak weiß oder zu wissen glaubt. Ob er denkt, sich an Kobler rächen zu müssen, wofür auch immer. Und wenn ja, warum erst jetzt.«

»Da ist was dran. Wir werden dem Herrn auf jeden Fall auf den Zahn fühlen«, entscheidet Völxen, ehe er sich an Fernando wendet. »Was hast du uns zu sagen?«

»Marlene wollte ausziehen«, platzt Fernando heraus. »Sie hatte die Nase gestrichen voll vom Preppern, sie hatte schon ein WG-Zimmer in Aussicht. Und sie hatte große Angst, es ihrem Vater zu sagen.« Fernando gibt sein Gespräch mit Julia Seidler wieder, blickt danach triumphierend in die Runde und meint: »Funkgeräte. Das ist es. Damit könnte Marlenes Mörder mit ihr in Kontakt getreten sein, ohne digitale Spuren zu hinterlassen.«

»Wir haben kein Funkgerät gesehen, weder in ihrem Zimmer noch bei der Leiche. Wir haben allerdings auch nicht danach gesucht«, räumt Völxen ein.

»Sie hatte eines. Genau wie Kobler, Nele und Bastian und die meisten anderen. Ihr Mörder hat es vielleicht verschwinden lassen«, meint Fernando.

»Auf der Aufzeichnung der Hofkamera hatte sie nichts bei sich«, erinnert Oda.

»Gibt es einen Beweis, dass Marlene ausziehen wollte? Die künftige Adresse, einen Mietvertrag, eine Suchanzeige auf den entsprechenden Internetplattformen?«, fragt Völxen.

»Nein«, muss Fernando zugeben. »Aber die Freundin sagt, Marlene hätte sich angewöhnt, immer alles Wichtige auf dem Rechner und dem Handy zu löschen, weil sie wusste, dass Nele gern herumspioniert.«

»Bisschen vage, das alles«, bemerkt Raukel.

Fernando verteidigt sich und seine Zeugin: »Warum sollte diese Julia lügen? Sie macht einen recht verlässlichen Eindruck. Was, wenn es stimmt und Kobler es herausgefunden hat? Oder Nele hat herumgeschnüffelt und es dann brühwarm ihrem Vater gepetzt, um sich bei ihm lieb Kind zu machen. Der ist ausgerastet, er ruft sie per Funk raus, ersticht sie mit dem Messer, und dann inszeniert er es so, dass es wie ein grausiger Racheakt aussieht. Und Nele deckt ihn natürlich.«

»Wirklich, Rodriguez! Wie glaubhaft ist das denn?«, widerspricht Oda kopfschüttelnd. »Eine Tat im Affekt würde ich ihm ja gerade noch zutrauen. Aber was du da schilderst, wäre ein vorsätzlicher Mord an der eigenen Tochter, die er abgöttisch geliebt hat. Davon abgesehen hat Kobler ein Alibi, wenn ich euch erinnern darf. Die Aufzeichnung der Kamera zeigt, dass er, erst lange nachdem Marlene den Hof verlassen hat, nach Hause gekommen ist.«

»Weißt du, wenn ich es mir so recht überlege«, beginnt Völxen, »was sieht man schon auf dieser Aufzeichnung? Man sieht, wie Kobler kurz vor elf Uhr abends mit seinem Mercedes durchs Tor fährt. Das ist alles. Dass er direkt vom Seminar kommt, das behauptet *er*. Aber wissen wir das? Haben wir schon überprüft, ob dieses Seminar tatsächlich stattgefunden hat …?«

»Doch, das habe ich überprüft«, unterbricht Erwin Raukel. »Das Seminar hat stattgefunden. Im Odenwald, in einem Kaff namens Brensbach. Und wisst ihr, was der dafür kriegt? Dreitausend Euro! Dreitausend! Für einen Tag Ringelpiez! Ich überlege, ehrlich gesagt, ob ich auch Survivaltrainer werde.«

»Nur zu, Erwin, dafür erfüllst du sämtliche Voraussetzungen«, ermuntert Fernando den Kollegen.

»Schön für ihn«, meint Völxen. »Aber wissen wir auch, wann genau er dort weggefahren ist? Wie lange man für die Strecke braucht, ob es Staus gab?«

»Nein«, muss Raukel einräumen.

»Dann bringt das schleunigst in Erfahrung.«

Oda blickt verwirrt in die Runde. »Habe ich irgendetwas nicht mitbekommen? Ist jetzt plötzlich Georg Kobler unser Hauptverdächtiger?«

»Würde dir das etwas ausmachen, werte Kollegin Kristensen?« Die Frage kommt von Raukel, und die Art, wie seine Schweinsäuglein sie dabei anfunkeln, gefällt Oda ganz und gar nicht.

»Ich halte es nur für wenig plausibel. Und wenn wir schon über Funkgeräte reden: Nele Kobler würde ich die Vorgehensweise, die Fernando gerade beschrieben hat, noch eher zutrauen.«

»Da wir gerade von Nele sprechen. Wurde sie noch einmal vorgeladen?«, erkundigt sich Völxen.

»Äh, nein, das muss ich, also, das wollte ich noch«, stottert Oda verlegen.

»Und was ist mit der Mutter von Marlene, Koblers Ex-Frau? Wann können wir mit ihr sprechen?«

»Die müsste gestern Abend aus dem Urlaub zurückgekommen sein.«

»Wurde sie schon informiert?«

Allgemeines Schulterzucken.

»Ich kümmere mich gleich darum«, versichert Oda.

»Herrgott, was ist denn nur mit euch los?«, schimpft Völxen. »Jetzt reißt euch mal zusammen, und kommt in die Gänge!«

»Ich finde, der Plural ist nicht angebracht, zumindest was mich angeht«, versetzt Fernando pikiert und verlässt das Büro, dicht gefolgt von Erwin Raukel und Oda Kristensen.

Völxen betrachtet seinen Hund Oscar, der in seinem Korb auf den Kissen mit den kleinen Schafen und den kleinen Wölkchen liegt und entspannt alle viere von sich streckt. Seine Frau hat heute Unterricht, also musste der Terrier mit zum Dienst. »Was denkst du, Oscar, was ist nur los mit diesem laschen Haufen?«

Oscar gähnt.

Gut, grübelt Völxen, bei Fernando ist es mal so, mal so, das kennt er schon, und einem frischgebackenen Familienvater muss man es schon einmal nachsehen, wenn er nicht vor Übereifer platzt. Wobei er sich gestern Abend ja noch ziemlich ins Zeug gelegt hat. Bei Erwin Raukel muss man schon froh sein, wenn er nüchtern zum Dienst erscheint, von ihm darf man nicht zu viel erwarten, auch wenn er, wie es der Teufel will, immer mal wieder seine Sternstunden hat. Er besitzt nämlich, trotz mancher Defizite, einen guten Riecher. Die Sache mit diesem Novak ist nicht ganz uninteressant, findet der Hauptkommissar. Aber am meisten gibt ihm Oda Kristensen zu denken. Sie, die immer sein Fels in der Brandung war, die er eigentlich als seine Nachfolgerin aufbauen wollte, schwächelt in letzter Zeit. Oder liegt es vielleicht an ihm, hat er es versäumt, seine Leute zu motivieren?

Ein Ausspruch des Trainers von der Hundestaffel, von dem er sich zwecks Oscars Ausbildung zum Steinpilzhund hat beraten lassen, kommt ihm in den Sinn: *Hungrige Hunde gehorchen besser.* Ist es das? Ist es die Sicherheit der Ehe mit einem vermögenden Mann, die seiner langjährigen Kollegin und Vertrauten den gewohnten Biss genommen hat?

Verständlich wäre es, noch dazu nach so vielen Jahren. Aber falls Oda vorhat, ab jetzt eine ruhige Kugel zu schieben, dann hat sie die Rechnung ohne ihn gemacht. Das wird er nicht dulden. Nicht nur, weil er ihr Chef ist, nein, es widerspricht auch seiner Moralvorstellung. Schließlich geht es in seiner Dienststelle nicht um gestohlene Fahrräder, sondern um Menschenleben, und man ist es den jeweiligen Opfern schuldig, mit ganzer Kraft an der Überführung der Täter zu arbeiten.

Es klopft an die Tür.

»Ja.«

Es ist Oda, die hereinkommt und unaufgefordert die Tür schließt.

»Hast du Nele und die Ex-Frau von Kobler erreicht?«, fragt Völxen und denkt: Das ging ja zur Abwechslung mal flott.

»Das läuft. Es geht um etwas anderes.«

Oda macht auf ihn plötzlich den Eindruck tiefster Verlegenheit. Ein mulmiges Gefühl breitet sich in ihm aus, denn er kann sich nicht erinnern, sie jemals so verdruckst erlebt zu haben. Es muss etwas Ernstes sein. Sie wird doch nicht etwa kündigen wollen? Oder ist sie krank? Lungenkrebs käme ihm da als Erstes in den Sinn.

»Oda, steh nicht rum wie ein legekrankes Huhn, sag mir endlich, was los ist. Egal, was es ist, ich muss es wissen. Ich habe im Moment nicht das Gefühl, dass ich mich auf dich verlassen kann.«

Sie lässt sich auf dem Stuhl vor Völxens Schreibtisch nieder, das Kreuz durchgestreckt, die Hände verknotet.

»Du musst mich von diesem Fall abziehen.«

Die grauen Augenbrauen des Hauptkommissars bewegen sich aufeinander zu wie zwei kampflustige, borstige Raupen. »Wie bitte?«

»Georg Kobler und ich hatten mal eine Affäre.«

Ein paar Sekunden verstreichen, in denen Völxens Gesicht rasant an Farbe gewinnt. »Und das fällt dir *jetzt* ein?«, donnert er.

Oscar legt die Ohren an und geht in seinem Korb in Deckung.

»Es ist schon dreizehn Jahre her, deshalb dachte ich …«

»Was dachtest du? Dass er das nicht gnadenlos gegen uns verwenden wird, falls wir ihm oder seiner Tochter oder seinem Kronprinzen zu nahe kommen?«

»Es tut mir leid. Es war ein dummer Fehler.«

»Allerdings. Warum hast du mir das nicht gleich gesagt?«

»Ich weiß auch nicht«, antwortet Oda kläglich. »Er meinte, es spiele keine Rolle, dass wir … uns kennen. Er wollte, dass ich bei den Ermittlungen dabei bin.«

»Na, wenn *er* das wollte, dann ist das natürlich in Ordnung«, höhnt Völxen. »Wann wollte er das, wenn ich fragen darf?«

»Als wir die Kameraaufzeichnung angeschaut haben und du draußen telefoniert hast. Er sagte, er wolle, dass die Besten im Fall seiner Tochter ermitteln.« Oda hebt abwehrend die Hand. »Ja, ich weiß, was du sagen wirst. Ich hätte nicht auf diese Schmeichelei hereinfallen dürfen, aber das war es nicht allein. Dieser Fall ist außergewöhnlich, ich wollte wirklich dabei sein. Ich dachte, ich kriege es schon irgendwie hin.«

»Soso, das dachtest du«, wiederholt Völxen, nach Fassung ringend. »Dreizehn Jahre, hast du gesagt? Da warst du ja schon in meiner Abteilung.«

»Hätte ich dich um Erlaubnis fragen sollen?«

»Wie lange ging das?«

»Drei Monate.«

»Dass ich das nicht mitbekommen habe …«

»Du hast vieles nicht mitbekommen«, versetzt Oda. »Außerdem waren wir sehr diskret, weil er ja zu dem Zeitpunkt noch verheiratet war.«

Völxen kann nur noch mit dem Kopf schütteln.

»Wirst du mich offiziell suspendieren, oder soll ich mich krankmelden?«

»Wegen Hirnerweichung, oder was?«, grollt Völxen, um im

nächsten Atemzug zu sagen: »Warte. Lass mich nachdenken.« Er stützt das Kinn auf die Fäuste und betrachtet die glänzenden Blätter des Gummibaums, als hoffe er darauf, dass dieser ihm die Lösung des Problems offenbaren könnte. Im Raum ist es absolut still, sogar Oscar scheint den Atem anzuhalten. Schließlich sagt Völxen: »Bis jetzt haben wir ja nur ein paar Zeugen befragt und noch niemanden offiziell als Tatverdächtigen vernommen, oder?«

»So ist es«, antwortet Oda.

»Ich kann es mir nicht erlauben, dich nach Hause zu schicken, und ich will vorerst nicht, dass die anderen davon erfahren. Das ist sicher in deinem Sinn, nehme ich an.«

Oda nickt.

»Du bleibst ab jetzt im Hintergrund. Es dürfen in der Akte keine Vernehmungsprotokolle mit deinem Namen auftauchen. Dein Name darf überhaupt nicht in der Fallakte stehen. Sollte Kobler hier vorsprechen oder vorgeladen werden, verdünnisierst du dich. Und wenn du dich in deinem verräucherten Kabuff einschließen musst, ist das klar?«

»Klar«, sagt Oda. Sie ist im Begriff aufzustehen, aber Völxen hält sie zurück. »Da du Kobler ja nun besser kennst als vermutet, kannst du mir gleich einiges über ihn erzählen.«

Oda windet sich. »Also, eigentlich weiß ich gar nicht viel über ihn. Wir sind nicht so viel zum Reden gekommen ...«

Der Blick des Hauptkommissars verdüstert sich. »Ihr habt also drei Monate lang nur Körperflüssigkeiten ausgetauscht, oder was?«

»Mehr oder weniger ...«

»Komm schon, Oda, verarsch mich nicht, und streng dich gefälligst ein bisschen an. Irgendwas wird er doch mal von sich erzählt haben.«

»Was willst du denn wissen?«

»Fangen wir doch ganz von vorne an.«

»Meinetwegen. Näher kennengelernt haben wir uns bei der Abschiedsfeier des alten Chefs vom Kriminaldauerdienst. Georg hatte diese wahnsinnig coole Art drauf, und sein Lächeln war so ...«

»Halt, stopp! Das meine ich doch nicht«, unterbricht Völxen. »Was weißt du über seine Herkunft?«

»Seine Herkunft?«, wiederholt Oda erstaunt. »Nichts. Oder doch. Er stammt aus Steinhude, sein Vater war Fischer. Wir waren sogar mal dort, am Steinhuder Meer, er hat mich rumgerudert ... Okay, das ist jetzt nicht gar so interessant.«

»Nicht allzu sehr, nein.« Völxen muss wider Willen schmunzeln.

»Ich weiß, dass er ein Einzelkind ist, und sein Vater war nicht sonderlich begeistert, als er zur Polizei gegangen ist. Von seiner Mutter hat er nie gesprochen. Übrigens auch so gut wie nie von seiner Frau oder den Kindern. Zumindest am Anfang nicht. Dann hat er rausgekriegt, dass seine Frau ein Verhältnis hat. Darüber hat er sich maßlos aufgeregt, er war völlig außer sich, hat sie Hure und Schlampe und noch Schlimmeres genannt. Ich war, ehrlich gesagt, schockiert. Naiv, wie ich war, sagte ich zu ihm, warum er sich eigentlich so aufregt, er hätte doch ebenfalls ein Verhältnis, und das wohl auch nicht zum ersten Mal. Ich kannte ja seinen Ruf. Da hat er mich angefahren, das wäre was völlig anderes, sie wäre schließlich eine *Frau* und die Mutter seiner Kinder ... Kurz und gut, das war der Punkt, an dem ich meine rosarote Brille endgültig abgesetzt und die Sache beendet habe. Ich meine, ich wusste natürlich schon, dass er ein Macho war. Das fand ich damals sogar irgendwie sexy. Schließlich war er nur mein Liebhaber, ich wollte ihn nicht heiraten. Allerdings hielt ich es mehr für eine Pose, mir war nicht so recht klar, wie sehr er das verinnerlicht hat. Ich war überrascht und erschrocken darüber, dass er *wirklich* so denkt.«

»Dazu sage ich jetzt besser nichts«, meint Völxen.

»Ist mir auch lieber.«

»Ich wüsste gern, wo der Mann politisch steht. Kannst du mir da weiterhelfen?«

»Nein. Ich bitte dich, Völxen. Woher soll ich das wissen? Dreizehn Jahre sind eine lange Zeit, da ändert man schon mal seine Einstellung.«

»Und damals?«

»Es war klar, dass wir politisch nicht unbedingt auf einer Wellenlänge liegen«, lenkt Oda ein, »also haben wir das Thema vermieden. Er hatte Vorurteile gegenüber Ausländern aus bestimmten Weltgegenden, daraus hat er keinen Hehl gemacht. Er hat das mit seinen Erfahrungen als Drogenfahnder gerechtfertigt. Aber er war kein Nazi, da bin ich ziemlich sicher. Für die hatte er nichts als Spott und Verachtung übrig.«

»Wie schätzt du ihn inzwischen ein?«

Oda zuckt mit den Achseln. »Keine Ahnung. Menschen ändern sich, und wenn man heute mitbekommt, wie schnell sich manche übers Netz radikalisieren ... Das hätte ich früher auch nie für möglich gehalten, dass Leute ihre eigene Gehirnwäsche am Computer betreiben. Ich habe Kobler jedoch nie als labilen Charakter eingeschätzt, und dumm ist er auch nicht. Ich könnte mir vorstellen, bei ihm sind das Preppern und dieses Wildnistraining, wie er es nennt, so ein Macho-Ding. Männer, die im Wald rumrennen, mit Bogen schießen, Äxte schwingen und Feuerchen machen. Im Grunde wie Pfadfinder, nur älter.«

»Und mit Waffen«, ergänzt Völxen.

»Stimmt«, nickt Oda. »Ich mag mich irren, aber ich kann mir beim besten Willen nicht vorstellen, dass er selbst an Verschwörungstheorien glaubt oder eine Art Reichsbürger geworden ist. Ich habe mir zwischenzeitlich seine Webseite angeschaut, mit der er für sein Hundetraining und seine Überleben-in-der-freien-Natur-Kurse wirbt. Da geht es um Naturerlebnisse, Freiheit, Selbstfindung, Grenzerfahrungen ... So die Richtung. Die wirkt vollkommen unpolitisch.«

»Das muss sie ja wohl auch sein«, hält Völxen dagegen. »Mit einem rechtslastigen Auftritt im Netz würde er sich selbst sein Geschäft versauen, damit könnte er keine gut bezahlten Kurse für Manager der LZB geben. Außerdem ist Kobler schlau und zudem ein Ex-Polizist. Er wird wenig Wert darauf legen, dass ihm der Verfassungsschutz an den Hacken klebt, deshalb hält er sich im Netz wohlweislich bedeckt.«

»Damit hast du sicher recht«, räumt Oda ein. »Seine Jüngerschaft ist zwar reichlich durchgeknallt, oder sie tun jedenfalls so, aber auch sie tragen keine Runen-T-Shirts oder Thorhämmer um den Hals.«

»Kobler wird sie am Sonntag schon instruiert haben, wie sie sich hier bei uns zu kleiden und zu verhalten haben«, hält Völxen dagegen.

»Sicher hat er das«, bestätigt Oda. »Es sind bestimmt keine Unschuldslämmer. Ein paar von ihnen sind Mitglieder bei etwas grenzwertigen, rechtslastigen Facebook-Gruppen, das habe ich mittlerweile rausgefunden. Allerdings sind sie dort nicht sonderlich aktiv.«

Ein nachdenkliches Schweigen tritt ein.

»Wie geht es jetzt weiter?«, fragt Oda.

»Alles, was mit Kobler zu tun hat, ist für dich erst mal tabu«, wiederholt Völxen vorsichtshalber. »Du könntest jedoch diesen Enver Novak auftreiben und außerdem möglichst viel über ihn rausfinden.«

»Gut, mach ich«, meint Oda, sichtlich erleichtert, und steht auf.

»Mann, Mann, Mann, das hat uns gerade noch gefehlt«, sagt Völxen zu Oscar – der häufig als Vorwand für Selbstgespräche herhalten muss –, nachdem Oda das Büro verlassen hat.

Wieder lässt der Hauptkommissar eine Minute des Nachdenkens verstreichen, dann greift er nach seinem Mobiltelefon und setzt einen Notruf ab.

Kaum ist dies getan, betritt Frau Cebulla sein Büro. Die treue Seele bringt ihm seine vormittägliche Tasse Kräutertee. »Damit Sie auch genug trinken, das ist wichtig.«

»Danke sehr. Ach ja, Frau Cebulla: bis auf Weiteres bitte keine Zeugen mehr zu Hauptkommissarin Kristensen.«

»Hat sie was ausgefressen?«, trifft Frau Cebulla ins Schwarze.

»Was? Nein. Sie wurde mit einer Sonderaufgabe betraut.«

»Gerade hat sich noch eine Frau Kobler gemeldet, sie ist die Mutter des Mordopfers.«

»Oje. Weiß sie es schon?«

»Ja. Die arme Frau. Sie möchte so bald wie möglich mit Ihnen sprechen.«

»Gut. Sagen Sie ihr, sie soll warten, ich lasse sie herbringen.«

»Doch nicht etwa von einer Streife?«, vergewissert sich Frau Cebulla missbilligend. »Eine trauernde Mutter!«

»Sie haben natürlich recht, Frau Cebulla. Rodriguez soll hinfahren und sie abholen.«

»Ist gut, Herr Hauptkommissar, ich sag's ihm.«

Sie nickt zufrieden, quietscht auf ihren Gummisohlen davon, dreht sich unter der Tür aber noch einmal um sagt: »Der Tee ist für *Sie*, Herr Hauptkommissar. Nicht für den Gummibaum!«

Zurück in ihrem Büro lässt sich Oda erleichtert auf ihren Stuhl plumpsen und dreht sich eine Zigarette. Das ist ja gerade noch einmal gut gegangen! Völxens Reaktion ist sogar milder ausgefallen, als sie zu hoffen gewagt hat. Sie hat fest damit gerechnet, dass ihr Chef sie suspendiert und nach Hause schickt.

Dankbar macht sie sich an ihre neue Aufgabe, nämlich diesen Enver Novak aufzutreiben. Nach wenigen Minuten hat sie seine Adresse herausgefunden und muss dabei ein wenig lächeln. Den aktuellen Meldedaten nach wohnt Enver Novak, geschieden, sechzig Jahre alt, in Vinnhorst, ganz in der Nähe seines vorherigen Wohnsitzes, der Justizvollzugsanstalt Hannover. Manche Leute sind ausgesprochen standorttreu, wie Störche.

Sie forscht im Netz nach dem Verbrechen, für das er einsaß, und findet ein paar Zeitungsartikel, die sie aufmerksam studiert. Nirgendwo ist etwas von Drohungen gegen Kobler zu lesen. Da steht nur, dass der Tatverdächtige die Tat, die ihm zur Last gelegt wird, hartnäckig leugnet. Wer weiß, vielleicht wollte sich Raukels Saufkumpan bloß ein bisschen wichtigmachen? Allerdings hat Kobler ebenfalls von Drohungen Novaks gegen ihn gesprochen. Es scheint also doch etwas dran zu sein.

Sie wird sich das Protokoll der damaligen Gerichtsverhandlung kommen lassen. Bis die Unterlagen da sind, kann es allerdings Tage dauern. Doch sie könnte schon mal zu Novaks Adresse fahren und versuchen, mit dem Mann zu reden.

Aber nicht allein. Immerhin ist Novak kein Lämmchen, sondern ein ehemaliger Straftäter, Drogenhändler, er saß acht Jahre im Knast, und Resozialisierung hin oder her, so einer ist auf Polizisten vermutlich ganz und gar nicht gut zu sprechen. Es wäre der schiere Leichtsinn, dort allein hinzugehen, und noch einen Schnitzer kann Oda sich nicht leisten. Man darf Völxens Geduld nicht überstrapazieren. Sie wird daher brav nach Dienstvorschrift handeln und Rodriguez mitnehmen.

Im großen Büro ist jedoch nur der Kollege Raukel zugegen und gerade dabei, ein Mettbrötchen mit Zwiebeln zu vertilgen. Ein entsprechender Geruch wabert durch den Raum. Kein Wunder, dass Fernando die Flucht ergriffen hat. Und da regen die sich über Zigarettenqualm in meinem Büro auf, denkt Oda angewidert und fragt: »Wo ist Rodriguez?«

Raukel muss erst fertig kauen, ehe er Auskunft geben kann. Ein paar Zwiebelstücke purzeln auf sein Hemd. Raukel schnippt sie nonchalant weg, sie landen auf der Unterlage von Rifkins verwaistem Schreibtisch.

Mit unserer Zivilisation geht es definitiv zu Ende, erkennt Oda und wendet sich angeekelt ab.

»Der spielt Taxi«, sagt Raukel schließlich.

»Für wen?«

»Einfühlsam, wie unser Chef nun einmal ist, wollte er nicht, dass die Ex-Frau von Kobler von einer Streife abgeholt und hierhergebracht wird. Sie hat sich nämlich vorhin gemeldet. Und du weißt doch, mit Frauen kann er gut, unser spanischer Casanova.«

»Du meinst Don Juan.«

»Sind wir hier in der Volkshochschule?«, erwidert Raukel und zitiert den legendären Andi-Möller-Spruch: »Mailand oder Madrid, Hauptsache, Italien.«

»Wann ist Don Juan wieder zurück?«, fragt Oda.

»Keine Ahnung, aber er ist eben erst los.«

»Mist.«

»Kann meine Wenigkeit dir vielleicht helfen, werte Kollegin?«

Das ist die Strafe, denkt Oda und antwortet: »Ich will Enver

Novak einen kleinen Überraschungsbesuch abstatten. Aber natürlich vorschriftsmäßig, in Begleitung.«

Raukel senkt sein Haupt und legt eine Hand gegen seine Brust. »Dein Ritter in der strahlenden Rüstung steht sofort zu Diensten. Ich will nur noch rasch mein Brötchen aufessen, dann können wir los.«

»Tu dir keinen Zwang an«, antwortet Oda. »Ich geh schon mal runter und besorge uns einen Dienstwagen.«

Denn auf gar keinen Fall kommt ihr dieser nach Schweiß, Zwiebeln und einer Alkoholfahne stinkende Mensch in ihr schönes, wohlriechendes neues Auto!

Endlich Mittagspause! Im Strom der anderen Seminarteilnehmer strebt Elena Rifkin der Kantine entgegen. Was für eine Zeitverschwendung, dieser Kurs! Rifkin hat nicht das Gefühl, hier schon irgendetwas Brauchbares gelernt zu haben. Rollenspiele mit anderen Polizisten veranstalten, als ob das etwas bringen würde! Die Kollegen benehmen sich nicht wie reale Verdächtige, sie benehmen sich wie Polizisten, die Verdächtige spielen. Sie hätten ein paar Schauspieler anheuern oder, noch besser, ein paar Jungs aus dem Knast holen sollen, grollt Rifkin vor sich hin, während sie automatisch in ihre hintere Hosentasche greift, um ihr Handy zu checken. Eine SMS von Völxen! Sie bleibt stehen und lässt die anderen an sich vorbeiziehen.

Rifkin, hier herrscht Land unter! Könnten Sie vielleicht doch morgen wieder da sein?

Sie muss lächeln. War ja abzusehen, dass sie mit den Preppern nicht zurande kommen. Ist ja auch eine völlig andere Welt. Als hätte sie es geahnt, hat Rifkin gestern Abend noch Fernando Rodriguez angerufen – der sie natürlich nicht, wie versprochen, zurückgerufen hatte – und ihm alles Wichtige zum akuten Fall aus den Rippen geleiert. Der war darüber gar nicht erbaut und hat rumgenölt, er habe Feierabend und dass er schon seinen Sonntag habe opfern müssen. Lusche! Seit er Vater ist, ist es noch schlimmer geworden mit ihm. Kein Biss, kein Ehrgeiz.

Gegen die Wand gelehnt, tippt sie: *Selbstverständlich, Herr Hauptkommissar, cu.*

Halt, nein, *cu* für *see you* kann sie Völxen nicht schreiben. *Oldschool,* wie er ist, denkt er am Ende, das wäre was Lateinisches. Sie löscht es und schreibt: *Ich melde mich, sobald ich zurück bin.*

Danach sucht sie nach einer Zugverbindung.

Natürlich ist, wie sollte es an so einem verkorksten Tag auch anders sein, kein Dienstwagen frei, und da Raukel, der in der Calenberger Neustadt wohnt, zu Fuß hergekommen ist, müssen sie wohl oder übel ihren neuen Mini benutzen. Oda lässt während der Fahrt die Fenster offen, obgleich Raukel sich beschwert, dass es ziehe und der Wind seine Frisur durcheinanderbringe.

»Mir ist warm, und ich brauche frische Luft«, entgegnet Oda.

»Verstehe«, nickt Raukel und lächelt milde. »Die Wechseljahre.«

Enver Novak wohnt in einem Altbau, der um die vorige Jahrhundertwende herum bestimmt einmal ganz ansprechend war, inzwischen aber eine Renovierung vertragen könnte. Um Novak nicht zu warnen, klingeln sich Erwin Raukel und Oda Kristensen ins Haus und steigen hinauf in den dritten Stock, wo sein Name neben der Türklingel steht.

Oda wartet, bis der Kollege wieder zu Atem gekommen ist, ehe sie läutet. Sie versucht es einige Male, aber es öffnet niemand.

»Vielleicht ist er arbeiten«, meint Oda.

Die Tür auf der anderen Seite des Treppenabsatzes geht auf, und ein Mann mittleren Alters mit einem Proletenschnauzbart und einer breiten Goldkette um den Hals kommt heraus. Er hält eine prallvolle Mülltüte in der Hand. Aus der Wohnung tönt Kindergeschrei und die Stimme einer Frau. »Nimm endlich die Farbeimer mit runter, oder willst du noch drei Tage drüberstolpern?«

Der Nachbar, an dessen Tür der Name Mack steht, dreht sich um, verschwindet kurz in der Wohnung und kommt nun mit Mülltüte und zwei leeren, verkleckerten Farbeimern – gelb und rosa –

wieder heraus. Er schaut die Besucher prüfend und mit einer Spur von Misstrauen an. »Kann ich helfen?«

»Können Sie uns sagen, wo wir Herrn Novak finden?«, fragt Oda.

»Wer will das wissen?«

Oda greift in ihre Jacke, um ihren Dienstausweis vorzuzeigen, aber Raukel drängelt sich zwischen sie und den Mann und sprudelt hervor: »Wir sind von der Diakonie, Herr Novak war so freundlich, uns eine Kleiderspende zu überlassen, und wir haben in einer der Taschen einen Wertgegenstand gefunden. Wir sind nicht sicher, ob es seine Absicht war, den aus der Hand zu geben. Deshalb wollten wir ihn fragen.«

»Was denn für ein Wertgegenstand?«

»Eine Uhr«, antwortet Raukel und lächelt den Mann scheinheilig an.

»Werfen Sie sie doch einfach durch den Türschlitz«, schlägt Herr Mack vor.

»Das würden wir ja, aber der Chef will, dass er unterschreibt, dass wir ihm den Wertgegenstand zurückgebracht haben«, sagt nun Oda ebenfalls lächelnd. »Sonst heißt es am Ende noch, wir hätten die Uhr eingesackt, Sie verstehen?«

Anscheinend war ihre Vorstellung überzeugend. »Der Novak arbeitet bei Sixt«, verrät der Nachbar. »Gleich die Straße runter. Der macht da die Autos sauber. Is 'n Minijob«, fügt er sonderbarerweise hinzu.

Raukel deutet auf die Farbeimer: »Hübsche Farben.«

»War ein Rundumschlag, den ganzen Samstag über: Kinderzimmer, Küche und Flur. Wenn schon, denn schon.«

»So hat man nur einmal die Sauerei, verstehe«, nickt Raukel.

»Nummer drei ist unterwegs«, verrät Mack. »Wird ein Mädchen.«

»Haben Sie vielen herzlichen Dank für Ihre Auskunft, und wir wünschen Ihnen noch einen gesegneten Tag«, sagt Raukel mit demütigem Augenaufschlag.

Sie lassen dem hilfsbereiten Nachbarn den Vortritt und folgen ihm langsam die Treppen hinab, immer dem Windelgeruch nach, der aus der Mülltüte aufsteigt.

»Mensch, Raukel, der war gut«, muss Oda anerkennend zugeben, als sie wieder auf der Straße stehen. »Diakonie. Ich wusste gar nicht, dass du so beseelt dreinschauen kannst.«

Raukel grinst und meint, er habe noch viele Fähigkeiten, von denen sie nicht die leiseste Ahnung habe.

»Ich glaube, von einigen will ich lieber nichts wissen.«

»Wieso folgst *du* eigentlich der Spur Novak?«, erkundigt sich Raukel, als sie auf der Schulenburger Landstraße wieder stadteinwärts fahren. Für das kurze Wegstück lohnt es sich fast nicht, den Parkplatz aufzugeben, doch sollte sich Novak wenig gesprächsbereit zeigen und man sich gezwungen sehen, ihn zur Polizeidienststelle zu karren, dann ist es besser, den Wagen in der Nähe zu haben. Einen Verdächtigen in Handschellen durch die Gegend eskortieren zu müssen, schreit nach Ärger, den es von vornherein zu vermeiden gilt. Besonders in gewissen Stadtvierteln.

»Wieso nicht?«, erwidert Oda.

»Solltest du nicht die trauernde Mutter verarzten, das ist doch sonst deine Domäne.«

Oda wirft ihm einen genervten Seitenblick zu, ehe sie antwortet: »Mag sein. Aber da ich selbst eine Tochter in dem Alter habe, geht mir das zu nah.«

»Das kann ich natürlich verstehen«, säuselt Raukel und nickt verständnisvoll.

»Und wie du schon bemerkt hast«, ergänzt Oda, die dem Frieden ganz und gar nicht traut, »der Spanier kann gut mit Frauen. Fast so gut wie du.«

»Du musst es nicht übertreiben mit den Komplimenten, Oda.«

Ein Glück, sie sind da, die Fragerei hört auf. Sie parken auf dem Firmengelände des Autoverleihers, steigen aus und sehen sich um.

»Wissen wir, wie Novak aussieht?«, fragt Raukel.

»Nicht wirklich. Das Foto von seinen Meldedaten ist schon ein paar Jahre alt. Halte einfach Ausschau nach einem nicht sehr großen, ziemlich verlebt aussehenden Kerl«, rät Oda.

Es ist nicht viel los auf dem Betriebsgelände, um nicht zu sagen: gar nichts. Im Empfangsgebäude werden sie von einem jungen Mann begrüßt, der hinter dem Tresen an einem Rechner sitzt. Sie zeigen ihm ihre Dienstausweise und fragen nach Enver Novak.

Falls der Typ sich wundert, lässt er sich nichts anmerken. »Der ist gerade zur Waschanlage gefahren. Gleich da vorn an der Ecke zur Krepenstraße.« Er deutet in die Richtung, aus der sie gerade gekommen sind. Die beiden machen kehrt, steigen wieder in den Mini ein.

»Das reinste Hase-und-Igel-Spiel«, mault Raukel, während er sich ächzend auf den Beifahrersitz sinken lässt.

»Auch schon ein bisschen lendenlahm, was?«, zieht Oda ihn auf.

»Du irrst dich, um meine Lenden steht es bestens«, versetzt Raukel. »Es ist nur nicht so einfach, sich als gestandenes Mannsbild in diese englische Sardinenbüchse zu quetschen.«

Sie steuern die Waschanlage an und steigen erneut aus.

»Da, das ist er! Gerade reingefahren«, sagt Raukel.

Ein Mann, der auf Odas Beschreibung passt, steigt im selben Moment aus einem schwarzen BMW. Die zwei Ermittler beschleunigen ihre Schritte und gehen auf ihn zu.

»Herr Novak?«, spricht Oda ihn an.

Der Mann dreht sich um und starrt die beiden erschrocken an.

Oda greift in ihre Jacke und zieht ihren Dienstausweis hervor. »Ich bin Hauptkommissarin Kristensen von der Polizei ...« Weiter kommt Oda nicht, denn sie wird plötzlich von einem harten Wasserstrahl mitten ins Gesicht getroffen. Instinktiv dreht sie sich zur Seite, was zur Folge hat, dass auch Erwin Raukel, der schräg hinter ihr gestanden hat, eine volle Breitseite lauwarmes Wasser aus dem Dampfstrahler abkriegt.

»Scheiße!« Oda prustet und spuckt Wasser aus. Ihre ganze Vorderseite trieft, und Raukel sieht auch nicht besser aus. Im Augenwinkel nimmt sie wahr, wie Novak den Dampfstrahler fallen lässt und davonrennt, in Richtung der Straßenkreuzung.

»Los, ihm nach«, ruft Oda.

»Den schnappen wir uns«, japst Raukel und watschelt, so schnell ihn seine kurzen Beine tragen, Oda hinterher.

Vorn an der Straße kreuzt ausgerechnet jetzt die Stadtbahnlinie 6 ihren Weg. Da die Bahn gerade erst die Haltestelle Krepenstraße verlassen hat, hat sie noch kein sehr hohes Tempo drauf, und es dauert seine Zeit, bis die Wagen gemächlich vorbeigezogen sind. Als endlich wieder freie Sicht auf die Kreuzung herrscht, ist von dem Flüchtenden weit und breit nichts mehr zu sehen.

»Verdammt, er ist weg!«, flucht Oda.

Die Fahrgäste, die gerade die Stadtbahn verlassen haben, starren das seltsame Paar interessiert und amüsiert an. Ein Pickelgesicht aus einer Gruppe Halbwüchsiger fragt Oda grinsend, ob sie nicht schon zu alt wäre für einen *Wet-T-Shirt*-Wettbewerb.

»Verpiss dich, du Rotzlöffel, sonst mach ich dir Beine«, gibt Raukel den Ritterlichen.

»Danke, ich kann für mich selbst sprechen«, sagt Oda und schließt vorsichtshalber ihre Jacke.

»Was für eine Sauerei! Mein Jackett war gerade frisch in der Reinigung«, schimpft Raukel.

»Und das Hemd hattest du auch erst seit zwei Tagen an«, ergänzt Oda.

Um nicht länger dem Gespött der Passanten preisgegeben zu sein, gehen sie wieder zum Wagen. »Warte«, sagt Oda und holt, ehe sie sich hinsetzen, die Rettungsfolie aus dem Verbandkasten und breitet sie über die Vordersitze. Eine Weile lang cruisen sie aufs Geratewohl durch das Gewerbegebiet, aber natürlich ist das vergeblich und dient lediglich dazu, sich ein wenig abzureagieren und *irgendwas* zu tun.

»Und jetzt?«, fragt Raukel nach einer Weile.

»Jetzt schreiben wir den Mistkerl zur Fahndung aus«, erwidert Oda grimmig. »Ruf doch schon mal die Cebulla an, damit sie das in die Wege leitet.«

»Ich meine das hier.« Raukel zupft am Revers seines Sakkos, das er über dem lachsfarbenen Hemd trägt und das wie ein nasser Lappen an ihm herabhängt. »So derangiert können wir unmöglich in der PD auflaufen.«

Das sieht Oda ganz genauso. »Pass auf, Erwin, ich setz dich bei dir zu Hause ab, fahr zu Tians Wohnung, zieh mich um und hole dich dann wieder ab. Und kein Wort zu niemandem, ja? Sonst müssen wir uns bis zur Pensionierung dumme Sprüche anhören.«

»Abgemacht«, grinst Raukel. »Die kleine Sauerei bleibt unser süßes Geheimnis.«

»Das ist seine Schuld, ganz allein seine Schuld!«, stößt die Mutter von Marlene hasserfüllt hervor.

Annegret Kobler ist zweiundfünfzig, eine gepflegte, schlanke Frau, deren Gesichtszüge ein wenig den Fotos ähneln, die Fernando von der noch lebenden Marlene gesehen hat.

»Ständig hat er so getan, als könnte nur er unsere Töchter richtig erziehen und beschützen – und jetzt ist sie tot! Das ist alles ganz allein seine Schuld!«

Fernando seufzt in sich hinein. Während der Fahrt hierher hat sie geschwiegen, wirkte fast teilnahmslos, aber jetzt ist es, als hätte man ein Fass angestochen. Er war gleich nicht sonderlich begeistert, als Frau Cebulla ihn bat, die Frau abzuholen und zu vernehmen, mit dem Hinweis, der Herr Hauptkommissar hätte das so angeordnet. Wieso macht das nicht Oda?

»Frau Kobler, wie haben Sie vom Tod Ihrer Tochter erfahren?«, beginnt Fernando mit sanfter Stimme die Befragung.

»Georg hat mich angerufen, gestern Abend. *Angerufen!*«, ruft sie empört. »Dieser erbärmliche Feigling konnte mir nicht einmal unter die Augen treten, um mir zu sagen, dass mein Kind nicht mehr lebt! Mir so etwas am Telefon zu sagen ... Das verzeihe ich ihm niemals!« Sie greift nach der Packung Papiertaschentücher, die Fernando ihr über den Schreibtisch hinweg reicht.

»Wann haben Sie Marlene zum letzten Mal gesehen?«

»Letzte Woche. Am Mittwoch«, antwortet sie etwas beherrschter.

»Hat sie Ihnen gegenüber erwähnt, dass sie ausziehen wollte?«

»Ja. Ich habe ihr gesagt, dass ich das befürworte und sie finanziell unterstütze. Ich habe ihr schon lange angeboten, bei mir zu wohnen, aber das wollte sie nicht.«

»Hat sie gesagt, wo sie künftig wohnen wollte?«

»Nein, sie wollte nicht über *ungelegte Eier* reden. Den Ausdruck hat sie benutzt.«

»Wie hätte Ihr Ex-Mann reagiert, wenn er davon erfahren hätte?«

»Bestimmt hätte er versucht, sie daran zu hindern. Denn dann hätte er sie ja nicht länger unter seiner Fuchtel gehabt.« Ihre großen hellbraunen Rehaugen blicken Fernando eindringlich an, als sie sagt: »Dieser Mann muss alles und jeden kontrollieren und beherrschen. Marlene hat sogar ihr Handy zu Hause gelassen, wenn sie mich besucht hat, stellen Sie sich das mal vor. Weil sie überzeugt davon war, dass er sie damit heimlich ortet.«

Das kann Fernando sich, nach allem, was er bisher über Georg Kobler gehört hat, durchaus vorstellen. »Durfte er denn nicht wissen, dass Marlene Sie besucht?«, fragt er.

»Er konnte es ihr natürlich nicht verbieten. Nicht mehr. Aber er hätte bestimmt Ärger gemacht. Das hat er von Anfang an getan, gleich nach unserer Trennung. Immer hat er den Mädchen ein schlechtes Gewissen eingeredet und die beleidigte Leberwurst gespielt, wenn sie mich besucht haben. Auf Psychoterror versteht er sich nämlich ganz hervorragend, der feine Herr.«

»Wieso hat nach Ihrer Trennung eigentlich *er* das Sorgerecht bekommen, warum nicht Sie?«, wundert sich Fernando.

»So war es nicht. Wir hatten das gemeinsame Sorgerecht. Er hat damals argumentiert, dass das doch die fairste und unkomplizierteste Lösung wäre, so könnten sich die Mädchen frei entscheiden, wo sie leben wollen. Ich dumme Kuh habe mich darauf eingelassen. Kaum war die Scheidung durch, hat er gedroht, mir das Leben zur Hölle zu machen, sollte ich ihm die Mädchen wegnehmen. Er wollte unbedingt, dass sie bei ihm leben, obwohl er gar keine Zeit für sie hatte. Ich hatte damals zu viel Angst vor ihm, um mich zu wehren. Heute bereue ich das. Sie ahnen gar nicht, wie sehr. Er hat es geschafft, dass ich den beiden nach unserer Scheidung fremd geworden bin. Doch Marlene ist, als sie älter geworden ist, immer wieder zu mir gekommen.«

»Ganz zu Ihnen ziehen wollte sie nicht?«

»Nein, leider.« Sie schüttelt betrübt mit dem Kopf. »Wissen Sie, er kann sehr manipulativ sein. Bei jungen Leuten hat er leichtes Spiel, er redet ihnen Dinge ein, von denen sie dann glauben, es wäre ihre Überzeugung. Er benutzt sie wie Marionetten.«

»So wie Nele«, ergänzt Fernando, der an das Gespräch mit Julia Seidler denken muss. *Koblers vierten Schäferhund* hatte Marlenes Freundin Nele genannt.

»Ja, genau«, nickt sie betrübt.

»Haben Sie und Nele gar keinen Kontakt?«

»Nein, leider. Ich fürchte, sie gibt mir die Schuld für die Trennung und hasst mich regelrecht. Es stimmt, ich hatte eine außereheliche Beziehung. Aber nur, weil Georg nie da war und er selbst außerdem *ständig* fremdgegangen ist. Aber das will sie nicht sehen. Er hat sie überaus erfolgreich gegen mich aufgehetzt.«

»Haben Sie Marlenes Freund Bastian mal kennengelernt?«, fragt Fernando.

»Nein. Sie hat von ihm erzählt, aber sie wollte nicht, dass wir uns treffen. Wahrscheinlich befürchtete sie, dass er Georg davon erzählt. Wie sie es schilderte, ist er Georg treu ergeben.«

»Hat Marlene das denn nicht gestört?«

»Anfangs wohl nicht, später schon. Ich denke, das wäre ohnehin nicht mehr lange gegangen mit den beiden. Manchmal hatte ich den Verdacht, dass sie nur noch mit diesem Bastian zusammen war, um ihren Vater nicht zu enttäuschen. Georg hielt wohl große Stücke auf den jungen Mann. Aber wenn sie erst ausgezogen wäre ...« Sie unterbricht sich und wischt sich eine Träne von der Wange. »Es ist so unfair! Sie war auf dem Sprung in ein neues Leben, wollte sich endlich frei machen von Georgs Einfluss, und dann ...«

Fernando fragt sich, ob sie von Bastian Raimanns Vorstrafe weiß. Wahrscheinlich nicht. Er belässt es dabei.

»Was glauben Sie, was wäre geschehen, wenn Ihr Ex-Mann von Marlenes heimlichen Plänen erfahren hätte?«

»Wie gesagt, er hätte sie bestimmt bedrängt zu bleiben oder mit irgendwas gelockt. Ich weiß, dass sie Angst hatte vor der Aussprache mit ihm, auch wenn sie das mir gegenüber nicht zugegeben hat.«

»Verzeihung, ich habe mich falsch ausgedrückt. Ich meinte, wenn Ihr Ex-Mann es nicht durch Marlene selbst, sondern auf andere Weise erfahren hätte«, korrigiert sich Fernando. »Wenn er sich von ihr hintergangen gefühlt hätte.«

»Wenn Sie mich so fragen: Ich traue ihm alles zu«, faucht sie.

»Auch ein Tötungsdelikt?«

»Ich sagte doch: alles!«, wiederholt sie mit fester Stimme.

»Er hat Marlene aber doch sehr geliebt«, wendet Fernando ein.

»Natürlich hat er das«, stimmt sie ihm zu. »Aber Sie müssen eines wissen: Für Georg war Liebe gleichbedeutend mit Besitz.«

»Entwischt? Was heißt entwischt, wie konnte das passieren?«

Die Ader an Hauptkommissar Völxens Schläfe ist deutlich hervorgetreten, und seine Augenbrauen sind auf Kollisionskurs. Erwin Raukel und Oda Kristensen sitzen artig und mit gesenktem Blick auf dem Sofa wie Schüler, die etwas angestellt haben.

»Der Kerl hat uns kommen sehen. Kriminelle haben nun mal ein Näschen für Polizisten«, verteidigt Raukel sich und seine Kollegin. »Er ist über die Schulenburger gerannt wie ein Hase. Wir hinterher, aber dann ist uns die verfluchte Bahn dazwischengekommen, und weg war er.«

»Ich habe ihn zur Fahndung ausschreiben lassen«, erklärt Oda.

»Großartig«, knurrt Völxen.

»Wir könnten sein Haus beschatten lassen. Vielleicht treibt es ihn irgendwann wieder zurück ins traute Heim«, schlägt Raukel vor.

»Dafür haben wir nicht genug Personal«, wehrt Völxen ab. »Außer, du und Oda macht das freiwillig. Quasi als Wiedergutmachung.«

»Ich denke nicht, dass das etwas bringt, so dumm wird er nicht sein«, wehrt Oda erschrocken ab, denn das wäre die Krönung dieses verkorksten Tages: die Nacht zusammen mit Raukel in einem Wagen auf Beobachtungsposten verbringen zu müssen.

»Wo könnte er sein, was wissen wir über ihn?« Völxen scheint sich wieder einigermaßen beruhigt zu haben.

»Nicht viel«, gesteht Oda. »Wir könnten es bei seinen schon entlassenen Knastkumpels versuchen. Soll ich zur JVA fahren und mich erkundigen?«

Raukel hebt den Finger. »Ich kann meinen alten Freund Helmut Brimmer noch mal fragen, ob er was weiß. Vielleicht sollten auch wir mit diesem Cem Turan reden, der sich seinerzeit bei ihm eingeschlichen hat. Vielleicht kennt der noch alte Freunde von Novak, bei denen er untergekrochen sein kann.«

»Ist der noch immer Polizist?«, fragt Völxen.

»Keine Ahnung. Ich erkundige mich«, antwortet Raukel.

»Aber nicht, dass das wieder eine Fressorgie auf Spesenrechnung wird«, mahnt Völxen und fragt: »Was ist eigentlich mit Novaks Familie?«

»Meinst du seine Sippschaft im Kosovo?«, entgegnet Raukel.

»In seinen Meldedaten steht, dass er verheiratet ist«, beginnt Oda.

»Was? Und das fällt euch jetzt ein?«, regt Völxen sich auf.

Oda fährt fort: »Die Frau heißt Donika, aber sie ist in Deutschland nicht gemeldet. Wie es aussieht, war sie nie hier.«

»Wie es *aussieht* und wie es wirklich ist, das sind ja oft zwei Paar Stiefel«, meint Völxen.

»Wartet mal!« Raukel scheint angestrengt nachzudenken. »Brimmer hat erwähnt, dass die Frau nach dem Prozess versucht hat, die Presse gegen Polizei und Justiz aufzuwiegeln, weil sie Novak natürlich auch für unschuldig hielt. Also muss sie doch im Lande gewesen sein. Und sei es nur mit Touristenvisum.«

»Vielleicht steht darüber etwas in den Prozessakten«, überlegt Oda. »Falls sie überhaupt ausgesagt hat. Ich habe die Akte angefordert, aber sie ist natürlich noch immer nicht da. Ich mach denen mal Dampf.«

»Wenn sie illegal hier lebt, finden wir sie nie und ihn auch nicht«, befürchtet Völxen.

»Wir könnten in der JVA die Besucherlisten einsehen. Womöglich hat sie ihn regelmäßig besucht und eine Adresse hinterlassen«, schlägt Raukel vor.

»Einen Versuch ist es wert«, meint Oda.

»Gut, Oda, fahr dahin. Raukel, du fragst noch mal Brimmer nach der Dame. Und treib diesen Cem Turan auf.«

Raukel tippt sich an eine imaginäre Mütze und will sich schon aus dem Staub machen.

»Ist noch was?«, fragt Oda, der nicht entgangen ist, dass ihr Vorgesetzter sie aufmerksam mustert.

»Spinne ich, oder hattet ihr zwei heute Morgen nicht was anderes an?«

Raukel zupft an seinem frisch gebügelten rosa Hemd. »Was? Nein. Du musst dich irren, alter Freund. Das passiert schon mal im Alter.«

»Ich weiß auch nicht, was du meinst«, behauptet Oda mit Unschuldsmiene, ehe sie zusieht, dass sie hier rauskommt.

Kapitel 14 – Überraschung!

Rifkin steigt am Hauptbahnhof aus dem Zug. Es ist 17:30 Uhr, und ihr erster Gang führt sie vor den Bahnhof, wo sie sich, wie die meisten anderen Passanten auch, ihre Maske vom Gesicht reißt. Heißhungrig reiht sie sich in die Schlange vor dem Eisstand ein und kauft zwei Kugeln Eis – Pistazie und Haselnuss. Seit dem Frühstück hat sie nur einen Müsliriegel gegessen, und wer weiß, wie lang der Tag noch werden wird.

Mit der Eiswaffel in der Hand steht sie wenig später »unterm Schwanz«, wie der Hannoveraner zu sagen pflegt. Gemeint ist damit das Ernst-August-Denkmal, eine bronzene Reiterstatue, das den Landesherrn des ehemaligen Königreichs Hannover hoch zu Ross und in Husarenuniform zeigt. *Unterm Schwanz* des Rosses ist ein beliebter Treffpunkt für Verabredungen, ebenso wie die Kröpcke-Uhr am gleichnamigen Platz, und deshalb lungern an diesen Orten immer wartende Menschen herum, die Rifkin beobachtet, während sie ihr Eis isst.

Danach ruft sie Völxens Handy an, um ihre Rückkehr zu melden und auf weitere Anweisungen zu warten. Er geht nicht ran, und bei Frau Cebulla meldet sich auch niemand, was nicht verwunderlich ist, die Sekretärin macht nach Möglichkeit pünktlich um fünf Uhr Feierabend.

Rifkin schickt ihrem Vorgesetzten eine kurze SMS: *Bin wieder da.* Dann beschließt sie, erst einmal nach Hause in die Südstadt zu fahren und ihr Gepäck abzuladen. Vielleicht meldet sich Völxen bis dahin.

Rifkin hat sich während der Zugfahrt die Webseiten von Georg Kobler angesehen, auf denen man sich über sein Konzept der Hundeerziehung und das Wildnistraining, insbesondere als Teambuilding-Seminar, informieren kann. Die Webseite ist professionell gemacht, und es taucht nirgends das Wort Prepper auf. Dann hat sie Nele Kobler gegoogelt und landete auf deren Waldpädagogik-Seite, wo sie das Waldbaden in ziemlich esoterisch angehauchten Floskeln beschreibt. Ihre Seite sieht selbst gebastelt aus, und eine Unterseite verweist auf die Prepper-Truppe, ohne diese so zu nennen. *Wenn du Freude an der Natur hast, deine Grenzen ausloten möchtest und gewappnet sein willst für ein Überleben im Freien, dann schaut doch mal unverbindlich bei uns vorbei. Wir treffen uns jeden Mittwochabend und am Samstag im schönen Deister. Teilnahme nur nach Anmeldung.*

Dazu gibt es eine Mailadresse, eine Handynummer und ein paar Fotos, das junge Leute beim Bogenschießen, am Lagerfeuer sitzend und beim Errichten eines Baumhauses zeigt.

Rifkin hebt ihre Sporttasche auf, wirft sie sich über die Schulter, dreht sich um und fährt erschrocken zusammen. Vor ihr steht Igor Baranow, in voller Lebensgröße und, wie üblich, im maßgeschneiderten Anzug. Er scheint allein zu sein, keiner der Typen mit den Bullenbeißergesichtern, die ihn sonst begleiten, ist zu sehen.

Er lächelt. »Wie schön, dass du wieder da bist, Elena. Darf ich dir meine Fahrdienste zur Verfügung stellen?«

Rifkin verzichtet darauf, ihn zu fragen, wie er hierherkommt und woher er weiß, dass sie weg war und nun wieder hier ist. Natürlich trackt er ihr Handy, und seine unverhohlene, freche Art, erst gar nicht zu versuchen, dies zu verschleiern, amüsiert sie sogar ein bisschen.

»Danke, sehr freundlich, aber ich nehme die Stadtbahn.«

»O nein, tu das nicht!«, wehrt er entsetzt ab. »Das ist gefährlich. Jetzt ist Rushhour, die Bahn ist voller Menschen, am Ende fängst du dir noch etwas ein.«

Rifkin teilt seine Sorge nicht, aber die Aussicht, sich in die volle Bahn zu quetschen, hat tatsächlich wenig Verführerisches. Sie fährt normalerweise konsequent mit dem Rad, aber sie wollte ihr edles Gefährt nicht tagelang am Bahnhof stehen lassen. »Okay, meinetwegen, fahr mich nach Hause«, hört sie sich sagen.

Umso schneller bin ich im Dienst, falls Völxen mich braucht, rechtfertigt sie sich im Stillen.

»Wunderbar. Der Wagen steht gleich da drüben.« Er zeigt auf die Kurzzeit-Parkplätze und streckt die Hände aus.

»Was ist?«

»Deine Tasche.«

»Die trage ich schon selbst. Es ist ja nicht weit.«

»Kommt gar nicht infrage.«

Leicht genervt reicht sie ihm die Sporttasche.

»Du musst dich schonen, du brauchst deine Kräfte gleich noch«, sagt er, während er sie zu seinem Wagen begleitet. Es ist nicht der Audi, in dem sie seinerzeit gesessen hat, sondern ein Maserati.

»Neues Auto?«

»Ich dachte, da du mit dem Audi schlechte Erinnerungen verbindest, nehme ich heute mal den anderen.«

»Wie rücksichtsvoll«, spöttelt Rifkin.

Einer der Bullenbeißer springt vom Fahrersitz und reißt die hinteren Türen für sie auf.

»Wofür muss ich meine Kräfte schonen?«, fragt Rifkin, als sie sich hingesetzt haben und der Wagen mit den getönten Scheiben langsam losfährt.

»Das ist eine Überraschung.«

»Ich muss zum Dienst, ich will nur rasch meine Sachen zu Hause abladen.«

»Wie schade.«

»Tja, falls du Opernkarten hattest oder mich ins Varieté schleppen wolltest, wirst du wen anderen damit beglücken müssen.«

Er seufzt. »Elena, du musst lernen, dich von deinem Denken in Klischees zu lösen. Meinst du wirklich, ich würde dich in die Oper einladen, um dabei zuzusehen, wie du dich zu Tode langweilst?«

»Woher willst du das wissen? Vielleicht bin ich ein totaler Opernjunkie?«

Baranow lacht.

Ihr Handy klingelt, es ist Völxen. Sie legt den Finger an die Lippen. Baranow schaut teilnahmslos aus dem Fenster, während Rifkin das Gespräch annimmt, wobei sie unweigerlich leicht ins Schwitzen gerät. *Wenn Völxen wüsste …*

»Herr Hauptkommissar?«

»Rifkin, schön, dass Sie wieder da sind. Es tut mir leid wegen des Lehrgangs, aber es haben sich ein paar ... Besonderheiten ergeben. Ich erkläre es Ihnen morgen früh.«

»Ich kann auch jetzt gleich noch vorbeikommen.«

Es macht sicher einen guten Eindruck, wenn du dich von der Russenmafia zur Arbeit chauffieren lässt.

»Nein, lassen Sie nur, Rifkin. Wir wollen es nicht übertreiben, und ich muss außerdem gleich noch einen Zeugen befragen. Seien Sie morgen um acht bei mir im Büro, das genügt. Rodriguez sagte mir, Sie wären über den Fall bereits im Bilde.«

»In groben Zügen, ja«, antwortet Rifkin. »Gut, bis morgen, Herr Hauptkommissar.« Sie legt auf.

»Doch kein Dienst?«

»Sieht so aus. Was ist das für eine Überraschung?«

»Wenn ich es dir sage, ist es ja keine mehr.«

»Ich hasse Überraschungen.«

»Diese wirst du mögen, ich garantiere es dir.«

»Na gut«, knirscht Rifkin, die zugeben muss, dass sie nun doch neugierig geworden ist. »Wehe, wenn nicht.«

Der groß gewachsene Athlet quetscht sich in den Besucherstuhl. Vorher musste noch Oscar ermahnt werden, in seinem Korb zu bleiben und das leise Knurren einzustellen. Der Terrier verteilt seine Gunst nach Lust und Laune, und Bastian Raimann scheint ihm nicht zu gefallen.

Nach den Schilderungen von Rodriguez und Raukel hat Hauptkommissar Völxen einen Typen in Tarnfleck erwartet, doch der blonde Hüne trägt ein dunkelgraues Sakko zum weißen Hemd und dazu eine blaue Krawatte, die mit kleinen gelben Sonnen bestickt ist. Stimmt, er verkauft ja Solaranlagen. Er hat eine Aktentasche dabei, die er neben dem Stuhl abstellt. Offenbar hat ihn die Trauer um seine Freundin nicht an seiner Berufsausübung gehindert. Ist das Gefühlskälte, oder hat man ihm diese eiserne Disziplin beim Bund antrainiert?

»Ist das eine Sonderanfertigung?«, fragt Völxen und deutet auf die Krawatte. Vielleicht könnte er sich eine schwarze machen lassen, mit eingestickten Handschellen darauf.

Bastian Raimann schaut ein wenig verdutzt, dann erklärt er: »Nein, die hat Marlene mir geschenkt. Sie hat sie durch Zufall entdeckt.«

Nachdem dies geklärt ist, entscheidet sich Völxen, der heute schon genug Zeit mit Oda vertrödelt hat, für die gute alte Überrumpelungstaktik und fragt ohne langes Drumherumreden: »Herr Raimann, woher hat Nele Kobler die Narben an ihrem Rücken?«

»Wie bitte?«

»Sie haben mich schon verstanden.«

»Was hat Nele nun wieder für Märchen erfunden?«

Anscheinend erfindet Nele öfter einmal Märchen, registriert Völxen und insistiert: »Würden Sie meine Frage beantworten?«

Bastian Raimann schließt für einen Moment die Augen, und sein mächtiger Brustkorb hebt und senkt sich. »Von Bierflaschen«, antwortet er schließlich.

»Bierflaschen, aha. Etwas mehr Details bitte.«

»Es ist ungefähr ein Jahr her. Wir waren in einem Club in Hannover, Marlene, Nele und ich. Auf dem Nachhauseweg hat es fürchterlich geregnet. Ich bin zu schnell gefahren, und in einer Kurve ist der Wagen von der Straße abgekommen, die Böschung runter und zur Seite gekippt. Marlene und mir ist nicht viel passiert. Nele hat hinten gesessen, sie war nicht angeschnallt. Neben ihr hat ein Korb mit leeren Flaschen gestanden. Sie ist draufgefallen, ein paar sind zerbrochen, und daran hat sie sich geschnitten. Es hat ziemlich geblutet, aber es war halb so schlimm, wir konnten sie zu Hause verarzten.«

Völxen hebt die Augenbrauen. »Wieso zu Hause? Habt ihr keinen Krankenwagen gerufen?«

»Es war nicht so wild. Nele ist hart im Nehmen.«

»Dieser Unfall wurde doch sicherlich ordnungsgemäß von der Polizei aufgenommen?«, fragt der Hauptkommissar, dem da etwas schwant.

Der junge Mann zupft an den Bügelfalten seiner Hose. »Wir haben Georg angerufen, und der hat uns mit dem Defender rausgezogen.«

»Sie hatten getrunken, richtig?«

Bastian Raimann beißt sich auf die Lippen. »Ich bin Außendienstler. Es wäre für mich eine mittlere Katastrophe gewesen, wenn ich den Führerschein verloren hätte«, erklärt er kleinlaut.

Dann sollte man halt auch nicht saufen und fahren, denkt Völxen, aber er spart sich die Predigt und meint nur: »Wird mir Georg Kobler diese Geschichte bestätigen, wenn ich ihn frage?«

»Ja, sicher«, knirscht Bastian Raimann.

»Gut, dann wäre das geklärt. Sagen Sie, Herr Raimann, waren Sie und Nele Kobler jemals liiert?«

Er runzelt die Stirn. »Was? Wie kommen Sie denn darauf?«

»War es so oder nicht?«

»Das ist völliger Quatsch. Nele und ich waren *einmal* aus, auf ein Bier, und das war ein großer Fehler von mir. Keine Ahnung, was sie sich danach eingebildet hat, aber von dem Zeitpunkt an ist sie mir auffallend oft in den Clubs, in die ich gegangen bin, begegnet. Natürlich rein *zufällig*.« Er malt beim letzten Wort Anführungszeichen in die Luft. »Aber da war nichts, sie ist nicht mein Typ. Ein paar Wochen später habe ich Marlene kennengelernt, die war zuvor bei einem Praktikum in Süddeutschland gewesen. Es hat sofort gefunkt, und Nele war total angepisst. Und jetzt, da Marlene tot ist, versucht sie offenbar, sich an mir zu rächen und mir eine reinzuwürgen. Die tickt doch nicht ganz richtig!«

»Was ich nicht ganz verstehe«, beginnt Völxen, »obwohl sie so *angepisst* war, ist sie mit Ihnen und Marlene ausgegangen?«

»Marlene hat sie ab und zu mitgeschleppt, damit sie mal rauskommt. Von mir aus hätte das nicht sein müssen, aber Marlene wollte es. Und Nele ist wahrscheinlich nur mit, weil sie wusste, dass es mich nervt. Marlene war immer viel zu nachsichtig mit Nele und ihren Launen.«

Dass Nele Kobler nicht ganz einfach ist, hat schon ihr Vater zugegeben, und in diesem Licht betrachtet klingt das, was Bastian

Raimann sagt, durchaus plausibel. Was Völxen nicht versteht, sind Neles plumpe Lügen. Ihr muss doch klar gewesen sein, dass man ihre Geschichte nachprüft und ihre Lügerei in kürzester Zeit auffliegt. Wirklich eigenartig. Aber wie hat Georg Kobler noch gesagt? Sie lebt zuweilen in einer eigenen Welt. Er beschließt, das Thema Nele vorerst fallen zu lassen, und fragt: »Herr Raimann, wie war denn Ihr Verhältnis zu Marlene kurz vor ihrem Tod?«

»Wir haben uns sehr gut verstanden.«

»Kann es sein, dass Marlene die Beziehung beenden wollte?«

»Hat Nele das auch noch behauptet? Das ist Blödsinn!«

»Wir haben Marlenes Mobiltelefon ausgewertet und die Chats zwischen Ihnen und Marlene gelesen. Dabei entsteht der Eindruck, dass sie Ihnen in letzter Zeit aus dem Weg gegangen ist.«

»Das ist nicht wahr. Sie hatte nur viel zu tun, sie musste lernen. Ihr Studium war ihr sehr wichtig.«

»Gab es einen anderen?«

Bastian Raimann kneift die Augen zusammen. »Wieso?«

»Ich frage Sie«, beharrt Völxen.

»Nein. Nicht, dass ich wüsste«, antwortet er förmlich und abweisend.

»Marlene war eine ausgesprochen attraktive junge Frau. Es fällt mir schwer zu glauben, dass sich keiner der Rekruten für sie interessiert hat.«

»Wovon sprechen Sie? Haben Sie auf ihrem Handy etwas gefunden?« Die Eifersucht steht ihm in Großbuchstaben ins Gesicht geschrieben.

»Mir scheint, Sie waren sich der Zuneigung Ihrer Freundin doch nicht so sicher, wie Sie vorzugeben versuchen«, stellt Völxen fest.

»Ich habe es schon Ihren Kollegen gesagt: Neles neuer Freund Luka hat bei ihr rumgeschleimt. Die anderen Kameraden hätten das schon aus Anstand mir gegenüber nicht getan!«

»Schön, wenn man solche Kameraden hat«, bemerkt Völxen, ehe er fragt: »Marlene hat sich vor etwa zwei Wochen im Chat über Ihr eifersüchtiges Benehmen beschwert. Was ist da vorgefallen?«

»Keine Ahnung, was Sie meinen.«

Völxen blättert in dem Papierstapel. »Soll ich es Ihnen vorlesen? Sie selbst haben Ihren Fehler eingeräumt und Besserung gelobt.«

»Ach das«, murmelt er verlegen. »Jetzt fällt es mir wieder ein. Das war nicht weiter wild.«

»Was war los?«

»Ich hab den Niklas am Kragen gepackt, weil er sich beim Bogenschießen an Marlene rangedrückt hat. Angeblich, um ihre Haltung zu korrigieren.«

»Niklas ...?«

»Stöger.«

»Sieh an. Also war es nicht nur Luka Vollmer, der sich angeblich für Marlene interessiert hat.«

»Das war ein Ausrutscher. Ein Missverständnis. Ich habe überreagiert.«

»Ist Niklas Stöger nicht mit Ariane Koch liiert?«

»Ja, schon ... Aber sie hat es nicht mitgekriegt, sie war Pilze sammeln.«

»Konnte Marlene sich denn nicht allein zur Wehr setzen? Sie war schließlich eine erwachsene Frau.«

»Es hat mir halt gestunken.«

»Wusste Marlene eigentlich von Ihren Vorstrafen wegen schwerer Körperverletzung?«

»*Eine* Vorstrafe!«, interveniert er. »Und ja, sie hat es gewusst. Wir haben darüber gesprochen, ich habe es ihr erklärt.«

Die Erklärung hätte Völxen gern gehört. Er überlegt, ob er den jungen Mann auf Marlenes Auszugspläne hin ansprechen soll. Aber er ist ziemlich sicher, dass Bastian davon nichts ahnt, und der Hauptkommissar möchte lieber Marlenes Vater damit konfrontieren, und zwar ohne dass dieser vorgewarnt wird. Also lässt er es sein und fragt: »Herr Raimann, Sie haben einen Schlüssel zum Bunker mit den Übungsgeräten.«

»Ja.«

»Wo bewahren Sie den auf?«

»Zu Hause.« Sein Gesicht ist nun gerötet, er scheint zu schwitzen, jedenfalls hat er schon zweimal seine Handflächen an seiner

Hose abgewischt. »Ich weiß, worauf Sie hinauswollen. Aber ich war das nicht! Ich ersteche doch meine Freundin nicht mit einer Saufeder! So was tut doch nur ein Irrer!«

»Demnach finden Sie es normal, wenn jemand seine Freundin – beispielsweise – mit einem Messer erstechen würde?«

»Was?« Er blinzelt Völxen verwirrt an. »Nein, natürlich nicht!«

»Besitzen Sie ein Funkgerät?«

»Ja.«

»Haben Sie damit Marlene am Samstagabend kontaktiert, nachdem sie nicht auf Ihre Anrufe reagiert hat?«

»Nein, das habe ich nicht«, ruft er energisch, und für einen Moment sieht es so aus, als wollte er auf die Tischplatte schlagen. Aber er bremst sich, legt die geballte Faust zurück auf seinen Schoß und entgegnet mit verhaltener Wut: »Wie oft soll ich es denn noch sagen? Ich war zu Hause! Mir war klar, sie war sauer, wegen der Sache mit dem Karnickel. Es hätte keinen Sinn gehabt, ihr auf die Pelle zu rücken, sie wollte nicht mit mir reden, und schon gar nicht hätte sie mich sehen wollen, das habe ich nach dem x-ten vergeblichen Anruf schließlich auch kapiert. Ich dachte, ich gebe ihr ein paar Tage Zeit und denke mir was Nettes aus, wie ich sie wieder besänftigen kann.«

Plötzlich wirkt er, als kämpfe er mit den Tränen.

»Warten Sie, ich zeige Ihnen was.«

Er öffnet seine Aktentasche und entnimmt ihr ein kleines Schächtelchen. Völxen ahnt, was darin ist, und tatsächlich: Ein silberner Ring mit einem kleinen Brillanten kommt zum Vorschein.

»Ich wollte Marlene fragen, ob sie … ob wir ….« Die Stimme versagt ihm, er kramt nach einem Taschentuch.

Völxen glaubt dem jungen Mann durchaus, dass er Marlene geliebt hat. Aber die Sache mit dem Ring macht ihn nicht weniger verdächtig, im Gegenteil. Unweigerlich muss er daran denken, was Oda Kristensen dazu sagen würde: *Frauen töten, um jemanden loszuwerden, Männer, um jemanden zu behalten.*

Der Maserati kurvt irgendwo zwischen dem Seelhorster Friedhof und der Messe durch ein Gewerbegebiet. Rifkin fragt sich, ob es dieselbe Gegend ist, in die man sie damals gefesselt und mit einem Sack über dem Kopf gekarrt hat, einzig und allein, weil Igor Baranow sich mit ihr unterhalten wollte. Sie will sich jedoch nicht die Blöße geben, ihn danach zu fragen.

Schließlich halten sie vor einem Gebäude, das wie ein Lagerhaus oder eine Schraubwerkstatt aussieht. Eher Letzteres, überlegt Rifkin, denn ein paar tiefergelegte BMW und irrwitzig getunte Kleinwagen parken davor. Alle drei steigen aus.

Ob sie ihre Sportsachen dabeihätte, hat Baranow sie während der Fahrt gefragt. Rifkin hat dies bejaht.

Jetzt nimmt er ihre Tasche und reicht sie dem Bullenbeißer, er selbst hat ebenfalls eine Sporttasche im Kofferraum. Sie betreten das Gebäude durch eine mit einem Zahlencode gesicherte Tür und stehen in einer Halle, in der sich drei Boxringe und etliche Trainingsgeräte befinden.

»Wow«, entschlüpft es Rifkin, die zugeben muss, dass Baranow die Überraschung gelungen ist.

Sie sind nicht allein. In zwei Ringen wird geboxt, junge, muskulöse Typen mit Tattoos und Undercut-Haarschnitten. Den hinteren Ring scheint Baranow reserviert zu haben. Man kennt ihn hier, er wird mit respektvollem Nicken gegrüßt. Ein paar Kerle schielen neugierig auf Rifkin. Offenbar sind Frauen hier eher die Ausnahme.

»Sascha hat mir erzählt, dass du früher regelmäßig geboxt hast und immer noch ab und zu trainierst.«

»Mein Bruder redet zu viel.«

»Weißt du, Elena, nach unserem etwas holprigen Kennenlernen dachte ich mir, dass es dir vielleicht ein Bedürfnis ist, mir mal richtig ein paar reinzuhauen.«

»Und ob«, antwortet Rifkin aus vollem Herzen.

Er zeigt Rifkin einen kleinen Umkleideraum. »Piotr passt auf, dass keiner reinkommt.«

Piotr stellt sich mit verschränkten Armen breitbeinig vor die Tür.

Als Rifkin in Shorts, T-Shirt und Laufschuhen wieder herauskommt, ist auch Baranow bereits umgezogen. Rifkin misst ihren Gegner, und sie muss zugeben, dass er nicht nur im Maßanzug, sondern auch in Sportklamotten eine gute Figur macht. Besonders wenn man bedenkt, dass er die vierzig schon überschritten hat. Weite graue Bermudas schlottern um seine drahtigen Beine, das schwarze Muscle-Shirt lässt ordentliche Bizepse sehen. Rifkin ist mit eins achtzig nicht gerade klein für eine Frau, und Baranow überragt sie nur um wenige Zentimeter. Ihrer beider Reichweite dürfte annähernd gleich sein, aber Baranow wiegt schätzungsweise zehn, zwölf Kilo mehr als sie. Dafür ist er fünfzehn Jahr älter. Alles in allem sind die Voraussetzungen für einen halbwegs fairen Kampf gegeben. Es sei denn, Igor Baranow entpuppt sich als heimlicher Profi.

Er hilft Rifkin beim Schnüren der Handschuhe. Sie sind nagelneu, und Rifkin traut ihm durchaus zu, dass er sie nur für diese Gelegenheit angeschafft hat. Es geht ans Aufwärmen.

»Sandsack oder Pratzen?«

»Beides«, antwortet Rifkin. »Sandsack zuerst.«

Dahinter steckt Kalkül, denn während sie den Sandsack bearbeitet, schielt sie immer wieder hinüber zu Baranow und Piotr, der die Schlagpolster für seinen Chef hochhält, der darauf eindrischt.

Er ist eher ein Puncher, kein Techniker, erkennt Rifkin. Es sei denn, er blufft. Auf jeden Fall ist er schnell, und seine Schlagkraft ist nicht zu unterschätzen.

Sie tauschen die Plätze, und nachdem Rifkin ein paar Minuten lang verschiedene Schläge gegen die Pratzen geführt hat, ist es so weit.

»Amateurzeit, vier mal zwei Minuten, bist du damit einverstanden?«, fragt Baranow.

Vielleicht wären mehr Runden besser, denn Rifkin verfügt womöglich über mehr Ausdauer als er. Aber solange sie ihn nicht richtig einschätzen kann, will sie es auch nicht übertreiben und womöglich über zehn Runden durch die Hölle gehen oder, noch schlimmer, vorzeitig aufgeben müssen, also nickt sie. »Ist okay.«

Piotr gibt den Ringrichter.

Erwartungsvoll tänzelt Rifkin im Ring auf und ab und schlägt die Boxhandschuhe gegeneinander.

Er steht ihr gegenüber, rollt mit den Schultern und dreht den Kopf hin und her, eine Lockerungsübung.

»Mach dich auf was gefasst, ich werde dich so was von auf die Bretter schicken«, verkündet Rifkin – denn Prahlen gehört nun mal zu einem Boxkampf, es ist gewissermaßen das verbale Aufwärmen.

»Heul bitte nicht rum, wenn ich dich niederstrecke«, erwidert er.

»Dazu wird's nicht kommen, alter Mann.«

»Du nimmst den Mund ganz schön voll, Mädchen.«

Piotr stellt sich zwischen die beiden und hält sie mit ausgestreckten Armen auf Abstand. Dann tritt er einen Schritt zurück. »Boxen!«

Um ihm gleich einmal Respekt einzuflößen, stürmt Rifkin nach vorne und schlägt aus der Deckung zwei Jabs und eine Gerade, die sein Kinn aber nur streift. Postwendend fängt Rifkin sich einen Haken ein. Es folgt eine Phase des gegenseitigen Sichbelauerns. Erst gegen Ende der Runde wird Rifkin wieder frecher und treibt ihren Gegner, doch der blockt die Schläge, und dann ist die Runde vorbei.

Unentschieden, befindet Piotr.

Inzwischen haben sich eine Handvoll Zuschauer eingefunden.

In der zweiten gelingt Rifkin eine Kombination aus Jab, Gerade, Haken zum Körper und einem strammen linken Haken zum Kopf. Doch ihr Gegner ist gut im Einstecken, und sie kassiert prompt einen Kopftreffer, der sie kurz wanken lässt und Baranow Gelegenheit gibt, gleich noch nachzulegen, ehe, zum Glück, der Gong ertönt. Die Runde geht trotz des guten Auftakts an ihn. Das Publikum johlt, einer ruft: »Auf geht's, Igor, versohl ihr den Arsch!«

Die verlorene Runde und der Zwischenruf haben Rifkins Wut entfacht, aber sie weiß, dass sie keinen weiteren schweren Treffer mehr riskieren darf. Sie behält die Deckung, tänzelt vorwärts und rückwärts, weicht seinen Schlägen geschickt aus, und tatsächlich, langsam scheint er zu ermüden, seine Geraden werden krummer, er ist nicht mehr ganz so flink. Ein Aufwärtshaken von Rifkin schleudert ihn in die Seile. Triumphierend reckt Rifkin die Faust, während Baranow sich aufrappelt. Aus dieser Runde geht Rifkin als klare Gewinnerin hervor.

Beifall vom Publikum, dieses Mal für sie.

»Gar nicht so übel, kleines Mädchen«, presst Baranow atemlos hervor.

»Hast du dein *Doppelherz* heute nicht genommen?«, lästert Rifkin.

Seine Augenbraue blutet ein wenig, Piotr sprüht Kältespray drauf, dann geht es weiter.

Die Schmach scheint an ihm zu nagen, in Runde vier legt er von Anfang an ein flottes Tempo vor. Doch Rifkin kann gut mithalten, der Kampf gewinnt an Dynamik. Es geht ziemlich zur Sache, die beiden Gegner schenken sich nichts. Doch dann überrumpelt Baranow sie mit einer schnellen Rechts-links-Kombination und landet einen fürchterlichen linken Haken gegen Rifkins Wange.

Ihr Kopf dröhnt, ihre Deckung bricht zusammen. Wenn er wollte, könnte er sie jetzt k. o. schlagen, aber das tut er nicht. In diesem Moment ertönt der Gong. Die Runde geht ebenfalls klar an Baranow. Und damit hat er den Kampf gewonnen.

»War mir ein Vergnügen«, meint er.

»Mir ebenfalls«, keucht Rifkin, und sie meint es auch so.

»Das mit den Besucherlisten war ein Reinfall, die bewahren sie nicht jahrelang auf. Datenschutz!« Oda Kristensen lehnt erschöpft auf dem Sofa im Büro ihres Chefs, der eigentlich gerade nach Hause gehen wollte.

»Himmelherrgott!«

»Aber ich konnte mit einem der Schließer sprechen, der während der letzten vier Jahre von Novaks Haftdauer, also von 2009 bis 2013, in seinem Bereich tätig war. Er hat sich gut an ihn erinnert. Er meinte, Novak hätte nie Besuch bekommen, schon gar nicht von einer Frau.«

»Also wird er eher nicht bei seiner Ex untergekrochen sein«, schlussfolgert Völxen.

»Aber es gibt einen Knastkumpel, der vor drei Jahren entlassen wurde und den Novak ab und zu besucht hat. Er heißt Mehmet Gashi, ein Landsmann von ihm. Die letzte Meldeadresse ist in Burgdorf.«

»Dann lass uns rausfinden, ob Novak sich dort aufhält.«

»Und mit *uns* meinst du mich und Raukel?«

»Nein. Ich werde die Kollegen aus Burgdorf bitten, nachzusehen und Novak festzunehmen.«

»Gute Entscheidung. Schick mir eine Nachricht, wenn sie ihn haben.«

Völxen verspricht es und schiebt einen Bogen Papier über seinen Schreibtisch. »Ich habe von unserem Förster eine Liste von Anrainern und Waldarbeitern bekommen. Die könnt ihr morgen abklappern und fragen, ob sie an dem Samstag irgendetwas beobachtet haben.«

Oda hebt beschwörend die Hände. »Okay, Völxen, ich habe einiges verbockt und akzeptiere meine Strafe. Nur lass mich das ohne Raukel machen, ich flehe dich an. Denk dir für ihn was anderes aus.«

»Meinetwegen, dann nimm eben Rodriguez mit«, lenkt der Hauptkommissar ein. »Übrigens, ich habe Rifkin zurückgeholt, sie ist ab morgen wieder im Einsatz.«

»Na bestens.«

Rifkin und Baranow sitzen auf hohen Hockern an dem kleinen Tresen im Hintergrund der Halle. Jeder von ihnen hat ein Glas mit einem Energydrink vor sich und ein Coolpack in der Hand. Baranow presst seines gegen die Augenbraue, Rifkin gegen die Wange, die den Mörderhaken abgekriegt hat. Im Regal hinter der Theke stehen jede Menge Eiweißpräparate.

»Ich hätte nicht gedacht, dass es so schwierig werden wird«, meint Baranow anerkennend.

»Danke, dass du mich nicht hast absichtlich gewinnen lassen.«

»Das wäre mir nie in den Sinn gekommen«, meint Baranow. »Du gehörst nicht zu den Frauen, die man in Watte packen muss, das gefällt mir an dir.«

Rifkin gönnt ihm ein winziges Lächeln.

»Sind wir jetzt quitt?«, fragt er und deutet auf seine lädierte Braue.

»Nicht die Bohne«, antwortet Rifkin.

Er verdreht die Augen und fragt dann: »Willst du wissen, womit ich im letzten halben Jahr – und immer noch – eine Menge Geld verdient habe?«

»Eigentlich nicht«, antwortet Rifkin.

»Doch, willst du.«

»Lass mich raten: Da du Drogen- und Menschenhandel ja angeblich abgeschworen hast, bleibt fast nur die gute alte Geldwäsche.«

»Falsch. Aber es hat mit Hygiene zu tun.«

»Sag schon.«

»Masken. Atemschutzmasken. Medizinische und ganz gewöhnliche.«

»Sieh an. Du bist also ein Corona-Gewinner.«

»Genau wie Amazon und die Fahrradgeschäfte.«

»Ist schon okay«, meint Rifkin.

»Ich habe nur ein paar Beziehungen ausnutzen müssen. Wer weiß, vielleicht habe ich viele Leben gerettet, und mein Karma ist wieder einigermaßen im Lot.«

Rifkin muss lachen. Dann sagt sie: »Ich nehme an, du hast die Masken für das Vielfache des üblichen Preises verkauft.«

Er breitet die Arme aus. »Nun, ich bin nicht Mutter Teresa, ich bin ein Geschäftsmann. Angebot und Nachfrage bestimmen nun mal den Preis. Aber der Aufschlag hielt sich in Grenzen, schließlich wollte ich niemanden abzocken oder vergraulen. Das Ganze sieht mir nach einem Langzeitgeschäft aus.«

»Und warum erzählst du mir das?«

»Weil ich dir beweisen möchte, dass ich nicht der bin, für den du mich hältst. Ich war es vielleicht mal. Okay, nicht nur vielleicht. Aber damit ist jetzt Schluss.«

»Die Schlange häutet sich, aber sie bleibt eine Schlange«, antwortet Rifkin. Sie nimmt einen Schluck von ihrem Getränk, ehe sie sagt: »Schade, dass du nun ein Saubermann geworden bist. Ich wollte dich nämlich gerade um einen Gefallen bitten, aber da es sich um eine Straftat handelt ...« Sie zuckt hilflos mit den Achseln. »Ich will ja nicht schuld sein, wenn dein Karma wieder in die Miesen abdriftet.«

»So schlimm? Suchst du einen Auftragskiller, oder was?«

»Hättest du denn einen an der Hand?«, entgegnet Rifkin interessiert.

Er hebt abwehrend die Arme. »Wir sollten diese Unterhaltung lieber nicht weiterführen.«

Der Meinung ist auch Rifkin.

Seine Neugier ist jedoch geweckt. »Nun sag schon, was los ist.«

»Ich brauche einen falschen Pass.«

Er zieht scharf die Luft ein. »Wofur?«

»Eine Undercover-Aktion. Ein Personalausweis reicht.«

»Na, dann ...«

»Kannst du so was organisieren?«

»Wieso wendet sich dein Chef nicht ans LKA oder BKA, oder wer immer bei euch für V-Leute zuständig ist?«

»Das kann Wochen dauern, bis die in Gänge kommen. Ich brauche ihn bis Mittwoch. Also morgen.«

Baranow verschluckt sich beinahe an seinem Drink. »Morgen?«

»Vergiss es. Es war eine blöde Idee.«

»Ich kann es versuchen, aber versprechen kann ich nichts.«

»Okay.«

»Sag mir, was du vorhast«, verlangt Baranow.

»Ich möchte eine Prepper-Gruppe unterwandern. Der Anführer ist ein Ex-Polizist, deshalb sollte der Ausweis einigermaßen in Ordnung sein. Die sind nicht gefährlich, nur ein bisschen ... überspannt«, fügt Rifkin hinzu, nachdem sie sein skeptisches Stirnrunzeln bemerkt hat.

»Es sei denn, unter ihnen ist einer, der junge Frauen mit Jagdwaffen aufspießt«, entgegnet Baranow.

»Du bist gut informiert«, antwortet Rifkin.

»Ich bitte dich. Die ganze Stadt redet davon. Was sagt denn dein Chef dazu?«

»Der weiß das noch gar nicht.«

»Das gefällt mir nicht«, meint Baranow.

»Ich brauche deine Erlaubnis nicht, und ich komme auch ohne deine Hilfe klar.« Rifkin rutscht verärgert vom Hocker.

»Warte«, sagt Baranow. »Wer sagt, dass ich dir nicht trotzdem helfen werde?«

Sie setzt sich wieder hin. Es war klar, dass er nicht widerstehen kann. Die Aussicht, einer Polizistin mit seinem kriminellen Fachwissen und seinen Beziehungen zur Seite zu stehen, ist einfach zu verlockend für ihn, das ist Wasser auf die Mühlen seiner Eitelkeit.

Und ich? Wie wird es sich für mich anfühlen, in seiner Schuld zu stehen? Aber das tue ich doch ohnehin schon. Und sei es nur wegen Sascha. Der Club in Hannovers Innenstadt, in dem ihr Bruder Sascha zuletzt Geschäftsführer war, gehört zwar offiziell irgendeiner Offshore-Gesellschaft, aber sie weiß sehr wohl, dass Baranow seine Finger im Spiel hat. Obwohl das Lokal wegen der Corona-Pandemie schließen musste und immer noch zu ist, bekommt ihr Bruder einen Großteil seines Gehalts trotzdem. Den Gedanken, dass dies etwas mit ihr und Baranows Faible für sie zu tun haben könnte, hat Rifkin bis jetzt stets verdrängt.

»Wie nimmst du Kontakt auf zu diesen Leuten?«, dringt Igor Baranows Stimme zu ihr durch. Sie ist sanft und leise und sehr männlich, diese Stimme, obwohl sie nicht allzu tief ist. Rifkin gesteht sich nicht zum ersten Mal ein, dass sie diese Stimme mag. Ganz besonders, wenn er russisch spricht, so wie meistens.

Eigentlich hatte Rifkin nicht vor, ihren Plan mit ihm durchzusprechen, aber anders geht es wohl nicht, also sagt sie: »Ich werde anrufen und fragen, ob ich bei ihrem nächsten Treffen im Wald dabei sein darf. Sie werben damit auf ihrer Webseite.«

»Sie werden misstrauisch sein, besonders jetzt, nach diesem Verbrechen«, wendet er ein. »Ich an deren Stelle wäre es jedenfalls. Du könntest von der Presse sein oder von der Polizei.«

»Das muss ich riskieren.«

»Du rufst also an, sagst einen falschen Namen, und dann? Was glaubst du, was die als Nächstes tun werden?«

»Sie googeln mich«, antwortet Rifkin, denn das ist es, was sie tun würde.

»Und sie werden nichts finden, was immer verdächtig ist«, gibt Baranow zu bedenken. »Mit Leuten, die im Netz nicht existieren, ist meistens was faul. Oder sie finden eine Frau mit dem Namen, den du genannt hast, die aber ganz anders aussieht als du. Das kann peinlich werden.«

»Ich könnte eine Identität benutzen, deren Namen man zwar findet, aber von der kein Foto im Netz existiert.«

»Schon besser«, findet Baranow. »Noch eleganter wäre es, sie würden dich im Netz finden, mit falschem Namen, echtem Foto und einem harmlosen Beruf.«

»Wie soll ich das hinkriegen in der kurzen Zeit? Ich bin kein Webdesigner.«

»Wann wolltest du dort anrufen?«

»Spätestens morgen Vormittag.«

Er schenkt ihr ein Raubtierlächeln und sagt: »Pass auf, Elena Rifkin. Du schickst mir noch heute ein paar Fotos von dir, auf denen du zur Abwechslung mal lächelst, und außerdem ein biometrisches Passbild. Ich sorge dafür, dass du bis morgen eine wasserdichte neue Existenz bekommst.«

Rifkin zögert. Aber für einen Rückzieher ist es jetzt zu spät, schließlich hat sie ihn ja gefragt. »Und wie soll ich heißen?«

»Das erfährst du ebenfalls morgen.«

Kapitel 15 – Schweigen ist Gold

Oda hat die Nacht allein in ihrer Wohnung in Isernhagen verbracht und sich über Stunden schlaflos herumgewälzt, während sich in ihrem Kopf die Gedanken im Kreis herum jagten. Nicht mal gegen Morgen, eine Zeit, in der sie sonst am besten schläft, hat sie Ruhe gefunden. Als um sechs Uhr in der Nachbarschaft ein Hahn laut kräht – Hühnerhaltung scheint das neue Hobby ihrer grünen, besser verdienenden Nachbarschaft zu sein –, steht sie auf, und sei es nur, um dem Gedankenkarussell zu entfliehen. Sie duscht, setzt Kaffee auf, zieht sich an. Noch immer keine Nachricht von Völxen. Demnach scheint der Tipp mit dem Knastkumpel in Burgdorf wohl ins Leere gelaufen sein.

Wie Raukel gestern noch herausgefunden hat, ist Cem Turan, der ehemalige V-Mann und Beteiligte an dem einst so grandios gescheiterten Drogendeal, schon lange nicht mehr bei der Polizei. Da er nirgendwo in Deutschland mehr gemeldet ist, ist er vermutlich in der Türkei, wo Teile seiner Familie leben. Oder ist er abgetaucht, aus Angst vor Novaks Rache? Oder ist er womöglich gar nicht abgetaucht, sondern …

Zudem wurde gestern ein Durchsuchungsbeschluss für Novaks Wohnung beantragt, aber man wird von Glück sagen können, wenn der Richter den heute noch ausstellt.

Enver Novak steht für Oda nach wie vor nicht an erster Stelle der Mordverdächtigen, aber seine Flucht kann man nicht einfach ignorieren. Und die Attacke mit dem Dampfstrahler in der Waschanlage, noch dazu vor Raukel, nimmt Oda persönlich. Schon deshalb will sie ihn kriegen. Sie hat sich in der Nacht – unter manch anderem – wieder und wieder das Gespräch mit dem Bediensteten der JVA durch den Kopf gehen lassen. Novak sei ein Eigenbrötler gewesen, der die Gesellschaft anderer gemieden habe, hat der Schließer berichtet. Ruhig, unauffällig, keine Probleme verursachend, aber auch kaum zugänglich, hat er Novak beschrieben. Wie passt das zu dem alten Enver Novak, den Raukels früherer Chef Brimmer beschrieben hat? Dem Großmaul, dem Drogenhändler, der jahrelang die Polizei an der Nase herumführte, dicke Autos fuhr und es gehörig hat krachen lassen? Etwas muss ihn verändert haben. Der Prozess? Die möglicherweise falsche Mordanklage? Die lange Haftzeit, in der er – zumindest in der letzten Hälfte – keinen Besuch bekam? Demnach haben sich seine alten Geschäftspartner und Freunde von ihm abgewandt. Nicht unüblich in seiner Branche. Wer will schon gerne mit einem Loser zu tun haben?

Wo verkriecht sich ein einsamer Mensch wie Novak vor der Polizei, wenn er niemanden hat? In ein Hotel, eine Pension? Viel Geld wird er kaum besitzen, sonst würde er nicht für Sixt Autos waschen.

Oda trinkt ihren Kaffee, und dann kommt ihr ein Gedanke. Sie steigt in ihren Wagen und fährt los, durch die langsam erwachende Stadt.

Dann steht sie von Novaks Haus. Sie blickt an der Fassade hoch und wartet. Worauf, weiß sie selbst nicht so genau. Dass Novak zur Tür herausspaziert? Nach fünf Minuten kommt eine junge Frau mit einem Fahrrad aus dem Haus. Oda hält die Tür für sie auf und witscht hinter ihr hinein. Sie steigt jedoch nicht die Treppen hinauf, sondern durchquert den Flur. Die Hintertür ist nicht abgeschlossen. Sie geht hinaus. Im Hof riecht es nach vollen Mülltonnen, Fahrräder stehen in Reihe, ansonsten ist das Rechteck kahl bis auf einen Waschbetonkübel, in dem Unkraut wächst. Wieder gleitet ihr Blick an der Fassade hinauf, die hier auf der Rückseite deutlich schäbiger ist als vorn.

In einem der Fenster im dritten Stock brennt Licht. Vermutlich ist es das Bad, denn die schmale Scheibe besteht aus gewelltem Glas. Odas Puls beschleunigt. Sie verdeutlicht sich noch einmal die Lage der Wohnungen – nicht, dass sie noch das SEK zu der Familie schickt, die auf demselben Flur lebt. Sie ist ganz sicher. Dort, wo das Licht brennt, muss Novaks Wohnung sein. Ein Irrtum ist ausgeschlossen, denn zwischen den Wohnungen erkennt man deutlich die langen, schmalen Fenster des Treppenhauses.

»Hab ich dich«, murmelt Oda. Sie schaut auf die Uhr. Kurz nach sieben. Sie überlegt, ob sie Völxen anrufen soll, der sicher schon wach ist und bei seinen Schafen herumlungert, oder ob sie gleich bei der Leitstelle um Unterstützung durch das SEK bitten soll.

Andererseits scheint Novak sich nicht viel Mühe zu geben, sich vor den Behörden zu verstecken. Er musste doch damit rechnen, dass seine Wohnung beschattet wird. Trotzdem ist er hier. Was womöglich für seine Unschuld spricht. Vielleicht war seine Flucht gestern lediglich ein Reflex, eine Angewohnheit, noch aus alten Zeiten. So was kommt öfter vor in entsprechenden Milieus. Die Leute sehen einen Polizisten, und das Erste, was ihnen in den Sinn kommt, ist abzuhauen, egal, ob sie etwas angestellt haben oder nicht. Irgendwas ist ja immer …

Oder er ist schuldig und will gefasst werden. Aber solche Entscheidungen werden vorzugsweise von Menschen getroffen, die noch nie eine Justizvollzugsanstalt von innen gesehen haben.

Oder, dritte Möglichkeit, ihre Freude war verfrüht, und er hat einfach nur im Bad das Licht angelassen, schon seit gestern. Das wäre mehr als peinlich, wenn das SEK eine leere Wohnung stürmt, nur weil Novak nachlässig war.

Oda beschließt, es darauf ankommen zu lassen. Keiner weiß, dass sie hier ist, falls es schiefgeht, muss niemand davon erfahren.

Sie geht die drei Treppen hinauf und klingelt zweimal lang und fordernd an der Wohnungstür. Nichts rührt sich. Sie drückt sich an die Wand neben der Tür und wartet. Es soll schon vorgekommen sein, dass Typen durch geschlossene Türen geschossen haben. Als sich nichts tut, geht sie in die Knie und linst vorsichtig durch den Briefschlitz in den Flur der Wohnung. Kein Mensch ist zu sehen, alles ist still.

Doch Oda traut dem Frieden nicht.

»Herr Novak, hier ist Hauptkommissarin Kristensen«, ruft sie durch den Schlitz. »Ich will nur mit Ihnen reden. Bitte öffnen Sie. Ich bin alleine hier und unbewaffnet.«

Keine Antwort. Oda steht wieder auf, denn die gebückte Haltung ist auf Dauer nicht bequem. Hat sie sich mit einem leeren Flur unterhalten, oder stellt Novak sich tot? Gegen die Wand gelehnt, beschließt sie, noch ein Weilchen hier zu warten und zu horchen. Falls er da ist, wird er sich irgendwann einmal bewegen müssen.

Sie hat den Gedanken kaum zu Ende gedacht, als sich die Tür gerade so weit öffnet, wie es die Kette des Sicherheitsschlosses zulässt.

Oda fährt herum. Sie erkennt Novaks Gesicht. Er späht vorsichtig an ihr vorbei in den Hausflur, als wolle er sich vergewissern, dass Oda die Wahrheit sagt.

»Herr Novak, ich bin allein, keine Sorge. Sehr vernünftig von Ihnen, dass Sie mir öffnen. Wir müssen reden.«

»Ich habe Ihnen nichts zu sagen«, kommt es unwillig.

»Sie wissen doch noch gar nicht, worum es geht.«

»Halten Sie mich für blöd? Ich habe nichts zu sagen«, wiederholt er.

»Darf ich reinkommen?«

»Nein.«

»Wie Sie wollen. Dann würde ich gerne auf unserem Kommissariat mit Ihnen sprechen«, sagt Oda. »Kommen Sie freiwillig mit mir mit, oder muss ich Hilfe anfordern?«

»Ich habe nichts zu sagen«, wiederholt er wie ein Papagei.

»Ich gebe Ihnen jetzt zwei Minuten, danach rufe ich Verstärkung.«

Novak schließt kommentarlos die Tür zu.

Oda wartet. Zweifel an ihrem Vorgehen kommen auf. Hoffentlich macht er keine Dummheit, denkt Oda. Bewaffnet sich oder springt aus dem Fenster. Alles schon da gewesen.

Sie wartet und horcht. Sie hört seine Schritte. Es vergeht eine Minute, dann noch eine. *Ich hätte wenigstens eine Streife rufen sollen. Nicht mal meine Dienstwaffe habe ich dabei.*

Jetzt hört sie ihn reden, mit gedämpfter Stimme. Sie ist nicht ganz sicher, aber es kommt ihr so vor, als spräche er nicht deutsch. Wen ruft er an? Seinen Anwalt? Seine Frau?

»Herr Novak!« Oda hämmert gegen die Tür. »Eine Minute noch, dann hole ich die Kollegen.«

Kurze Zeit später wird das Kettenschloss entriegelt, und Novak steht abfahrbereit in der Tür. Er ist frisch rasiert, das dünne graue Haar sieht feucht aus. Auf seinem schwarzen T-Shirt hat irgendetwas Gelbes Spuren hinterlassen, dazu trägt er Jeans und abgewetzte Cowboystiefel.

»Okay, ich komme mit, aber ich habe Ihnen nichts zu sagen.«

»Das erwähnten Sie schon, Herr Novak«, antwortet Oda. »Jetzt fahren wir erst einmal zur Dienststelle. Sie haben hoffentlich nicht wieder vor abzuhauen, sobald wir draußen sind?«

Er schüttelt den Kopf. Er wirkt müde, nicht nur wegen der dunklen Ringe um seine Augen. Alles an ihm signalisiert, dass ihm sein Leben im Grunde zu anstrengend ist.

Er schließt die Tür ab und folgt Oda die Treppen hinunter. Hätte sie Handschellen dabei, würde sie sie ihm anlegen. So aber muss sie sich auf sein Wort verlassen und darauf, dass er draußen keinen erneuten Fluchtversuch unternimmt.

Elena Rifkin schiebt ihr Rad durch die Pforte. Sie nickt dem Mann hinter der Glasscheibe zu, der daraufhin von seinem Stuhl aufspringt und ihr nachruft. »Warten Sie! Es wurde etwas für Sie abgegeben.«

Es ist ein brauner DIN-A4-Luftpolsterumschlag, der ihren Namen trägt. Kein Absender, natürlich nicht. Rifkin kann es kaum erwarten, ihn zu öffnen. Oben angekommen wäre sie fast mit Oda Kristensen zusammengestoßen, die gerade mit einer Tasse Kaffee aus dem Büro von Frau Cebulla kommt.

»Ah, Rifkin, wieder an Bord«, kommt es mit mäßiger Begeisterung.

»Moin, Oda. So früh heute?«

»Senile Bettflucht. Irgendwann triff es jeden.«

Rifkin glaubt ihr kein Wort und verschwindet in ihrem Büro. Sie muss die Zeit bis zu ihrem Treffen mit Völxen nutzen. Erwin Raukel und Fernando Rodriguez kommen selten vor neun Uhr, aber wer weiß? Wenn sogar Oda Kristensen schon so ungewöhnlich früh da ist, obwohl sie doch für gewöhnlich die Letzte ist, die hier aufschlägt …

Sie reißt den Umschlag auf. Ein Handy fällt heraus und ein Personalausweis, er trägt ihr Foto und den Namen Annette Weberknecht.

Rifkin muss tief durchatmen. *Annette*, geht's noch?

Die Geburtsdaten sind nicht ihre, laut dem Pass ist sie zwei Jahre älter.

Rifkin durchrieselt ein eigenartiges Gefühl beim Betrachten dieses Dokuments. Damit könnte sie ab sofort ein Doppelleben führen, ein kriminelles, zum Beispiel. Prickelnde Vorstellung. Sie vergleicht den Ausweis mit ihrem und kann nichts erkennen, was auf eine Fälschung hindeutet. Dieser Kobler war schließlich nicht beim Zoll, überlegt Rifkin. Falls es geheime Merkmale für gefälschte Pässe gibt, wird er sie wahrscheinlich ebenso wenig kennen wie sie.

Im Umschlag sind auch ein paar identische Visitenkarten in einem pastellfarbenem Blumenmuster, darauf steht in geschwungener lila Schrift: *Villa Lavanda*. Dazu eine Adresse in der List, die Telefonnummer, eine E-Mail-Adresse und die Webadresse.

Rifkin fährt den Computer hoch, überlegt es sich dann doch anders und benutzt lieber ihr Handy. Die Webseite zeigt das Innere des Ladens, der ganz in Lila, Rosa und Weiß gehalten ist, und eine Auswahl des Sortiments. Blumen und Pflanzen hauptsächlich, dazu Grußkarten, Blumentöpfe und Vasen und jede Menge Schnickschnack, den die Welt nicht braucht. Wozu dienen hölzerne Buchstaben in Shabby Chic, die, nebeneinandergestellt, das Wort HOME bilden? Ist das ein Hilfsmittel für anglophile Alzheimerkranke, damit sie wissen, dass sie noch zu Hause und nicht schon im *rest home* sind?

Im Impressum stehen die gleichen Angaben wie auf der Visitenkarte, und darunter prangt ein Foto von Rifkin, lächelnd. Der Hintergrund wurde verändert, sodass es aussieht, als stünde sie in *ihrem* Geschäft.

Rifkin gibt einen Knurrlaut von sich. Bestimmt hat es Baranow einen Heidenspaß gemacht, ihr eine derart kitschbeladene Scheinexistenz in unterzujubeln. Hat er den Laden kreiert, oder gibt es das Geschäft wirklich? Er ist jedenfalls auf Google Maps eingetragen. Möglicherweise aber auch erst seit gestern Nacht.

Auf einer der Visitenkarten ist die PIN für das Handy notiert. Sie schaltet es ein und ruft mit ihrem Telefon die Nummer an, die auf der Karte und der Webseite angegeben ist. Das andere Handy läutet. Baranow hat an alles gedacht. Was man von einem Mafiaboss – sei er nun geläutert und auf dem Pfad der Tugend oder nicht – ja wohl auch erwarten kann.

Sie ruft ihn an.

»Guten Morgen, Annette! Wie fühlt man sich als Floristin?«

»Ein toller Laden, genau mein Geschmack! Und dann noch Annette!«

»Was wäre dir denn lieber gewesen?«

»Irina, Fleischereifachverkäuferin«, antwortet Rifkin mit starkem russischem Akzent, ehe sie in sein Lachen hinein fragt: »Gibt es eine echte Annette Weberknecht, und wenn ja, was hast du mit ihr gemacht?«

»Liegt mit frischem Beton übergossen in einem Fundament.«

»Das dachte ich mir schon.«

»Sie ist in der Provence, sie hat es ja mit Lavendel. Der Laden hat zwei Wochen Betriebsferien, und sie ist einverstanden mit der vorübergehenden Veränderung ihrer Webseite.«

»Und warum ist sie das?«

»Das muss dich nicht kümmern.«

Wahrscheinlich ist der Laden einer seiner Geldwäsche- oder Steuerhinterziehungsprojekte, genau wie Saschas Club. Sie schiebt diesen Gedanken beiseite.

»Du hast wirklich an alles gedacht«, muss Rifkin anerkennend gestehen.

»Ich will nur, dass du überlebst. In Berufen wie unseren kann man sich keine Fehler leisten.«

Normalerweise würde Rifkin energisch zurückweisen, dass er ihre Berufe in einen Topf wirft, aber dies ist nicht der Moment für Spitzfindigkeiten, also sagt sie nur: »Ich danke dir, Igor Baranow.«

»Halt mich auf dem Laufenden.«

»Du weißt, dass ich über laufende Ermittlungen nicht mit Außenstehenden sprechen darf.«

»Eure Mörderjagd ist mir egal, ich hätte nur ab und zu gern ein Zeichen, dass du noch lebst. Damit ich ruhig schlafen kann.«

Geradezu rührend, diese Besorgnis.

Es klopft. Rifkin fährt herum, und im selben Moment steht ihr Vorgesetzter in der Tür. »Tschüss, Mama«, sagt sie auf Russisch und beendet das Gespräch.

Das Meeting mit Völxen! Rifkin schaut erschrocken auf die Wanduhr im Hannover-96-Design, die natürlich Rodriguez dort aufgehängt hat, vermutlich in den seligen Zeiten, als man noch Erstligist war. Sie zeigt vier Minuten nach acht. Völxen hasst Unpünktlichkeit.

»Moin, Rifkin ...«, beginnt Völxen.

»Guten Morgen, Herr Hauptkommissar!« Sie schnellt vom Stuhl hoch. »Entschuldigen Sie, ich war beschäftigt und habe gar nicht auf die Uhr gesehen.«

»Kein Problem, Rifkin. Unser kleiner Plausch muss ohnehin warten. Enver Novak, der Verdächtige, der gestern vor Raukel und Kristensen geflohen ist, ist wieder aufgetaucht. Ich brauche Sie im Vernehmungsraum.«

»Wen, mich?«, vergewissert sich Rifkin.

»Kommen Sie nicht gerade von diesem Seminar für Vernehmungstechniken?«

»Schon, ja ...«

»Na, dann sind Sie ja jetzt mit allen Wassern gewaschen.«

Rifkin folgt ihm auf den Fersen den Flur entlang. Deshalb war Oda so früh hier. Sie soll wahrscheinlich Novak vernehmen, und sie, Rifkin, wird die meiste Zeit nur stumm dabeisitzen, finster schauen und den *bad cop* geben. Hoffentlich dauert das Verhör nicht ewig. Sie muss doch im Lauf des Vormittags Nele Kobler anrufen und Annette Weberknecht zum Prepper-Treffen anmelden.

Doch von Oda ist weit und breit nichts zu sehen, nur Enver Novak sitzt in dem kleinen, kahlen, bewusst ungemütlich gehaltenen Raum. Völxen öffnet die Tür, lässt Rifkin vorangehen und setzt sich dann selbst auf einen der zwei freien Stühle.

Der Hauptkommissar macht das Aufnahmegerät startklar, stellt sich und Rifkin vor, nennt Datum und Uhrzeit, weist Novak darauf hin, dass er als Verdächtiger im Mordfall Marlene Kobler vernommen wird, dass er einen Anwalt hinzuziehen kann und er das Recht hat zu schweigen. Letzteres hätte er vielleicht besser weggelassen …

»Herr Novak, hatten Sie seit Ihrer Entlassung aus der Haft Kontakt zu Georg Kobler?«

Novak schweigt.

»Oder zu seiner Tochter, Marlene Kobler?«

Novak schweigt.

»Herr Novak, wo waren Sie am Samstagabend zwischen zwanzig Uhr und Mitternacht?«

Novak schweigt.

»Herr Novak, Sie sind verheiratet mit Donika Novak, geborene Krasniqi. Stimmt das?«

Schweigen.

»Wo befindet sich Ihre Frau zurzeit?«

Schweigen.

»Sind Sie immer noch der Überzeugung, dass Georg Kobler Ihnen seinerzeit ein Beweisstück untergejubelt hat und Sie zu Unrecht in Haft waren?«

Schweigen.

»Warum haben Sie so lange gewartet, um Ihren Racheschwur wahr zu machen?«

Schweigen.

»Möchten Sie einen Anwalt? Sie brauchen bloß zu nicken.«

Keine Reaktion.

Tja, resümiert Rifkin, alles Gelernte oder Versäumte nützt nichts, wenn der Verdächtige sich entschlossen hat, einen Schweigetag einzulegen. Oder wäre das Thema *Umgang mit Zombies* in ihrem Seminar noch drangekommen?

Enver Novak reagiert auf ausnahmslos jede Frage, sei sie harmlos oder provokant, mit Schweigen. Nicht einmal, als der Hauptkommissar ihm ein Glas Wasser oder einen Kaffee anbietet, antwortet er, und weder seine Körperhaltung noch sein gelangweilter, etwas müder Gesichtsausdruck verraten, was in ihm vorgeht. Das ist kein Pokerface mehr, das gleicht eher einem Locked-in-Syndrom. Man hätte ihn schon nach CIA-Manier an eine Art Lügendetektor anschließen müssen, um zu erfahren, welche Fragen ihn kaltlassen oder nervös machen. Rifkin bedauert sehr, dass das hierzulande nicht der Usus ist.

Endlich, nach über einer Stunde, macht Hauptkommissar Völxen Rifkin ein Zeichen, die Tortur zu beenden. Sie gehen zusammen raus, Novak bleibt sitzen.

Zuerst schaut Völxen bei Erwin Raukel vorbei, der sich allein in ihrem gemeinsamen Büro aufhält und gerade herzhaft in ein Franzbrötchen beißt.

»Wo ist Rodriguez?«

Raukel würgt den Bissen hinab, spült mit Kaffee nach und sagt dann: »Mit Oda weggefahren, um die Eingeborenen und die Waldarbeiter zu befragen, wie du es ihnen befohlen hast.«

»Ach ja, stimmt«, erinnert sich Völxen. »Sei so gut, Erwin, setz du dich mal zu ihm rein. Wir brauchen eine Pause. Vielleicht macht er bei dir den Mund auf. Der Kerl treibt mich zum Wahnsinn, so einen harten Knochen hatte ich schon lange nicht mehr. Sonst verlangen sie wenigstens nach einem Anwalt, wenn sie nicht reden wollen, aber der sitzt einfach nur da wie ein Denkmal.«

»Ich werde mein Bestes geben«, verkündet Raukel, dem die Verwunderung darüber anzusehen ist, dass Völxen ihm sein Herz ausschüttet und sein Scheitern auf ganzer Linie eingesteht.

»Warum hast du denn die Kristensen weggeschickt?«, fragt Raukel und klingt dabei irgendwie scheinheilig. »Sie ist doch sonst diejenige, welche ...?«

Das fragt sich Rifkin allerdings auch.

»Um dir die Gelegenheit zu geben, sie in den Schatten zu stellen«, antwortet Völxen und schließt die Tür.

Als Nächstes steuert er Frau Cebullas Büro an, die in der Zwischenzeit auf Oscar aufgepasst hat. »Ich brauche frische Luft!«, verkündet er, während er den Terrier anleint. »Rifkin, wir sehen uns in einer Stunde bei mir im Büro. Machen Sie sich inzwischen mit der Fallakte vertraut.«

»Jawohl, Herr Hauptkommissar«, antwortet diese und beobachtet, wie Herr und Hund dem Aufzug zustreben. Das passt ihr hervorragend. Völxen ist Gassi, Raukel babysittet den schweigsamen Novak, und Rodriguez treibt sich mit Oda in den Büschen herum. So kann sie endlich ungestört Nele Kobler anrufen und sich für das Wildnistraining anmelden.

Hauptkommissar Erwin Raukel packt ein paar Utensilien zusammen, um für seine Aufgabe gerüstet zu sein, darunter seinen Kaffeebecher und das angebissene Franzbrötchen. Wie befohlen begibt er sich sodann in den Vernehmungsraum und lässt sich dem Verdächtigen gegenüber nieder. Er sagt kein Wort, nicht einmal Guten Morgen, und auch Novak zeigt keinerlei Reaktion. Das Aufnahmegerät ist abgestellt, er belässt es dabei. In aller Seelenruhe trinkt er seinen Kaffee mit Schuss und isst sein Franzbrötchen. Krümel breiten sich auf dem Tisch aus, er lässt sie liegen.

In Gedanken ist Raukel ganz woanders. Ehe er eine kleine Frühstückspause eingelegt hat, hat er erneut versucht, Helmut Brimmer anzurufen und ihn nach Cem Turan zu fragen. Turans deutsche Meldeadresse scheint schon lange nicht mehr zu stimmen, jedenfalls lebt in der angegebenen Wohnung seit neun Jahren eine andere Familie. Raukel hätte ebenfalls gern etwas über den Verbleib von Novaks Frau gewusst. Er hat jedoch seinen alten Kollegen gestern nicht erreicht, und zurückgerufen hat Brimmer bis jetzt auch nicht, obwohl Raukel ihm auf die Mailbox und auf den Anrufbeantworter des Festnetzes gesprochen hat. Und gerade ist er wieder nicht rangegangen. Er wird doch nicht verreist sein, irgendeine Kreuzfahrt, ohne Handyempfang auf hoher See? Nein, das hätte er erzählt, und mit Kreuzfahrten ist es in diesen Zeiten ohnehin etwas schwierig. Hoffentlich ist dem alten Knaben nichts zugestoßen.

Darüber hinaus beschäftigt ihn die Frage, warum der Schafstrottel Rifkin zur Vernehmung hinzugezogen hat, während er seine Verhörspezialistin Oda Kristensen zusammen mit dem Spanier in den Deister schickt, um Holzfäller zu befragen. Eine stupide, zeitfressende Laufarbeit, die mit Sicherheit zu nichts führen wird. Darauf kann es nur eine Antwort geben: Die Kristensen hat ihm ihr früheres Lotterleben, insbesondere ihr Verhältnis mit Kobler, gebeichtet, oder Völxen hat es in einem seiner seltenen lichten Momente selbst herausgefunden. Jetzt will er Oda aus der ersten Reihe abziehen, damit ihr Name in keinem Protokoll auftaucht. Schlau von ihm, aber auch ein bisschen riskant.

Des Weiteren grübelt er darüber nach, wann ihm die schöne Irina von gegenüber wohl wieder gewogen sein wird, nachdem er sie am Sonntag hat versetzen müssen, woraufhin sie schmollte. Gestern Abend hat sie wenigstens wieder mal vom Balkon aus gelächelt, allerdings etwas verhalten. Vielleicht sollte er heute Abend einen neuen Vorstoß wagen und zusehen, dass er endlich mal bei ihr landen kann, vorzugsweise in ihrem Bett.

Novak betrachtet ihn derweil stumm und ohne eine Miene zu verziehen. Erwin Raukel starrt zurück und schweigt ebenfalls. Als er genug vom gegenseitigen Anstarren hat, schlägt er einen Aktendeckel auf, in dem sich lediglich ein Heft mit Sudokus befindet. Er zieht seinen Stift aus der Brusttasche und widmet sich in aller Seelenruhe seinem Zahlenrätsel und dem Franzbrötchen, das er mit dem Rest seines raffiniert verfeinerten Kaffees hinunterspült.

Als das süße Gebäck vertilgt und das Sudoku ausgefüllt ist, zieht der Ermittler ein ledernes Necessaire aus der Hosentasche und macht sich daran, seine Fingernägel zu kürzen, zuerst mit dem

Nagelknipser, wobei die Schnipsel in alle Richtungen fliegen, dann mit der Feile. Frauen, so sein Kalkül, stehen schließlich auf gepflegte Männer, und sie achten besonders auf die Hände.

Novak zeigt immerhin eine Reaktion, indem er das Gesicht verzieht.

Als Raukel mit seinen Fingernägeln fertig ist, gähnt er, stützt das Kinn auf die gefalteten Hände und blickt sein Gegenüber voller Verdruss an: die Augenringe, die angewidert verzogenen Lippen, die hellen Kleckse auf dem schwarzen T-Shirt.

Novak starrt zurück. Dann fragt er: »Kommen die Fußnägel auch noch dran?«

Raukel jedoch schweigt. Dann packt er seine Sachen zusammen, steht auf und geht hinaus.

»Sie wollen *was?*«

Rifkin und ihr Vorgesetzter sitzen bei schwarzem Tee und Cappuccino in Völxens Büro. Oscar liegt in seinem Korb und muckst sich nicht, wie immer, wenn Rifkin zugegen ist, vor der der Hund einen Heidenrespekt hat.

»Ich will bei diesem Training mitmachen. Undercover«, wiederholt Rifkin. »Heute Abend geht es los.«

»Heute schon? So viel zum Thema Trauerzeit.«

»Der Kampf muss weitergehen«, sagt Rifkin. »Originalzitat Nele Kobler.«

»Welcher Kampf?«

»Das will ich ja gerade herausfinden.«

Völxen schüttelt den Kopf. »Das wird nicht funktionieren.«

»Warum nicht?«, widerspricht Rifkin. »Mich hat noch niemand von den Preppern gesehen, und meine Tarnung ist gut.« Sie zeigt ihrem skeptischen Chef die Webseite, die sie angeblich selbst gebastelt hat. Den falschen Personalausweis verschweigt sie lieber und erklärt stattdessen: »Nele Kobler hat schon angebissen. Sie hat mich gefragt, ob ich von der Presse bin, und dann aufgelegt. Zehn Minuten später hat sie mich auf dem Handy, dessen Nummer zur Webseite passt, zurückgerufen. Für sie bin ich Annette Weberknecht, Inhaberin eines Blumenladens, mit Zukunftsängsten und der Bereitschaft, sich dem Weltuntergang entgegenzustellen.«

Völxen schaut seine Mitarbeiterin an und dann noch einmal die Webseite der *Villa Lavanda*, dann bricht er in schallendes Gelächter aus. »Ein Blumenladen? Sie? Und Sie heißen ... Annette?«

Rifkin zieht es vor, darauf nicht zu antworten.

»Wie passt denn dieses Profil zu einer Prepperin?«, hakt Völxen nach.

Rifkin blickt ihn voller Ernst an. »Darüber habe ich gründlich nachgedacht und bin zu dem Schluss gekommen, dass ich viel eher auffliege, wenn ich aussehe wie das Klischee einer Prepperin. Hinter einer Person wie Annette Weberknecht vermutet man wohl kaum eine Polizistin.«

»Da mag etwas dran sein. Trotzdem bin ich dagegen.«

»Warum, wenn ich fragen darf, Herr Hauptkommissar?«

»Weil diese Typen mit Waffen durch den Wald toben. Das sind keine Pfadfinder, auch wenn sie so tun. Ich nehme ihnen die Harmlosigkeit einfach nicht ab.«

»Ich genauso wenig«, erwidert Rifkin.

»Wenn die merken, dass sie bespitzelt werden, könnte das für Sie sehr unangenehm werden, und ich möchte nicht, dass Sie die Nächste sind, die man mit einer Saufeder in der Brust findet.«

»Ich kann mich recht gut wehren«, versetzt Rifkin. »Rodriguez hat mir erzählt, dass er und die Kollegen glauben, dass die Prepper etwas verbergen. Wie wollen wir denn sonst rauskriegen, was es ist?«

Völxen überlegt. Es stimmt schon, was Rifkin sagt, die Ermittlung tritt momentan auf der Stelle. Nicht zuletzt wegen dieses Kerls da drüben im Vernehmungsraum. Den wird er erst einmal für ein paar Stunden in die Verwahrzellen bringen lassen. Vielleicht erinnert ihn das an alte Zeiten und bringt ihn dazu, endlich den Mund aufzumachen.

Auf keinen Fall wird er Rifkin auf diese gefährliche Mission schicken, auch wenn sie viel Sorgfalt auf die Vorbereitung verwendet hat. Nicht, solange da drüben ein dringend Tatverdächtiger sitzt.

Als Nächstes wird man Novaks Wohnung durchsuchen, Völxen wartet nur noch auf den richterlichen Beschluss. Danach wird man sehen ...

»Vergessen Sie's«, meint Völxen entschieden zu Rifkin. »So arbeiten wir nicht.«

Kapitel 16 – Das Alibi

Erwin Raukel schnauft die Treppen hinauf in den dritten Stock, nachdem er bei Novaks Flurnachbarn, der Familie Mack, geklingelt und sein Kommen angekündigt hat. Er wird von der hochschwangeren Dame des Hauses in der Tür erwartet. Der Ehemann mit dem Schnäuzer, vor dem er und Oda sich als Mitarbeiter der Diakonie ausgegeben haben, scheint nicht da zu sein, was Raukel ganz recht ist. Er tupft sich mit einem Stofftaschentuch die Stirn trocken, ehe er der Frau seinen Dienstausweis zeigt und sich vorstellt.

Sie führt ihn in eine Küche, in der es chaotisch aussieht. Aber die Wände sind frisch gestrichen, in einem zarten Gelb, das die Sonnenstrahlen einfängt.

»Kriminalpolizei?«, fragt sie erschrocken. »Ist was passiert?«

»Nein, keine Sorge. Ich habe nur eine kurze Frage«, keucht er und lässt sich, noch immer leicht außer Atem, auf einen Stuhl sinken.

»Möchten Sie ein Glas Leitungswasser?«

Raukel nickt und trinkt das Wasser in einem Zug leer. Diese schwüle Hitze und dann noch das Treppensteigen, das macht einem ganz schön zu schaffen.

»Was ist los?«, fragt die Frau und drückt den kleinen Jungen, der jetzt neugierig an die Tür gekommen ist, an sich.

»Sie haben am Wochenende Ihre Wohnung neu gestrichen, nicht wahr?«

Sie schaut ihn verwirrt an. »Äh, ja. Woher wissen Sie das?«

»Von Ihrem Mann. Außerdem sieht man es ja.« Er deutet auf die Küchenwände.

»Ist Wände streichen neuerdings verboten?«, fragt sie und schaut Raukel an, als zweifle sie an dessen Geisteszustand.

»Das war bestimmt sehr viel Arbeit.«

»Ja«, antwortet sie verunsichert.

»Hatten Sie Hilfe?«

Sie runzelt misstrauisch die Stirn. »Worauf wollen Sie hinaus?«

»Frau Mack, Sie müssen keine Angst haben, Sie haben nichts falsch gemacht. Hier geht's nicht um Schwarzarbeit oder dergleichen. Ich bin von der Mordkommission. Also noch einmal: Hatten Sie Hilfe beim Streichen Ihrer Wohnung?«

»Unser Nachbar, der Enver, hat uns geholfen. Ich kann im Moment nicht viel tun, wie Sie sehen.«

»Das wäre ja noch schöner, wenn die Kerle eine Schwangere die Wände streichen ließen«, meint Raukel. »Wann war Ihr Nachbar bei Ihnen?«

»Am Samstag.«

»Den ganzen Tag?«

»Nein. Mein Mann musste erst noch zum Baumarkt, die Farbe besorgen und Rollen und Folie und so was. Mittags haben sie dann angefangen, dazwischen natürlich Pause gemacht und die Sportschau geguckt, und um zehn Uhr abends waren sie dann endlich fertig.«

»Ist Herr Novak danach gleich gegangen?«

»Nicht gleich, nein. Sie haben noch ein Bier getrunken und eine Pizza gegessen. Das war ja wohl das wenigste, denn er wollte partout kein Geld dafür nehmen. Es war reine Nachbarschaftshilfe«, versichert Frau Mack.

»Sehr nobel von ihm«, lächelt Erwin Raukel. »Es geht doch nichts über eine hilfsbereite Nachbarschaft. Sagen Sie, kennen Sie den Herrn Novak gut?«

»Nicht besonders, nein. Er ist eher der schweigsame Typ.«

»Wem sagen Sie das«, seufzt Raukel. »Spricht er denn manchmal über seine Frau?«

»Was? Nein. Ich wusste gar nicht, dass der eine hat. Ich kann höchstens mal meinen Mann fragen, wenn er heimkommt. Der redet öfter mit ihm. Aber wenn der Novak eine Frau hätte … nein, das hätte mein Mann mir doch erzählt.«

»Hatte Novak vielleicht gelegentlich Besuch?«

»Nicht, dass ich wüsste. Nein, eigentlich hat der nie Besuch, zumindest habe ich noch keinen gesehen oder gehört. Mein Mann und ich haben erst neulich erst darüber geredet, dass er irgendwie ganz schön einsam lebt.«

»Das war schon alles, ich danke Ihnen, Frau Mack«, lächelt Raukel. »Und alles Gute für ... Sie wissen schon.« Er deutet auf den Schwangerschaftsbauch und empfiehlt sich.

Während Erwin Raukel zum Bahnsteig geht, telefoniert er. Danach fährt er mit der 6 bis zum Kröpcke, dort legt er einen längst fälligen Zwischenhalt ein, um sich einen Döner einzuverleiben und danach noch einen Verdauer am Kiosk zu sich zu nehmen. Solchermaßen gestärkt begibt er sich wieder in den Untergrund und steigt in die Linie 3.

Völxen und Rifkin gehen wieder zurück in den Vernehmungsraum, wobei sie dieses Mal Oscar mitnehmen. Ein Tier, so Völxens Überlegung, ist vielleicht geeignet, die Atmosphäre etwas aufzulockern und das Eis zu brechen. Der Hauptkommissar glaubt nämlich nicht wirklich, dass Raukel in der Zwischenzeit etwas bei Novak erreicht hat.

Novak, der den Kopf auf den Unterarmen abgelegt hat, fährt erschrocken in die Höhe und blinzelt die Eindringlinge verschlafen an. Keine Spur vom *enfant terrible* der Dienststelle. Wobei das nicht ganz stimmt, der Tisch gegenüber von Novak ist mit Krümeln und etwas Mehlartigem übersät.

»Wo ist er hin?«, fragt Völxen den Verdächtigen.

Keine Antwort.

»Der Beamte, der eben hier war – hat er gesagt, wo er hingegangen ist?«, versucht es Völxen noch einmal, doch wieder vergeblich.

»Rifkin, bleiben Sie hier. Oscar, du auch.«

Der Hund macht Anstalten, seinem Herrn zu folgen.

»Oscar, Platz!«, befiehlt Rifkin. Oscar sackt an Ort und Stelle in sich zusammen, als hätte man ihm die Luft rausgelassen.

»Artig sein«, sagt Völxen, wobei er nicht den Terrier ansieht.

Danach eilt er über den Flur und öffnet, ohne anzuklopfen, die Tür zum Gemeinschaftsbüro. Keine Menschenseele da. Ehe er sich dazu herablässt, die Herrentoilette zu inspizieren, versucht er es bei Frau Cebulla. Die kann ihm tatsächlich weiterhelfen.

»Der Herr Raukel hat sich bei mir abgemeldet, schon vor einer ganzen Weile. Ich soll Ihnen ausrichten, er müsse etwas nachprüfen.«

»Das ist doch ...!«

Das Telefon auf ihrem Schreibtisch klingelt, sie nimmt ab. »Ah! Wenn man vom Teufel spricht. Moment, Herr Raukel, er steht hier neben mir, ich gebe Sie weiter.«

Völxen entreißt ihr den Hörer. »Erwin! Was soll das? Du kannst doch nicht einfach einen Verdächtigen allein im Vernehmungsraum sitzen lassen und abhauen, ohne mir Bescheid zu geben! Wo sind wir denn eigentlich?«

»Er ist kein Verdächtiger mehr. Er hat ein astreines Alibi«, tönt Erwin Raukels Stimme aus dem Hörer.

»Ein Alibi?«

»Dieser gute Mensch hat dem Nachbarn beim Streichen geholfen, von Samstagmittag bis nach zweiundzwanzig Uhr.«

»Hat Novak dir das gesagt?«

»Nein. Ich habe die Farbflecken auf seinem T-Shirt gesehen, und da habe ich mit meinem genialen Verstand eins und eins zusammengezählt«, erklärt Raukel.

Völxen versteht zwar nur Bahnhof, aber er fragt: »Dieses Alibi – ist das sicher und glaubhaft?«

»Jawohl. Die schwangere Nachbarin hat es bestätigt, ohne zu wissen, worum es ging. Warum sollte sie lügen?«

»Wo bist du jetzt?«

»Auf dem Weg zu Brimmer. Ich habe ihn seit gestern nicht erreicht, das macht mir etwas Sorge. Natürlich nur, wenn du nichts dagegen hast.«

Private Besuche bei seinem Saufkumpan während der Dienstzeit, wieso sollte er als sein Chef etwas dagegen haben? »Gut, meinetwegen«, sagt Völxen, legt auf und geht schnurstracks zurück in den Vernehmungsraum. Nicht, dass Rifkin auch noch auf dumme Ideen kommt. Aber die beiden sitzen sich nach wie vor brav gegenüber und schweigen einander an.

»Herr Novak, wieso haben Sie uns verschwiegen, dass Sie ein Alibi für die Tatzeit haben?«

»Sie haben es ja so auch rausgefunden«, antwortet er.

»Oh, es kann sprechen«, giftet Rifkin.

»Würden Sie mir jetzt ein paar Fragen beantworten, nachdem Sie kein Verdächtiger mehr sind?«

»Ich habe Ihnen nichts zu sagen«, antwortet Novak und steht langsam auf. »Kann ich jetzt gehen?«

»Von mir aus«, knirscht Völxen und bringt ihn bis zum Aufzug.

»Warum hat Novak diese Show abgezogen?« Rifkin und ihr Chef halten erneut Kriegsrat in Völxens Büro.

»Das ist die Frage«, seufzt Völxen. »Vielleicht macht es ihm Spaß, uns an der Nase herumzuführen. Immerhin hat ihn ein Bulle zu Unrecht in den Knast gebracht – seiner Interpretation nach. Da kann es schon sein, dass er jede Gelegenheit nutzt, um uns eins auszuwischen.«

»Oder er wollte Zeit schinden«, überlegt Rifkin. »Vielleicht weiß er, wer es war, und beschützt denjenigen.«

»Indem er uns stundenlang auf Trab hält. Gut möglich«, meint Völxen.

»Und jetzt?«, fragt Rifkin.

Völxen ist klar, wovon sie spricht, und er muss zugeben, dass er im Moment mit seinem Latein am Ende ist. »Also gut, Rifkin«, lenkt er ein. »Meinetwegen, dann unterwandern Sie die Prepper.«

»Danke, Herr Hauptkommissar!«

»Ich warne Sie, *Annette*: Kobler ist ein alter Fuchs, ihn zu täuschen wird nicht leicht sein. Sie müssen überzeugend sein, dürfen es aber auch nicht übertreiben.«

»Das ist mir bewusst.«

»Und wenn Sie das Gefühl haben aufzufliegen, dann treten Sie am besten die Flucht nach vorn an, haben Sie verstanden?«

»Jawohl, Herr Hauptkommissar.«

»Kobler wird Sie nach Ihren Beweggründen fragen. Sind Sie darauf vorbereitet? Wissen Sie, was Sie ihm erzählen werden?«

»Natürlich«, antwortet Rifkin. »*Always prepared*. Wie es sich für eine Prepperin gehört.« Sie grinst. »Herr Hauptkommissar, darf ich Ihnen auch eine Frage stellen?«

»Nur zu.«

»Was ist mit Hauptkommissarin Kristensen, warum war sie nicht bei der Vernehmung dabei?«

»Befangenheit«, knurrt Völxen. »Sie hatte ein Techtelmechtel mit Kobler, vor dreizehn Jahren. Deshalb darf ihr Name in der Fallakte nirgendwo auftauchen. Das bleibt aber vorerst unter uns, klar?«

»Verstehe. Es ist immer unklug, was mit Kollegen anzufangen.«

Völxen zieht die Augenbrauen hoch. »Ach ja? Haben nicht Sie und dieser Anton Bronski vom SEK ...?«

»Das hat sich erledigt.«

»Völxen schreibt, Novak hat ein Alibi für die Tatzeit«, verkündet Fernando, den Blick auf sein Handy gerichtet. Er und Oda Kristensen befinden sich auf dem Weg zurück zur Dienststelle. »Hat angeblich den Nachbarn beim Anstreichen geholfen.«

»Mist! Die ganze Aufregung umsonst«, seufzt Oda.

»Der ganze Tag war für den Arsch! Waldarbeiter und Anrainer befragen! Wieso schickt er *uns* dafür in die Wildnis, das hätten auch ein paar Anwärter erledigen können oder welche von der Streife.« Fernando Rodriguez ist in keiner guten Stimmung, was Oda ihm nicht verübeln kann.

»Immerhin wissen wir nun, dass Kobler in der Gegend als gefürchteter Verrückter gilt und nicht gerade beliebt ist«, meint Oda.

»Das wusste ich heute früh auch schon«, mault Fernando. »Was haben wir nur verbrochen, dass wir beim Alten derart in Ungnade gefallen sind?«

»Das hast du mir zu verdanken«, gesteht Oda.

»Warum? Weil euch Novak entwischt ist? So was passiert doch jedem mal. Außerdem hast du ihn ja wieder eingefangen.«

»Schwörst du mir beim Leben deines kleinen Leopold, dass du es nicht weitersagen wirst?«

»Einen Scheiß werde ich. Und er heißt Leo, ohne -pold.«

»Dann nicht«, meint Oda schnippisch. »Wie kommt eigentlich Jule mit der Mutterrolle zurecht?«

»Lenk nicht ab.«

»Es interessiert mich aber, wirklich.«

»Wie schon?«, grinst Fernando. »Gut natürlich, du kennst doch Jule. Sie hat sich sowohl auf die Geburt als auch auf die Babyzeit generalstabsmäßig vorbereitet mit Büchern und Kursen und Tutorials, und was soll ich sagen, der Kleine ist wie sie: Der verhält sich genau nach Vorschrift. Und wenn nicht, dann ist ja meine Mutter noch da. Die hat mich gebändigt gekriegt, die schafft es mit unserem Musterkind mit links.«

»Hat Jule ihn schon am Gymnasium angemeldet?«

»Ganz sicher«, nickt Fernando. »In der Kita sowieso. Ich freu mich jedenfalls schon wie Bolle auf meinen Vaterschaftsurlaub. Und ich glaube, Jule sehnt sich langsam wieder ein bisschen nach dem Dienst.«

Oda lächelt und konzentriert sich für einen Moment auf den Verkehr am Ricklinger Kreisel.

»Nun sag es schon«, fordert Fernando sie auf. »Was hast du dem Alten angetan? Hast du einen dummen Schafswitz gemacht oder in seiner Gegenwart einen Lammdöner gegessen?«

»Ich hatte mal was mit Georg Kobler. Ich habe es Völxen gestern erst gebeichtet. Er hat mich zum Glück nicht suspendiert, aber seitdem bin ich natürlich nur noch für niedere Dienste tauglich.«

»Aber wieso muss *ich* für deine alten Sünden büßen?«, ruft Fernando entrüstet.

»Mitgefangen, mitgehangen. Tu bitte so, als ob du es nicht wüsstest. Vor allem darf Raukel es nicht erfahren, hörst du? Der ist auf den Job vom Alten scharf, der wartet nur darauf, mir ans Bein zu pinkeln.«

»Raukel«, schnaubt Fernando. »Ich bitte dich! Der Mann hat eine meterdicke Akte mit Dienstvergehen und Beschwerden. Der kann froh sein, dass Völxen ihm noch eine Chance gegeben hat. Niemals wird der Vize so einem den Posten geben.«

»Das sieht Raukel aber nicht so.«

»Realitätsverlust. Soll bei Säufern öfter vorkommen«, versetzt Fernando. Dann fragt er: »Willst du überhaupt den Job vom Alten?«

Oda zuckt mit den Achseln. »Ich weiß es echt nicht. Was ist mir dir?«

»Ja, klar, wieso nicht?«

»Auf jeden Fall wärst du ein besserer Chef als Raukel.«

»Soll das vielleicht ein Kompliment sein?«

Helmut Brimmer scheint auf seine alten Tage die Gartenarbeit für sich entdeckt zu haben. Der Vorgarten des Reihenhäuschens in Ricklingen ist jedenfalls tipptopp in Schuss, in den Beeten rechts und links der Haustür blüht und grünt es nur so. Hätte ich dem alten Suffkopp gar nicht zugetraut, muss sich Raukel eingestehen.

Die Tageszeitung von heute, Mittwoch, steckt noch immer im Kasten. Sämtliche Rollläden sind hochgezogen. Das passt nicht zusammen, findet Raukel. Er wendet sich ab, geht um das Haus herum und späht durch die Terrassentür ins Innere von Brimmers Wohnzimmer. Es ist aufgeräumt und leer. Auch durchs Küchenfenster ist nichts zu erkennen.

»Entschuldigung! Was machen Sie da?«, krächzt es hinter ihm.

Raukel wendet sich um und sieht sich einer älteren Dame gegenüber, die kaum größer ist als ein Pony, dafür aber mit einer ziemlich großen Heckenschere herumfuchtelt. Er gibt sich durch Vorzeigen seiner Dienstmarke als Hüter des Gesetzes zu erkennen und sagt: »Ich wollte zu meinem früheren Kollegen, Helmut Brimmer. Darf ich fragen, wer Sie sind?«

Sie wirft sich in die Brust. »Gerlinde Frischbier, ich wohne nebenan.«

Wie kann man nur so heißen? Der Name beschwört bei Raukel

wunderschönste Bilder herauf und erinnert ihn an seinen höllischen Durst. Derweil fährt die resolute Nachbarin fort: »Den Herrn Brimmer haben sie gestern gegen Mittag mit dem Krankenwagen abgeholt. Ich wollte eben seinen Briefkasten leeren, damit nicht jeder Ganove gleich sieht, dass er nicht da ist.«

»Krankenwagen?«, fragt Raukel erschrocken. »Was war denn los?«

»Das weiß ich auch nicht genau«, meint sie bedauernd und zuckt mit den Schultern. »Er liegt im Siloah, aber sie wollten mir am Telefon nicht sagen, was er hat, weil ich keine Verwandte bin.«

»Im Siloah«, wiederholt Raukel noch etwas schockiert. Hoffentlich war ihre kleine Zusammenkunft nicht schuld an – was immer ihm zugestoßen ist. Sie haben es doch nicht übertrieben, es war doch alles im Rahmen, oder?

»Na ja, es war im Grunde abzusehen, dass das eines Tages böse endet mit ihm«, unkt derweil Gerlinde Frischbier.

»Wieso?«, entgegnet Raukel.

»Der Lebenswandel …« Sie nickt bedeutungsvoll. »Angeblich hat er es ja mit dem Herzen. Aber unter uns gesagt: Ich hätte eher auf die Leber getippt.«

Raukel verabschiedet sich und geht zuruck zur Haltestelle der Stadtbahn. Es sind nur ein paar Stationen in Richtung Innenstadt, an der Stadionbrücke steigt er schon wieder aus. Sein Handy klingelt. »Der schon wieder«, murmelt Raukel, als auf dem Display das Konterfei eines Schafbocks erscheint, und schaltet den Apparat auf stumm.

Zurück in ihrem Büro findet Oda einen dicken, muffig riechenden Ordner auf ihrem Schreibtisch vor. Die Prozessakte im Fall Novak. Es geschehen noch Zeichen und Wunder. Allerdings hat sich das zwischenzeitlich erledigt, wie es aussieht. Da das Ding aber nun schon mal daliegt und sie überhaupt keine Lust hat, einen Bericht über die Befragungen der Waldarbeiter zu schreiben, beschließt sie, einen Blick hineinzuwerfen. Dazu wären eine Zigarette und ein Kaffee nicht schlecht …

Es klopft. Frau Cebulla.

»Der Herr Hauptkommissar möchte Sie im Gemeinschaftsbüro sehen.«

»Sicher, dass er nicht sein Büro meint?«

»Jawohl«, entgegnet Frau Cebulla hoheitsvoll.

»Wo brennt's denn?«

»Das weiß ich nicht.«

»Gut, ich komme.«

Völxen, Rodriguez und Rifkin warten schon auf sie, als sie das Büro der Kollegen betritt.

»Was gibt's?«

»Ich möchte, dass ihr Rifkin auf einen Undercover-Einsatz vorbereitet«, antwortet Völxen ohne Umschweife.

Oda hebt fragend die Augenbrauen.

»Erzählt ihr alles, wirklich alles, was ihr über Kobler, Nele und die anderen Prepper wisst.«

»Wo ist Raukel? Der hat doch auch welche von denen befragt.«

»Das weiß mal wieder der Teufel«, knurrt Völxen.

»Fang du an«, sagt Fernando zu Oda. »Du kennst Kobler am besten, schließlich hattest du ja ein Verhältnis mit ihm.«

Hauptkommissar Erwin Raukel hat sich mithilfe seines Dienstausweises bis zur Pflegedienstleiterin der Kardiologie durchgekämpft. Dort erklärt er der flotten Person mit den roten Haaren und den entzückenden Sommersprossen über ihrer Schutzmaske, dass er den Patienten Helmut Brimmer in einer dringenden dienstlichen Angelegenheit sprechen müsse. Auch ihm wurde an der Pforte eine Maske aufgenötigt, was Raukel einsieht, schließlich ist das ein Krankenhaus. Aber das Ding torpediert seine Charmeoffensive doch gewaltig, wie will die gute Frau denn darunter das verführerische Lächeln seiner sinnlichen Lippen wahrnehmen?

»Davon halte ich gar nichts. Der Mann soll nicht arbeiten, sondern sich erholen«, antwortet die Krankenpflegerin.

»Ich bin bei der Mordkommission, es geht um Leben und Tod«, setzt Raukel mit dramatischem Unterton hinzu.

»Na dann! Unsere Patienten sind ja nur zum Spaß hier.«

Freches Frauenzimmer! Raukel ist hingerissen.

Schließlich lässt sie sich doch noch erweichen: »Okay, meinetwegen. Aber bitte nur ganz kurz, und regen Sie den Mann nicht auf. Wir wollen schließlich keinen zweiten Infarkt riskieren, nicht wahr?«

Raukel verspricht es ihr hoch und heilig und schaut ihr nach, wie sie mit elegantem Hüftschwung um einen Wagen mit Bettwäsche herumgeht und dann den Flur hinab enteilt.

Hach, Krankenschwestern! Irgendwie haben die ja was.

Helmut Brimmer liegt in einem Einzelzimmer, ein blasser Berg in einem Krankenhausbett. Was immer geschehen ist, seinen Humor hat er noch. »Hat man dir nicht beigebracht, dass man Kranken was mitbringt?«, begrüßt er Raukel.

»Tut mir leid, ich war nicht darauf vorbereitet«, gesteht der. »Das nächste Mal rupfe ich ein paar Blumen aus deinem Vorgarten.«

»Was zu trinken wäre mir lieber. Und nimm das verdammte Ding runter, du siehst beschissen aus damit.«

»Gibt's hier keine Minibar?«, entgegnet Raukel, der der Aufforderung des Patienten nur zu gerne nachkommt.

»Nein, hier lassen sie einen glatt verdursten«, knurrt Brimmer. Die Flasche mit stillem Wasser, die auf seinem Nachttisch steht, zählt für ihn offenbar nicht, was Raukel gut nachfühlen kann.

»Was war denn los?«

»Kleiner Herzkasper. Sie haben mir ein paar Stents gesetzt, ich bin praktisch wie neu«, behauptet Brimmer.

»Es war doch nicht wegen unserem Abend, was meinst du?«, fragt Raukel, den plötzlich das Gewissen drückt. »Wir haben doch nicht allzu sehr über die Stränge geschlagen, oder?«

»Ach was. Die alte Pumpe hat sich eben mal verstolpert. Na ja, ehrlich gesagt, es war schon ein bisschen heftig. Aber ich konnte wenigstens noch selber den Notarzt rufen. Und dann ging alles sehr schnell, und die Sanis haben mein Handy natürlich nicht mitgenommen. Was wolltest du denn?«

»Es ging um Cem Turans Aufenthaltsort. Aber das ist jetzt nicht so wichtig.«

»Na dann …«

Ein verlegenes Schweigen tritt ein.

»Setz dich doch«, sagt Brimmer.

»Ich hab dem scharfen Rotschopf versprochen, nur kurz zu bleiben.«

Brimmer winkt ab. »Ich bin nicht todkrank. Sie machen morgen noch ein paar EKGs, und dann komm ich schon wieder raus.«

Raukel nimmt sich einen Stuhl und setzt sich neben das Krankenbett.

»Turan kannst du vergessen«, sagt Brimmer, dessen Stimme ein bisschen so klingt, als wäre er gerannt. »Der hat diese Sache von damals nie überwunden. Er ist ein, zwei Jahre danach aus dem Polizeidienst ausgeschieden und abgetaucht. Vermutlich lebt er schon lange wieder in der Türkei. Was wolltest du denn von ihm?«

»Ich wollte wissen, ob er mir was über Novaks Frau sagen kann. Du hattest erwähnt, dass sie versucht hat, die Presse gegen Kobler und das Gericht aufzustacheln, du erinnerst dich? Wäre ja immerhin theoretisch möglich, dass sie unser Racheengel ist.«

»Stimmt, guter Gedanke. Das war aber nicht Novaks Ehefrau. Die war nie in Deutschland, die hat er schön brav immer im Kosovo gelassen. Aus gutem Grund. Ich habe mich wohl falsch ausgedrückt, als ich *Frau* sagte. Ich habe seine Lebensgefährtin gemeint.«

»Kannst du mir etwas mehr über diese Dame verraten?«

»Sie ist eine Deutsche. Tanja hieß sie, glaube ich. Der Nachname … der fällt mir jetzt nicht ein, tut mir leid. Er hatte zwei Kinder mit dieser Frau.«

»Zwei Kinder, sagst du?« Raukel wird hellhörig.

»Ja, einen Sohn und eine Tochter. Als er eingefahren ist, war das Mädchen achtzehn, neunzehn, so um den Dreh, und der Junge noch recht klein, zehn vielleicht. Zwei Jahre nach dem Prozess ist etwas …«

Sie werden unterbrochen, denn die Tür geht auf, und die rothaarige Schwester kommt herein, betrachtet Raukel wie ein lästiges Insekt und sagt: »Sie wollten es doch kurz machen. Und setzen Sie gefälligst Ihren Mund-Nasen-Schutz auf!«

»Ich geh sowieso gleich.«

»Sofort, wenn ich bitten darf.« Die Schwester sieht ihn finster an. Raukel lächelt verzückt. *Eine strenge Krankenschwester, die ihn ordentlich züchtigt, das wäre doch was!*

»Warte!« Der Patient fingert in der Schublade des Nachttisches herum und hält Raukel einen Schlüsselbund hin. »Ich habe seinerzeit, als der kleine Türke unser V-Mann war, ein Dossier über Novak angelegt und alles notiert, was Turan mir erzählt hat. Es liegt im Arbeitszimmer, im Aktenschrank. Der Ordner mit der Aufschrift *Samowar*. So hieß damals unsere Soko.«

»Meine Herren! Jetzt ist aber wirklich Feierabend!«

»Danke, Helmut.«

»Eins noch, Raukel! Bleib mir ja weg von meinem Whisky!«

Kapitel 17 – Rifkin undercover

Der Türöffner an der Pforte summt, nachdem Rifkin geläutet und ganz bewusst in die Kamera geschaut hat. Sie schiebt ihr Fahrrad durch die Pforte und stellt es gleich dahinter ab. Es abzuschließen kann man sich wohl sparen, überlegt sie beim Blick auf die zwei Reihen Stacheldraht über dem ohnehin schon hohen Metallzaun.

Sie hat mit Nele gerechnet, aber es ist Georg Kobler, der auf sie zukommt, flankiert von seinen drei Malinois-Schäferhunden. Er lässt es zu, dass die drei auf Rifkin losstürmen und sie ausgiebig beschnüffeln. Doch da Hunde in Rifkin stets sofort das Alphatier wittern, gibt es überhaupt kein Problem, im Gegenteil. Die Tiere reagieren unterwürfig-freundlich auf die Besucherin, und der Rüde bringt ihr sogar einen dicken Seilknoten, mit dem er sie zu einem Zerrspiel auffordert.

»Darf ich?«

Kobler nickt und sieht zu, wie Rifkin mit dem Tier ihre Kräfte misst.

»Aus!«

Der Hund lässt augenblicklich los.

»Du kannst gut mit Hunden«, stellt Kobler fest.

Anscheinend ist damit schon einmal die erste Hürde genommen. Er bittet sie in die Küche und bietet ihr ein Glas Wasser an, das Rifkin gerne annimmt. Sie ist mit der S-Bahn bis Wennigsen gefahren und den Rest mit dem Rad. Ehe sie hierherkam, hat sie sich noch den Leichenfundort, die Lichtung, angesehen und sich gefragt, ob Kobler nachher das Training leiten wird oder ob er es Nele überlässt. Und ob sie kaltblütig genug sind, ihre Abenteuerspiele an dem Platz auszutragen, an dem noch vor drei Tagen die Leiche von Marlene gelegen hat.

Er reicht ihr die Hand. »Ich bin der Georg, aber das weißt du ja schon.«

»Annette.« Sie erwidert den Händedruck. Corona-Ängste kennt man hier demnach nicht.

»Du weißt sicher, was passiert ist.«

»Ja. Es tut mir sehr leid. Ich sagte schon zu Nele, dass ich auch ein andermal kommen kann. Nur habe ich gerade zwei Wochen den Laden zu, deshalb dachte ich, ich frag einfach mal …«

»Wenn du von der Presse bist, dann sag es lieber gleich.«

»Bin ich nicht. Ich habe meinen Ausweis dabei, du kannst mich gerne überprüfen, googeln, was weiß ich.« Rifkin zieht das Portemonnaie aus ihrem kleinen Rucksack.

»Lass stecken«, winkt Kobler ab. Er lehnt sich auf seinem Stuhl zurück, mustert Rifkin von oben bis unten und sagt: »So, Annette, dann erkläre mir mal: Warum interessierst du dich für das Wildnistraining?«

»Weil ich im letzten halben Jahr erkannt habe, dass ich einen Plan B brauche«, antwortet Rifkin.

»Wofür?«

»Für mein Leben. Es hat sich schon länger nicht mehr richtig angefühlt, und durch die Corona-Krise ist mir endgültig klar geworden, wie zerbrechlich meine berufliche Existenz ist, und nicht nur die.«

»Was machst du noch gleich?«, gibt Kobler den Ahnungslosen.

»Ich habe einen Laden. *Villa Lavanda*, Blumen und Geschenke.« Rifkin sagt es, als wäre es ihr peinlich, und dazu muss sie sich nicht einmal allzu sehr verstellen. »Von heute auf morgen hat mir dieser sogenannte Rechtsstaat im März – zack! – den Laden geschlossen und mir meine Lebensgrundlage weggenommen. Angeblich zur Sicherheit alter und kranker Leute. Das ist doch lächerlich! Als ob unser kapitalistisches System sonst jemals Rücksicht auf die Schwachen genommen hätte.«

»Du bist also für das Recht des Stärkeren, ja?«, fragt Kobler lauernd.

Rifkin zuckt mit den Achseln. »Nein, ich bin schon für Solidarität. Aber es sollte gerecht zugehen. Warum muss nur ein Teil der Bevölkerung Opfer bringen? Warum nur die Selbstständigen, die Ladenbesitzer, die Künstler, die Gastwirte, die Veranstaltungsbranche? Was ist mit den Beamten und den Rentnern, und vor allen Dingen: den Parlamentariern? Die kriegen alle nach wie vor ihre Pensionen und Renten und die fetten Diäten. An deren Stelle kann ich auch gemütlich zu Hause sitzen und was von Innehalten und Kontemplation schwafeln, während überall im Land Geschäfte, Kneipen und Clubs vor die Hunde gehen. Und das nennen sie Solidarität und sind auch noch stolz darauf!«

»Dein Vertrauen in den Staat ist demnach erschüttert«, konstatiert Kobler trocken.

»Nicht nur das. Mein Vertrauen in die *Menschheit* ist erschüttert«, schnaubt Rifkin und ereifert sich erneut: »Dieser Lockdown hat mir einen totalen Schock versetzt, daran hat auch das staatliche Almosen, das ich bekommen habe, nichts geändert. Ich will mein Geld selbst verdienen und nicht mit komplizierten Anträgen darum betteln müssen. Ich bin so unsäglich wütend!« Rifkin kneift die Augen zusammen und ballt die Fäuste.

»Das sehe ich«, meint Kobler und schenkt ihr ein melancholisches Lächeln.

Sein Gesicht gewinnt enorm, wenn er lächelt, was allerdings nicht oft geschieht. Kein Wunder, nach dem, was passiert ist.

»Lass es ruhig zu. Wut ist manchmal was Gutes, sie kann ein Antrieb sein.«

»Das stimmt«, nickt Rifkin eifrig. »Früher habe ich Yoga und Pilates gemacht, aber dann war ja das Studio geschlossen, also habe ich angefangen zu laufen und zu boxen. Schon, um mich abzureagieren. Das hat etwas mit mir gemacht, hat mich verändert. Ich bin kein funktionierendes Rädchen mehr, jedenfalls nicht mehr lange. Ich habe inzwischen begriffen, dass das, was im letzten halben Jahr passiert ist, erst der Anfang war. Es kann jederzeit noch schlimmer werden: Schweinegrippe, Vogelgrippe oder etwas ganz anderes. Darum kann es nicht länger mein Lebensinhalt sein, Blumen und Firlefanz zu verkaufen, für dessen Herstellung unser Planet ausgeplündert wird. Ich möchte mich ausklinken aus diesem kranken System und den ganzen Konsum- und Globalisierungswahnsinn nicht mehr mitmachen. Ich muss etwas ändern.«

»Gut, dass du das realisiert hast«, nickt Kobler. »Aber was ist nun dein Plan B?«

»Ganz genau weiß ich das noch nicht«, bekennt Rifkin. »Mir schwebt eine Blockhütte in Kanada vor oder Lappland, Finnland … An einem See vielleicht. Ich will jagen und angeln und mich, so gut es geht, aus eigener Kraft ernähren und von der Zivilisation abkoppeln. Unabhängig sein und nicht mehr ein Teil der trägen Masse, ein fremdbestimmter Spielball. Ich hoffe, dass ich bei euch ein paar Überlebenstechniken lerne, nützliche Grundlagen. Danach werde ich weitersehen.«

Rifkin wartet ab und hofft auf eine positive Wirkung ihres Vortrags. Sie selbst fand sich ziemlich überzeugend. Oder hat sie zu dick aufgetragen? War es zu harmlos? Völxens Warnung fallt ihr ein, dass Kobler schwer zu täuschen sei.

»Wir haben für heute Abend Folgendes geplant«, beginnt er. »Nachher werden wir auf der Lichtung, wo Marlene gefunden worden ist, eine kleine Zusammenkunft abhalten. Ich überlasse es dir, ob du daran teilnehmen willst, du kanntest sie ja nicht.«

»Ja, aber nur, wenn es dir recht ist«, sagt Rifkin.

Er nickt.

»Schon mal Bogenschießen geübt?«

»Nein.«

»Gut, Annette.« Er schenkt ihr ein sphinxhaftes Lächeln. »Die anderen werden in der nächsten halben Stunde eintrudeln. Bis dahin kann ich dir ein paar Grundlagen beibringen.«

»Gern«, strahlt Rifkin.

»Hast du ein Handy dabei?«

»Ja.«

»Das muss leider hierbleiben.«

»Kein Problem.« Sie legt das Annette-Weberknecht-Handy ausgeschaltet auf den Küchentisch und geht zusammen mit Georg Kobler über den Hof bis zu seinem Defender. Von Nele hat sie bis jetzt noch nichts gesehen. Sie wird sicherlich später zur Gruppe stoßen.

Während der kurzen Fahrt über einen Waldweg blickt sie Kobler ein paarmal verstohlen von der Seite an. Er hat ein eindrucksvolles Profil, und Rifkin kann sich schon vorstellen, was Oda Kristensen seinerzeit an ihm gefunden hat. Oder noch findet? Auf jeden Fall ist er kein Nullachtfünfzehntyp. Verglichen mit Kobler ist Odas Chinese das krasse Gegenteil, obwohl Tian Tang auch sehr gut aussehend ist, aber auf eine feine, elegante Art. So oder so dürfte er die bessere Wahl sein, findet Rifkin, die nicht nur ein Gespür für egozentrische Machos besitzt, sondern von Oda auch schon einiges über Koblers einstige Einstellung zu Frauen gehört hat.

Er hält an, sie steigen aus.

»Den Rucksack kannst du im Wagen lassen, wir kommen gleich wieder zurück.«

Sie folgen ein kurzes Stück einem Trampelpfad, bis sie vor einer eisernen Tür stehen, die praktisch in einen Hügel eingelassen worden ist.

»Das ist unser Bunker.«

»Wow. Den hätte ich glatt übersehen«, meint Rifkin, während Kobler die Tür aufschließt. Er hat ein großes Maglite in der Hand und leuchtet in den Raum. Rifkins Blick fällt unweigerlich auf die Saufedern. Sie schaudert, aber das kann auch die Kälte hier drin sein. »Hier bewahren wir nur unsere Übungsgeräte auf. Das sind die Zielscheiben, hier die Ständer dafür.«

Die Scheiben sind aus Stroh, in das bunte Kreise eingefärbt wurden.

»Du kannst schon mal zwei davon rausbringen.«

Rifkin geht auf die Scheiben zu, die an der hinteren Wand stehen und von Kobler angeleuchtet werden. Sie will danach greifen, da wandert der Strahl über die Decke und erlischt. Gleichzeitig hört Rifkin einen dumpfen Knall, und um sie herum ist nur noch Schwärze, absolute Schwärze.

»Georg?«

Keine Antwort.

»Hey, was soll das?«

Ist die Tür aus Versehen zugefallen? Vorsichtig tastet sie sich voran bis zur der stählernen Tür. Sie findet die Klinke und drückt sie herab. Abgeschlossen.

Ruhig, ganz ruhig bleiben! Leichter gedacht als getan. Ihr Herzschlag beschleunigt, Angst steigt in ihr hoch, säuerlich wie Sodbrennen. Hätte sie doch wenigstens ihren Rucksack mit der Taschenlampe dabei! »Scheiße!«, schreit Rifkin. »Was soll das? Aufmachen, sofort!«

Aber natürlich weiß sie ganz genau, dass man sie draußen nicht hören kann.

Es ist eigenartig, das Haus seines ehemaligen Chefs zu betreten. Erwin Raukel ist zuvor noch nie hier gewesen. Das Mobiliar ist konservativ, und überall stehen Fotos von seiner verstorbenen Frau herum. Er scheint sie sehr zu vermissen. In einer Schrankwand, Eiche rustikal, befindet sich hinter einer Klappe die ausgesprochen gut bestückte Hausbar. Raukel ringt mit sich. Brimmer hat ihm verboten, an den Whisky zu gehen, das muss man akzeptieren. Aber vom Calvados hat er nichts gesagt …

Er wird es doch gar nicht merken! Nur ein winziges Schlückchen … Brimmer ist schließlich selbst schuld, man schickt doch auch keinen Bock zum Gärtnern und keinen Fuchs in den Hühnerstall.

Er findet ein schönes bauchiges Glas, gießt sich einen großzügig bemessenen Schluck ein und lässt das Getränk im Glas kreisen.

Hm, wie der schon duftet. Und wie der erst schmeckt! Doch, ja, die Froschfresser verstehen es, was aus Äpfeln zu machen.

Er spült das Glas ab, stellt es wieder in die Bar und schließt mit einem Seufzer die Klappe. Schluss mit lustig, die Pflicht ruft. Er geht die Treppe hinauf. Die Tür zum Arbeitszimmer steht offen, und der Aktenordner mit der Aufschrift *Samowar* ist dort, wo Brimmer gesagt hat. Sehr strukturiert, der Mann.

Raukel schlägt ihn auf. Heimlich geschossene Fotos von Novak.

Der war früher ein recht ansehnlicher Kerl, kein Vergleich mit dem runtergekommenen Typen von heute.

Sein Telefon vibriert in der Tasche des Jacketts. *Schon wieder der Schafstrottel.* Raukel ist versucht, auch diesen Anruf zu ignorieren, aber um massivem Ärger vorzubeugen, nimmt er ihn dann doch lieber an.

»Wo treibst du dich eigentlich herum?«, tönt es zornig an sein Ohr.

»Ich bin im Haus von Brimmer.«

»Darf ich dich erinnern, dass du im Dienst bist?«

»Brimmer liegt in der Klinik. Herzinfarkt. Man sollte sich in unserem Alter besser nicht so aufregen«, rät Raukel seinem Chef, während er den Aktenordner wieder schließt. »Er hat ein Dossier über Novak angelegt, das will ich mir zu Gemüte führen. Ich bringe es mit.«

»Aber Novak hat doch ein Alibi«, hört er Völxen sagen.

»Hast du gewusst, dass er zwei Kinder hat?«, erwidert Raukel.

Zwei Sekunden Stille, dann: »Was?!«

»Pass auf, Völxen, alter Freund, ich bewege mich jetzt hurtig zur Stadtbahn und bin in zwanzig Minuten zurück. So lange müsst ihr noch ohne mich zurechtkommen. Denkst du, ihr schafft das?«

Rifkin hüpft und läuft auf der Stelle und rudert dabei mit den Armen, um sich warm zu halten. Besser nicht herumlaufen, sonst stolpert sie noch über irgendetwas und verletzt sich womöglich. Die Bewegung ist auch gut, um die aufkommende Panik niederzukämpfen.

Macht Kobler das mit allen *Rekruten* am Anfang so, um zu sehen, wie viel sie aushalten? Oder ist sie aufgeflogen, und das ist die Quittung dafür? Aber er muss schließlich damit rechnen, dass ihre Kollegen nach ihr suchen. Nur, wie lange kann das dauern, bis die merken, dass etwas nicht stimmt? Ein paar Stunden locker. Bis dahin ist sie womöglich schon erfroren.

Nein, das ist Unsinn, versucht Rifkin sich gut zuzureden. Hier drin ist es klamm, aber es herrscht noch lange kein Frost. So schnell erfriert man nicht. Kobler ist kein Idiot, er riskiert nicht den Tod einer Polizistin. Dies ist entweder ein Härtetest oder ein kleiner Denkzettel. So oder so wird es nicht allzu lange dauern. Also, Ruhe bewahren, auf der Stelle laufen, nicht aufgeben und nicht durchdrehen.

Das Schlimmste ist, dass sie jetzt schon jedes Zeitgefühl verloren hat. Wie lange ist sie schon eingeschlossen? Eine halbe Stunde, eine, zwei? Wie ist das eigentlich hier drin mit dem Sauerstoff? Gibt es eine Lüftung, einen Schacht, ein Rohr, irgendetwas, das nach draußen führt? Sie hat nicht viel Ahnung von Bunkern, aber eine Luftzufuhr muss es ja wohl geben. Aber was, wenn die Lüftung am Ende zugewachsen ist? Dieser Bunker ist doch völlig mit Erde und Gestrüpp bedeckt, sogar kleine Bäume wachsen auf dem Dach.

Vielleicht sollte sie lieber aufhören, so herumzuhampeln ...

Verdammt! Wie konnte sie nur so dumm sein? Sie hätte auf Völxen hören sollen, der gleich kein gutes Gefühl bei der Sache hatte.

Sie hört ein schabendes Geräusch und zuckt zusammen. Ratten? Das fehlte noch.

Kaum hat Rifkin das Büro verlassen, um ihre Undercovermission anzutreten, geht Oda auf Fernando los. »Rodriguez, du linke Bazille! Warum konntest du dein Schandmaul nicht halten? Häng es doch gleich ans Schwarze Brett!«

»Weil Rifkin es schon wusste.«

»Was du nicht sagst.«

»Ich habe es an der Art bemerkt, wie sie dich angeschaut hat«, behauptet Fernando.

»Ach, so eng seid ihr schon, dass ihr euch mit Blicken verständigt.«

»Selbst wenn sie es nicht gewusst hätte, hätte sie es bald rausgefunden. Du weißt doch, sie hört das Gras wachsen.«

Oda kann diesen Spruch langsam nicht mehr hören. »Bestimmt kann sie auch über Wasser laufen.«

»Bist du neidisch?«

Oda verlässt türknallend das Büro, wohl wissend, dass das kindisch ist. Aber es tut auch mal ganz gut, Dampf abzulassen. Apropos Dampf. In ihrem eigenen Kabuff dreht sie sich erst einmal eine Zigarette. Es geht ihr wie Völxen, sie verspricht sich von der Aktion nicht allzu viel. Außerdem scheint sie die Einzige hier zu sein, die Rifkin, das neue Fräuleinwunder des Kommissariats, nicht total überschätzt.

Qualmend und vor sich hin grollend widmet sie sich dem muffigen Aktenordner auf ihrem Schreibtisch. Sie arbeitet sich durch das Protokoll der Gerichtsverhandlung, die im November 2005 stattfand, acht Monate nach den tödlichen Schüssen in jenem Lagerhaus. Die Aussagen von Georg Kobler und Cem Turan sind fast deckungsgleich, was den Tathergang angeht. Auffällig, findet Oda. Damals scheint es jedoch keinen gestört zu haben. Beide schildern Novak als schmierigen Aufschneider und skrupellosen Drogenhändler.

Sie blättert weiter und kommt zur Aussage einer gewissen Tanja Westhoff, der damaligen Lebensgefährtin von Enver Novak. Sie wurde von dessen Verteidiger in den Zeugenstand gerufen, mit der Absicht, Novak als einen Menschen wie du und ich, als verlässlichen, liebenden Partner und fürsorglichen Vater seiner Kinder darzustellen.

Oda stutzt. Kinder? Was für Kinder?

Hastig liest sie weiter. Auf die Frage, warum das Paar nie geheiratet hat, antwortet Tanja Westhoff, dass Enver Novak in jungen Jahren in eine arrangierte Ehe gezwungen worden ist. Eine Scheidung hätte für die Familie seiner Ehefrau einen Angriff auf deren Ehre bedeutet, und so etwas könne im Kosovo leicht einmal blutig enden. Solange er aber Geld dorthin schickte und offiziell ihr Ehemann blieb, hätten sie Ruhe gegeben. Aber auch ohne Trauschein hätte es keinen besseren Vater gegeben als ihren Enver …

Namentlich genannt werden die beiden Kinder des Paares, Mirna Westhoff, zum Zeitpunkt der Verhandlung neunzehn, und Luka Westhoff, zehn Jahre alt.

Luka. Luka Westhoff müsste demnach heute fünfundzwanzig

sein. Genau wie Luka Vollmer, der seit Kurzem der Freund von Nele Kobler ist.

Ein seltsamer Zufall, zumal der Name Luka mit K geschrieben relativ selten vorkommt.

Sie überprüft die Personendaten von Tanja Westhoff, geboren am 7. 12. 1970. Westhoff ist ihr Geburtsname. Im Jahr 2009 hat sie geheiratet, einen Harald Vollmer, und dessen Familiennamen angenommen. Eine Überprüfung ergibt, dass Harald Vollmer bereits 2013 verstorben ist. Tanjas Sohn Luka Westhoff wurde 2010 von seinem Stiefvater adoptiert und trägt seither den Namen – Vollmer.

Grelles Licht sticht Rifkin in die Augen. Geblendet taumelt sie auf das helle Viereck zu. Nichts wie raus hier!

Kaum kann sie wieder etwas sehen, muss sie realisieren, dass sie in die Läufe einer Schrotflinte schaut. Dahinter taucht Georg Koblers Gesicht auf.

»Wie geht's, Annette? Oder soll ich lieber Hauptkommissarin Elena Rifkin sagen?«

Rifkin lehnt sich gegen einen Baumstamm. Es ist noch immer hell. Sonnenstrahlen fallen in schrägem Winkel durch das Laub und wärmen ihren unterkühlten Körper. Selten war Vogelgezwitscher so schön anzuhören.

»Wollen Sie mich jetzt erschießen, oder was?«, fragt sie zähneklappernd.

Kobler lässt die Flinte sinken. »Komm mit zum Wagen.«

Sie folgt ihm. »Wie lange war ich da drin?«, fragt sie unterwegs.

»Halbe Stunde.«

»Mir kam es viel länger vor.«

»Hast du kein zweites Handy dabei?«

»War mir zu riskant. Ich dachte, Sie würden mich durchsuchen.«

»Empfang hat man da drin ohnehin keinen«, meint er lakonisch.

Sie sind beim Wagen angekommen und steigen ein.

»Was hat mich verraten?«

Er betrachtet sie mit einem leicht amüsierten Blick von der Seite. »Deine Vorstellung war durchaus beeindruckend. Es war nur auffällig, dass du zu wenig Fragen gestellt hast.«

»Merke ich mir fürs nächste Mal.«

»Das war es aber nicht. Es war eine Bildersuche im Netz, ein Gesichtserkennungsprogramm. Das benutze ich, seit wir mal einen Journalisten dahatten. Ich habe das Foto deiner Blumenladen-Webseite hochgeladen und dazu noch eine Aufnahme von der Torkamera. Das Programm hat ein Foto gefunden, da stehst du auf einem Treppchen und hältst einen Pokal in der Hand ... Polizeianwärterin Elena Rifkin, Landesmeisterschaft im Amateur-Frauenboxen, zweiter Platz. Ist schon ein paar Jahre her.«

»O ja, ich erinnere mich«, antwortet Rifkin wütend. »*Ich* hätte gewinnen müssen, der Punktrichter war bestochen, dieser Arsch!«

Kobler lächelt und streicht sich nachdenklich über sein markantes Kinn.

»Und jetzt?«, fragt Rifkin.

»Jetzt wirst du das tun, was du vorhattest«, sagt Kobler.

Rifkin überlegt, ob das noch Sinn macht, denn immerhin ist er ja einer der Verdächtigen.

»Weiß sonst jemand Bescheid über mich? Nele? Bastian?«, fragt sie. Falls dem so ist, kann man die Sache gleich knicken.

»Nein, nur ich. Wir beide haben dasselbe Ziel: dass der Scheißkerl gefunden wird, der das war.«

»Sie denken also auch, dass es einer aus Ihrer Gruppe war?«

»Ich bin nicht naiv. Die Saufeder, die Lichtung ... das sieht nicht nach einem Außenstehenden aus. Es sei denn, jemand wollte ganz bewusst den Verdacht auf die Prepper lenken. Aber das müsste dann jemand sein, der die Interna kennt und zum Beispiel weiß, dass wir uns immer auf der Lichtung treffen.«

»Der Förster«, schlägt Rifkin vor.

»Ja, der«, sagt Kobler ohne viel Überzeugung. Dann fragt er rundheraus: »Verdächtigt ihr mich?«

»Sie sind nicht der Hauptverdächtige, aber Sie sind schon noch im Rennen«, antwortet sie aufrichtig.

Er nickt. »Wir sollten beim Du bleiben, es fällt sonst auf.«

»Okay.«

»Mein Motiv?«, will er wissen.

»Marlene wollte ihren Freund Bastian verlassen und vom Hof wegziehen. In die Stadt.«

Sein Brustkorb hebt sich, als er einen tiefen Atemzug nimmt.

»Hast du davon gewusst?«, hakt Rifkin nach.

»Nein. Aber es wundert mich auch nicht sehr.«

»Sie hat ein WG-Zimmer in der Nordstadt besichtigt und nur noch auf den Mietvertrag gewartet. Sie wäre in ein paar Tagen weg gewesen.«

Kobler ist bei diesen Worten leicht zusammengezuckt. »Ich gebe zu, dass mich das kränkt«, sagt er leise. »Ich hatte dieses Mädchen einfach viel zu gern, und es hätte mich sehr traurig gemacht. Vielleicht auch ein bisschen wütend, wegen der Heimlichtuerei, so etwas kann ich nicht leiden. Aber deswegen würde ich ihr doch nichts antun! Niemals. Es war mir immer klar, dass sie eines Tages gehen wird. Das ist nun mal der Lauf der Dinge.« Er startet den Wagen.

»Wo fahren wir hin?«

»Zur Lichtung. Die anderen sind schon da.«

Oda springt wie elektrisiert auf und stürmt in Völxens Büro. Dort findet sie nicht nur Völxen und seinen Hund an ihren angestammten Plätzen vor, sondern zu ihrer Überraschung sitzt auch Erwin Raukel breit und bräsig auf dem Sofa. Kein Kaffee, keine Kekse, es ist also ein spontanes Meeting.

»Luka Vollmer ist der Sohn von Enver Novak.«

»Das wissen wir bereits, werte Kollegin«, antwortet Raukel mit einem herablassenden Lächeln.

Oda verspürt den Impuls, ihm das Schafskissen ins Gesicht zu drücken. Lange. Sehr, sehr lange ...

»Ich wollte dich gerade anrufen«, sagt Völxen.

Fernando Rodriguez kommt herein, offenbar wurde er zuerst angerufen, denn er fragt: »Was gibt's so Dringendes?«

»Berichte noch mal von vorn, Erwin«, bittet Völxen den Kollegen.

Raukel wiederholt auf seine typische ausschweifende Art im Grunde genau das, was Oda gerade recherchiert hat. Sie hält es nicht länger aus und geht dazwischen: »Anstatt hier zu palavern, sollten wir sie alle miteinander schleunigst herschaffen. Lukas Adresse haben wir in der Akte, er wohnt in der Südstadt, Geibelstraße ...«

»Und wo seine Schwester Mirna ist, kann ich dir auch sagen«, fällt ihr Raukel ins Wort, der seinen Triumph weidlich auskostet und eine rhetorische Kunstpause einlegt, ehe er verkündet: »Auf dem Friedhof.«

Seine kleine, fette Hand tätschelt zärtlich einen Ordner mit der Aufschrift *Samowar*, der vor ihm auf dem Tisch liegt. »Das ist ein Dossier über Novak, das mein Freund Helmut Brimmer seinerzeit erstellt hat. Interessant ist der Zeitungsartikel, der am Ende eingeheftet ist.«

»Jetzt sag uns schon, was drinsteht«, mahnt Völxen.

»Mirna Westhoff wurde 2007 bei einem Verkehrsunfall getötet. Ein Lastwagen hat sie auf dem Messeschnellweg überrollt. Der Fahrer gab an, sie sei ihm in etwa zehn Metern Entfernung wie aus dem Nichts vor den Wagen gelaufen und wäre einfach mitten in der Spur stehen geblieben. Er hat noch gebremst, aber einen Dreißigtonner kriegt man nicht so leicht gestoppt. Ausweichen konnte er auch nicht groß, weil es so schnell ging und neben ihm andere Fahrzeuge fuhren. Es war eine Stelle, an der normalerweise keine Fußgänger unterwegs sind.«

»Ein Selbstmord?«, fragt Fernando.

»Möglich«, antwortet Raukel. »Genau weiß man es nicht, weil sie keinen Abschiedsbrief oder dergleichen hinterlassen hat. Und nun ratet mal, wie alt sie war, als dieser *Unfall* passierte?«

»Einundzwanzig. Genau wie Marlene Kobler«, sagt Oda, die inzwischen gerechnet hat.

»Richtig«, grinst Raukel.

»Das wäre eventuell eine Erklärung dafür, warum Novak mit seiner Rache so lange gewartet hat«, meint Völxen. »Es ging ihm um die Symbolik.«

»Wenn er nicht ein Alibi hätte ...«, wirft Fernando ein.

»Und wenn er nicht einen inzwischen erwachsenen Sohn hätte, der sich bei den Preppern eingeschlichen und den Job für ihn erledigt hat«, ergänzt Oda. »Oder glaubt einer von euch, dass das ein Zufall ist?«

Ehe jemand antworten kann, kommt Frau Cebulla herein und reicht Völxen einen Zettel. »Die Anschrift von dieser Tanja Vollmer. Ich bin dann weg, oder brauchen Sie mich noch?«

»Warten Sie, Frau Cebulla ich bräuchte tatsächlich noch Ihre Hilfe.«

Sie sieht erstaunt aus, und obwohl Völxen auf einen der Stühle deutet, bleibt sie lieber neben der Tür stehen, wie ein Butler, der auf Anweisungen wartet.

Völxen wirft einen Blick in die Runde. »Rodriguez, du fahrst zur Adresse von Luka Vollmer und prüfst dezent nach, ob er zu Hause ist. Wenn ja, ruf das SEK und lass ihn vorläufig festnehmen. Keine Alleingänge, hörst du? Das ist ein Befehl.«

»Alles klar.«

»Raukel, du checkst Novaks Wohnung, vielleicht hält er sich dort auf. Für dich gilt dasselbe. Frau Cebulla, schicken Sie eine Streife zur Verstärkung dorthin. Haben wir Lukas Handynummer?«

»Ja, von Neles Liste und Marlenes Handy«, bestätigt Oda.

»Frau Cebulla, veranlassen Sie bitte eine Handyortung. Oda und ich kümmern uns um die Mutter. Fernando, versuch von unterwegs, Rifkin zu erreichen. Du musst sie vor Luka warnen. Sie soll ihn ja nicht festnehmen oder dergleichen, sie soll auf jeden Fall warten, bis wir da sind.«

»Du meinst wirklich, der kommt zu diesem Training?«, zweifelt Fernando.

»Wer weiß?«, erwidert Völxen.

Der Bungalow in Laatzen ist ein trister Siebzigerjahrewürfel, das vorgelagerte, etwas verdorrte Rasenviereck wird von einer hohen Hecke aus Scheinzypressen umgeben.

Oda hält davor am Straßenrand.

»Nicht hier«, nörgelt Völxen. »Park da vorn, unter dem Baum, sonst wird's dem Hund zu warm.«

Oscar, den sie wohl oder übel mitnehmen mussten, hüpft aufgeregt auf der Rückbank von Odas Wagen hin und her.

»Verdammt! Der zerkratzt mir noch die Ledersitze!«

»Oscar! Plaaatz!«, befiehlt Völxen.

Der Terrier blickt ihn nur aufmüpfig an.

»Nie wieder komme ich mit meinem Auto zum Dienst«, zischt Oda. »Erst Raukel, jetzt dein Hund …«

»Sei nicht so spießig«, versetzt Völxen. Er überprüft sein Mobiltelefon. »Raukel hat bereits eine Nachricht geschickt: *Novak ist zu Hause, der Sohn nicht.*«

Völxen ruft Fernando an. »Wie sieht's aus?«

»Es öffnet niemand, und es rührt sich auch nichts«, antwortet Fernando. »Es ist eine Dachwohnung, ich kann nicht reinsehen. Soll ich die Jungs mit der Ramme holen oder die elegante Lösung wählen?«

»Hol die Jungs. Der Typ ist gefährlich.«

»Das war klar«, meint Oda, die mitgehört hat.

»So langsam verstehe ich jetzt auch, warum Novak dieses ganze Hin und Her veranstaltet hat. Der wollte seinem Sohn möglichst viel Zeit geben, um zu verschwinden.«

»Er hat telefoniert, ehe er mir heute früh die Tür geöffnet hat«, fällt Oda ein. »In einer unverständlichen Sprache, könnte Albanisch gewesen sein. Ich fürchte, Luka ist schon längst irgendwo im Ausland.«

»Oder er verkriecht sich bei Mama«, murmelt Völxen mit Blick auf den Würfel.

»Willst du Verstärkung rufen?«

»Nein, ich denke nicht, dass er hier ist. Das wäre sehr dumm, und dumm ist er nicht.«

Sie steigen aus und gehen auf das Haus zu. Die zwei Stufen, die zur Haustür führen, sind mit einer hölzernen Rampe überbaut.

Ein tiefer Gong hallt durch die Räume, danach geschieht eine ganze Weile nichts. Oda will schon ein zweites Mal läuten, da öffnet sich die Tür. Eine Frau mit schmalem Gesicht und kurzem kastanienbraunem Haar sieht die Beamten über eine schwarze FFP2-Atemschutzmaske hinweg voller Misstrauen und von unten herauf an. Letzteres liegt daran, dass sie in einem Rollstuhl sitzt.

»Frau Tanja Vollmer?«, vergewissert sich Völxen.

»Ja? Was wollen Sie?«

Völxen stellt sich und Oda vor, während beide ihre Dienstausweise zeigen. Die Hausherrin fährt die Beamten an: »Setzen Sie gefälligst Masken auf! Sehen Sie nicht, dass ich zur Risikogruppe gehöre?«

Völxen langt in seine Brusttasche und zieht zwei Einwegmasken hervor. Eine davon stülpt er sich selbst über, die andere gibt er Oda, die die Maske mit ebenso viel Widerwillen aufsetzt wie er selbst.

»Worum geht es denn?«, fragt die Dame des Hauses, als die Beamten ihrer Aufforderung nachgekommen sind.

»Können wir kurz reinkommen?«, fragt Völxen.

»Ist etwas passiert? Ist etwas mit meinem Sohn?«

»Das würden wir gern drinnen klären«, beharrt er.

Frau Vollmer rollt zurück, dreht sich um und bewegt den Stuhl in ein Esszimmer, das aussieht, als würde es nicht oft benutzt. Die beiden Besucher nehmen auf steifen Stühlen Platz. Auf einer Anrichte steht ein Foto, das ein junges Mädchen im Halbporträt zeigt. Sie sieht Luka recht ähnlich, dieselben dunklen Augen, dasselbe schmale Gesicht.

»Ist Luka etwas zugestoßen?«

Ist ihre Angst echt oder gespielt?, fragt sich Völxen. Schwer zu sagen, unter dieser verdammten Maske.

»Soweit wir wissen, nicht«, sagt Oda. »Aber wir wüssten gerne, wo wir ihn finden.«

»Wenn er nicht zu Hause ist, dann weiß ich es auch nicht.«

»Vielleicht ist er in der Firma seines Auftraggebers? Wissen Sie, für wen er gerade arbeitet?«, fragt Oda.

»Nein! Über seine Arbeit spricht er nicht. Warum auch, ich verstehe nichts von Computern.«

»Haben Sie noch Kontakt zu Enver Novak?«, fragt Völxen.

Sie schüttelt den Kopf.

»Und Luka, trifft der sich ab und zu mit seinem Vater?«

»Das weiß ich nicht.«

»Kennen Sie Lukas Freundin?«, erkundigt sich Völxen.

»Luka hat keine Freundin.«

»O doch«, widerspricht der Hauptkommissar. »Nele Kobler, die jüngere Tochter von Georg Kobler. Der Name sagt Ihnen doch was, oder?«

Ihr Blick verfinstert sich. »Allerdings. Er hat unser Leben zerstört, dieses Schwein«, tönt es dumpf unter ihrer Maske hervor.

»Ihr Sohn Luka hat sich einer Gruppe von Preppern angeschlossen, die von Georg Kobler angeführt werden. Wussten Sie davon?«, fragt Oda.

»Ich weiß nicht mal, was das sein soll, *Prepper.*«

»Frau Vollmer, spielen Sie nicht die Dumme«, erwidert Oda scharf.

»Ich kann mir denken, wieso ihr hier seid«, zischt sie. »Reicht es euch nicht, dass ihr mir meine Tochter genommen habt? Was wollt ihr denn von Luka? Er ist ein guter Junge, lasst ihn in Ruhe!« Ihre hellgrauen Augen blitzen vor Zorn.

»Ihre Tochter Mirna wurde bei einem Unfall getötet, soweit wir informiert sind«, sagt Völxen betont förmlich.

»Ja, das ist die offizielle Version.« Sie lacht unter ihrer Maske bitter auf.

»Und was ist Ihre Version?«, fragt Oda.

Sie hat Tränen in den Augen, als sie sagt: »Mirna war immer ein Papakind. Die zwei waren ein Herz und eine Seele. Sie hat so sehr an Enver gehangen, sie hat es nicht ertragen, dass er im Gefängnis war, noch dazu für etwas, das er gar nicht getan hat. Von wegen Unfall! Sie hat sich umgebracht, und es ist alles Koblers Schuld. Er hat nicht nur Enver auf dem Gewissen, sondern auch unsere Mirna. Mein Mädchen.« Ein Schluchzen dringt unter dem schwarzen Stoff hervor. »Sie war das sanfteste, liebste Geschöpf, das man sich denken konnte, wir haben sie über alles geliebt.«

»Und weil Kobler Ihre Familie zerstört hat, wollen Sie nun sein Leben zerstören«, konstatiert Oda.

Tanja Vollmer hat sich wieder im Griff. »Ich, ja? Sehen Sie mich doch an! Ich bin ein Wrack. Ich habe Multiple Sklerose, schon seit acht Jahren sitze ich in diesem verdammten Rollstuhl.«

Oda geht nicht darauf ein, fragt stattdessen: »Frau Vollmer, Sie haben Ihren früheren Lebensgefährten nie im Gefängnis besucht. Warum nicht?«

»Das stimmt nicht«, protestiert sie. »Die ersten Jahre habe ich ihn besucht und die Kinder auch. Nach Mirnas Tod war er völlig in sich gekehrt und kaum noch ansprechbar. Und ich konnte ihm nicht verzeihen, dass es so weit gekommen ist. Ohne seine krummen Geschäfte wäre das alles nie passiert. Wäre er anständig gewesen, hätte das Schwein Kobler ihm nichts anhaben können.«

»In dem Fall hätte es ja auch keinen Grund für Kobler gegeben, gegen Ihren Lebenspartner zu ermitteln«, meint Völxen, woraufhin Frau Vollmer nur ein verächtliches Schnauben ausstößt und hinter ihrem Mundschutz etwas murmelt, das sich anhört wie: »Was wissen Sie schon.«

»Oder gab es da noch etwas anderes zwischen den beiden? Irgendeine alte Rechnung?«, forscht Völxen.

»Lassen Sie mich in Frieden, ich will nicht über diesen Mann und diese schlimme Zeit sprechen.«

»Sie waren also wütend auf Kobler und auf Ihren Ex-Partner«, hält Oda fest.

»Zwei Jahre nach Mirnas Tod habe ich wieder geheiratet. Ich wollte abschließen mit der Vergangenheit. Es wäre Harald gegenüber nicht in Ordnung gewesen, wenn ich nach wie vor Enver im Gefängnis besucht hätte. Er war ein anständiger, liebevoller Mann und ein guter Vater für Luka. Leider waren uns nur wenige Jahre gegönnt.«

»Marlene Kobler war einundzwanzig. Genau wie Ihre Tochter Mirna, als sie starb ...«, kommt Völxen wieder auf den aktuellen Fall zurück.

»Tja, Zufälle gibt's«, tönt es höhnisch unter der Maske hervor.

»Wir denken nicht, dass das ein Zufall war«, widerspricht Oda.

»Dann fragen Sie doch Enver. Schließlich war er es, der die ganze Zeit rumgetönt hat, er werde sich an Kobler rächen.«

»Nur hat Enver Novak ein Alibi für die Tatzeit«, antwortet Oda. »Ihr Sohn Luka dagegen nicht.«

»Diesen Blödsinn muss ich mir nicht länger anhören. Gehen Sie!«

Völxen macht Oda ein Zeichen. Die steht auf und verlässt das Zimmer. Der Hauptkommissar bleibt jedoch sitzen, beugt sich etwas in Frau Vollmers Richtung und sagt im Brustton der Überzeugung: »Frau Vollmer, wir werden Luka finden. Und wenn Sie oder Ihr Ex-Partner ihn zu dieser Tat angestiftet haben, kann das für Ihren Sohn mildernde Umstände bedeuten. Es wäre also besser, wenn Sie reden.«

Frau Vollmer sieht ihn aus schmalen Augen wütend an. Im Flur hört man, wie eine Tür geöffnet wird, und da begreift sie, dass Oda nicht nach draußen gegangen ist, sondern sich im Haus umsieht. »Was ... was soll das? He, Sie!«

Frau Vollmer verfolgt Oda mit ihrem Rollstuhl, Völxen hört sie kreischen, wobei es klingt, als hätte sie ihre Schutzmaske abgenommen: »Das dürfen Sie nicht, dazu haben Sie kein Recht! Verschwinden Sie! Verschwindet, ihr verfluchtes Bullenpack!«

Während die Damen einander durch das Haus jagen, holt Völxen sein Telefon aus der Tasche, streift sich die Maske ab und ruft seine Sekretärin an.

»Die Handyortung hat leider nicht funktioniert«, bedauert Frau Cebulla.

»Dann geben Sie bitte die Fahndung nach Luka Vollmer raus. Danach können Sie Feierabend machen. Danke fürs Warten.«

Völxen steht auf. Im Flur begegnet er Oda und signalisiert ihr mit einer Kopfbewegung, dass ihr Besuch nun zu Ende ist. Begleitet von den Beschimpfungen der Dame des Hauses verlassen sie das traute Heim.

»Luka hat noch ein Zimmer dort«, berichtet Oda, als sie die Höhle der Löwin verlassen haben.

»Wenn Mirna ein Papakind war, war er vielleicht ein Muttersöhnchen«, meint Völxen.

»Die Frau steckt jedenfalls voller Hass. Sie kann zwar selbst nichts ausrichten, in ihrem Zustand, aber man sollte die Tyrannei der Schwachen nicht unterschätzen.«

Völxens Telefon klingelt, es ist Fernando. Völxen stellt auf laut, damit Oda mithören kann.

»Ich bin jetzt in der Wohnung. Also nach Flucht sieht das für mich nicht aus. Sein Laptop liegt auf dem Tisch, ist natürlich mit einem Passwort geschützt, sein Reisepass ist noch da, auch sein Rasierzeug und sonstiges Badezimmergedöns, und ein Rollkoffer liegt auf dem Schrank.«

»Eigenartig«, meint Völxen. »Wo kann er sein?«

»Doch bei den Preppern?«, überlegt Fernando. »Vielleicht versteckt ihn Nele dort. Womöglich haben sie gemeinsame Sache gemacht. Er aus Rache und sie aus Eifersucht auf ihre Schwester.«

Dieser Gedanke erscheint dem Hauptkommissar zwar kühn, aber ausschließen kann man es nicht. Es sei denn ... »Oder er ist dort, weil er noch nicht fertig ist. Am Ende ist er jetzt hinter Nele her oder hinter Kobler oder allen beiden.«

»Oje«, meint Fernando. »Und Rifkin hat keine Ahnung. Ich habe sie nämlich nicht erreicht und ihr nur eine SMS geschrieben.«

»Schreib ihr noch eine, und warne sie vor Luka.«

Er legt auf.

»Wir brauchen das SEK auf Koblers Hof«, entscheidet Völxen. »Ich kümmere mich um den Durchsuchungsbeschluss.«

»Warum rufen wir nicht Kobler an und fragen ihn nach Luka?«, schlägt Oda vor.

»Weil ich den Verdächtigen gerne festnehmen und vernehmen möchte, und das kann ich nur, wenn er am Leben ist«, erwidert

Völxen. »Kobler riecht sofort Lunte, wenn wir ihn nach Luka fragen. Und ganz ehrlich: Ich wüsste nicht, was ich an seiner Stelle mit dem Mörder meiner Tochter machen würde.«

Kapitel 18 – Waldbaden bei Nacht

Rifkin und Kobler sind die Letzten, die bei der Lichtung ankommen. Zwölf Leute sitzen im Kreis um ein kleines Feuer herum, obwohl es noch längst nicht dunkel ist. Einige kann Rifkin aufgrund der Beschreibungen und ihrer Fotos in der Fallakte identifizieren.

Nele löst sich aus dem Kreis und kommt auf ihren Vater und Rifkin zu.

»Du bist die Annette, nicht wahr? Ich bin Nele Kobler.«

»Freut mich«, sagt Rifkin. Sie schütteln sich die Hände. Rifkin lächelt, so gut sie kann, gegen Neles bohrenden Blick an.

»Wo ist Luka?«, fragt Kobler seine Tochter.

Sie blickt ihren Vater ängstlich-unterwürfig an. »Es tut ihm sehr leid, aber es gab wohl einen Notfall mit seinem Projekt, er musste unbedingt in die Firma. Er versucht, später dazuzukommen.«

»War ja klar«, sagt Kobler, so als hätte er von diesem Luka nichts anderes erwartet.

Er stellt seiner Gruppe *die neue Kameradin Annette* vor. Alle stehen dazu höflich auf, geben ihr die Hand und nennen ihre Vornamen, wobei sie sie mit verhaltener Neugier mustern. Als sie sich wieder ans Feuer setzen, bleibt Rifkin etwas abseits gegen einen Baum gelehnt stehen. Sie habe Marlene schließlich nicht gekannt und wolle den intimen Moment nicht stören, gibt sie Kobler gegenüber als Begründung an, was dieser kommentarlos akzeptiert.

Die Prepper erzählen sich reihum kleine Anekdoten über Marlene.

»Sie war immer fröhlich und freundlich.«

»Sie war eine miserable Bogenschützin, aber sie hat nicht aufgegeben, das fand ich toll an ihr.«

»Ja, sie war manchmal so herrlich tollpatschig. Wisst ihr noch, wie sie sich in den Ameisenhaufen gesetzt hat und es erst gemerkt hat, als wir schon vor Lachen gar nicht mehr hinschauen konnten?«

»Wenn bei einer Nachtwanderung die Käuze schrien, hat sie sich schrecklich gegruselt, aber das hätte sie nie zugegeben.«

»Sie war vielleicht nicht besonders tough, aber sie war die Seele dieser Gruppe.« Niklas Stöger hat dies gesagt. Seine Freundin, Ariane Koch, nimmt es mit steinerner Miene zur Kenntnis. Sie wirkt auch nicht wirklich traurig, erkennt Rifkin.

»Sie war die Liebe meines Lebens, sie wird immer hier drin sein.« Bastian Raimann schlägt sich in einer reichlich theatralischen Geste gegen die Brust.

Bisschen arg dick aufgetragen, findet Rifkin.

»Sie war meine Schwester und damit praktisch ein Teil von mir. Jetzt bin ich allein. Sie wird mir mein Leben lang fehlen.« Nele, und es klingt wie auswendig gelernt und aufgesagt.

»Sie wird uns allen schrecklich fehlen.« Peter Gräger, ein Typ mit einer markant hohen Stimme.

Ein paar der jungen Männer haben Tränen in den Augen, Nele und Ariane dagegen nicht.

Kobler hat bis jetzt mit gesenktem Kopf dagesessen und geschwiegen, und Rifkin ahnt, dass er das auch weiterhin tun wird. Er ist nicht der Typ, der seine Gefühle vor versammelter Mannschaft ausbreitet.

Jetzt greift einer, der sich vorhin mit Jonas vorgestellt hat, zur Gitarre und schlägt die Akkorde von *Blowin' in the Wind* an. Dünner Gesang erklingt, der nach und nach kräftiger wird, nur ab und zu unterbrochen von ein paar Schluchzern.

Rifkin nutzt den emotionalen Moment, um sich unbemerkt ins Gebüsch zurückzuziehen. Sie geht auf einen Baum mit einem zweigeteilten Stamm zu. Die Buche scheint nicht gesund zu sein; knochenbleiches Totholz bis hinauf in die kahle Krone. Doch Rifkin interessiert sich im Augenblick nur indirekt für kranke Bäume. Sie bückt sich und wühlt in einem Haufen aus Erde und Laub herum, bis sie eine Plastiktüte ertastet. Handy und Dienstwaffe sind unversehrt. Na also. Damit ist man doch gleich wieder ein ganzer Mensch.

Sie verstaut die Tüte mit ihrer Dienstwaffe in ihrem Rucksack und schaltet ihr Handy ein. Gerade will sie mit Völxen in Kontakt treten, um ihm mitzuteilen, dass Luka fehlt, aber ansonsten alles in Ordnung ist, da hört sie, wie der Gesang verstummt und sich allgemeine Aufbruchsstimmung breitmacht.

Mist! Sie schiebt das Telefon in den Schaft ihrer halbhohen Stiefel, setzt den Rucksack auf und geht wieder zurück zur Lichtung. Keine Sekunde zu früh, alles ist schon wieder auf den Beinen.

»Ich danke euch«, sagt Kobler. Er hat nun doch feuchte Augen bekommen. »Aber ihr wisst, der Kampf muss weitergehen. Für heute habe ich einen Orientierungsmarsch geplant. Ihr werdet in Gruppen eingeteilt, Bastian, Nele und ich fahren euch zu verschiedenen Orten. Ziel ist, so rasch wie möglich hierher zurückzukommen. Keine Handys, kein GPS, das versteht sich ja von selbst. Im Ernstfall gibt es auch kein Handynetz und womöglich auch keine Verbindung zu Satelliten.«

Jetzt wird Rifkin auch klar, warum Nele ihr heute Vormittag am Telefon gesagt hat, sie solle Taschenlampe und Kompass mitnehmen. Wobei sie nur eine Taschenlampe eingesteckt hat, denn welcher halbwegs zivilisierte Mensch besitzt heutzutage schon einen Kompass? Ihr Handy hat eine Kompass-App, fällt ihr ein. Und Google Maps.

»Alles klar?«, fragt Kobler.

Zustimmendes Gemurmel erhebt sich, nur Rifkin ist gar nicht begeistert. *Ein Orientierungslauf? Es wird doch bald dunkel! Einteilung in Gruppen, was soll denn der Scheiß? Kobler, du hast mich eiskalt gelinkt!*

Oscar springt aus dem Mini, rast über den Hof, an Sabine vorbei und sofort in die Küche, in der Hoffnung, dort einen gefüllten Napf vorzufinden.

Bei den zwei anderen Passagieren dauert das Aussteigen etwas länger, insbesondere einer von ihnen wirkt ein bisschen ungelenk und kreuzlahm.

»Oda Kristensen!«, ruft Sabine Völxen erfreut. »Wow, schickes Auto! Es sieht noch ganz neu aus.«

»Fragt sich bloß, wie lange noch«, meint Oda skeptisch.

»Bleibst du zum Essen?«

»Ich muss gleich wieder los, zu einer Hausdurchsuchung, größere Aktion«, beantwortet Völxen die Frage seiner Frau, die eigentlich an Oda gerichtet war. »Wir wollten nur Oscar hier absetzen.«

»Aber ich könnte bleiben«, meint Oda. »Und ich hätte wirklich ein bisschen Hunger.«

»Wie schön. Dann wird das ein Frauenabend«, meint Sabine.

»Komm schon, Völxen, iss auch etwas«, meint Oda. »Das SEK müsste längst auf dem Hof sein, und Fernando ist mit dem Motorrad dorthin unterwegs. Das kriegen die doch auch ohne dich geregelt. Auf die paar Minuten wird es nicht ankommen.«

Völxen, dem ebenfalls schon der Magen bis auf die Knie hängt, will seiner Kollegin dennoch widersprechen, schon allein, weil er vor seiner Gattin nicht den Eindruck der Pflichtvergessenheit erwecken will, aber da klingelt sein Telefon.

»Völxen.«

»Matusch, Einsatzleiter SEK. Wir sind jetzt vor Ort.«

»Gut. Ich bin in fünfzehn Minuten da. Soll ich Ihnen den Durchsuchungsbeschluss aufs Handy schicken?«

»Der Beschluss ist nicht das Problem«, meint der Leiter des Sondereinsatzkommandos und klingt dabei etwas zögerlich.

»Was denn dann?«

»Es scheint kein Mensch auf dem Hof zu sein, oder es macht keiner auf. Auf dem Außengelände befinden sich drei frei laufende Schäferhunde, Malinois, wie wir sie auch haben. Und die sind ziemlich schlechter Laune.«

Das wütende Gebell kann Völxen im Hintergrund sogar hören.

»Dass mir ja keiner einen Hund erschießt!«, mahnt Völxen. »Ihr wisst, dass wir sonst von der Presse und den Tierschützern zerfleischt werden.«

Und Kobler würde mir ewige Rache schwören.

»Das hatten wir auch nicht vor«, antwortet Matusch. »Wir warten auf den Veterinär mit dem Betäubungsgewehr. Wir mussten ewig rumtelefonieren, bis wir überhaupt einen gefunden haben, der das entsprechende Equipment hat. Es ist doch keine Gefahr im Verzug, oder?«, will der SEK-Mann wissen.

Völxen überlegt. Sollte sich Luka Vollmer tatsächlich auf Koblers Hof verstecken, wird er sich hüten herauszukommen, solange das SEK vor dem Tor steht und die Hunde, vor denen er ohnehin Angst hat, frei im Hof herumlaufen.

»Nein«, antwortet er. »Aber behaltet das Tor und die Pforte hinter dem Stall im Auge. Wir sehen uns gleich.«

»Nur keine Eile. Der Tierarzt ist noch im Zoo und überwacht die Geburt bei einer Giraffe. Das ist kein Scherz«, fügt Matusch vorsichtshalber hinzu.

Das hat Völxen auch keine Sekunde lang geglaubt. Er verabschiedet sich und sagt zu den Damen: »Ich kann euch beiden doch noch ein wenig Gesellschaft leisten. Wisst ihr zufällig, wie lange Geburten bei Giraffen für gewöhnlich dauern?«

»Giraffen?«, wiederholt Sabine.

»Wahrscheinlich nicht sehr lange«, antwortet Oda zwischen zwei Bissen von einem Käsebrot. »Es sind ja schließlich Fluchttiere.«

Rifkin stolpert hinter Nele Kobler und Jonas, dem Gitarrenspieler von vorhin, durch den Wald. Ein Stück hinter ihr geht Hannes Wienecke, ein großer, kräftig gebauter Typ mit einem Zopf und einem rötlichen Vollbart, der einem Wikingerfilm entsprungen sein könnte. Es geht bergauf. Anfangs sind sie einem Pfad gefolgt, jetzt schlagen sie sich quer durchs Dickicht, weil Nele meinte, das wäre der kürzere Weg. Wahrscheinlich kennt sie hier jeden Baum beim Vornamen, von ihren Waldbadekursen. Noch ist es hell, aber es dämmert, und wo die Bäume dicht beieinanderstehen, ist es schon recht finster.

Die Gruppen haben nicht nur die Aufgabe, wie die Brieftauben ihren Weg zurückzufinden, sie müssen dabei auch noch Aufgaben lösen: So sollen sie unter anderem Spuren und Losung – also Kot – von drei verschiedenen Wildtieren identifizieren und fotografieren. Dazu haben alle, außer Rifkin, Digitalkameras bei sich. Außerdem sollen sie drei verschiedene essbare Pilze vorweisen und eine Handvoll Blaubeeren. Rifkin fragt sich, was das soll. *Will Kobler Marmelade einkochen? Wo bin ich da hingeraten, in den Waldkindergarten, oder was?*

Wie soll man vernünftig Ermittlungen anstellen, wenn die Verdächtigen wild versprengt durch die Wälder huschen? Die Suche nach Kackhaufen und sonstigen Früchten des Waldes gibt Rifkin andererseits die Gelegenheit, sich von der Gruppe zu entfernen und so zu tun, als sei sie mit Feuereifer mit der Lösung der Aufgaben beschäftigt. Auch jetzt schlägt sie sich seitlich in die Büsche. Verborgen hinter einem Dickicht wagt sie es, ihr Handy herauszuholen. Sie verdeckt, so gut es geht, den Bildschirm, damit der Lichtschein sie nicht verrät. Etliche entgangene Anrufe von Fernando und Völxen, einer von Igor Baranow und drei SMS von Fernando.

Die erste ist schon drei Stunden alt:

Neles Freund Luka Vollmer ist Novaks Sohn. Tatmotiv! Brich die Sache ab!

Eine Stunde später schrieb er: *Wir wissen nicht, wo Luka ist. Sei vorsichtig.*

Hat nicht Oda Kristensen noch heute Nachmittag behauptet, Luka wäre der Einzige mit einem Gehirn in Koblers Truppe? Wenn er Novaks Sohn ist, wieso heißt er dann nicht Novak? Und hat nicht Nele Kobler ihren Freund vorhin noch bei ihrem Vater damit entschuldigt, dass er angeblich bei der Arbeit wäre? Was Rifkin gleich wie eine Lüge vorgekommen ist, genau wie die warmen Worte, die Nele über ihre Schwester gesagt hat. Kann es sein, dass Nele dem Mörder ihrer eigenen Schwester zur Flucht verholfen hat? Ihrer Schwester, auf die sie zeit ihres Lebens fürchterlich eifersüchtig war, ergänzt Rifkin in Gedanken.

Vor einer Stunde hat Fernando eine weitere Nachricht geschickt.

Das SEK durchsucht gleich Koblers Hof. Warten noch auf den Tierarzt. Völxen glaubt, Luka will vielleicht auch noch Nele oder Kobler an den Kragen. Melde dich! Wo seid ihr alle? Keiner ist erreichbar!

Was soll denn das mit dem Tierarzt? Das ist wieder typisch Rodriguez, sich derart unpräzise auszudrücken! Sie tippt in rasender Geschwindigkeit: *Kein Luka hier. Sind in Vierergruppen auf Orientierungsmarsch, Start irgendwo hinter Springe, bewegen uns Richtung Koblers Hof. Handyverbot, kann nicht immer ran.*

Sie steckt das Telefon weg und kriecht aus dem Gebüsch hervor. Von ihren Begleitern ist keiner zu sehen.

»Hey! Wo seid ihr? Hallo!«

Niemand antwortet.

»Nele! Hannes! Jonas! Kommt schon, das ist unfair. Ich habe nicht mal einen Kompass dabei.«

Wieder nichts. Sie seufzt. Das ist bestimmt ein abgekartetes Spiel, um der Neuen einen gehörigen Schrecken einzujagen. Oder Kobler hat gelogen, und Nele weiß doch, dass sie von der Polizei ist, oder sie ahnt es zumindest und will sie abschütteln. Na toll. Zuerst hat Georg Kobler seine Spielchen mit ihr getrieben, jetzt ist also Nele an der Reihe.

Rifkin bleibt stehen und horcht hinein in die Stille des Waldes, die so still gar nicht ist. Je länger man lauscht, desto mehr Geräusche sind zu hören. Es knistert und knackt, es raschelt und rauscht, ab und zu schreit ein Vogel, Rehe husten, Blätter wispern und Äste knarzen, wenn der Wind durch die Baumkronen streift. Ein Kauz ruft, ganz in der Nähe. Rifkin ist nicht sicher, ob es wirklich einer war oder ob einer von den drei Scherzkeksen, die wahrscheinlich irgendwo im Gebüsch hocken und sie beobachten, den Ruf imitiert hat.

Idioten! Ich werde euch keine Darbietung einer hysterischen Tusse liefern, darauf könnt ihr lange warten.

Sie öffnet ihren Rucksack, nimmt die Taschenlampe heraus und leuchtet im Kreis herum. Nichts zu sehen, nur Baumstämme, Gebüsch, fallende Blätter. Im Schein der Lampe bewegt sie sich langsam weiter. Ein Gedanke drängt sich auf: Und wenn dieser Luka tatsächlich hier herumstreift, wie Völxen es anscheinend befürchtet? Was, wenn er die anderen schon …?

Elena Rifkin, zügle deine Fantasie! Er ist schließlich kein Sniper, der in deiner unmittelbaren Nähe lautlos drei Menschen tötet, von denen einer aussieht, als sei er ein direkter Nachfahre von Ragnar Lodbrok.

– Ach ja? Und woher willst du das so genau wissen?

Sie verdrängt diese abstrusen Gedanken und kämpft sich voran. Farne streifen an ihren Hosen entlang, Schalen von Bucheckern knacken unter ihren Schritten, das Geräusch kommt ihr auf einmal überlaut vor, genauso wie ihr eigener Atem.

Es ist dunkel geworden. Der Lichtstrahl gleitet über silbrige Baumstämme und entreißt der Nacht seltsame Gestalten. Ein Krokodil, eine buckelnde Katze, Yoda aus *Star Wars* … Rifkin zuckt zusammen. Ein Augenpaar reflektiert das Licht der Taschenlampe. Tieraugen! Erschrocken umklammert sie die Lampe. Ist das ein Wildschwein? Davon gibt es hier jede Menge, und mit denen soll ja nicht zu spaßen sein. Ihr Puls beginnt zu rasen, gleichzeitig durchzuckt sie die Erinnerung an diverse Kantinengespräche mit Völxen, der sich in den letzten Jahren zusehends um seine Schafe sorgt, wegen der … Die Augen drehen sich aus dem Lichtkegel, ein Schatten huscht zur Seite und verschwindet im Gebüsch. Ein Fuchs.

»Scheiße, hast du mich erschreckt!« Rifkin atmet auf. Nein, muss sie zugeben, *Waldbaden* bei Nacht ist ihre Sache nicht. Sie ist ein Stadtkind, durch und durch.

Inzwischen hat sie jegliche Orientierung verloren und keine Ahnung, wohin sie geht. Andererseits, sagt sie sich, ist der Deister zwar groß, größer als die Eilenriede, aber auch nicht endlos. Das hier ist Niedersachsen, nicht Kanada oder Sibirien, Wölfe hin oder her. Man muss einfach nur immer in eine Richtung gehen, dann wird das Ende dieses Waldes bald erreicht sein. Und der moderne Mensch ist ja schließlich nicht hilflos …

Sie pfeift auf die Anweisung des Obergurus Kobler und holt ihr Handy aus dem Rucksack. Sollten Nele und Konsorten plötzlich doch wieder auftauchen – *so what?* Schließlich haben die sich auch nicht an die Spielregeln gehalten, denn es war nie die Rede davon, dass man neue Mitglieder einsam im Wald zurücklässt. Außerdem ist dies hier ohnehin ihr erster und letzter Undercovereinsatz bei den Preppern, da sie erstens von dem Quatsch genug hat und zweitens aller Wahrscheinlichkeit nach dieser Luka der Mörder von Marlene ist und der Fall damit aufgeklärt. Denn warum sonst sollte der Sohn von Koblers altem Widersacher Enver Novak bei Koblers Truppe gewesen sein? Ja, es gibt bisweilen Zufälle, auch bei Ermittlungen, aber so große dann doch nicht.

Solchen Überlegungen hängt sie nach, während sie sich in Richtung Nordwesten voranarbeitet. Das müsste so einigermaßen hinkommen. Genau kann sie es nicht sagen, denn Google Maps schwächelt ein wenig. Zumindest zeigt ihr die App weit und breit keinen Weg an, dem sie folgen könnte, und ob sie ihren Standpunkt richtig angibt, ist zu bezweifeln. Aber die Kompass-App funktioniert ausgezeichnet. Nur kann sie leider den Kurs nicht immer einhalten. Manchmal ist ein Brombeerdickicht im Weg, dann wieder ein umgestürzter Baumstamm, ein Graben oder eine sumpfige Stelle. Dieser Wald ist nicht besonders aufgeräumt, obwohl das von deutschen Wäldern doch immer behauptet wird. Das sollte man diesem schwatzhaften Förster Schutter gelegentlich unter die Nase reiben.

Sie ist jetzt schon eine Dreiviertelstunde unterwegs, und noch immer ist nichts als Wald um sie herum. Plötzlich bleibt sie abrupt stehen und horcht. Da sind Stimmen. Entweder hat sie ihre treulosen Kameraden wiedergefunden, oder sie ist auf Mitglieder einer anderen Gruppe gestoßen. Egal. Erleichterung macht sich in ihr breit.

Na also, so schlimm war es doch gar nicht.

Sie steckt das Handy nun lieber wieder weg, um niemandes Unmut zu erregen.

»Du bist genau wie er!«

Das war Nele Kobler, eindeutig, und jetzt sieht Rifkin auch ein Licht, das im Zickzack durchs Geäst flirrt. Aber mit wem spricht sie da? Mit Luka, vermutlich!

Rifkin knipst hastig ihre Lampe aus, kauert sich hin und fischt die Dienstpistole aus ihrem Rucksack. Die Waffe mit beiden Händen vor sich haltend tastet sie sich im Dunkeln vorsichtig in die Richtung der zeternden Stimme.

»Ihr alle habt mich nur benutzt. Du wolltest doch nur durch mich an Marlene rankommen, gib es wenigstens zu! Ihr denkt wohl, ihr könnt alle auf mir herumtrampeln. Sehe ich vielleicht aus wie ein Fußabtreter? Aber damit ist Schluss, jetzt ist Zahltag!«

»Nele, bitte, beruhige dich, das stimmt doch gar nicht!«, antwortet eine Männerstimme.

Moment! Diese Stimme kennt Rifkin. Die hat sie vorhin am Feuer schon gehört. Das ist nicht Luka, das ist Bastian Raimann, Marlenes Freund. Der blonde Hüne, Koblers Kronprinz, von dem Nele Oda gegenüber behauptet hat, sie wäre zuerst mit ihm zusammen gewesen, was aber anscheinend gar nicht wahr ist. Doch in Neles Welt anscheinend schon.

Sie ist verrückt, durchzuckt es Rifkin.

»Nele, leg jetzt bitte die Pistole weg!«, hört sie Bastian sagen.

Eine Verrückte mit einer Pistole. Keine gute Konstellation.

Rifkin ist den beiden nun recht nah. Sie kann Bastians Gesicht im Schein von Neles Stirnlampe erkennen. Es ist angstverzerrt, als er schreit: »Das ist doch Wahnsinn, Nele! Willst du mich wirklich erschießen? Einen Mord begehen? Davon wird Marlene auch nicht wieder lebendig.«

Ein schrilles und, wie Rifkin findet, ziemlich irres Lachen hallt durch die Nacht. Ein aufgeschreckter Vogel flattert mit lautem Flügelschlag davon. Rifkin zuckt zusammen und hätte um ein Haar einen Schrei ausgestoßen. Außerdem ist da noch ein anderes Geräusch, das Rifkin im ersten Moment nicht einordnen kann, weil sie zu sehr auf die beiden konzentriert ist und überlegt, was sie tun kann, um Bastians Erschießung zu verhindern.

»Glaubst du, ich würde das wollen?«, schreit Nele. »Ich bin heilfroh, dass sie tot ist, diese Schlampe!«

»Was willst du denn dann von mir? Ich habe dir nie was getan, Nele. Das weißt du genau, ich habe immer …«

Rifkin findet, dass der Moment gekommen ist zu handeln. »Polizei!«, ruft sie. »Nele, leg die Waffe weg!«

Nele fährt herum. Rifkin geht hinter einem Baumstamm in Deckung, und im selben Augenblick peitscht auch schon der Schuss los. Noch nie hat Rifkin hinter einem Baum gestanden, in den gerade geschossen wurde. Sie spürt die Vibration im Rücken, es ist, als würde der ganze Baum erbeben und mit ihm sie selbst. Sie braucht ein, zwei Sekunden, um sich vom Schrecken zu erholen und sich darüber klar zu werden, dass Nele Ernst macht und dass sie sie beinahe erwischt hätte.

Ihr Plan ist aber dennoch aufgegangen. Bastian hat den Augenblick der Verwirrung genutzt und rennt davon, im Zickzack durchs Dickicht, wie ein Hase, ehe ihn die schützende Dunkelheit verschluckt.

Erneut brüllt Rifkin hinter der Deckung des Baumstamms: »Nele, bleib stehen. Nimm die Waffe runter! Hände hinter den Kopf. Sofort!«

»Sonst noch Wünsche?«, erwidert Nele wütend.

Zeit, hier ein paar Dinge klarzustellen, erkennt Rifkin. Aber nicht mit Worten. Sie schießt in die Luft, und kaum ist der Knall verhallt, ruft sie noch einmal: »Waffe runter! Hände hinter den Kopf!«

Nele scheint einen Moment lang unschlüssig zu sein, was sie tun soll. Sie fuchtelt mit der Pistole, zeigt abwechselnd in Rifkins Richtung, dann in die entgegengesetzte, die Bastian genommen hat. Schließlich wendet sie Rifkin den Rücken zu und macht sich daran, ihren Erzfeind Bastian zu verfolgen.

»Scheiße, verdammte!«

Rifkins Fluch geht unter in einem ohrenbetäubenden Lärm. Sie blickt nach oben. Die Baumkronen werden ordentlich durchgewirbelt von dem Luftzug, den die Rotoren eines Hubschraubers verursachen. Der Helikopter steht jetzt direkt über ihr, und sein Scheinwerfer strahlt auf sie herab wie ein gewaltiges Lichtschwert.

Rifkin steckt ihre Dienstpistole hinten in den Hosenbund und jagt im Licht des Scheinwerfers und ihrer eigenen Lampe Nele hinterher. Ihr Schuh stößt gegen etwas Hartes. Eine Taschenlampe, vermutlich die von Bastian. War er nicht früher bei einer dieser obskuren Spezialeinheiten der Bundeswehr? Dort, wo auch hin und wieder Waffen und Munition wegkommen? Hoffentlich haben sie da nicht nur Schießen geübt, sondern auch Tarnen und Versteckspielen.

Kapitel 19 – Familienbande

Erwin Raukel nimmt einen großen Schluck aus seinem Pilsglas. Es ist das zweite, denn es war ein langer Tag, und er ist durstig. Enver Novak, der ihm gegenübersitzt, nuckelt noch am ersten Glas herum. Kein Wunder, der Kerl hat doch tatsächlich ein alkoholfreies Pils bestellt. Sie sitzen in einer schäbigen, aber doch ganz gemütlichen Kneipe, ein paar Blocks entfernt von Novaks Wohnung.

Nun, da sein Sohn als Hauptverdächtiger im Mordfall Marlene Kobler gesucht wird, hat sein Vater anscheinend kapiert, dass die Schweigenummer nichts mehr bringt. Im Gegenteil, es scheint Redebedarf zu geben. So viel, dass sich Novak sogar von Raukel zu einem Bier hat einladen lassen.

Er hätte es nach der Haftentlassung übertrieben mit der Sauferei, hat Novak vorhin erklärt. »Ich hab gegen meine Wut und meinen Kummer angesoffen. Nachdem ich eines Tages im Krankenhaus aufgewacht bin, ohne zu wissen, wie ich dorthin gekommen bin, hat mich mein Bewährungshelfer für eine Therapie angemeldet. Ich war erst skeptisch, aber es hat funktioniert. Seit zwei Jahren bin ich trocken.«

»Respekt«, sagt Erwin Raukel und denkt: *arme Sau.*

Mit Drogen, so Raukels Credo, muss man einfach nur umgehen können. Aber das liegt natürlich nicht jedem. Dazu gehören ein starker Wille und ein noch stärkerer Charakter. Abstinenz ist eine Krücke für Schwächlinge.

»Du hast aber noch immer eine Mordswut auf Kobler, oder? Ich hätte die jedenfalls«, forscht er nach.

Novak zuckt mit den Achseln. »Ja, sicher. Aber irgendwie habe ich mir das alles schon auch selber eingebrockt.«

Entweder der Kerl verarscht ihn, oder den haben sie im Knast auf links gedreht, resümiert Raukel, der an Resozialisierung so wenig glaubt wie an unbefleckte Empfängnis. Aber Ausnahmen gibt's ja immer. Die einen finden zu Gott, die anderen zu Clausthaler.

»Die acht Jahre Knast waren nicht das Schlimmste«, fährt Novak fort. »Ich würde liebend gern noch mal acht Jahre absitzen, wenn meine Mirna dadurch wieder lebendig werden würde.« Er schnieft und wischt sich mit dem Ärmel seines Hemdes über die Nase. »Mirna war mein Leben, mein Sonnenschein. Luka war immer eher auf seine Mutter fixiert, der Junge und ich haben nie so richtig zueinandergefunden. Er war erst zehn bei meiner Verhaftung. Nachdem ich 2013 wieder draußen war, haben wir uns zwar ab und zu gesehen, aber es war immer eine verkrampfte Angelegenheit.«

»Als du von dem Mord an Marlene Kobler gehört hast – was hast du da gedacht?«, will Raukel wissen.

Novak starrt eine Weile in sein Bierglas, dann sagt er: »Tanja hat mir immer wieder vorgeworfen, dass ich nach meiner Entlassung nichts unternommen habe, um Mirna zu rächen. Ich hätte versagt, ich wäre kein Mann von Ehre mehr und so weiter. Und ich solle mich nicht wundern, wenn eines Tages andere für Gerechtigkeit sorgten, denn nur so könne sie ihren Frieden finden.«

»Du willst sagen, sie hat Luka dazu angestiftet?«

Er schüttelt den Kopf. »*Angestiftet* trifft es nicht annähernd. Man denkt immer: Was will die in ihrem Rollstuhl schon ausrichten? Aber Tanja ist nicht nur eine durch und durch verbitterte Frau, sie hat auch einen eisernen Willen, und Luka kann sich ihrem Einfluss nicht entziehen, das konnte er noch nie. Luka ist im Grunde ein stiller, in sich gekehrter Junge. Doch sie hat ihn jahrelang dressiert, wie einen Kampfhund. Sie hat ihn in Sportvereine geschickt, ob er wollte oder nicht, sie hat ihn zu ihrem Krieger gemacht, ihrem Werkzeug. Bestimmt hat sie ihm eingeredet, dass es der Zweck seines Daseins wäre, den Tod seiner Schwester zu rächen. Als ich zu ahnen begonnen habe, was da vorgeht, habe ich ihn darauf angesprochen, aber er hat es geleugnet und mir offen gezeigt, dass er mich verachtet. Ich konnte ihn nicht aufhalten. Was hätte ich denn machen sollen? Das Einzige, was ich hinterher noch für ihn tun konnte, war, ihm die Wahrheit zu sagen und ihm zu raten, sofort zu verschwinden. Den Jungen müsst ihr nicht jagen, sondern sie. Die Frau ist ein Monster!«

Novak leert sein Glas und blickt Raukel aus seinen Triefaugen an wie ein trauriger Hund.

»Was meintest du mit: *ihm die Wahrheit sagen?* Welche Wahrheit?«, hakt Raukel nach.

Ein bitteres Lachen, das wie Husten klingt, rüttelt Novaks ausgemergelten Körper durch. »Komisch«, meint er dann, als er wieder zu Atem kommt. »Ihr Bullen seid wirklich komisch. Keiner von euch hat sich je Gedanken gemacht, warum Kobler eigentlich über Jahre hinweg so verbissen ausgerechnet hinter mir her war. Als ob ich der Einzige in der Stadt gewesen wäre, der ein paar illegale Sachen vertickt hat.«

Hat nicht Raukels Freund Brimmer am Montagabend zu fortgeschrittener Stunde etwas Ähnliches bemerkt?, überlegt Raukel. Irgendetwas von einem Terrier, und dass Kobler sich in Novak regelrecht verbissen hätte? Aber einen Grund dafür hat er auch nicht angegeben.

»Warum war das so?«, fragt Raukel.

Novak lächelt versonnen. Er nimmt einen Schluck von seiner Bierplemme und wälzt ihn im Mund herum, als wäre es ein köstlicher Rotwein. Schließlich sagt er: »Weil ich mal was mit seiner Alten hatte. Also, mit Koblers Ehefrau, der Annegret. Immer wenn ihre kleine Tochter, die Marlene, bei der Mutter untergebracht war, ging sie mit einer Freundin ins Steintorviertel, Party machen, den Frust rauslassen. Und Frust hatte die reichlich, mit einem Typen wie Kobler. Der hatte hatte ständig was nebenherlaufen. Das Rotlichtviertel war damals mein Jagdrevier, und so haben wir uns in der Sansibar kennengelernt. Hätte ich von Anfang an gewusst, dass sie eine Polizistenfrau ist, hätte ich die Finger von ihr gelassen, aber später ... Ich war eine Weile lang ziemlich in sie verschossen. Sie wiederum hat sich angezogen gefühlt von der Halbwelt. Brave Mädchen – böse Jungs, kennt man ja. Und ich und Tanja – das war auch nicht immer die reine Harmonie. Ja, zugegeben, ich war seinerzeit ein ziemlicher Hallodri. Was das angeht, waren Kobler und ich uns gar nicht mal so unähnlich.«

»Wann war das, diese Geschichte mit dir und Annegret?«, will Raukel wissen.

»Um das Jahr 2000. Es ging nur ein paar Monate. Und 2001 kam dann Nele Kobler zur Welt ...«

Raukel, der gerade sein Bierglas leeren wollte, bleibt der Mund offen stehen. »Du meinst ... du willst sagen ...«

»Annegret hat es abgestritten und den Kontakt zu mir abgebrochen. Ich habe mir danach keine Gedanken mehr gemacht. Bis ich die Kleine mal zufällig mit ihr in der Stadt gesehen habe ... Sie hat exakt meine Augen. Kobler ist wahrscheinlich auch irgendwann misstrauisch geworden. Wie ich ihn kenne, hat er einen DNA-Test veranlasst, und vermutlich hat sie es ihm dann gebeichtet. Das muss etwa 2003 gewesen sein. Ab da ging es jedenfalls los, ab da hatte Kobler mich auf dem Kieker.«

Raukel braucht jetzt dringend noch ein Bier und einen Schnaps dazu. Er gibt die Bestellung beim Mann hinter der Theke per Handzeichen auf und fragt dann: »Hat Tanja über Nele Bescheid gewusst?«

»Nein.«

»Sicher?«

»Wenn sie davon gewusst hätte, hätte sie mich zur Rede gestellt und einen mordsmäßigen Rabatz veranstaltet, hundertprozentig.«

»Also war Luka ebenfalls ahnungslos.«

»Davon gehe ich aus.«

»Hast du gewusst, dass Luka und Nele, ich meine, dass die ein Paar waren, nachdem Luka sich bei den Preppern eingeschlichen hatte? Wahrscheinlich war Nele für Luka nur Mittel zum Zweck, aber trotzdem ...«

Trotzdem ist es ganz schön unappetitlich.

Novak nimmt einen schweren Atemzug. »Das ist mir erst klar geworden, als ich am Montag mit Luka gesprochen habe. Als ich in der Zeitung und im Internet las, was passiert war, hatte ich bereits eine böse Ahnung und habe ihn gebeten, mich zu treffen. Darauf hat er sich sogar eingelassen, was mich wunderte.«

»Hat er den Mord an Marlene gestanden?«

»Nicht wörtlich. Ich habe ihn auch nicht danach gefragt. Vielleicht wollte ich es auch einfach nicht hören.«

»Aber du hast ihm gesagt, dass Nele seine Halbschwester ist.«

»Ja.«

»Wie hat er es aufgenommen?«

»Er ist gegangen, ohne ein Wort zu sagen.«

Das Tor wurde gewaltsam geöffnet, die drei Haustiere der Familie Kobler liegen bewegungslos auf dem Hof. Während der Tierarzt sein Betäubungsgewehr wieder wegpackt, rücken die zwölf Männer des Sondereinsatzkommandos in voller Montur vor, die Waffen im Anschlag. Mit einer Ramme öffnen zwei von ihnen die Haustür, während ihre Kollegen vorsichtshalber auf die Fenster zielen. Aber da ist niemand. Kobler ist nicht der Typ, der sich verschanzt und zusieht, wie seine Hunde flachgelegt werden, überlegt Völxen, der sich gerade fühlt, als wäre er sein eigener Avatar in einem der kriegerischen Ballerspiele, denen sich seine Tochter Wanda gelegentlich widmet. Und falls Luka sich tatsächlich auf diesem Hof versteckt, dann wohl eher unten im Keller, spekuliert der Hauptkommissar.

Völxen und Fernando, der kurz vor seinem Chef eingetroffen ist, haben von Matusch die Anweisung bekommen, sich zurückzuhalten, bis man ihnen Bescheid gibt, dass sie das Haus gefahrlos betreten können. Ein paar Kilometer östlich von ihnen kreist der Hubschrauber über dem Waldgebiet. Dessen Einsatz hat Völxen veranlasst, nachdem er Rifkins Mitteilung gelesen hat. Falls Luka dort herumschleicht, um Nele oder Kobler bei diesem Orientierungsmarsch aufzulauern, soll er das nicht ungestört tun können.

»Ich mache mir Sorgen um Rifkin«, bekennt Völxen. »Ich hätte diesen idiotischen Undercovereinsatz nicht genehmigen dürfen.«

»Wie ich sie kenne, hätte sie es auch ohne deine Erlaubnis gemacht«, antwortet Fernando.

»Ich glaube, da verwechselt du etwas«, erwidert Völxen. »Rifkin hält sich an Anweisungen. Was sich nicht über alle Mitglieder dieses Kommissariats sagen lässt.«

»Rifkin ist zäh, und Unkraut verdirbt nicht.«

»Kann mir mal jemand helfen?«, wendet sich der Veterinär an die beiden Beamten. »Wir sollten die Hunde in den Zwinger schaffen. Die Betäubung hält nicht sehr lange an.«

»Ich mach das«, bietet sich Fernando an. »Ich nehme das hintere Ende, wenn's recht ist.«

»Und ich habe sowieso Rücken«, meint Völxen.

Der Einsatzleiter Matusch, ein kerniger Mittvierziger, kommt auf sie zu. »Alles gesichert, ihr könnt jetzt rein.«

»Auch der Keller?«, fragt Völxen.

»Nein, den haben wir weggelassen. Das machen wir immer so, wir fürchten uns nämlich vor finsteren Kellern.«

»Schon gut, war ja nur eine Frage«, meint Völxen beschwichtigend.

»Da drin ist keiner«, versichert Matusch. »Aber ganz ehrlich. So einen Keller habe ich noch nie gesehen. Was hat der Kerl denn vor?«

Das wüsste Völxen selber gerne. »Wir kommen gleich«, sagt er zu Matusch, während er zuschaut, wie Fernando und der Tierarzt die schlaffen Hundekörper vorsichtig in den Zwinger tragen. Sein Handy klingelt. Rifkin?

Es ist Raukel, der ihm eine *hammermäßige Geschichte* erzählen will.

»Hat das nicht Zeit bis morgen? Es ist gerade nicht so günstig.«

»Nein, das duldet keinen Aufschub«, beharrt Raukel.

»Das gibt es doch nicht!«, ruft Völxen, als Raukel mit seinem Bericht geendet hat. »Und du bist nicht etwa betrunken?«, vergewissert er sich.

»Ich muss doch bitten!«, kommt es entrüstet von Raukel.

»Erzähl das am besten gleich Oda, die mag Familiendramen. Gute Arbeit, Erwin. Das ist wirklich der Hammer.«

Fernando ist fertig mit Hundeherumtragen und nähert sich neugierig. »Der *Hammer?*«, wiederholt er leicht befremdet, denn eine solche Wortwahl ist er von seinem Vorgesetzten nicht gewohnt.

»Nele Kobler ist gar nicht Georgs Tochter, sondern die von Enver Novak«, gibt Völxen den Kern des Gesprächs wieder.

»Was?«

»Ein Seitensprung von Frau Kobler vor neunzehn Jahren mit Enver Novak.«

»Und wissen die das alle, ich meine Nele und Kobler?«

»Gute Frage«, meint Völxen. »Kobler ja, Nele vermutlich nicht, und Luka hat es erst vor zwei Tagen erfahren.«

Die Dienstwaffe in der einen und die Taschenlampe in der anderen Hand versucht Rifkin, Nele Kobler einzuholen. Doch die ist eindeutig schneller als sie, der Abstand wird immer größer, und das Licht ihrer Stirnlampe verliert sich schließlich ganz in den Tiefen des Waldes.

Der Helikopterpilot scheint hingegen begriffen zu haben, dass er Nele folgen muss, der Strahl des Scheinwerfers zeigt jedenfalls in die Richtung, in die sie gelaufen ist, was für Rifkin wiederum praktisch ist, so muss sie nur dem Lichtschein folgen wie einem Kometenschweif.

Der Helikopter verharrt jetzt auffallend lang an einer Stelle. Als Rifkin dort ankommt, sieht sie mehrere Lichter von Stirn- und Taschenlampen. Hören kann sie allerdings nichts, nur den Krach der Rotoren.

Sie überlegt, ob es sinnvoll ist, sich zu der Gruppe zu gesellen, jetzt, da sie sich vor Nele als Polizistin zu erkennen gegeben hat. Besser nicht, beschließt sie und geht hinter hohen Farnen in die Hocke.

Der Scheinwerfer leuchtet die Szene nun perfekt aus. Sie erkennt Georg Kobler, der vor seiner Tochter steht. Die wiederum hat die Waffe auf ihn gerichtet. Rifkin robbt sich nun doch näher heran, denn sie will unbedingt verstehen, was die zwei zu reden haben.

»... hast mich nicht annähernd so geliebt wie Marlene! Was habe ich dir eigentlich getan? Ich habe immer gemacht, was du wolltest, ich habe mich von Mama ferngehalten, ich habe diese ganze Prepper-Sache mit dir aufgezogen … Aber für dich war ich nie gut genug. Warum? Was stimmt nicht mit mir? Sag's schon. Ist es, weil ich nicht so hübsch bin, wie Marlene war, ist es das? Oder weil ich nicht so gut täuschen und lügen kann wie sie?«

»Nele, entweder du schießt, oder du nimmst die Waffe runter«, hört sie Kobler antworten. Seine Stimme ist laut, um den Lärm der Rotoren zu übertönen, aber er klingt dabei sehr ruhig. Er scheint sich ziemlich sicher zu sein, dass Nele nicht auf ihn schießen wird, und Rifkin glaubt das im Grunde auch. Die anderen – darunter Hannes, der Wikinger, und Jonas, der Gitarrenspieler – stehen allesamt da wie eingefroren. Ariane Koch presst eine Hand auf den Mund und versteckt sich halb hinter Niklas Stöger, Peter Gräger lauert direkt neben Kobler, als wolle er sich beim kleinsten Anlass wie sein Bodyguard vor ihn werfen.

»Nele, komm schon. Ich werde dir alles erklären, aber sei jetzt vernünftig. Gib mir die Waffe, und komm mit mir nach Hause.«

Ein Laut dringt aus Neles Mund, es klingt wie ein Schluchzen. Sie wirft die Pistole ihrem Vater vor die Füße und ruft: »Da hast du sie! Bring sie zurück in dein Waffenlager. Ich habe genug, ich werde verschwinden, du siehst mich nie wieder!«

Kobler hebt die Waffe auf, entsichert und entlädt sie mit geübten Handgriffen. Dann geht er auf Nele zu, legt ihr die Hand auf die Schulter und sagt etwas zu ihr, das Rifkin wegen des Krachs über ihnen nicht versteht. Die anderen lösen sich aus ihrer Starre. Begleitet von ihrer Anhängerschaft bewegen sich Kobler und seine Tochter ein Stück durch den Wald. Rifkin folgt ihnen geduckt. Sie gehen nicht weit. Als sie einen Weg erreichen, kann Rifkin Koblers Defender erkennen.

Sie richtet sich auf, steckt ihre Dienstwaffe hinten in den Hosenbund und nähert sich. »Ich würde gerne mitfahren.«

Kobler und die anderen Prepper wenden sich beinahe synchron um.

»Sie ist ein Bulle!«, kreischt Nele. »Sie hat eine Waffe.«

»Das weiß ich«, sagt Kobler und nickt seiner Gefolgschaft beruhigend zu. »Das hat alles seine Ordnung. Komm jetzt, Nele. Und du auch.« Die Aufforderung ist an Rifkin gerichtet, die gerade dem Hubschrauberpiloten per Handzeichen zu verstehen gibt, dass er nun verschwinden kann.

»Der Rest von euch läuft gefälligst. Die Übung ist noch nicht beendet«, ordnet Kobler an, woraufhin die anderen stehen bleiben und so verdutzt dreinschauen wie verlassene Welpen.

Der Helikopter entfernt sich.

»Wo ist Bastian?«, fragt Rifkin.

»Weiß ich nicht. Keine Sorge, der kommt schon zurecht«, antwortet Kobler.

»Kann ich bitte die Pistole haben?«

»Aber klar doch.« Kobler reicht sie Rifkin, die sie in ihren Rucksack steckt.

»Wo ist die Schrotflinte von vorhin?«

»Hier.« Er deutet auf den Fußraum vor dem Beifahrersitz. »Soll ich sie entladen?«

»Ich mach das«, sagt Rifkin. »Und eure Messer hätte ich auch gern.«

Nele rückt widerstrebend ihr Messer heraus.

»Du denkst wirklich an alles«, lobt Kobler und reicht ihr sein Jagdmesser, das zusammen mit dem von Nele in ihren Rucksack wandert. Vielleicht, überlegt Rifkin, wurde ja Marlene mit einem davon erstochen.

»In meinem Beruf darf man sich keine Fehler leisten«, sagt Rifkin und muss daran denken, dass sie mit Igor Baranow noch heute Morgen fast denselben Dialog geführt hat. Sie ertappt sich bei dem kindischen Wunsch, er möge sie jetzt sehen: voll im Einsatz und Herrin der Lage.

Sie steigen ein. Rifkin und Nele setzen sich auf die Rückbank. Nele wirkt teilnahmslos und scheint ins Nichts zu starren. Aber Rifkin traut ihr nicht über den Weg. Sie hat die rechte Hand an ihrer Dienstpistole, die noch immer in ihrem Hosenbund steckt, und lässt Nele keine Sekunde aus den Augen. Mit der linken hält sie ihr Handy, das gerade eine Verbindung zu Hauptkommissar Völxen aufbaut.

»Rifkin, endlich! Alles in Ordnung mit Ihnen?«

»Alles bestens, Herr Hauptkommissar. Wir sind auf dem Weg zum Hof. Georg Kobler, seine Tochter und ich.«

»Sehr gut. Das SEK wartet noch so lange und nimmt beide in Gewahrsam. Luka ist nicht hier, aber wohl auch nicht außer Landes.«

»Ich verstehe, Herr Hauptkommissar.«

Ja, sie kann Völxens Gedankengang nachvollziehen, besonders, seit sie Nele in Aktion erlebt hat. Vielleicht hat man sich um die Falschen Sorgen gemacht. Was, wenn Georg Kobler zum selben Ermittlungsergebnis gekommen ist wie Völxens Team, nur vielleicht ein klein wenig früher? Falls er den Mörder seiner Tochter tatsächlich entlarvt und in die Finger bekommen hat – was hat er wohl mit ihm angestellt?

Sie schaut nach vorn zu Georg Kobler, der sich ganz auf den holprigen Fahrweg zu konzentrieren scheint. Ahnt er, dass ihn auf seinem Hof das SEK erwartet? Bestimmt. Der Polizeihubschrauber von eben war schließlich nicht zufällig unterwegs. Ob Bronski wohl dabei ist?

Und wenn schon! Konzentrier dich lieber auf die beiden!

Nicht, dass sie Kobler schon wieder auf den Leim gegangen ist und er plötzlich woanders hinfährt. Sie ist zwar bewaffnet, aber die sind zu zweit. Unwillkürlich festigt sich Rifkins Griff um ihre Dienstwaffe.

»Mannomann, was für ein Haufen Zeug!«, ruft Fernando einigermaßen fassungslos. »Ich will gar nicht wissen, was das alles gekostet hat!«

Völxen und Fernando stehen in Koblers Vorratskeller.

»Tja, man munkelt, dass Kobler seinerzeit, bei diesem verunglückten Drogendeal, sowohl Stoff als auch Geld mitgehen ließ. Aber das zu beweisen dürfte im Nachhinein sehr schwerfallen.«

»Ist ja auch nicht unser Bier«, meint Fernando.

»Stimmt. Aber Luka Vollmer ist unser Bier, und wie es scheint, ist er uns durch die Lappen gegangen«, ärgert sich Völxen. Nachdenklich fügt er hinzu: »Oder ihm ist etwas zugestoßen.«

»Und mit *etwas* meinst du Georg Kobler«, kombiniert Fernando.

Der Hauptkommissar zuckt mit den Achseln.

»Eins ist sicher«, meint Fernando, »ein Typ wie dieser Luka, der quasi im Netz lebt, verlässt das Land nicht ohne seinen Rechner. Das ist schließlich kein Billigteil, was da in seiner Wohnung liegt.«

Sie gehen wieder nach oben. Durch die offene Haustür hören sie Gebrüll: »Was soll denn der Zirkus hier? Seid ihr verrückt geworden? Was habt ihr mit meinen Hunden gemacht, ihr Idioten?«

Der Defender steht auf dem Hof, umringt von einem Dutzend SEK-Leuten, die ihre Waffen auf den Wagen und auf Georg Kobler richten, der gerade ausgestiegen ist.

Völxen beeilt sich, die Situation zu entschärfen. »Ich denke, deine Leute können die Waffen runternehmen«, sagt er zu Matusch.

Dieser gibt den Befehl. Mit gesenkten Waffen bleiben seine Männer im Kreis um den Wagen stehen, aus dem nun auch Nele und Rifkin aussteigen.

Rifkin scannt die Reihen der SEK-Leute ab und nickt dann einem davon kaum merklich zu. Wahrscheinlich ist das ihr Freund oder Ex-Freund Bronski, spekuliert Völxen. Genau kann er es nicht sagen, denn für Völxen sehen die jungen Männer ohnehin alle gleich aus – egal ob mit Helm und Montur oder ohne.

»Die Hunde wurden betäubt«, erklärt Völxen dem besorgten Besitzer und wirft einen Blick hinüber zum Zwinger. Die Tiere bewegen sich torkelnd, als wären sie betrunken. »Georg, bitte sag uns, wo Luka ist.«

»Angeblich arbeiten, was weiß denn ich?«, erwidert er missmutig. Dann erst scheint er zu begreifen, was hinter dieser Frage steckt. Atemlos stößt er hervor: »War er das? Hat er Marlene umgebracht?«

Völxen bleibt ihm die Antwort schuldig und fragt Nele Kobler: »Wo ist Ihr Freund Luka?«

»Keine Ahnung«, zischt sie. »Er ist nicht mehr mein Freund. Er hat mich verlassen.«

»Luka Vollmer ist dringend verdächtig, Ihre Schwester Marlene ermordet zu haben. Also noch einmal: Wo ist er?«

»Weiß ich nicht«, sagt sie unbeeindruckt. »Er hat sich aus dem Staub gemacht.«

»War es tatsächlich dieser Scheißkerl?«, schreit Kobler. »Seid ihr sicher? Habt ihr Beweise?« Er fährt herum: »Nele, was weißt du? Raus mit der Sprache, los!« Georg Kobler ist außer sich vor Wut und macht Anstalten, auf Nele zuzugehen, aber einer von Matuschs Leuten stellt sich ihm in den Weg.

»Nele Kobler, Sie sind vorläufig festgenommen«, sagt Völxen.

»Und warum, wenn ich fragen darf?«, entgegnet sie.

»Wie wäre es mit Angriff auf eine Polizeibeamtin mit einer Schusswaffe?«, schlägt Rifkin vor.

»Und wenn Sie uns den Aufenthaltsort von Luka Vollmer wissentlich verschweigen, dann kommt auch noch Strafvereitelung dazu«, ergänzt Völxen. »Also: letzte Chance!«

Doch Nele schweigt.

»Festnehmen«, sagt Völxen.

Matusch gibt zweien seiner Leute einen Wink. Sie legen Nele Handschellen an und führen sie über den Hof vor das Tor, wo ihre Fahrzeuge stehen.

»Verlest ihr unterwegs ihre Rechte«, ruft Völxen den beiden nach. »Wir wollen ja korrekt sein.«

»Und nun zu deiner Frage«, wendet er sich an Georg Kobler. »Nein, wir haben noch keinen Beweis für die Täterschaft von Luka, nur sehr starke Indizien. Das stärkste davon ist, dass Luka Vollmer vor seiner Adoption durch seinen Stiefvater Luka Westhoff hieß. Und Westhoff, vielleicht erinnerst du dich, war der Geburtsname von Novaks Lebensgefährtin Tanja Westhoff. Demnach ist Luka der Sohn von Tanja Westhoff und Enver Novak.«

Georg Kobler schaut Völxen an, als wolle er prüfen, ob man

dieser Information trauen könne. Er ist sichtlich schockiert, er schwankt ein wenig, und für einen Moment sieht es sogar so aus, als würde er taumeln, aber er fängt sich wieder und hält sich an der offenen Fahrertür des Defenders fest. »Ist das wahr?«, flüstert er heiser.

Völxen nickt. »Ebenso wie Nele die Tochter von Novak ist. Aber das weißt du ja schon länger, nicht wahr?«

Rifkin zieht scharf die Luft ein und wirft Fernando einen bösen *Warum-weiß-ich-davon-nichts*-Blick zu.

»Du hast es ihr nie gesagt?«, erkundigt sich Völxen.

Kobler schüttelt den Kopf.

Völxen muss an Koblers Ausspruch vom Sonntag denken. *Jeder muss seinen Platz im Rudel kennen, sonst funktioniert gar nichts.*

Laut sagt er: »Nele muss sich ihr Leben lang gefragt haben, was mit ihr nicht stimmt. Dabei waren es nur die falschen Gene.«

Kobler reagiert nicht auf Völxens Worte. Er schaut dem Einsatzfahrzeug nach, das Nele gerade wegbringt.

»Das Mädchen kann einem wirklich leidtun. Kein Wunder, dass sie in ihrer eigenen Welt lebt und Geschichten erfindet«, setzt Völxen nach.

»Spar dir dein selbstgefälliges Geschwätz«, herrscht Kobler Völxen an. »Das geht dich nichts an.«

»Stimmt«, antwortet Völxen. Er fragt sich aber dennoch im Stillen, warum Kobler sein Kuckuckskind Nele nach der Scheidung nicht bei seiner Frau gelassen hat. Wollte er seine Ex für ihr Fremdgehen bestrafen, indem er ihr beide Töchter wegnahm? Es muss ihm eine Genugtuung gewesen sein, dass Nele so sehr an ihm hing und ihre Mutter nicht einmal mehr besuchen wollte. Und warum hat Annegret Kobler neunzehn Jahre lang geschwiegen? Aus Sorge um ihr Ansehen? Oder war sie beleidigt, weil Nele sich von ihr abgewandt hat?

Was für eine kaputte Familie!

Völxen spürt, wie Zorn und Abscheu in ihm hochkochen, und wären sie allein, dann würde er Kobler bestimmt an den Kopf werfen, dass er ihn für einen eitlen Gecken und gnadenlosen Egoisten hält. Aber hier, vor Publikum, gilt es die professionelle Distanz zu wahren, also verkneift er sich das. Er hat ohnehin schon zu viel gesagt.

»Dann noch einmal, Georg. Kannst du uns etwas über den Verbleib von Luka Vollmer sagen?«

»Der wird längst über alle Berge sein«, beantwortet Kobler Völxens Frage. »Oder er versteckt sich beim Zigeunerclan seines beschissenen Vaters im Kosovo, weil ihr nicht in der Lage wart, ihn rechtzeitig festzunehmen! Was seid ihr nur für ein Haufen von Dilettanten und Versagern?«

Zeit, Tacheles zu reden, findet der Hauptkommissar: »Ich werde dich vorläufig festnehmen lassen, Georg. Denn Luka ist nicht geflohen, sondern verschwunden, und einer von euch hat damit zu tun. Wir werden rausfinden, wer das ist und wo Luka ist – oder seine Leiche.«

»Verdammt, Völxen, was soll das?«, regt sich Kobler auf. »Ich weiß nichts über Luka, und ich kann hier nicht weg. Wer soll sich um die Hunde kümmern und um die Schweine und das Geflügel? Bastian wird hier so rasch nicht auftauchen. Nicht, nachdem Nele auf ihn geschossen hat.«

»Dein Schützling ist ebenfalls verdächtig, mit dem Verschwinden von Luka zu tun zu haben. Wenn du also eine Ahnung hast, wo Bastian ist, wäre es gut, uns wenigstens das zu sagen.«

»Er wird nach Hause gehen«, meint Kobler. »Er weiß ja von nichts. Wir alle wussten nicht, dass dieser Dreckskerl ...«

»Das alles klären wir morgen in den Vernehmungen«, unterbricht ihn Völxen und gibt Matusch einen Wink, nun auch Georg Kobler abzuführen.

»Wartet!«, sagt Kobler und deutet auf Rifkin. »Sie soll hierbleiben. Sie kann gut mit Hunden umgehen.«

»Vielen Dank auch! Ich bin Polizistin, kein Tiersitter!«, wehrt sich Rifkin.

»Nur bis Hannes Wienecke zurück ist. Dann soll der übernehmen. Bitte!«, sagt Kobler, während hinter ihm die Handschellen klicken.

Völxen schaut Rifkin fragend an.

»Gut, meinetwegen«, stöhnt die und verdreht die Augen.

»Können wir ihn jetzt abführen, oder wollt ihr noch ein paar Rezepte austauschen?«, fragt Matusch sichtlich genervt.

»Nein, wir sind fertig mit ihm. Aber es wäre mir lieb, wenn noch ein paar von Ihren Leuten hierblieben. Wir erwarten noch etliche Prepper von diesem Orientierungslauf zurück und wollen sie vor Ort befragen. Die sollen gleich sehen, dass wir es ernst meinen …«

»Ich verstehe«, grinst Matusch und ruft: »Martinek, Schmidt, Özgül und Bronski, ihr könnt euch vom Acker machen. Der Rest bleibt noch.«

Die Genannten streben dem Tor zu. Anton Bronski winkt Rifkin zu. Die hebt kurz die Hand.

Georg Kobler wird am Zwinger vorbei zu einem der Einsatzfahrzeuge geführt. Die Hunde fangen an zu jaulen.

Rifkin zupft Fernando am Ärmel seiner Motorradjacke und sagt leise: »Ich will mir mal diesen Keller ansehen, kommst du mit?«

Sie gehen ins Haus und die Treppe hinunter.

»Habe ich richtig gehört?«, beginnt Fernando, kaum dass sie außer Hörweite der anderen sind. »Dein Freund Bronski steht da draußen bei den SEK-Leuten? Wieso hast du …?«

»Wieso ich ihm nicht um den Hals gefallen bin? Weil ich im Dienst bin. Und er auch und du ebenfalls.«

»Ja, okay, aber man kann doch wenigstens mal Hallo sagen. Oder seid ihr gar nicht mehr zusammen?«

»*Fuck*, Rodriguez! Wie oft soll ich dir noch sagen, dass dich mein Privatleben nichts angeht!«

»Oje«, klagt Fernando. »Es ist aus. Es kam mir in letzter Zeit schon verdächtig vor, dass du ihn nie mehr erwähnt hast! Seid ihr im Bösen auseinander? Wer hat Schluss gemacht, du oder er? Bestimmt du. War es wegen seiner kleinen Tochter? Ich dachte, du kommst ganz gut klar mit ihr – gemessen daran, dass du ansonsten Kinder nicht ausstehen kannst. Oder hat einer von euch wen anderen?«

»Sag mal, bist du taub?«

»Gibt es schon einen Neuen?«

Rifkin hält sich demonstrativ die Ohren zu und blickt sich in Koblers Endzeitlager um. Der Waffenschrank wurde aufgebrochen. Darin befinden sich eine Schrotflinte, drei Jagdgewehre und ein Revolver. Eine Schrotflinte liegt ja noch im Defender, fällt ihr ein, und die Pistole, die Nele benutzt hat, muss ebenfalls zu den Beweismitteln.

Trotzdem ist der Inhalt dieses Schranks kein *Waffenlager*. Es gibt bestimmt zahlreiche Jäger, die mehr Schusswaffen besitzen. Sie nimmt die Finger aus den Ohren.

»... vermute, dass es nur um Sex ging. Er ist zu jung für dich, und intellektuell war er dir sowieso nicht gewachsen. Einem wie ihm tanzt du auf der Nase herum, und dann wird's bald langweilig. Was du brauchst, ist ein reiferes, gestandenes Mannsbild, das dir ...«

»Hey!«, brüllt Rifkin wütend. »Jetzt halt entweder den Mund oder verschwinde. Ich muss nachdenken!«

Rodriguez schweigt, was ihm sichtlich schwerfällt.

»Würdest du das da als *Waffenlager* bezeichnen?«, fragt sie nach einer Weile und deutet auf den Waffenschrank.

»Na ja. Nicht wirklich als ein *Lager.*«

»Aber genau diesen Ausdruck hat Nele Kobler vorhin im Wald benutzt, als sie ihrem Vater – oder auch Nichtvater – die Pistole hingeworfen hat: *Bring sie zurück in dein Waffenlager!*«

»Vielleicht meinte sie diesen Bunker«, schlägt Fernando vor.

»Dort lagern keine Schusswaffen, da ist es viel zu feucht.«

»Wenn das hier der Keller eines alten Schlosses wäre, gäbe es bestimmt irgendwo eine Geheimtür, verborgen hinter einem Bücherregal, das sich bewegt, wenn man eine Skulptur berührt oder einem grässlichen Gargoyle ins Maul fasst«, spinnt Fernando herum.

»Wird das eine Gutenachtgeschichte für Leo?«

»Aber das hier ... Moment mal!«

Fernando steht vor einem Regal mit verpackten Zelten, Isomatten und Alu-Kochgeschirr und zeigt auf den Betonboden. »Was siehst du da?«

»Bogenförmige Kratzer«, sagt Rifkin und verspürt einen kleinen Adrenalinschub.

»Wie sie entstehen, wenn man etwas Metallenes wegrückt«, ergänzt Fernando, während er damit anfängt, Zelte, Matten und sonstige Ausrüstungsgegenstände aus dem Regal zu werfen. »Los, fass mit an.«

Sie rücken das Regal beiseite und stehen vor einer Stahltür. Sie ist mit einem Überfallbügel verriegelt, an dem ein simples Vorhängeschloss hängt.

»Meinst du, Luka ist da drin?«, flüstert Fernando.

»Wenn, dann hat er sich wohl kaum selbst eingeschlossen«, stellt Rifkin fest und fügt hinzu: »Hol diese Typen her. Werkzeug, Waffen und rohe Gewalt sind jetzt gefragt.«

Der Bolzenschneider durchtrennt den Bügel des Schlosses binnen weniger Sekunden. Die vier verbliebenen SEK-Leute, darunter der Einsatzleiter Matusch, öffnen den Riegel, stoßen die Tür auf, brüllen: »Polizei!« und rücken in filmreifer Manier vor. Doch schon nach wenigen Sekunden lassen sie die Waffen sinken.

»Gesichert. Leblose Gestalt am Boden!«, vermeldet der Vorderste.

Zwei andere bücken sich nach besagter lebloser Gestalt.

»Ich denke, wir haben den, den ihr sucht«, meint Matusch. »Aber der muckst sich nicht mehr.«

»Wow! Das müsst ihr euch ansehen«, ruft einer ihrer Kollegen und schaut sich fasziniert um.

Er meint nicht die Leiche, sondern das, was dieser verborgene Kellerraum beherbergt.

Auch Rifkin und Rodriguez haben sich der Tür genähert.

»Heilige Madonna! Damit lässt sich ein kleiner Krieg anzetteln«, meint Fernando und gesteht: »Von den meisten Sachen kenne ich nicht mal den Namen.«

»Haben Sie etwa nicht gedient, junger Mann?«, zieht ihn Matusch auf.

»Ich war Zivi.«

»Das da sind Maschinenpistolen vom Typ Uzi«, erklärt Matusch bereitwillig. »Hier haben wir etliche Exemplare vom allseits beliebten Sturmgewehr AK-47, auch Kalaschnikow genannt, und dahinten liegt die Munition für beide. Das da sieht mir nach Blendgranaten aus, daneben sind Gewehrgranaten und da vorn einfache Handgranaten, die wirst du ja wohl noch erkennen. In den Kisten liegt vermutlich Sprengstoff. Insgesamt haben wir hier Verstöße gegen das Waffengesetz, das Kriegswaffenkontroll- und das Sprengstoffgesetz«, zählt der Einsatzleiter mit leuchtenden Augen auf.

»Siehst du, Rodriguez, *das* ist ein Waffenlager«, bemerkt Rifkin.

»Würdet ihr so gütig sein und mich mal durchlassen?«, ertönt Völxens Stimme hinter ihnen.

Ja, es ist Luka Vollmer, der da zusammengekrümmt in einer Art Embryohaltung auf dem Boden liegt. Seine Hände sind mit Kabelbinder auf dem Rücken gefesselt und seine Füße mit einem Strick zusammengebunden. Woran er starb, lässt sich auf den ersten Blick nicht genau sagen. Vielleicht an der blutigen Kopfwunde, die Völxen auf die Schnelle zu entdecken glaubt.

»So eine Scheiße!«, bricht es aus ihm heraus. Tote Mordverdächtige schätzt der Hauptkommissar gar nicht. Er hat es lieber, wenn sie ein Geständnis ablegen, vielleicht sogar ihre Motive erläutern, dann von einem ordentlichen Gericht verurteilt werden und die nächsten Jahre ihres Lebens auf Kosten der Steuerzahler verbringen. Tote hinterlassen zu viele offene Fragen.

»Bitte, meine Herren, alle raus hier, das ist kein Abenteuerspielplatz!«, ordnet er an, denn die Männer vom SEK haben angefangen, sich die Waffen genauer anzusehen und dabei begeistert zu fachsimpeln. »Fernando, wir brauchen die Spurensicherung und die Rechtsmedizin. Und das LKA muss informiert werden, das hier fällt in deren Zuständigkeitsbereich.«

»Alles klar, Chef«, meint Fernando und murmelt vor sich hin. »Ich fürchte, das wird ein langer Abend.«

»Rifkin?«, wendet sich Völxen an seine jüngste Mitarbeiterin. »Ich weiß, es ist ein wenig viel verlangt, aber wären Sie eventuell bereit, die Tiere auch noch morgen früh zu versorgen? Ich befürchte nämlich, dass die Kollegen vom Organisierten Verbrechen sämtliche Prepper, sofern die heute noch hier auftauchen sollten, sofort festnehmen werden, nach allem, was man hier so sieht.« Er deutet mit einer umfassenden Bewegung in das Waffen- und Munitionslager. »Die werden wegen Terrorismusverdacht und Mitgliedschaft in einer kriminellen Vereinigung ermitteln.«

»Sie meinen, ich soll die Schweine füttern?«

»Und die Hunde …«

»Ich soll hier übernachten?«, fragt Rifkin mit großen Augen.

»Das, oder Sie stehen morgen sehr früh auf.«

Fernando, der Zeuge des Gesprächs geworden ist, bricht in Gekicher aus.

»Oder willst du das übernehmen, Rodriguez?«, herrscht Völxen ihn mit gefährlich gerunzelten Brauen an.

»Nein, nein, lass nur. Rifkin ist dafür prädestiniert, sie ist die Hundeflüsterin.«

»Okay, ich werde die Stellung halten und mich um alles kümmern, Herr Hauptkommissar.«

»Danke, Rifkin. Ich setze mich gleich mal mit dem Förster in Verbindung. Der kennt hier Gott und die Welt, der soll sich umhören, wo wir die vier Schweine und das Federvieh hinbringen können. Sie dürfen morgen auch ruhig etwas später zum Dienst erscheinen.«

Es ist fast Mitternacht, als Völxen sein trautes Heim betritt. Im Wohnzimmer brennt noch Licht, und er vernimmt Gelächter. Auf der Couch lümmeln Oda und Sabine, die zwei Weinflaschen auf dem Tisch – eine leer, eine beinahe – sprechen Bände.

»Guten Abend, die Damen!«

»Da isser ja! Sabine unnich dachten schon, du kommss ganich mehr«, bemerkt Oda mit leichtem Zungenschlag. »Was wa' n los da om?«

»Das erkläre ich dir lieber morgen. Hat Raukel dich angerufen?«

»Raugl? Näh! Hab das blöde Ding im Auto liegn lassn, glaubisch wenischensch. In mei'm schön'n neu'n Auto, das voller Hunnehaare iss.«

»Komm, Schatz, trink einen Schluck mit uns!« Sabine hebt ihr Weinglas.

Oh, oh. Wenn seine Gattin ihn vor anderen *Schatz* nennt, dann kann man davon ausgehen, dass sie morgen mindestens bis mittags unpässlich ist.

»*Oui*, zier disch nischt, *cherie!*«, ruft Oda.

Beide prusten los und biegen sich vor Lachen.

Mein lieber Herr Gesangsverein, sind die dicht! So einen Pegel kann er auf die Schnelle nicht aufholen, realisiert Völxen, und das ist auch nicht seine Absicht. Er muss morgen fit sein für die Vernehmungen, die er zu allem Überfluss auch noch ohne Oda führen muss, wegen deren früherem Lotterleben und weil es fraglich ist, ob sie bis morgen schon wieder nüchtern sein wird. Aber ein Glas wird er sich gönnen, auf die zahlreichen Schrecken dieses Abends.

»Ich zieh mich nur rasch um«, sagt er. »Wenn mich die Damen einen Augenblick entschuldigen würden ...«

Als er ein paar Minuten später in Trainingshose und T-Shirt wieder das Wohnzimmer betritt, liegen Frau und Kollegin in je einer Sofaecke und schlummern selig, Oscar ruht in ihrer Mitte.

Auch gut, denkt Völxen, geht in die Küche, nimmt sich ein kühles Bier und trinkt es fast in einem Zug aus.

Mal sehen, was der Kühlschrank sonst noch so hergibt.

Endlich sind alle weg. Das SEK, die Wichtigtuer vom LKA, die Prepper, die, wie Völxen prophezeit hat, gleich nach ihrer Ankunft auf dem Hof festgenommen wurden.

Es ist halb eins, Rifkin ist allein. Allein mit den Tieren auf diesem großen Gutshof. Sie wirft einen Blick hinüber zum Zwinger. Die drei Hunde wirken verstört, sie laufen unruhig auf und ab. Ihr Job hat sie schon in manch skurrile Situation gebracht, aber diese hier dürfte unübertroffen sein. Der Mond, fast voll, steht hoch am Himmel und taucht alles in ein silbernes Licht. Rifkin hat aus dem

Schuppen ein paar Äste und Scheite geholt und mitten auf dem Hof ein Feuer angezündet. Sie hat schon immer gerne Feuer gemacht, nur hat man in einer Stadtwohnung nicht viele Möglichkeiten dafür. Das Feuer knackt, Rauch steigt in die kühle Nachtluft, Grillen zirpen, ein Kauz ruft. Eigentlich ist es ganz schön hier draußen, auf dem Land, findet Rifkin.

Sie öffnet den Zwinger und lässt die Hunde heraus. Aufgeregt rennen sie, die Nasen am Boden, kreuz und quer im Hof herum und folgen den Spuren der Eindringlinge.

Arme Viecher. Müssen die Spinnereien ihres Herrchens ausbaden. Wo sie wohl hinkommen werden?

Sie hat ihr Mobiltelefon in der Hand. Eine neue Nachricht von Baranow. *Alles okay, Miss Undercover?*

Sie muss daran denken, was Fernando vorhin im Keller über sie und Bronski gesagt hat. Vielleicht hat er recht und kennt sie besser als sie sich selbst?

Quatsch! Als ob Rodriguez schon jemals etwas Vernünftiges von sich gegeben hätte!

Heißt es nicht immer, Ausnahmen bestätigen die Regel?

Aber Baranow! Das kann dich den Job kosten!

Sie drückt auf die Anruftaste. Ihr Finger hinterlässt einen feuchten Abdruck auf dem Display. Sie wischt ihre Hand an der Hose ab. Es dauert nicht lang, da nimmt er ab.

»Elena!« Er klingt erleichtert. »Alles gut bei dir?«

»Ja. Ich bin allein auf einem großen Bauernhof und mache gerade ein Feuer. Das vertreibt die bösen Geister.«

»Aha.«

»Es ist eine lange Geschichte.«

»Ich mag lange Geschichten.«

»Hast du schon mal Schweine gefüttert? Und Hühner?«

Baranow lacht. Sein dröhnendes russisches Lachen. »Ich bin auf einem Bauernhof aufgewachsen.«

»Ah.«

Schweigen.

»Trackst du mein Handy?«, fragt Rifkin.

»Natürlich.«

»Kannst du herkommen? Jetzt?«

»Zum Schweinefüttern? Das klingt romantisch.«

»Ja«, antwortet Rifkin und spürt, wie ihr das Herz bis zum Hals schlägt. »Finde ich auch.«

Kapitel 20 – Der Liebeshandel

Es ist sechs Uhr, und Völxen ist noch hundemüde, als er in seinem alten gestreiften Bademantel und den Gummistiefeln durch den Garten schlappt.

Nur der Hühnerbaron ist schon auf und winkt ihm über die Schafweide hinweg zu, ehe er in einem seiner Ställe verschwindet.

Auch die Schafe scheinen noch zu schlafen. Als er den Stall öffnet, kommt keines von ihnen heraus, sogar Amadeus tut so, als würde er ihn nicht bemerken. Wenigstens hat Sabine, ehe sie sich mit Oda hemmungslos betrunken hat, noch daran gedacht, die Tiere einzuschließen.

Hinter dem Hauptkommissar liegt nicht nur ein langer, aufregender Tag, sondern auch eine unruhige Nacht. Dank seines Schlummertrunks ist er zwar rasch eingeschlafen, aber um drei ist er aufgewacht, weil er Getuschel und Gepolter vernahm. Kurz darauf plumpste Sabine neben ihm ins Bett wie ein gefällter Baum und fing augenblicklich an zu schnarchen. Nebenan, im Gästezimmer, hörte man es rumoren.

Um dem Sägen seiner volltrunkenen Ehefrau zu entgehen, floh Völxen zwei Türen weiter, in Wandas altes Zimmer, obwohl die Matratze dort viel zu weich ist, das reine Gift für seinen Rücken. Von Schmerzen getrieben, ist er früher als sonst aufgestanden und zusammen mit Oscar hinausgegangen, um nach den Schafen zu sehen und ihnen ihren obligaten Leckerbissen, ein paar Scheiben Zwieback, zu bringen.

Noch ist es angenehm kühl, aber der wolkenlose Himmel verspricht einen heißen Tag. Den wird er wohl größtenteils im Vernehmungsraum zubringen, realisiert der Hauptkommissar, und tut sich selber ein bisschen leid.

Nach der Entdeckung des Waffenlagers im Keller hat das LKA, wie erwartet, die Ermittlungen in Sachen terroristische Vereinigung gegen Georg Kobler und seine Anhängerschaft aufgenommen. Völxens Kommissariat muss sich in den nächsten Tagen also »nur« um die Aufklärung der zwei Todesdelikte kümmern.

Endlich kommen die Schafe doch aus dem Stall und traben auf Völxen zu, um ihm den Zwieback aus der Hand zu fressen, beziehungsweise, was den Schafbock betrifft, mürrisch aus der Hand zu reißen. *Also, geht doch!*

Gähnend schlurft Völxen durch das taufeuchte Gras wieder zurück ins Haus. Wie er die Lage einschätzt, wird wohl er heute das Frühstück machen müssen. Falls eine dieser beiden Schnapsdrosseln überhaupt schon in der Lage ist, feste Nahrung zu sich zu nehmen.

Das gibt es doch nicht!

Oda muss sich zwischenzeitlich hinausgeschlichen haben, denn ihr Mini steht nicht mehr auf dem Hof, als Völxen vom Schafezählen zurückkommt. Dabei hat sie bestimmt noch genug Restalkohol intus, um über der erlaubten Promillegrenze zu liegen.

»Na warte«, sagt Völxen zu Oscar. »Der werde ich was erzählen.«

»Frau Kobler – Nele –, ich schlage vor, Sie fangen noch einmal ganz von vorne an und berichten uns, was in jener Nacht passiert ist, als Ihre Schwester Marlene ermordet wurde. Einverstanden?«

Sie nickt. Sie ist blass, und der graue Trainingsanzug, den man ihr in der U-Haft verpasst hat, schlottert an ihr. Die Nacht in der Zelle hat sie, wie schon so manchen, handzahm werden lassen. Sie hat gleich zu Beginn angekündigt, dass sie alles sagen werde. Einen Anwalt will sie nicht.

Hauptkommissar Völxen führt die Vernehmung durch, zusammen mit Fernando Rodriguez, während die anderen das Gespräch per Videoübertragung verfolgen.

»Was geschah also am Samstagabend, nachdem Sie und Ihre Schwester die Tiere versorgt und zu Abend gegessen hatten?«

»Wir sind auf unsere Zimmer. Irgendwann nach acht Uhr habe ich sie die Treppe runtergehen hören und kurz darauf die Haustür.«

»Sie sagten in der ersten Befragung, dass Sie am Rechner spielten und dabei Kopfhörer trugen. Stimmte das nicht?«, unterbricht Völxen.

»Nein. Ich war am Rechner, aber ohne Kopfhörer. Ich habe mich gewundert, dass sie jetzt noch rausgeht, und habe sie vom Fenster aus beobachtet, wie sie durch das Tor ging. Kurz danach fuhr ein Auto auf dem Waldweg nach oben. Ich habe es erkannt, es war Lukas alter Renault. Da wollte ich wissen, was da vorgeht, und bin hinterher.«

»Sie sind aber auf der Aufzeichnung der Kamera nicht zu sehen«, wirft Fernando ein.

»Ich bin durch die Hintertür aus dem Haus und dann durch die Pforte hinter dem Stall gegangen. Mein Vater dachte immer, niemand kennt den Code, aber dann hätte er nicht Marlenes Geburtsdatum nehmen sollen.«

»Warum diese Heimlichkeit?«, fragt Völxen.

»Ich wollte nicht, dass Papa auf der Kameraaufzeichnung sieht, dass ich Marlene nachspioniere.«

»Aber wenn sie doch mit Ihrem Freund wegfährt ...«, meint Völxen.

»Trotzdem«, antwortet Nele. »Er hätte ja doch wieder zu ihr gehalten.«

»Sie sind also durch die Pforte und dem Wagen zu Fuß gefolgt«, hält Völxen fest. »Und dann?«

»Ich war erst kurz unterwegs, da kam er mir plötzlich wieder entgegen. Ich bin mitten auf dem Weg stehen geblieben, aber er hat Gas gegeben und ist auf mich zugefahren. Sein Blick war ... irgendwie starr und irre. Als stünde er unter Drogen, oder so. Ich bin im letzten Moment in den Graben gesprungen, sonst hätte er mich wohl überrollt. Er ist einfach weitergefahren. Ich habe nicht gewusst, was ich davon halten soll. Aber ich habe deutlich gesehen, dass er allein im Wagen war. Also bin ich weitergegangen bis zur Lichtung.«

»Hatten Sie eine Lampe dabei?«, fragt Völxen.

»Es war noch nicht ganz dunkel, zumindest nicht, als ich los bin. Und als ich auf der Lichtung ankam, lag da Marlene, sie war tot.«

»Beschreiben Sie bitte, wie und wo genau Sie die Leiche vorgefunden haben«, verlangt Völxen.

»Sie lag ziemlich in der Mitte der Lichtung, und die Saufeder steckte in ihrer Brust.«

Völxen und Fernando blicken einander an. Dann seufzt Völxen tief und sagt: »Nele, Ihre Schwester starb nicht an dem Stich mit der Saufeder, das hat die Autopsie zweifelsfrei ergeben. Diese Verletzung mit der Klinge der Saufeder wurde ihr erst nach ihrem Tod zugefügt.«

Ihr Blick flirrt unruhig zwischen Fernando und Völxen hin und her. »Luka hat sie zuerst erstochen, mit einem Messer. Das hat er mir gesagt. Und dann hat er das mit der Saufeder gemacht.«

»Warum hat er das mit der Saufeder gemacht?«

»Damit es richtig brutal aussieht. Es ist ihm ja um Rache gegangen.«

»Und woher hatte er die Waffe?«

»Keine Ahnung. Es fehlte ja schon länger eine.«

»Gute Erklärung«, meint Völxen. »Sie stimmt nur leider nicht.«

Fernando blättert in einem Stapel Papiere und sagt: »Hier haben wir den Bericht der Spurensicherung. Auf der Saufeder, die im Körper Ihrer Schwester steckte, wurden acht verschiedene Fingerabdrücke sichergestellt, darunter Ihre. Aber von Luka waren keine dabei. Mit anderen Worten: Ihr Freund hat diese Saufeder nie berührt. Weder in der Mordnacht noch zuvor. Vielleicht eine der anderen, aber nicht diese.«

»Vielleicht hatte er Handschuhe an?«, erwidert Nele trotzig.

»Kommen Sie, Nele, Sie wollten doch die Wahrheit sagen«, erinnert Völxen die junge Frau. »Leichenschändung ist zwar kein schönes Delikt, aber es ist kein Kapitalverbrechen.«

Nele kaut auf ihrem Fingerknöchel herum.

»Sie fanden also Ihre Schwester Marlene tot auf der Lichtung ...«, hilft ihr Völxen auf die Sprünge.

»Das Messer, ein Küchenmesser, steckte noch in der Wunde.«

»Richtig. Der Stichkanal im Körper konnte einem Messer zugeordnet werden«, bestätigt Völxen.

»Ich war zuerst total durcheinander. Ich bin einfach losgerannt und dann, auf dem Weg, kam mir diese Idee mit der Saufeder. Also bin ich durch die Pforte zurück, habe den Schlüssel vom Bunker geholt und eine Lampe, denn mittlerweile war es schon dunkel. Dann habe ich das Messer rausgezogen, die Saufeder genommen und sie ihr in die Wunde gestoßen.«

Fernando verzieht den Mund, als hätte er Zahnweh.

»Warum haben Sie das getan?« Das will Völxen wirklich gerne wissen.

Ihre dunklen Augen blicken ihn an, als hätte er etwas sehr Dummes gefragt. »Damit man Bastian verdächtigt. Weil der doch den zweiten Schlüssel zum Bunker hat.«

»Ah ja«, nickt Völxen. »Deshalb haben Sie auch behauptet, die Narben auf Ihrem Rücken stammten von einer Misshandlung, die Bastian Raimann Ihnen zugefügt haben soll.«

»So ist es doch auch!«, braust sie auf. »*Er* ist zu schnell gefahren, weil er es nicht erwarten konnte, mit Marlene ins Bett zu steigen. Der Unfall war ganz allein seine Schuld. Aber natürlich ist den beiden rein gar nichts passiert. Marlene hatte nicht einen Kratzer! Das ist so ungerecht! Nur ich bin für mein Leben verunstaltet. Dabei wollte ich an dem Abend gar nicht mit in diesen Scheißclub. Marlene dachte mal wieder, sie müsse ihr schlechtes Gewissen beruhigen und sich um ihre arme kleine Schwester kümmern.«

»Schlechtes Gewissen? Wofür?«

»Na, wegen Bastian.«

Sie scheint nach wie vor der Selbsttäuschung zu erliegen, dass Bastian ohne das Dazwischenfunken ihrer Schwester *ihr* Freund geworden wäre, erkennt Völxen und sagt: »Damit ich das richtig verstehe: Sie wollten, dass Bastian für eine Tat verantwortlich gemacht wird, die Ihr Freund Luka begangen hat.«

»Ja.«

»Warum?«

»Weil er es verdient hat. Und weil ich Luka nicht verlieren wollte.« Sie senkt den Blick und flüstert kaum hörbar. »Ich habe ihn geliebt.«

»Bitte sprechen Sie lauter, damit das Aufnahmegerät es auch aufzeichnet.«

»Ich wollte Luka nicht verlieren!« Sie hat sich nach vorn gebeugt und schreit es beinahe. »Er war mein Freund, ich habe ihn geliebt, und ich wollte nicht, dass er eingesperrt wird. Es war mir egal, dass er Marlene getötet hatte. Er hat mir damit sogar einen Gefallen getan. Ich habe sie gehasst. So, jetzt wissen Sie es.«

Nach diesem Ausbruch bleibt es für ein paar Sekunden mucksmäuschenstill im Verhörraum. Dann fragt Völxen: »Wie ging es weiter?«

»Ich habe Luka später am Abend geschrieben und ihm gesagt, dass ich der Polizei nichts sagen werde. Wir haben uns für Sonntagnachmittag verabredet.«

»Als Sie angeblich Privatstunden für Hundebesitzer gegeben haben«, wirft Völxen ein.

Nele nickt. »Das war gelogen. Bei diesem Treffen hat er mir erklärt, warum er das getan hat, und ich habe ihm gesagt, dass ich schweigen werde, unter der Voraussetzung, dass alles so bleibt, wie es ist.«

»Was für einen Grund für die Tat hat Luka Ihnen genannt?«

»Er hat es für seine Mutter getan, damit die ihren Frieden findet«, antwortet Nele. »So hat er das gesagt.«

»Und warum findet sie ihren Frieden durch den Tod von Marlene?«, fragt Völxen. »Hat er Ihnen das auch erzählt?«

»Lukas Mutter macht meinen Vater dafür verantwortlich, dass sich Lukas Schwester mit einundzwanzig Jahren umgebracht hat. Mein Vater hat, als er noch Polizist war, Lukas Vater in den Knast gebracht. Angeblich war er unschuldig, mein Vater soll Beweise manipuliert haben. Lukas Schwester hat nicht ertragen, dass ihr Vater im Knast sein musste, und sich vor einen Lastwagen geworfen. Lukas Vater hat meinem Vater Rache geschworen, aber am Ende dann doch nichts gemacht. So hat Luka es mir erklärt. Seine

Mutter hat den Tod ihrer Tochter wohl nie verwunden. Sie war enttäuscht von Lukas Vater, also hat sie Luka dazu gebracht, es zu tun.«

»Eins verstehe ich nicht«, bekennt Völxen. »Es muss Ihnen bei diesem Gespräch doch klar geworden sein, dass es kein Zufall war, dass Luka zu den Preppern gekommen und Ihr Freund geworden ist.«

Nele sieht ihn wütend an. »Natürlich. Ich bin schließlich nicht blöd. Er hat mich benutzt, jedenfalls zuerst. Dann hat er sich aber in mich verliebt, das weiß ich. Ich habe ihm gesagt, dass ich ihm verzeihen werde, dass er mich hintergangen und benutzt hat, wenn er nach wie vor mein Freund bleibt.«

»Also ein Tauschgeschäft, Liebe gegen Schweigen, ist es das, was Sie uns sagen wollen?«

»Was heißt hier *Tauschgeschäft?*«, erwidert Nele. »Es war ... er hatte mich doch auch gern. Dachte ich wenigstens. Ich wollte nicht, dass er wegen seiner rachsüchtigen Mutter und meiner blöden Schwester ins Gefängnis muss und ich wieder allein bin. Ich wollte ihn nicht verlieren.«

»Ich verstehe«, sagt Völxen, hin- und hergerissen zwischen Mitleid und Entsetzen.

»Ach ja?«, fragt sie mit hämischem Lächeln. »Sie sehen nicht so aus. Sie verurteilen mich. *Die arme Nele, hängt sich an den Mörder ihrer Schwester, weil sie sonst keiner will.* Das denken Sie doch.«

»Nein«, sagt Völxen. »Außerdem ist es unerheblich, was ich denke. Noch etwas wüsste ich gerne: Was hat Luka zu Marlene gesagt, damit sie am Samstagabend heimlich das Haus verlässt, wissen Sie das?«

»Marlene wollte wegziehen. Luka hat Mails von WG-*Gesucht* gesehen, als er ihren Rechner flottgemacht hat. Er hat ihr seine Hilfe bei der Zimmersuche angeboten. Natürlich alles total heimlich. Das war mal wieder so typisch für Marlene! Aber dieses Mal ist ihr ihre Hinterhältigkeit zum Verhängnis geworden.« Ein Lächeln kräuselt ihre schmalen Lippen. »Sie hatten sich an dem Abend verabredet. Es war günstig, weil mein Vater nicht da war.

Luka hat behauptet, er wolle sie dem Vermieter vorstellen. Und sie ist prompt darauf reingefallen. Sie ist zu ihm ins Auto gestiegen, er ist mit ihr bis unterhalb der Lichtung gefahren, und dort hat er sie erstochen, noch ehe sie sich wundern konnte, warum er dorthin fährt und nicht in die Stadt.«

Die Kälte, mit der Nele über ihre Schwester und den Mord an ihr spricht, lässt Völxen erschaudern.

»Wie ging es dann weiter?«, fragt Fernando.

»Ich habe Luka am Sonntagnachmittag gesagt, er solle behaupten, wir hätten im Netz zusammen gezockt. Damit er ein Alibi hat. Und ich habe versucht, den Verdacht auf Bastian zu lenken. Dann, am Mittwochmorgen, hat Luka mich angerufen und gesagt, er müsse fliehen. Die Polizei sei schon bei seinem Vater gewesen, es wäre nur eine Frage der Zeit, bis sie ihn festnehmen würden. Ich habe gesagt, dass er sich nicht einfach am Telefon von mir verabschieden könne. Also ist Luka zum Hof gekommen. Mein Vater war nicht da, er hatte einen Termin beim Bestattungsinstitut. Wir waren in meinem Zimmer und haben Tee getrunken. Ich wusste, dass er mich für immer verlassen wollte, schon am Telefon hat er so komisch geklungen, und als er da war, war er kühl und abweisend und hat es nicht mal ertragen, dass ich ihn küsse. Er sagte, er sei nur noch einmal hergekommen, weil er mir etwas über meinen Vater sagen wollte. Ich bin wütend geworden und habe ihn angeschrien, dass ich über *uns* reden will, über unsere Zukunft, nicht über meinen Vater. Er meinte, wir hätten keine Zukunft, und dann haben die Tropfen gewirkt. Er hat wohl gemerkt, dass etwas nicht stimmt. Er ist aufgestanden und wollte gehen. Auf der Treppe ist er hingeknallt und unten mit dem Kopf auf dem Steinboden aufgeschlagen.«

»Was für Tropfen haben gewirkt?«, hakt Fernando ein.

»Propofol. Ein Narkosemittel aus dem Vorrat meines Vaters«, antwortet Nele. »Das war im Tee.«

»Habe ich das richtig verstanden. Sie haben das Mittel vorsätzlich in seine Tasse getan?«, fragt Völxen.

»Ja«, bestätigt Nele freimütig. »Aber ich wollte ihn damit nicht töten, wirklich nicht! Ich habe die Dosis so berechnet, dass er nur für eine Weile weggetreten sein würde. Ich wollte ihn einsperren, bis der ganze Spuk vorbei ist, er wieder zur Besinnung kommt und wir zusammen abhauen können, irgendwohin, wo uns die Polizei nicht findet.«

»Luka stürzte also die Treppe hinunter und dann?«, fragt Völxen.

»Er blutete am Hinterkopf, aber das sah gar nicht so schlimm aus. Ich wusste nicht genau, wann mein Vater zurückkommt, und ich wollte ihn erst einmal in Sicherheit bringen. Im Bunker ist es zu kalt, also habe ich ihn ins Waffenlager geschleift und gehofft, dass mein Vater in den nächsten Stunden da nicht reingeht.«

»War Luka da noch am Leben?«, fragt Völxen.

»Sonst hätte ich ihn ja nicht fesseln müssen.«

»Stimmt. Logisch«, sagt Fernando mit unüberhörbarem Sarkasmus.

»Ich konnte seinen Puls fühlen, und es hat auch gar nicht mehr groß geblutet. Danach habe ich im Flur das Blut aufgewischt und sein Auto wieder in die Stadt gefahren und es in der Nähe seiner Wohnung abgestellt. Ich wollte eigentlich in seine Wohnung und seine Sachen packen, damit es so aussieht, als wäre er geflohen. Dummerweise habe ich erst da gemerkt, dass ich mit dem Schlüssel, der am Autoschlüssel hing, nicht in die Wohnung kam. Der war wahrscheinlich fürs Fahrradschloss oder für das Haus seiner Mutter, keine Ahnung. Also bin ich mit der S-Bahn wieder zurückgefahren und zu Fuß nach Hause. Kaum war ich wieder da, ist auch mein Vater zurückgekommen und hat mir irgendwas von Urnen und Bestattung im Friedwald erzählt. Es hat mich nicht die Bohne interessiert. Dann hat diese Tussi von Ihnen angerufen, die angeblich beim Training mitmachen wollte. Mein Vater war dabei, als ich das Gespräch angenommen habe. Ich habe ihm gesagt, dass wir das ablehnen sollten, aber er meinte, nein, ich solle sie zurückrufen und herbestellen. Ich glaube, er wusste oder ahnte schon, dass sie eine Polizistin war. Als sie da war, ist er mit ihr losgezogen, und ich habe unten nach Luka gesehen, und da …« Sie stockt und wischt sich eine Träne aus dem Augenwinkel. »Da war er tot. Aber ich wollte Luka wirklich nicht töten, das müssen Sie mir glauben!«

»Was haben Sie mit dem Messer gemacht, mit dem Luka Ihre Schwester erstochen hat?«, will Völxen wissen.

»Das habe ich mitgenommen. Es liegt verpackt in einer der Tiefkühltruhen. Vorsichtshalber. Falls Luka mir die Sache in die Schuhe schieben wollte.«

»Gut, Nele«, sagt Völxen. »Wir vom Kommissariat für Todesermittlungen wären dann vorläufig fertig mit Ihnen. Natürlich bekommen Sie gleich noch das Vernehmungsprotokoll zur Unterschrift vorgelegt. Die Kollegen vom LKA, vom Dezernat für das Organisierte Verbrechen, haben wegen der Funde im Keller auch noch einige Fragen an Sie. Wir werden Sie dorthin überstellen. Möchten Sie bis dahin noch einen Tee?«

Sie schüttelt den Kopf.

Die beiden Ermittler verlassen den Vernehmungsraum, und einer der Uniformierten, die Nele Kobler hergebracht haben, setzt sich zu ihr.

Völxen steuert als Erstes die Kaffeemaschine in Frau Cebullas Büro an. »Ich brauche bitte ganz schnell einen doppelten Espresso.«

»Sie sind heute schon der Zweite, der danach verlangt«, lässt ihn Frau Cebulla wissen, während sie das Gewünschte bereitwillig aus der Maschine herauslässt.

Völxen ahnt, wer die andere Person war.

»Danke, Frau Cebulla.«

Er nimmt die Tasse mit ins große Büro, wo der Rest seines Teams das Ergebnis der Vernehmung diskutiert.

»Wie kann man mit neunzehn Jahren schon so verroht und hinterhältig sein?«, fragt gerade Fernando.

»Man weiß nicht, ob man Mitleid mit diesem armen Ding haben soll oder ob es einem vor dieser Banalität des Bösen gruseln soll«, meint Oda und spricht damit auch Völxens Gedanken aus. »Ah, da bist du ja«, sagt sie zu Völxen. »Gut gemacht. Ein volles Geständnis.«

»Ein Geständnis von Luka wäre mir lieber gewesen«, antwortet er.

»Seine Mutter, Tanja Vollmer, ist gerade festgenommen worden und auf dem Weg hierher«, lässt ihn Fernando wissen. »Bastian Raimann wurde heute Morgen in seinem Haus inhaftiert. Er und noch zehn andere Prepper sitzen bei den Kollegen vom LKA und werden zum Inhalt des Kellers vernommen. Denen wünsche ich schon mal viel Spaß mit diesem Haufen«, lacht er.

In diesem Augenblick betritt Elena Rifkin das Büro und wünscht allen einen guten Morgen.

»Guten Morgen, Rifkin, was macht die Landwirtschaft?«, fragt Völxen augenzwinkernd.

»Alles versorgt, Herr Hauptkommissar. Förster Schutter hat sich gemeldet, die Schweine und das Geflügel werden von einem Bauern aus Egestorf übernommen und die drei Hunde hat *Struppi 1* heute Morgen abgeholt. So heißen die Fahrzeuge vom Tierschutzverein Hannover. Struppi 1 und Struppi 2«, erklärt Rifkin und wirkt dabei etwas betrübt.

»Das war's dann. Aus der Traum«, meint Raukel.

Völxen seufzt. »Danke, Rifkin, das haben Sie gut gemacht.«

»Keine Ursache, Herr Hauptkommissar.« Rifkin scheint das Thema peinlich zu sein, denn sie errötet ein wenig.

»Was anderes«, sagt Oda. »Dr. Bächle hat angerufen und was geschickt, ich habe es ausgedruckt.« Sie reicht Völxen ein paar Blätter. »Es sind die DNA-Vergleiche, die du haben wolltest. Er hat gesagt, dass zwischen den zwei Profilen ein hoher Verwandtschaftsgrad besteht. Luka und Nele sind tatsächlich Halbgeschwister väterlicherseits.«

»Ah, ja, danke.«

»Die Autopsie kann er nicht vor übermorgen durchführen, aber eine Röntgenaufnahme der Leiche von Luka Vollmer zeigt einen schweren Schädelbruch, an dem er wahrscheinlich verstarb, und die Laborwerte von seinem Blut müssten noch heute ausgewertet werden.«

»Gut.« Völxen lässt sich ermattet auf einen freien Stuhl plumpsen.

»Wann wirst du es Nele sagen, dass Kobler gar nicht ihr Erzeuger ist?«, fragt Raukel.

»Gar nicht. Warum sollte ich?«, erwidert Völxen. »Wir haben ihr Geständnis, und es ist doch nicht meine Sache, Nele über ihren biologischen Vater aufzuklären. Das kann ihre Mutter übernehmen.«

»Du kneifst«, stellt Oda fest.

»Ich denke auch, es wäre klug, wenn die Kollegen vom Organisierten Verbrechen diesen Trumpf im Ärmel hätten«, verteidigt Rifkin ihren Vorgesetzten.

»Wieso das denn?«, fragt Fernando.

»Nele wird sicherlich von ihrem Aussageverweigerungsrecht Gebrauch machen, was ihren Vater angeht. Denn nach dem Gesetz ist Georg Kobler nach wie vor ihr Vater, da sie ein ehelich geborenes Kind ist. Wenn sie aber im Verhör von den Kollegen erfährt, dass er sie all die Jahre belogen hat und gar nicht ihr leiblicher Vater ist, dann wird sie vor Wut vielleicht auspacken und erzählen, woher die Waffen und die Munition aus dem Keller stammen und was er damit vorhatte.«

»Wirklich, Rifkin, vor dir kann man Angst kriegen«, stößt Fernando hervor.

»Wow! Rifkin! Welch eine Raffinesse!«, ruft dagegen Oda. »Du hast ja doch etwas gelernt auf deinem abgebrochenen Seminar. Ich bin begeistert.«

»Apropos Väter. Weiß Novak schon Bescheid, dass sein Sohn Luka tot ist?«, fragt Völxen in die Runde.

»Von uns weiß er es jedenfalls nicht«, antwortet Oda.

»Dann soll doch der Kollege Raukel das übernehmen«, entscheidet Völxen. »Der hat ja neuerdings einen hammermäßig guten Draht zu ihm.«

»O nein! Das ist der Fluch der guten Tat«, jammert Raukel. »Der arme Mann! Stellt euch das mal vor. Die eine Tochter begeht Selbstmord, der Sohn ist ein Mörder, und seine zweite Tochter, die er nicht mal kennt, bringt just diesen Sohn zu Strecke. Das ist ja wie in einer griechischen Tragödie!«

»Wie viele griechische Tragödien kennst du denn?«, erkundigt sich Oda.

»Genug«, winkt Raukel hoheitsvoll ab. »Hamlet, Othello …«

»*Sundowner* gefällig, Kommissar?«

»Ja, her damit!« Völxen greift gierig nach der Flasche Herrenhäuser, die sein Nachbar aus dem Latz seiner Arbeitshose hervorholt. »Das habe ich mir verdient. Hey – das ist ja fast kalt!«, wundert sich Völxen, denn normalerweise ist das am Schafzaun angebotene Bier lauwarm, wegen Köpckes empfindlichem Magen.

»Dir zu Ehren hab ich eins aus dem Kühlschrank genommen. Mir ist zu Ohren gekommen, dass unser Fall gelöst ist.«

»Da hast du richtig gehört, *unser* Fall ist gelöst.«

»Respekt.«

»Prost.«

Beide lehnen am Zaun der Schafweide und betrachten die Wiederkäuer und die Gegend. Völxens Gefühlslage ist ambivalent. Einerseits ist er froh und ein bisschen stolz auf sich und seine Leute, dass diese beiden Todesdelikte so rasch aufgeklärt werden konnten, andererseits hinterlässt dieser Fall bei ihm auch ein schales Gefühl. Denn immerhin sind drei junge Menschen Opfer der Eitelkeit und der Rachsucht ihrer Eltern geworden, zwei von ihnen mussten für die Sünden ihrer Väter und Mütter sogar mit dem Leben bezahlen. Wie, fragt sich Völxen immer wieder, hatte es nur so weit kommen können?

»Der Schutter wird froh sein, dass jetzt wieder Ruhe in seinem Wald herrscht«, meint Jens Köpcke.

»Hm.«

»Der Kobler soll einen Haufen Waffen und Granaten in seinem Keller gehortet haben. Stimmt das? Was wollte der denn damit?«

»Bereit sein für den Systemumsturz am Tag X«, antwortet Völxen.

Köpcke lässt die Worte eine Weile auf sich wirken. »Verrückt«, erkennt er schließlich.

»Ziemlich«, bestätigt Völxen.

Ein paar Minuten lang beobachten sie eine Schar Krähen, die einen pflügenden Trecker verfolgt.

»Morgen musst du dir dein Frühstück selber machen«, verkündet Köpcke.

»Das musste ich heute schon. Aber wie kommst du darauf?«, fragt der Hauptkommissar verdutzt.

»Ich gehe ganz früh in die Pilze, und Sabine wird mich begleiten.«

»Was?«

»Sie meint, sie will das jetzt selbst in die Hand nehmen, denn mit dir und den Pilzen wird das im Leben nichts mehr.«

»Pah!«, erwidert Völxen entrüstet. »Aber nur zu, nur zu …«

»Frauen«, meint der Hühnerbaron mit einem entschuldigenden Achselzucken.

Über dieses Wort lässt sich minutenlang trefflich schweigen und sinnieren.

»Weißt du, Jens – ich glaube, Sabine hat recht«, bekennt Völxen nach einer geraumen Weile. »Das Pilzesammeln ist nichts für mich, so rein vom Charakter her. Ich bin kein Sammler, ich bin ein Jäger.«

Der Hühnerbaron nickt.

Der Rest ist Schweigen.